ullstein

Das Buch

Köln im 13. Jahrhundert: Von der Gemeinschaft als Kinder des Teufels verstoßen und vom Hunger geplagt, schließen sich die verwaisten Zwillingsschwestern Yda und Griet dem Wunderheiler Quirin an. Verzweifelt versuchen sie sich in der Stadt mit kleinen Schwindeleien über Wasser zu halten, ständig in Gefahr, entdeckt zu werden. Dann wird Yda plötzlich ernsthaft krank, und Griet verliert beinahe jede Hoffnung auf Rettung. Zufällig treffen sie den Henkersknecht Luca. Auch er ist ein Aussätziger der Gesellschaft und der Heilkünste kundig. Er bietet an, Yda zu helfen, und die beiden verlieben sich ineinander. Doch noch während Luca versucht, Yda zu heilen, wird Köln plötzlich belagert – und die Schicksalsgemeinschaft verliert sich in den Wirren der Schlacht aus den Augen …

Die Autorin

Gabriele Breuer, geboren 1970, lebt mit ihrem Mann und Sohn in Köln. Sie arbeitet in einem Seniorenheim und schreibt nur in ihrer Freizeit. Unter dem Namen Gabi Breuer veröffentlicht sie auch Unterhaltungsromane.

Von Gabriele Breuer ist in unserem Hause bereits erschienen:

Die Bernsteinbraut · Die Bierbrauerin · Die Magd und das Teufelskind · Die Schicksalswächterin · Luzifers Töchter · Der Fluch der Seherin · Das Haus der gefallenen Töchter

GABRIELE BREUER

Luzifers Töchter

HISTORISCHER ROMAN

Ullstein

Besuchen Sie uns im Internet:
www.ullstein.de

Wir verpflichten uns zu Nachhaltigkeit

- Klimaneutrales Produkt
- Papiere aus nachhaltiger Waldwirtschaft und anderen kontrollierten Quellen
- ullstein.de/nachhaltigkeit

MIX
Papier
FSC FSC® C083411

Originalausgabe im Ullstein Taschenbuch
1. Auflage Januar 2015
2. Auflage 2021

Umschlaggestaltung: ZERO Werbeagentur, München
Titelabbildung: © Richard Jenkins Photography (Frau),
© ARTOTHEK (Landschaft)
Satz: LVD GmbH, Berlin
Gesetzt aus der Berkeley
Druck und Bindearbeiten: CPI books GmbH, Leck
ISBN 978-3-548-28646-4

Wir sind geboren, um zu lieben.
Für meinen Mann Josef

1. Kapitel

Der Frühlingswind trug den Geruch von Feuer mit sich. Yda hob den Blick und sah zu der Siedlung Wedersdorf, über der sich Rauchwolken in den blassblauen Himmel bauschten. In ihrer Hand wog schwer der Pflug, den sie in die Erde zu drücken versuchte. Ihre Schwester Griet trat von einem Fuß auf den anderen. Die Bandagen, die sie zum Schutz vor der Kälte um ihre Füße gewickelt hatte, waren viel zu dünn für die Arbeit auf dem Feld, denn die Sonne vermochte kaum den Frost aus dem Boden zu vertreiben. Wie so oft hatte die Schwester auch an diesem Morgen Ydas Mahnungen kein Gehör geschenkt. Aber um die erfrorenen Zehen sorgte sich Yda in diesem Augenblick nicht. Eher war es der Rauch, den der Wind weiter in Richtung Westen zu den Ansiedlungen Ascha und Sünneschdorf trieb. Sie legte den Pflug auf den Boden und schirmte mit der Hand ihre Augen vor der Sonne ab.

»Was ist los? Ist der Boden etwa doch noch zu hart?«, fragte Griet.

»Siehst du den Rauch nicht?« Yda zeigte mit dem Finger zum Horizont. »Er ist so dicht und schwarz, als würde ein ganzer Weiler brennen.«

»Meinst du, es waren Söldner?« Griet blieb stehen und versteifte sich.

In Ydas Brust zog sich vor Angst alles zusammen. »Wir

sollten unser weniges Hab und Gut in Sicherheit bringen.« Rasch wandte sie sich um.

»Aber der Pflug! Wir können ihn nicht zurücklassen. Er wird uns gestohlen werden.«

»Vergiss den Pflug. Wir müssen unser Vieh retten.« Yda raffte ihre Röcke und lief über den Acker.

Als sie ihre Hütte mit dem kleinen Pferch unweit des Weilers Buckelmund erreichten, sah sie auch schon die Staubwolke, welche die herannahenden Reiter ankündigte. Hastig band Yda die Ziege ab und öffnete die Tür der Hütte. Das Federvieh spürte wohl die Gefahr, denn es stob gackernd auf und flatterte in die Freiheit. In diesem Augenblick bebte auch schon die Erde unter unzähligen Hufen, die über den Acker donnerten.

»Komm, Griet!« Yda fasste ihre Schwester an der Hand, um mit ihr fortzulaufen.

»Aber das Schwein, es ist noch in der Hütte angebunden«, jammerte Griet.

»Uns bleibt keine Zeit mehr.« Yda zog sie hinter sich her bis zum nächsten Buschwerk. Dort stieß sie die Schwester in das Geäst und sprang hinterher. Dornen rissen ihr die Haut im Gesicht auf. Die Pferde der Reiter donnerten an ihnen vorbei, und das Kriegsgeschrei der Männer schallte durch die kühle Luft. Vorsichtig wagte Yda einen Blick aus dem Versteck. Ungefähr fünfzig Fuß vor ihnen jagten Männer mit ihren Pferden auf die Hütte zu. Dann rissen sie die Zügel um und umkreisten Ydas und Griets Heim. Einer der Männer warf lachend seine Fackel in die Hütte. Ein zweiter, von schmächtiger Statur, schleuderte ebenfalls seine Fackel auf das Strohdach. In der Hütte schrie die Sau. Ehe Yda den nächsten Atemzug machte, fraßen sich auch schon die Flammen ihren Weg. Sie sah in das Gesicht des Mannes, der die zweite Fackel geworfen hatte. Tiefe Falten gruben sich in seine Wangen, und in dem dunkelbraunen Bart schimmerten weiße Fäden. Anders als die anderen Männer in ihren Kettenhemden trug er eine grüne Cotte mit einer Schließe aus Silber, wie Yda sie nur bei durchreisenden Kaufleuten gesehen hatte. Yda sah seinen Blick – kalt und voller Grausamkeit aus blassblauen Augen. Dann gab er seinem Pferd die Sporen. Die Söldner hinterließen eine Staubwolke und jagten ihre Pferde weiter. Beißender Rauch stieg Yda in die Nase, ihre Augen tränten. Wie von Sinnen sprang sie auf und zog an ihren Röcken, um sie von den Dornen zu befreien. »Ich muss die Sau aus der Hütte befreien!«

Griet hielt sie jedoch am Rocksaum fest. »Bleib! Es gibt nichts mehr zu retten.«

Yda riss sich los und rannte zu der Hütte. Auch wenn die Hitze der Flammen fast ihre Haut versengte, stieß sie die Tür auf. Um sie herum regnete es Funken. Yda zog sich den Umhang über den Kopf und presste sich zum Schutz vor dem Rauch die grobe Wolle vor den Mund.

Hinter ihr weinte Griet. »Nicht, Yda. Geh da nicht rein!«

Yda ignorierte sie und stolperte blind in die Hütte. Durch die Balken über ihr fraßen sich bereits prasselnd die Flammen. Yda tastete sich durch den beißenden Rauch. Neben ihr schlug ein Feuerball auf den Boden. Seine Flammen züngelten nach ihren Röcken, und Yda spürte die Hitze an ihren Beinen. Dann sah sie den zuckenden Leib der Sau auf dem Boden liegen. Sie kam zu spät! Ein brennender Balken donnerte vor ihre Füße. Vor Schreck vergaß Yda zu atmen. Hinter ihr gab es einen dumpfen Knall. Holz knirschte. Ein blasses Licht drang in die Hütte.

»Hier, Schwester! Komm hier, durch die Fensteröffnung!«, schrie Griet gegen den Lärm der Flammen an.

In Ydas Beinen kribbelte es. Sie blickte auf den Kadaver des Schweins. Verzweifelt versuchte sie, das Feuer mit den Fußsohlen zu löschen. Die Glut fraß sich durch ihre Bandagen, und ein stechender Schmerz bohrte sich bis hinauf zu ihren Waden. In Ydas Brust bebten Schluchzer der Hilflosigkeit.

»Bitte komm, sonst verbrennst du bei lebendigem Leib!«, kreischte Griet.

Kurz schloss Yda die Augen, dann kletterte sie durch das Fenster ins Freie. Griet zerrte sie zu dem Busch, wo sie Yda um den Hals fiel.

»Was hast du dir nur dabei gedacht?«, schluchzte die Schwester.

Ydas Brust brannte von dem Rauch. Ein Hustenanfall schüttelte sie. Als sie sich wieder beruhigt hatte, liefen ihr Tränen über das Gesicht. Nichts von ihren wenigen Habseligkeiten war ihnen geblieben. In Ydas Herz wütete ein Schmerz, der sie die Verbrennungen nicht spüren ließ.

»Wir müssen nach der Familie schauen«, sagte Griet hustend.

»Sie werden sich schon in Sicherheit gebracht haben. Lieber sollten wir unser restliches Vieh suchen.«

In Griets Augen glänzten Tränen. »Ich hab solche Angst. Was, wenn die Reiter zurückkehren?«

»Die Männer haben es nicht auf Menschenopfer abgesehen, eher darauf, die Erträge des Erzbischofs zu schmälern. Oder hast du etwa irgendwelche Trophäen, zum Beispiel abgeschlagene Köpfe, in ihren Händen gesehen?« Yda dachte an die Augen des Mannes, die kalt wie Eis gewesen waren.

Griet biss sich auf die Unterlippe und schüttelte den Kopf.

Gedankenverloren beobachtete Yda, wie in all dem Rauch das Feuer ihren einzigen Hocker fraß, auf die Truhe übergriff und den Tisch zum Glühen brachte. Das Stroh ihrer Bettstatt gab den Flammen Nahrung und ließ sie noch einmal in den Himmel steigen. Yda wischte sich die Tränen von den Wangen, schob die Schwester von sich. Seufzend klopfte sie sich das lose Blattwerk von den Röcken. Dann reichte sie Griet die Hand.

»Komm, lass uns sehen, wohin es die Ziege verschlagen hat.«

Griets Augen schwammen in Tränen. Doch sie nahm tapfer Ydas Hand und ließ sich von ihr fortziehen. »Sollen wir wirklich nicht nachsehen, wie es dem Oheim und den anderen geht?«

»Ich weiß nicht, Griet. Wahrscheinlich wird er uns nur wieder einmal die Schuld an allem Unglück geben.« Ydas Trauer wich dem Groll. Diese Bastarde hatten ihre letzte Heimat zerstört. Von ihrem Vormund, dem Bruder des Vaters, konnten Yda und Griet bestimmt keine Hilfe mehr erwarten. Damals vor zwei Wintern, als der Vater gestorben war, hatte er sie des Hofes verwiesen und in die Hütte außerhalb des Weilers abgeschoben. Zwei Hühner hatte er ihnen gelassen. Nur durch ihrer Hände Arbeit war es den Schwestern möglich gewesen, sich am Leben zu erhalten und ihren Viehbestand auf eine Ziege und ein Schwein zu erweitern. Yda dachte an die Mutter und wie ihr Leben gewesen sein musste, bevor Vater sie geheiratet hatte. Eine Gauklerin soll sie gewesen sein, die auf den Jahrmärkten ihren Leib verbiegen konnte, als besäße sie keine Knochen. Aus dem Land der Sarazenen war sie gekommen, wo in den Augen einer jeden Frau eine Glut brannte. So wie auch bei ihr und Griet. Doch Yda und Griet hatten die Mutter nie gesehen, denn sie verlor das Leben, als sie die beiden in derselben Nacht kurz hintereinander geboren hatte.

»Aber er muss uns doch Obhut geben«, jammerte Griet nun, »oder willst du im Wald schlafen?«

Yda gab sich geschlagen, weil sie wusste, Griet würde keine Ruhe geben. »Gut, lass uns sehen, was von seinem Hof noch übrig geblieben ist. Vielleicht finden wir ja unterwegs die Ziege oder wenigstens eines unserer Hühner.«

Sie gingen nur wenige Schritte, da sahen sie schon die Rauchwolke, die über dem Weiler von Buckelmund in den Himmel stieg. Yda spürte den Schmerz an ihren Fußsohlen, den der kalte Boden nur wenig zu lindern vermochte. Auch an ihren Händen schlug die Haut brennende Blasen. Doch sie schritt tapfer weiter neben ihrer Schwester her, die laut ein Gebet sprach. Yda spürte, wie Griet gegen die Angst kämpfte. Nicht nur ihre Antlitze glichen sich, auch ihre Seelen vereinte ein Band von der Stärke geflochtenen Rosshaares.

Auf dem Hof bildeten Mägde und Knechte eine Kette vom Brunnen bis zum Wohnhaus. Durch ihre Hände wanderten Eimer, deren Wasser dem Feuer nur neue Nahrung gab. Zwischendrin lief der Oheim auf seinen krummen Beinen umher und erteilte Befehle. Yda und Griet reihten sich sofort in die Kette, um zu helfen.

Als der Oheim sie sah, kniff er die Augen zusammen und eilte auf sie zu. »Was wollt ihr denn hier? Verschwindet von meinem Hof!«

Yda fiel der Eimer aus der Hand, und das Wasser platschte an sein Bein. Augenblicklich erntete sie eine Ohrfeige.

»Ihr bringt nur Unheil«, bellte der Oheim und versetzte Griet einen Tritt.

Die Wucht ließ sie taumeln.

»Ihr schmutzigen Schandweiber! Verschwindet!«

Yda fasste Griet an der Hand. Dann liefen sie gemeinsam vom Hof. Erst als sie mitten auf dem Acker standen, hielten sie inne.

»Was habe ich dir gesagt!«, keuchte Yda.

Griet nickte weinend. »Warum nur?«

Obwohl Yda die Antwort kannte, zuckte sie mit den Schultern.

»Sag mir, Schwester, warum verachtet der Oheim uns so? Wir sind doch vom gleichen Blut wie er«, schluchzte Griet.

»Eine von uns vielleicht. Die andere nicht. Du hast doch auch gehört, was er einst dem Vater vorgeworfen hat: Ein Mann kann nur ein Kind gleichzeitig zeugen. Wenn zwei in einer Nacht geboren werden, stammt eins vom Teufel ab.« Eine kalte Faust griff nach Ydas Herz.

»Das glaube ich nie und nimmer. Sieh uns an, Yda. Unser Haar ist zwar schwarz wie Pech, und unsere Haut bleibt immer schmutzig, sooft wir uns auch waschen, aber unsere Seelen sind doch rein.«

»Das sieht uns nur von außen keiner an.« Missmutig trat Yda gegen einen Kieselstein, der aus dem Lehm des Ackers ragte.

»Was sollen wir denn nun tun?« Griets Blick schweifte über das Feld. »Wir haben kein Dach mehr über dem Kopf.«

»Das weiß ich auch.« Yda sah in den Himmel, an dem weiße Wolken die Sonne bedeckten. Der Wind frischte auf und bescherte ihr eine Gänsehaut. In ihrem Kopf herrschte

Leere. »Lass uns sehen, was von unserer Hütte noch übrig geblieben ist.«

Griet folgte ihr über den Acker des kurkölnischen Gebietes. Als sie wenig später vor dem Schutt ihrer Hütte standen, liefen Yda die Tränen über die Wangen. Sie nahm einen Ast und stocherte in den letzten glühenden Holzbalken herum, über die sich bereits eine Ascheschicht gelegt hatte. Yda fand den dreibeinigen Kessel aus Ton, den der Ruß schwarz gefärbt hatte. Als sie ihn herausfischen wollte, zerbrach er in zwei Teile.

Tränen verschleierten auch Griets dunkle Augen. Starr hielt sie den Blick auf die Trümmer gerichtet. »Sie reiten vorbei und legen einfach die Hütte in Schutt und Asche. Wissen diese Männer denn nicht, was sie uns damit antun?«

»Was hilft es, darüber zu grübeln?« Yda warf den Stock weg. »Wahrscheinlich hocken sie gerade mit einem Becher Wein in einer Schenke und brüsten sich mit ihren Taten.«

»Aber der Erzbischof wird es nicht auf sich sitzen lassen, wenn sie seine Felder zerstören. Glaubst du, es wird eine Schlacht geben?«

Yda zuckte mit den Schultern. »Was weiß ich schon von dem Gerangel um die Ländereien. Lass uns lieber überlegen, wo wir nun einen Unterschlupf finden. Das ist im Augenblick wichtiger.«

Schwer stieß Griet den Atem aus. »Der Oheim verwehrt uns seinen Schutz. Das heißt, wir sind nun niemandem mehr hörig.«

»Und müssen auf der Hut sein.« Yda blickte zum Waldrand und überlegte, dort nach einem Unterschlupf zu suchen.

Im gleichen Augenblick fasste Griet nach ihrer Hand. »Ich hab Angst.«

»Ich auch, Schwester. Wir können nur noch auf Gottes Gnade hoffen.«

Plötzlich vernahm Yda fröhlichen Gesang aus einer Männerkehle. Als sie sich umwandte, sah sie einen hochgewachsenen Mann, der in Lumpen gekleidet war. Hinter sich führte er an einem Strick einen Esel sowie ihre Ziege. Griet wollte Yda schon wieder in den Busch zerren, doch der blondgelockte Mann hatte sie bereits erblickt und winkte ihnen freundlich zu. Nur kurz zog Yda in Erwägung, vor ihm davonzulaufen, dann dachte sie an die Ziege, die sie ihm nicht kampflos überlassen wollte. Also stemmte sie die Hände in die Hüften und schritt auf ihn zu.

»Welch ein hübscher Anblick an diesem unglückseligen Tag.« Der Lumpenmann grinste.

Ungefähr sechs Fuß entfernt blieb Yda vor ihm stehen. »He, Kerl. Das ist unsere Ziege, die du da spazieren führst.« Sie bemerkte, dass der Mann sie um einen Kopf überragte. Den mageren Leib verdeckte ein aufgeschnittener Sack, der um den Bauch mit einem Seil gehalten wurde.

Nach Ydas Worten verzog er die Lippen zwischen dem struppigen Bart, die moosgrünen Augen lachten jedoch immer noch. »Soll ich das glauben? Davon hat mir das Vieh gar nichts erzählt.«

»Sag mal, siehst du nicht, was hier geschehen ist?« Yda zeigte auf die verkohlten Überreste ihrer Hütte. Hier und da flammte noch Glut im Wind auf.

Der Mann stieß einen Seufzer aus. Mit Bedauern im Blick sah er auf das ehemalige Heim. »Ich hoffe, es gibt keine Toten zu beklagen.«

»Doch, unser Schwein.« Yda trat näher und riss ihm das Seil aus der Hand, an das er die Ziege gebunden hatte. Nach

Plänkeleien stand ihr nicht der Sinn. Und wie es schien, würde dieser Kerl ihnen auch nicht helfen können.

Widerstandslos überließ er Yda die Ziege. »Habt ihr denn ganz allein in der Hütte gewohnt?«

Griet stellte sich Yda zur Seite. »Warum willst du das wissen? Und wer bist du überhaupt?«

»Mein Name ist Quirin. Ich bin Bader und reise durch die Lande, um die Menschen zu heilen.«

Yda betrachtete das Bündel, das er bei sich trug. Das Sacklinnen strotzte nur so vor Dreck. Recht erfolgreich konnte der Mann mit seinen Künsten wohl nicht sein. Plötzlich gab ihr Bauch ein gurgelndes Geräusch von sich. Yda legte die Hand darauf.

»Hunger?«, fragte Quirin. Er legte sein Bündel auf den Boden, entknotete es und holte ein Stück Brot heraus. »Damit müsste dir fürs Erste geholfen sein.«

In Ydas Bauch schmerzte wirklich die Leere. Bevor sie am Morgen aufs Feld gegangen waren, hatte sie nur einige Löffel Mehlbrei zu sich genommen. Als sie das Brot betrachtete, verstärkte sich das Grummeln in ihrem Bauch. »Es ist gewiss dein letztes Brot.«

»Na und? Ich bin satt. Du nicht. Der Herr wird schon weiter für mich sorgen. Das hat er bisher immer getan.«

So ausgemergelt, wie der Bader vor ihnen stand, bewunderte Yda ein wenig sein Gottvertrauen. Vielleicht brauchte er aber auch nicht viel zu essen, um satt zu werden.

»Nun zier dich nicht und nimm schon.« Quirin hielt ihr weiterhin mit schmutziger Hand das Brot entgegen.

Yda nahm es und brach es in zwei Teile. Einen davon reichte sie Griet, die das Stück Brot rasch in die Tasche ihrer Schürze steckte. Dabei betrachtete die Schwester immer noch argwöhnisch den Bader. Yda jedoch empfand ihm gegenüber keine Scheu, denn seine Augen verrieten ein friedliches Gemüt.

»Habt ihr zwei wirklich allein in der Hütte gewohnt?« Quirin verknotete sein Bündel wieder, in dem sich einige Tontiegel in unterschiedlichen Größen befanden.

Yda schluckte das Stück Brot, das sie abgebissen hatte. »Ja, haben wir.«

»Seid ihr Witwen? Ihr müsst doch einen Vormund haben.«

»Nein, wir sind keine Witwen«, sagte Griet nun. »Und einen Vormund haben wir auch nicht mehr.« Sie erzählte von dem Oheim, der sie vom Hof gejagt hatte.

Quirin schüttelte den Kopf. »Verstehe ich nicht. Bei eurer Schönheit dürfte es für ihn doch ein Leichtes sein, euch zu verheiraten.«

Seine Schmeicheleien beeindruckten Yda nur wenig. »Nein, eben nicht. Auch wenn wir getauft sind, fließt durch unsere Adern immer noch heidnisches Blut. Zu allem Überfluss sind wir auch noch in einer Nacht geboren. Wie die Leute sagen, ist eine von uns beiden die Brut des Teufels.«

Der Bader hob die Augenbrauen. »Und welche von euch beiden soll das sein?«

»Keine natürlich«, zischte Griet. »Oder glaubst du dieses Gerede etwa auch?«

»Was weiß ich? Ich kenne euch ja nicht. Aber wie es mir scheint, seid ihr beide zu schön, um eine Ausgeburt der Hölle zu sein.«

Plötzlich schoss Yda ein Gedanke durch den Kopf. »Sag mal, Quirin, du bist wohl nicht sehr erfolgreich mit deinen Heilkünsten?«

»Wie kommst du darauf?« Der Bader strich sich mit der Hand über den Bart.

»Na ja. Sieh dich an. Deine Kleider sind nur Lumpen. An den Füßen trägst du trotz der Kälte weder Bandagen noch Stiefel.«

Griet versetzte ihr einen Stoß in die Rippen. »Yda! Der Mann hat uns gerade sein letztes Brot gegeben. Warum beleidigst du ihn denn nun?«

»Ich beleidige ihn doch nicht. Was ich sage, ist nicht mehr als die Wahrheit. Oder?« Forsch blickte sie Quirin in die Augen.

»Na ja … an manchen Tagen könnte es wohl besser sein … es ist halt nicht immer einfach«, druckste der Bader herum.

»Dann schlage ich dir ein Geschäft vor.«

Griet sah ihre Schwester mit großen Augen von der Seite an. »Was hast du vor?«

Abwehrend hob Quirin die Hände. »Nein, nein. Darauf bin ich nicht aus. Ich kann und will mir kein Schäferstündchen mit euch erkaufen.«

Yda lachte kurz auf. Selbst wenn der Hunger sie in den Tod trieb, würde sie sich gewiss nicht dem Bader hingeben. »Das habe ich auch nicht gemeint. Pass auf, Quirin. Sieh Griet und mich genau an. Entdeckst du irgendeinen Unterschied zwischen uns?«

Quirins aufmerksamer Blick wanderte von einer Schwester zur anderen und wieder zurück. Dann schüttelte er den Kopf und sah Yda an. »Abgesehen von deinem Mundwerk und dem abgebrochenen Eckzahn seid ihr wirklich nicht zu unterscheiden.«

Yda fuhr sich kurz mit der Zunge über den unteren Zahn,

an dem die Spitze fehlte. »Ich brauche also einfach nur meinen Mund zu halten.«

Quirin lächelte. »Das dürfte schwer werden.«

»Bitte, mach keinen Unsinn«, flehte Griet an ihrer Seite.

Yda beachtete sie nicht. Stattdessen presste sie die Lippen aufeinander. Dann nahm sie all ihren Mut zusammen und sah dem Bader fest in die Augen. »Was hältst du davon, wenn wir dich auf deiner Wanderschaft begleiten?«

»Wozu soll das gut sein? Auf die Dauer könnte ich euch wohl kaum ernähren.«

»Glaub das nicht. Gemeinsam können wir zu Reichtum gelangen. Warte, ich zeige dir, wie.« Yda fasste Griet an die Hand und zog sie hinter die Trümmer der Hütte.

»Was hast du vor? Mir ist schon ganz bange zumute«, flüsterte Griet mit zittriger Stimme.

»Das wirst du jetzt sehen. Hock dich hierhin und warte, bis ich dich hole.« Yda ging zurück zu dem Bader. Als sie vor ihm stand, schob sie den Ärmel ihres Kleides hoch und zeigte ihm die Schramme, die sie sich zwei Tage zuvor bei der Arbeit zugezogen hatte. »Dafür hast du doch gewiss eine Salbe, oder?«

Quirin blies die mageren Wangen auf. »Ja, sicher.«

»Dann gib sie mir.«

Ohne weiter zu fragen, entknotete der Bader erneut sein Bündel, holte einen Tiegel hervor und reichte ihn Yda. »Hier, nimm das.«

Yda öffnete das Gefäß. Die Salbe roch ranzig und schwach nach Gras. Dennoch rieb sie sich etwas davon auf den Arm. Dann gab sie dem Bader den Tiegel zurück. »Bin gleich wieder da.« Yda ging wieder zu Griet hinter den Trümmerhaufen.

»Was soll das alles?«, blitzte die Schwester sie an.

»Wir sind gleich fertig. Vertrau mir einfach.« Yda schob ihr ebenfalls den Ärmel hoch. Dann erklärte sie der Schwester, was sie zu tun hatte.

»Yda, wir haben bestimmt andere Sorgen, als ein Possenspiel zu veranstalten.« Verständnislos schüttelte Griet den Kopf.

»Nun geh schon. Oder willst du dich dein Leben lang von Wurzeln ernähren?«

Immer noch kopfschüttelnd, trat sie auf den Bader zu und wiederholte, was Yda ihr eingeflüstert hatte.

Yda vernahm sein lautes Lachen und gesellte sich wieder zu den beiden.

»Ich glaube, ich weiß nun, welche von euch beiden die Tochter des Teufels ist.« Quirin wischte sich eine Lachträne aus den Augenwinkeln.

Griet fand das nicht lustig, denn sie sah Yda mit verengten Augen an. »Siehst du, was du angerichtet hast? Wegen dir werden wir in noch größere Schwierigkeiten geraten, als wir es ohnehin schon sind.«

»Nein, Griet. Nicht wegen mir. Die Männer, die unsere Felder verwüsten, unser Oheim, der uns mit Füßen tritt – das ist die wahre Brut des Teufels.«

Griet zog sie am Arm wieder hinter die Trümmer der Hütte. »Kannst du eigentlich nicht mehr richtig denken?«

»Was soll das denn nun heißen? Was ist so verkehrt an meinem Vorschlag?« Yda verstand es nicht. Eine bessere Gelegenheit, dem Hunger zu entkommen, gab es für die beiden nicht.

»Ich ziehe nicht mit diesem fremden Mann durch die Lande. Glaub mir, er wird uns bei der nächstbesten Gelegenheit verraten und verkaufen.«

»Was gedenkst du denn sonst zu tun?« Yda funkelte ihre

Schwester an. »Willst du dich bis an dein Lebensende im Wald verstecken?«

Griet verschränkte die Arme vor der Brust. »Das ist immerhin noch besser, als im Hurenhaus oder gar auf dem Sklavenmarkt zu landen. Aber wenn du mit dem Bader gehen willst, dann lass dich nicht aufhalten. Ich jedoch bleibe hier.«

»Ach, komm schon, Griet. So etwas wird Quirin gewiss nicht tun. Mit unseren Vorführungen wird er mehr verdienen, als wenn er uns verkaufen würde.« Versöhnlich legte Yda die Hand auf Griets Arm.

Die Schwester schüttelte sie jedoch ab und blickte finster drein. »Wenn die Leute hinter unser Possenspiel kommen, knüpfen sie uns schneller auf, als wir laufen können.«

»Wenn wir achtgeben, wird das nicht geschehen.« Yda wusste, wenn Griet störrisch war, setzte sie keinen Fuß mehr vor den anderen. Dann konnten sie weder Gold noch gute Worte locken.

2. Kapitel

Luca zog den Kittel aus und grub die Zehen in den Kies. Obwohl die Strahlen der Sonne schon Kraft besaßen, blies ihm der Wind hier unten am Rhein einen Schauder auf den Rücken. Vorsichtig setzte er einen Fuß in das Wasser. Wieder einmal fürchtete Luca, beim Bad zu erfrieren. Dennoch wagte er sich auch heute vor, bis die seichten Wogen gegen seinen Bauchnabel schwappten. Luca schnappte nach Luft. Dann biss er die Zähne zusammen, tauchte die Hände in das Wasser und wusch sich das Gesicht, um den Aasgestank aus der Nase zu vertreiben. Vielleicht ließ man ihn ja heute in ein Wirtshaus einkehren. Bei dem Gedanken an ein saftiges Stück Bratenfleisch vergaß Luca die Kälte. Rasch wusch er sich noch das Haar und stieg aus dem Rhein. Am Ufer hatte er sich bereits ein frisches Hemd zurechtgelegt, das nach Rinchens Blütenseife roch. Er band sich das gelbe Band des Unehrlichen um den Oberarm und lief zu seinem Heim, das er sich auf dem Acker südlich der Kölner Stadtmauer nahe dem Judenbüchel gebaut hatte. Als er die Tür öffnete, sah er, wie Rinchen mit einem schwarzen Hund spielte.

Das Mädchen sprang ihm auf seinen pummeligen Beinchen entgegen und breitete die Arme aus. »Luca! Du bist da!«, rief sie wie jeden Tag, wenn er heimkehrte. Da sie ihm nur bis zur Hüfte reichte, schmiegte sie ihre Wange an seinen Bauch und umfasste ihn mit festem Griff.

Lächelnd fuhr ihr Luca mit der Hand durch das honigblonde Haar, das in wilden Zotteln von ihrem Kopf abstand. »Ich freu mich auch, dich zu sehen, kleiner Käfer. Aber du sollst die Hunde nicht in die Hütte lassen.« Dass die Schwester nur drei Lenze weniger zählte als er mit seinen fünfundzwanzig vergaß Luca oft, denn Rinchen war ein Narrenkind.

»Gehen wir zur Mutter? Ja? Bitte, bitte.« Rinchens Augen wurden kugelrund.

»Willst du das wirklich?« Luca sah sie skeptisch an. Bis zum Neujahrstag hatte Rinchen noch mit der Mutter im Hurenhaus gewohnt. Der alte Wirt hatte sie stets in Frieden dort leben lassen. Aber dann verstarb er von einem Tag auf den anderen an einem Fieber. Kurz darauf übernahm ein neuer Wirt das Hurenhaus und bemerkte schnell, dass Rinchen unter ihren Röcken wie eine normale Frau gebaut war. Natürlich dauerte es nicht lange, und er bot sie ebenfalls den Freiern an. Immer mehr Männer suchten das Hurenhaus auf, um die Zwergenfrau zu besteigen. Und der Henker, dem das Haus der schönen Frauen unterstand, hörte nicht auf Lucas Bitten. Viel zu sehr war er dem Suff verfallen, um überhaupt etwas zu unternehmen. Rinchen verstand nichts von dem, was die Kerle mit ihr trieben, dennoch drohte sie daran zu zerbrechen. Als Luca sie eines Tages weinend in der Ecke der schäbigen Kammer vorfand, nahm er sie kurzerhand mit in seine Hütte nahe dem Schindanger.

»Ich hab keine Angst mehr vor dem Eberhard, du bist ja bei mir«, sagte Rinchen und riss Luca aus seinen Gedanken.

»Gut, aber erst gehen wir ins Wirtshaus. Einverstanden?«

»Oh, ja!« Das Mädchen hüpfte begeistert durch die Hütte. Dann nahm es seinen Umhang auf und warf ihn sich über die Schultern.

Im Gegensatz zu Rinchen hatte Luca braunes Haar und feine Gesichtszüge. Nur die Lücke zwischen den oberen Schneidezähnen und die Sommersprossen auf der Nase erinnerten daran, dass sie Geschwister waren. Beides hatten sie von der Mutter geerbt. Ihre Väter kannten sie nicht – jeder Zunftbruder in der Stadt könnte es sein.

Kurze Zeit später liefen Luca und Rinchen über den Schindanger, vorbei an dem Judenbüchel mit den Galgen, an denen er gestern zwei Männer aufgeknüpft hatte. Da Meister Hens viel zu tief in den Becher geschaut hatte, war er gerufen worden, um den Henker zu vertreten. Über den Acker hallte das Geschrei der Krähen, die sich um die Augen der Gehenkten zankten. Rinchen tastete nach Lucas Hand und hielt sie fest. Schweigend näherten sie sich der Mauer und traten durch die Severinstorburg in die Stadt.

In der Gasse, die zum Neuenmarkt führte, kamen Rinchen und Luca nur schwer voran, denn eine Magd trieb eine Horde Gänse vor sich her. Es bereitete der Frau sichtlich Mühe, die Vögel mit der Rute beisammenzuhalten. Als dann auch noch ein Hund um die Ecke schoss, stob der Schwarm schnatternd auf. Die Gänse flatterten umher, doch eine bekam der Hund zu packen, biss ihr in den Hals und trug sie davon. Es war einer der Hunde, die Luca heute entwischt waren. Als er daran dachte, musste er grinsen. Die Magd jedoch fluchte wie ein Fuhrmann und versuchte die Gänse wieder zusammenzutreiben. Luca und Rinchen nutzten die Gelegenheit, um an ihr vorbeizulaufen. Bald schon erreichten sie den Goldenen Krug, und Luca stieß die Tür auf.

Zu seiner Erleichterung herrschte im Wirtshaus wenig Betrieb. Nur drei Herren aus der Zunft der Zimmerleute saßen an dem Tisch neben dem Tresen und vertrieben sich die Zeit mit einem Würfelspiel. Luca schritt zur hintersten Ecke unter dem Dachgiebel und setzte sich auf den dreibeinigen Hocker, der für den Henker oder seine Knechte dort stand. Aus den Augenwinkeln sah Luca, wie die Zimmermänner von ihrem Spiel ließen und ihn argwöhnisch beäugten. Rinchen schob einen Stuhl zu Luca und kletterte hinauf. Neugierig reckten die Männer die Hälse, dann begannen sie zu tuscheln, bis der Glatzköpfige unter ihnen auflachte und mit der flachen Hand auf den Tisch schlug. Luca sah zu dem Wirt, der hinter dem Tresen mit einem fleckigen Tuch die Krüge auswischte, und bestellte Bier und Braten.

»He, Henkersknecht«, rief plötzlich einer der Männer am Tisch, »du darfst hier nur bleiben, wenn du die Zwergenfrau tanzen lässt.«

Die anderen begannen zu johlen und mit den Händen auf den Tisch zu trommeln. Und auch der Wirt zeigte belustigt seine schwarzen Zahnreihen.

Rinchen hatte wohl ebenfalls ihren Spaß, denn sie klatschte lachend in die Hände. Dann sah sie zu Luca. »Soll ich tanzen? Ja?«

Bevor Luca antworten konnte, rutschte Rinchen auch schon von ihrem Stuhl. Sie raffte die Röcke und wackelte breitbeinig auf die Männer zu. Dabei erinnerte ihr Gang an einen Bären, der auf den Jahrmärkten über glimmende Scheite geführt wurde.

Luca ließ sie gewähren. Solange Rinchen ihr Vergnügen dabei hatte, fand er nichts Verwerfliches daran. Die Männer trommelten weiter mit flachen Händen im Gleichklang auf die Tischplatte und pfiffen durch die Zähne. Rinchen drehte sich im Kreis. Immer schneller und schneller trippelten ihre Füße und wirbelten das Stroh in der Gaststube auf. Kurz darauf wurde ihr wohl schwindelig, denn sie torkelte und fiel wie ein Sack Mehl zu Boden. Dabei rutschten ihr die Röcke hoch, und ihr Hintern blitzte hervor. Die Hälse der Männer wurden länger. Luca sprang von dem Hocker, um rasch ihre Blöße zu bedecken. Dann half er Rinchen auf die Beine und führte sie wortlos zurück zum Tisch. In seinem Rücken hörte er das enttäuschte Grunzen der Männer.

»Das Schauspiel ist beendet!«, rief er ihnen über die Schulter zu und setzte sich auf den Hocker.

Rinchen schüttelte sich kurz und erklomm den Stuhl. »Hab mir weh getan.« Sie schob den Ärmel ihres Leibchens hoch und zeigte Luca den Ellbogen.

Kurz blies Luca auf den roten Fleck und zog den Ärmel wieder zurück. »Das wird vergehen.« Er sah zu den Männern, die immer noch zu Rinchen hinüberstarrten.

Der Glatzköpfige wischte sich mit dem Handrücken den Geifer vom Kinn. »He, Schinder! Wir wollen die Zwergenfrau noch einmal tanzen sehen.«

Luca beachtete ihn nicht und sah nach dem Wirt. Doch anstatt den Braten und das Bier zu bringen, stand dieser vor dem Tresen und grinste nur.

Luca nickte ihm auffordernd zu. »Was ist mit dem Braten, Köbes? Wenn du weiterhin dort stehst, wächst dir noch das Efeu um die Beine.«

Aus dem Gesicht des Wirtes schwand das Lächeln. »Du hast doch gehört, was der Zunftbruder gesagt hat. Los, lass die Zwergenfrau wieder tanzen!«

Rinchen gab ein Schnauben von sich und verschränkte die kurzen Arme vor der Brust. »Will aber nicht mehr. Hab mir doch weh getan.«

In Lucas Herz keimte der Unmut. Außerdem knurrte sein Magen. »Köbes, du siehst doch, sie hat keine Lust mehr.«

Der Wirt sah zu den Zunftbrüdern. »Hat jemand von euch etwas dagegen, wenn der Henkersknecht in meiner Stube sitzt?«

»Nun ja, jetzt, wo die Zwergenfrau nicht mehr tanzt, will ich ihn nicht hier haben«, murrte der Glatzköpfige.

Luca wusste, nun musste er auf der Stelle das Wirtshaus verlassen, ansonsten drohte ihm die Verbannung aus der Stadt. Also erhob er sich und zog Rinchen am Arm von ihrem Stuhl. Als er am Tisch der Zunftbrüder vorbeiging, schlug er einen Haken in deren Richtung und streckte seine linke Hand aus. Aus den Gesichtern der Männer wich jegliche Farbe. Dem Glatzköpfigen fiel vor Schreck der Krug aus der Hand.

Luca berührte die Männer nicht, doch wenn er es getan hätte, wären sie nun genau wie er geächtet gewesen. Allein der Gedanke daran verschaffte ihm Genugtuung.

Auf dem Weg zum Hurenhaus in der Schwalbengasse schwieg Luca, und auch Rinchen sagte nichts. Sie hatte ein Gespür dafür, wenn ihm nicht der Sinn nach Reden stand. Luca hob den Blick, als das Schlagen von Hufen zu vernehmen war.

»Sieh mal«, sagte Rinchen und zeigte auf den Mann, der ihnen entgegenritt. »Der sieht aber fein aus.«

Luca erkannte ebenfalls, dass dieser Mann kein gewöhnlicher Bürger war, denn er trug lederne Stiefel und eine blaue Cotte mit einem Bärenfellkragen. Das Wappen auf seiner

Brust zeigte blau-gelbe Federn über einem Ritterhelm. Luca sah dem Edelmann fest in die eisgrauen Augen. Seine Wimpern waren ebenso von rotblonder Farbe wie sein Haar, das jedoch an den Schläfen schon ziemlich ergraute.

Der Mann zügelte sein Ross und beugte sich zu ihm hinab. »Sag, Bursche, wo finde ich das Haus des Gerhard Overstolz?«

Mit knappen Worten erklärte Luca ihm den Weg zum Haus des Patriziers. Nachdem der Ritter auf seinem Rappen davongeritten war, kniff Luca die Augen zusammen. Was dieser Mann wohl von Overstolz wollte?

Rinchen zupfte ihn am Hemdsärmel. »Wer war das?«

»Was weiß ich? Los, komm weiter, Mutter besuchen wir später.«

Kurz darauf schlichen sie am Dom vorbei, bis Luca das Haus des Gerhard Overstolz fest im Blick hatte. Er entdeckte den Rappen des Edelmannes, der an den Pferdetrog vor dem Portal gebunden war.

»Was machen wir hier?«, fragte Rinchen.

»Wir warten auf den feinen Herrn.«

»Weshalb?«

»Das wirst du schon sehen. Aber nun sei still.« Luca blickte weiterhin gebannt auf das herrschaftliche Haus. Dann trat endlich der Edelmann auf die Straße und schritt in seinen Lederstiefeln zu dem Rappen. Er blickte grimmig. Luca erhob sich aus der Hocke und gab Rinchen einen Wink, damit sie ihm folgte. Der Edelmann wollte gerade auf sein Pferd steigen, da sprach Luca ihn einfach an.

»Sagt, Herr, habt Ihr den Gerhard Overstolz antreffen können? Oft ist er nämlich nicht in der Stadt.«

Der Edelmann kniff die Augen zusammen. »Bist du nicht

arg neugierig?« Sein Blick wanderte zu Rinchen, die er nun ausgiebig musterte.

Luca räusperte sich, um wieder die Aufmerksamkeit des Edelmannes auf sich zu ziehen. »Es wird gemunkelt, eine Schlacht stünde bevor. Wenn Ihr Talismane braucht, wendet Euch an mich. Mein Name ist Luca, der Schinder. Ich kann Euch einige abgeschlagene Hände besorgen, die Euch und Eure Männer beschützen werden.«

Der Edelmann verzog den Mund zu einem spöttischen Grinsen. Dann stieg er wortlos auf sein Pferd und ritt davon.

Rinchen legte die Hand auf ihren Bauch. »Hab Hunger.«

»Lass uns jetzt die Mutter besuchen. Vielleicht bekommen wir ja bei ihr etwas zu essen.«

Als sie das Hurenhaus betraten, stieg Luca der vertraute Geruch von Schweiß, Urin und Bratenfleisch in die Nase. Aus der Schankstube im Untergeschoss drangen Flötenklänge, die gegen das schrille Gelächter der Huren ankämpften. Luca warf einen kurzen Blick hinein. Die dicke Trin saß bei einem Freier auf dem Schoß und bedeckte seinen Hals mit Küssen. Ihre prallen Brüste hatte sie bereits aus dem Mieder befreit, so dass diese schwer auf ihrem Bauch lagen. An einem anderen Tisch saß Judith in der Mitte von zwei jungen Kerlen, die nicht viel älter als Luca waren. Den Rock gehoben und die Beine gespreizt, gewährte die Rothaarige den Männern einen Blick auf ihre Leibesmitte. Als sie Luca in der Tür stehen sah, zwinkerte sie ihm zu und fuhr sich mit der Zunge über die Lippen. Luca blickte zu Boden. Als Kind hatte er nie in die Schankstube gedurft, wenn Herren zu Besuch gewesen waren. Und nachdem seine Stimme tiefer geworden war, hatte Mutter ihn rasch zu Meister Hens in die Lehre geschickt. Kurze Zeit später hatte Judith ihn dann auf dem Schindanger aufgesucht und ihm gezeigt, wie er das Blut einer Frau in Wallung bringen konnte. Der Gedanke daran bereitete Luca immer noch Unbehagen.

Er schloss die Tür und wandte sich zu Rinchen, die verloren an der Stiege zum Obergeschoss stand. »Ist Mutter da drin?«, fragte sie fast flüsternd.

»Nein, sie wird wohl oben in ihrer Kammer sein. Komm, lass uns nachsehen.« Inständig hoffte Luca, dass sie allein war.

Auf dem oberen Flur herrschte Stille. Doch als Luca und Rinchen sich Mutters Kammer näherten, war ein leises Weinen zu hören. Rasch stieß Luca die Tür auf.

Mit entblößtem Leib stand die Mutter vor der Waschschüssel und rieb sich mit einem Lappen ab. Ihre rechte Gesichtshälfte schillerte violett im einfallenden Sonnenlicht. Als sie Luca und Rinchen in der Tür stehen sah, griff sie nach ihrem Kleid und zog es sich schnell über. Doch sosehr sie sich auch beeilte, ihre Blöße zu bedecken, entging Luca nicht, dass ihr Leib rot von Hieben war. Augenblicklich ließ die Wut ihn zittern.

»Wer hat das getan?«, schrie er in die Kammer.

Rinchen warf sich auf den Strohsack, der als Lager diente, und weinte.

Mit dem Handrücken wischte sich die Mutter die Tränen aus dem geschundenen Gesicht. »Es ist nichts, Junge. Es kommt manchmal vor, dass ein Freier die Beherrschung verliert.« Ihre grünen Augen wirkten müde. Clara setzte sich zu Rinchen auf den Strohsack und strich ihr über das Haar. Ihre Hand zitterte. »Seine Manneskraft hat ihn im Stich gelassen, weil ich ihm zu welk war, wie er behauptete.«

Luca ballte die Fäuste. »Wie sah er aus?«

»Lass gut sein, Junge.« Mutter griff nach ihrem Zopf und öffnete die Flechte. Einst war ihr Haar goldbraun gewesen, doch nun durchzogen silbrige Fäden die Locken. »Ich bin nicht zimperlich.«

»Keinen Tag länger bleibst du in diesem Haus. Du kommst sofort mit mir.«

Clara schüttelte den Kopf. »Nein, ich bleibe hier bei Judith und Trin. Sie brauchen mich.«

»Du hättest sie gebraucht, als der Kerl dich zusammengeschlagen hat!« Lucas Stimme schwankte, so sehr zitterte er nun. Wenn er Mutter in seine Hütte gebracht hatte, würde er jede einzelne Gasse nach diesem Bastard absuchen. »Und außerdem, warum lässt der Hurenwirt das zu? Hat er dich nicht schreien gehört?«

»Der Freier war halt ein Edelmann. Da sieht der Eberhard schon mal gern aus dem Fenster, wenn geschlagen wird.« Seine Mutter schritt auf ihn zu und legte ihm eine goldene Kette in die Hand. »Nimm sie an dich. Ich schätze, sie ist wertvoll.«

Luca betrachtete den Anhänger, der aussah wie ein in Gold gefasster Dorn. »Wo hast du das her?«

»Der Freier hat es wohl hier verloren. Nimm es und mach es irgendwie zu Geld. So zahlt er wenigstens seinen Tribut.«

Luca legte sich die Kette um den Hals und verbarg den Anhänger unter seinem Hemd. »Du sagtest, der Freier sei ein Edelmann gewesen?«

»Ja, aber der ist bestimmt längst aus Köln verschwunden. Der kam nämlich nicht von hier.«

»Woher willst du das wissen?«, hakte Luca nach.

Nun beschrieb Clara genau den Mann, dem Luca den Weg zum Haus des Patriziers gezeigt hatte. Sein Rücken versteifte sich, und das Zittern erstarrte zu kalter Wut. Er raste die Stiege hinab und stieß die Tür zum Schankraum auf.

Eberhard füllte gerade einen Krug mit Bier und knallte ihn auf den Tresen. »Gib das deinem Freier!«, schrie er Trin zu.

Diese verdrehte die Augen und löste sich aus der Umarmung. Als sie an Luca vorbei auf den Tresen zuschritt, schenkte sie ihm ein Lächeln.

»Geht es dir gut, Kleiner?«

Luca sah auf sie hinab. Für Trin blieb er wohl immer ein Knabe. »Meine Mutter ist zusammengeschlagen worden.«

»Ja, das kommt in der letzten Zeit häufiger vor«, seufzte sie.

Luca blickte zu Eberhard. »Warum passt du nicht besser auf die Frauen auf?«

Der Wirt zuckte nur mit den Schultern. »Was bekomme ich hier unten denn schon mit?«

Trin fasste nach dem Krug auf dem Tresen. »Tu doch nicht so scheinheilig. Deine Ohren verschließt du, wenn du uns schreien hörst.«

Luca ballte die Faust und hielt sie Eberhard unter die Nase. »Gleich morgen früh werde ich Meister Hens bitten, einen neuen Wirt zu suchen. Und wage es ja nicht, diesen Freier von heute noch einmal ins Haus zu lassen.«

Eberhard trat einen Schritt zurück. »Und du wagst es besser nicht, mich anzufassen, du elender Schinder.«

Luca verengte die Augen. Augenblicklich donnerte seine Faust auf den Tresen. Die schmutzigen Krüge klirrten aneinander. »Ich hab dich gewarnt.« Er wandte sich ab und verließ den Schankraum. Vor der Tür kauerte Rinchen und weinte bitterlich. Luca zog sie auf die Beine und nahm sie in den Arm.

3. Kapitel

Mittlerweile brach die Dunkelheit über den Acker herein. Griet hatte sich immer noch kein Stück vorwärts bewegt. Wie eine Statue verharrte sie hinter dem Schutt der Hütte und würdigte Yda keines Blickes. Mit Engelszungen hatte Yda auf sie eingeredet, doch langsam riss ihr der Geduldsfaden. Sie ließ die Schwester stehen und setzte sich neben den Bader ans Feuer. »Lass uns aufbrechen und im Schutz der Bäume ein Nachtlager aufschlagen.«

Quirin sah sie erstaunt an. »Willst du deine Schwester etwa zurücklassen? Was soll ich denn mit dir ganz allein anfangen?«

»Griet wird uns schnell folgen, glaube mir.« Yda wusste, die Angst der Schwester wog mehr als ihre Sturheit.

Nach einigen Schritten musste sie jedoch feststellen, dass sie sich geirrt hatte. Griet blieb zurück, als hätte sie Wurzeln geschlagen. Yda wandte sich um und sah von der Schwester nur noch einen kleinen Schatten in der Dämmerung, der sich nicht regte. Yda blieb stehen und seufzte schwer.

Neben ihr hob Quirin die Augenbrauen. »Und nun?«

»Glaubst du, ich lasse sie allein zurück?«, giftete Yda.

»Das wollte ich von Anfang an nicht. Wahrscheinlich trennen sich hier unsere Wege.« Mit Bedauern im Blick sah Quirin zu der Ziege.

»Vielleicht ja auch nicht. Warte hier.« Yda lief zurück zu ihrer Schwester.

Dicke Tränen rollten über Griets Wangen. Die bebenden Lippen fest aufeinandergepresst, sah sie an Yda vorbei.

»Herrgott noch mal, warum willst du denn hier allein zurückbleiben?«, schimpfte Yda und kämpfte dabei selbst mit den Tränen.

Griets finsterer Blick traf sie wie ein Steinschlag. »Und was willst du durch die Lande ziehen wie eine Fahrende?«

Schwer stieß Yda den Atem aus. »Na und? Was ist daran so verwerflich? Unsere Mutter war ebenfalls eine Fahrende. Hast du das schon vergessen?«

»Nein, hab ich nicht. Und ich will nicht …« Griet biss sich auf die Unterlippe.

Mit zusammengekniffenen Augen sah Yda sie an. »Was willst du nicht? So enden wie sie?«

»Nein, das meine ich nicht!«, schrie Griet ihr ins Gesicht. »Ich will nur nicht als Hure beschimpft werden.«

In Ydas Ohren rauschte es. »Glaubst du etwa den Lügen des Oheims?«

Statt zu antworten, schaute Griet auf ihre Füße.

»Unser Vater hat also gelogen. Denkst du das? Du weißt ganz genau, dass ihre Leute sie verstoßen haben, weil sie den Sippenältesten nicht heiraten wollte. Vater hat sie dem Tode nahe im Wald gefunden. Erinnerst du dich nicht, dass er das erzählt hat?«

»Doch«, gab Griet nun klein bei, »aber sie könnte ihn doch belogen haben. Vielleicht ist es ein Freier gewesen, der sie ausgepeitscht hat.«

Die Worte schnitten Yda ins Herz. »Nun ist es aber gut. Denkst du das wirklich von unserer Mutter? Warum lässt du sie nicht einfach ruhen? Und jetzt komm.« Unwirsch griff sie nach Griets Arm.

Die Schwester blieb jedoch weiterhin stur stehen. »Yda, ich habe Angst.«

»Denk nicht so viel darüber nach. Wir müssen einfach nur auf der Hut sein.«

Wenn auch noch zögernd, bewegte sich Griet endlich von der Stelle. »Wo sollen wir denn nun hin?«

»Erst einmal in den Wald, um uns im Schutz der Bäume ein Lager zu suchen.« Yda fasste nach der Hand der Schwester, damit diese einen Schritt zulegte.

In dem kleinen Buchenwald hinter dem Acker teilte Quirin kurz darauf seine Decken mit ihnen. Ein Käuzchen schrie in die Dunkelheit, und in Ydas Bauch grummelte erneut der Hunger. Als hätte Griet es gespürt, holte sie den Kanten Brot aus der Schürzentasche und teilte ihn in drei Stücke.

Yda schüttelte den Kopf, als Griet ihr eines davon anbot. »Ich hatte meine Ration schon, nun iss du deine.«

»Ich kann dich aber nicht zusehen lassen.« Griet legte Yda das Stück Brot in den Schoß.

»Du sollst aber wegen mir keinen Hunger leiden.« Den Hunger in ihrem Bauch scheltend, legte Yda das Stück Brot neben Griet und ließ sich unter der Decke nieder. Wenn sie schlief, würde das Gurgeln in ihrem Magen schon nachlassen.

Bertram von Plettenberg trieb sein Pferd zur Eile an. Die Zunge klebte ihm wie ein Heubüschel am Gaumen, und er glaubte, an seinem Durst zu ersticken. Nicht einmal einen Becher verdünntes Bier hatte Overstolz ihm angeboten. In seinem Leben waren ihm schon viele Menschen begegnet, aber dieser Kölner Patrizier übertraf sie alle mit seiner Arroganz. Bertram ließ die Felder hinter sich und ritt auf die Mauern der Vogtei Worringen zu, die zwischen Neuss und Köln lag. In dem Wall eingebettet thronte des Erzbischofs Zollfestung, die wie ein Dorn in die Augen der Kölner stach. Schon vor langer Zeit hatte Siegfried von Westerburg den Patriziern versprochen, den Wegzoll auf dem Rhein vor Köln abzuschaffen. Doch bisher waren es leere Worte gewesen.

Vor der Fallbrücke stieß Bertram einen Pfiff durch die Zähne und winkte mit der Flagge, die das Wappen seines Herrn zeigte – blaugelbe Federn über einem Ritterhelm. Ketten rasselten, Eisen knirschte. Dann fiel die Brücke über den Wassergraben. Sein Rappe tänzelte kurz, bevor Bertram ihn über die Holzplanken lenkte. Als er auf dem Burghof zu den Ställen ritt, schob sich der Wachmann den Helm aus der Stirn und nickte ihm leicht zu. Bertram sprang aus dem Sattel und übergab dem Knecht sein Pferd. Dann ging er zum Brunnen, wo eine Magd sich über den Rand beugte. Ihr wohlgeformter Hintern verleitete ihn dazu, ihr einen Klaps darauf zu geben. Vor Schreck fiel der Magd der Eimer in den Brunnen. Ein Platschen war zu hören.

Die junge Frau wandte sich um, doch als sie in sein Gesicht blickte, legte sich rasch ein Lächeln auf ihre Lippen. »Müsst Ihr Euch so heranschleichen, Herr? Seht, nun ist der Eimer verloren.«

In diesem Augenblick fragte sich Bertram, warum er überhaupt das Hurenhaus in der Stadt aufgesucht hatte. Die alte Vettel, die für ihn die Schenkel breit machen sollte, war reinster Hohn gegen die Zahl der Münzen gewesen. Immer noch juckte ihm die Faust, wenn er an ihre welken Brüste dachte.

Leider sah es der Burgherr nicht gern, wenn sich die Mägde im Stroh tollten. In seinem Amt als Erzbischof duldete Siegfried von Westerburg keine Unsittlichkeiten auf seiner Burg. Doch unbefriedigt wie er war, scherte sich Bertram in diesem Augenblick keinen Deut darum. Der Erzbischof hielt sich in Brauweiler auf, und was er nicht wusste, konnte ihn nicht verärgern.

Mittlerweile knabberte die Magd verlegen an ihrer Unterlippe. Eine blonde Haarsträhne hatte sich aus ihrer Haube gelöst und fiel ihr vor das Auge.

Bertram strich sie ihr mit den Fingerspitzen aus der Stirn. »Komm heute Nacht zu den Ställen, und ich mache dir den Verlust wieder wett.« Er zwinkerte ihr zu.

Die Wangen der Magd färbten sich tiefrot. Sie senkte den Blick, und er wusste, das hübsche Ding würde kurz nach Einbruch der Dunkelheit im Stroh warten. Einigermaßen mit dem Tag versöhnt, schritt er zum Haupthaus der Burg. Als sich die Tür knarzend hinter ihm schloss, sah er eine Gestalt durch den Flur am Treppenabsatz geistern. Ihre Blicke trafen sich, und sein Gegenüber schüttelte unwirsch den Kopf.

»Hat Euch Overstolz länger aufgehalten als nötig, oder habt Ihr bei den Huren die Zeit vergessen?«, blaffte Johann von Bilstein.

Bertram verdrehte die Augen. Der Marschall des Erzbischofs entwickelte sich langsam zur Plage. Höchste Zeit, dass dieser Posten wieder in den Besitz seiner Familie gelangte. Und niemand sonst wäre dazu fähiger als er selbst. Doch leider musste er bis zur Rückkehr des Erzbischofs noch einiges an Unrat fressen, den Bilstein ihm vorwarf.

Die Hände auf dem Rücken verschränkt, trat Bilstein auf ihn zu. »Was ist denn nun? Hat Overstolz das Schreiben des Erzbischofs zur Kenntnis genommen? Was sagt er?«

Bertrams trockener Hals meldete sich. Mittlerweile glich seine Zunge einem toten Tier. Er blickte auf den Kelch, den der Marschall in den Händen hielt. Für einen einzigen Schluck von dem Wein wäre er bereit zu töten – erst recht diesen Wachhund. Kurz klopfte er auf seine Brust, dann stürmte er in den Rittersaal, wo die Mägde bereits die Reste des Abendmahls abtrugen. Einer von ihnen riss er einen halbgefüllten Krug aus der Hand und kippte sich den Wein in die Kehle.

Bilstein war ihm gefolgt und stellte sich nun breitbeinig vor ihn. Mit der spitzen Nase und den kleinen braunen Augen erinnerte sein Gesicht an eine Ratte. »Sagt mal, seid Ihr von Sinnen, mich einfach so stehen zu lassen? Ich will auf der Stelle wissen, was Overstolz zu dem Angebot gesagt hat.«

Bertram wischte sich mit dem Handrücken den Mund ab. »Vor die Füße hat er es mir geschmissen. Ein Vertrag mit dem Erzbischof sei nichts wert, wenn er nicht eingehalten würde. Zu oft hat Siegfried sein Wort gebrochen und weiterhin die Zölle hier vor Worringen eingefordert. Bei den Kölnern hat er endgültig ausgespielt. Auch den Kirchenbann fürchten die Patrizier nicht mehr. Sie wollen nur eins: eine freie Reichsstadt sein.«

»Verdammt!« Bilstein knetete seine Faust. »Also werden sie mit den Brabantern gegen Siegfried reiten.«

»Wird wohl so kommen.« Bertram nickte leicht mit dem Kopf. Tief im Inneren gönnte er Bilstein die Niederlage.

»Dennoch, wir werden sie schlagen. Mit unseren Verbündeten sind wir ihnen weitaus überlegen.«

»Sollte es eine Schlacht geben, hat Johann von Brabant sie schon verloren. Das Erbe Limburg wird nimmer an ihn gehen.« Bertram sah aus dem Fenster. Mittlerweile war es vollkommen finster über dem Burghof geworden. Er dachte an die hübsche Magd, die in den Ställen auf ihn wartete. Hastig wünschte er Bilstein einen geruhsamen Schlaf und verließ den Saal. Als er in den Burghof trat, sah er einen Schatten in die Ställe schleichen. Doch ehe ihm ein Grinsen über das Gesicht huschen konnte, bewegte sich eine zweite Gestalt auf das Tor zu. Ein Schrei durchbrach die nächtliche Stille. Bertram eilte in den Stall. Ein Wimmern war zu hören. Dann zeterte ein Weib.

»Mit wem wolltest du dich hier vergnügen, du verlottertes Miststück? Dir werde ich helfen.«

Auf leisen Sohlen schlich Bertram davon. Zurzeit war ihm wohl keine Erleichterung auf der Burg vergönnt, denn die Aufseherin des Gesindes wachte schärfer als ein Bluthund über die Mägde.

Hinter dem Fenster seiner Hütte graute allmählich der Morgen. In dieser Nacht hatte Luca kein Auge zugetan, denn die Sorge um die Mutter nistete tief in seinem Herz. Rinchen wandte sich unruhig auf ihrem Lager. Am gestrigen Abend hatten ihre Tränen nicht versiegen wollen. Erst tief in der Nacht hatte sie sich in einen unruhigen Schlaf geweint.

Luca setzte sich in seiner Bettstatt auf. Gleich heute würde er Meister Hens von den Zuständen im Hurenhaus berichten. Er hoffte nur, der Henker würde so früh am Tag noch bei klarem Verstand sein. Leise erhob er sich von seinem Lager.

»Musst du schon deiner Arbeit nachgehen?« Rinchen

strampelte sich aus den Fellen. »Warte, ich mache dir deinen Mehlbrei.«

»Bleib ruhig liegen. Ich hab noch keinen Hunger.« Luca zog sich das Hemd über den Kopf und schlüpfte in seine Stiefel.

»Kann ich nicht mitkommen?« Rasch sprang Rinchen von ihrem Lager, und ihre Locken standen wirr vom Kopf ab.

»Du weißt doch, dass ich dich nicht bei der Arbeit dabeihaben kann.« Luca dachte an Rinchens empfindliches Gemüt. Die Bilder einer Hinrichtung würden sie nächtelang verfolgen. Doch diesmal schob er die Ausrede vor, um sie nicht noch mehr zu ängstigen, was den Zustand im Hurenhaus anbelangte.

Schmollend setzte sich Rinchen zurück auf die Bettstatt. »Immer muss ich allein hier bleiben.«

»So ist das eben. Außerdem hast du doch genug mit der Hausarbeit zu tun.«

Die Schwester löste die verschränkten Arme vor ihrer Brust und nickte. Dann lächelte sie. »Soll ich dir Blutwurst braten, wenn du nach Hause kommst?«

»Auf jeden Fall.« Luca drückte ihr einen Kuss auf die Stirn und trat aus der Hütte.

Weißgrauer Nebel waberte über dem Schindanger. Obwohl Luca die Viehkadaver tief in der Erde vergraben hatte, war der süßliche Gestank der Verwesung allgegenwärtig. Zum Schutz vor der feuchten Kälte wickelte sich Luca in seinen Umhang. Er zog seinen Karren hinter sich her. Abermals musste er an die Mutter denken. Selbst wenn er den Edelmann fand, der seine Mutter geprügelt hatte, würde der Nächste seiner Art schon in der Tür stehen.

Am Bayenturm begrüßte Luca den Wachmann und begab sich auf den Treidelpfad am Rhein. Ein Floß trieb über den Fluss, das eine Ladung Gestein aus dem Siebengebirge brachte, welches für den Bau der neuen Kathedrale gebraucht wurde. Knechte trieben die Gäule an, die Kähne mit Baumstämmen zogen. Luca hatte das Gefühl, dass die Stadt unaufhörlich wuchs, seit die Mauer erweitert wurde. Er betrat ihr Zentrum hinter dem Gotteshaus Maria Lyskirchen.

In der Hühnergasse hinter dem Heumarkt trieben sich finstere Gestalten zwischen den windschiefen Häusern herum. Einige von ihnen konnten kaum aufrecht gehen und waren wohl aus den Schenken vertrieben worden. Luca klopfte an die Tür von Meister Hens. Ein Schlurfen war zu hören, dann öffnete der Henker. Er hielt sich den Kopf und blinzelte in das Licht des frühen Morgens. Sein schulterlanges schwarzes Haar klebte ihm in dünnen Strähnen am Kopf.

»Was willst du denn schon hier?«, knurrte er, als er Luca vor sich stehen sah. Sein Atem stank nach saurem Wein.

»Ich muss mit dir reden. Die Frauen im Hurenhaus sind in Gefahr.«

»Warum das? Der Wirt hat doch ein Auge auf sie.«

»Das kneift er leider gern zu, wenn ein wohlhabender Freier auf sie einprügelt. Gestern hat es meine Mutter erwischt.«

»Ich werde ihn zur Rede stellen.« Meister Hens schlurfte in die Wohnstube.

Luca folgte ihm. »Du solltest einen neuen Wirt suchen, der besser auf die Frauen aufpasst. Du allein hast Sorge dafür zu tragen.«

»Als ob das so einfach wäre.« Meister Hens griff mit zitternder Hand nach einem Krug und schnüffelte daran. »Die

Miete ist hoch und die Weiber sind alt. Aber ich werde mich umhören.« Er nahm einen tiefen Schluck und wischte sich den Mund an seinem Hemdsärmel ab.

Luca wusste genau, wie wenig er sich auf das Wort des Henkers verlassen konnte. Spätestens nach drei Krügen Wein würde er dieses Zusammentreffen vergessen haben. Wie so vieles in der letzten Zeit. Luca trat wieder auf die Straße, wo ihm ein aufgeregter Mann entgegenkam.

»Gut, dass ich dich antreffe. Mein Herr schickt mich, dich zu holen. Sein Hund liegt tot da.«

Luca nickte und zog die Tür hinter sich zu. »Dann lass uns gehen.« Er griff nach seinem Karren und folgte dem Knecht.

Kurz darauf bog Luca gedankenverloren in die Straße Unter sechzehn Häusern ein. Als ihm bewusst wurde, wo er sich befand, hob er den Blick. »Wer ist dein Herr?«, fragte er nun den Knecht.

»Gerhard Overstolz.«

Luca sah diese Begebenheit als Fügung Gottes an. Insgeheim hoffte er, den Patrizier zu Gesicht zu bekommen, um etwas über den Schläger seiner Mutter zu erfahren.

Das Haus des Overstolzen erstreckte sich über sechs Ebenen stufenförmig in den Himmel. Halbrunde Fenster, zum Teil mit buntem Glas verschlossen, reihten sich aneinander. Genau wie in der Gasse, die zum Rhein führte, hatte das Patriziergeschlecht auch hier unweit des Doms seine prachtvollen Häuser gebaut. Luca stellte seinen Karren ab und folgte dem Knecht, der mit einem Schlüssel die schwere Tür aus Eichenholz aufschloss. Der Hund des Patriziers lag bereits in eine Wolldecke gehüllt neben dem Eingang.

»Ist dein Herr denn nicht daheim?« Luca sah sich in der

Halle um. Durch die hohen Fenster fiel genug Licht ein, dass der Raum zu dieser Tageszeit keine Fackeln brauchte. An einer der Wände türmten sich Stoffballen. In der Mitte führte eine Stiege in das darüberliegende Geschoss.

»Doch, sicher. Aber wozu willst du das wissen?« Der Knecht band sich seine Geldkatze vom Gürtel. »Wenn es um deine Bezahlung geht, hat mein Herr mir genug Pfennige gegeben.«

Luca überlegte kurz, doch vielleicht konnte der Knecht ihm ja auch weiterhelfen. »Sag, Bursche, gestern habe ich einem edlen Herrn den Weg zum Overstolzenhaus gezeigt. Kannst du mir sagen, wer das war?«

Der Knecht kratzte sich am Kinn, wo ihm ein Bart wie der einer Ziege wuchs. »Das war Bertram von Plettenberg. Soviel ich weiß, hat er dem Herrn ein Schreiben des Erzbischofs überbracht. Besonders willkommen ist er jedoch nicht gewesen, denn er war schneller wieder draußen, als der Wind die Wolken bei Sturm bläst.«

Luca kniff die Augen zusammen. »Wo finde ich diesen Plettenberg?«

Der Knecht hob die Achseln und schnürte die Geldkatze auf. »Wenn ich das wüsste, wäre ich ein kluger Mann.«

Luca nahm die Münzen entgegen und zählte drei davon zurück in die schmutzige Hand des Knechtes. Dann hörte er schwere Schritte von Stiefeln und blickte die Stiege hinauf.

In eine Cotte aus blauer Seide gekleidet, erschien Gerhard Overstolz am Treppenabsatz. Mit seiner schlanken Gestalt wirkte er wie ein Knabe. Nur die silbrigen Fäden in seinem braunen Haar und der Bart verrieten sein reifes Alter. Dem Schritt nach zu urteilen, quälte ihn wohl beim Gehen ein Leiden.

»Bist du der Schinder?«, fragte Overstolz von oben hinab.

Luca nickte. »Ja, Herr. Der bin ich.«

Overstolz nahm nur wenige Stufen, dann hielt er inne, wohl um Luca nicht zu nahe zu kommen. Kurz verzog er das Gesicht und bog den Rücken durch.

»Habt Ihr Schmerzen?«, fragte Luca frei heraus.

»Ach, nichts«, winkte Overstolz ab. »Es ist nur mein Allerwertester, der mich plagt.«

»Wenn Ihr wollt, braue ich Euch eine Tinktur.«

Overstolz lachte auf. »Lass mal lieber. Der Medicus wird sich schon darum kümmern, dass ich wieder ohne Schmerzen im Sattel sitzen kann.«

»Ja, das wird er wohl.« Luca bückte sich nach dem Hundekadaver und hob ihn auf seine Schulter. Dann verließ er mit einem Wort des Abschieds das Haus.

Bis zur Severinstorburg fand er noch drei verendete Schweine, die er ebenfalls mitnahm. Nachdem er die Kadaver auf dem Schindanger verscharrt und sich später in den kalten Fluten des Rheins gewaschen hatte, begab er sich zu seiner Hütte.

An seinem Tisch saß ein ausgemergelter Mann, der gerade einen Becher entgegennahm, den Rinchen ihm reichte.

Luca trat näher. »Du sollst doch niemanden in die Hütte lassen, wenn ich nicht da bin.«

Rinchen biss sich auf die Unterlippe und senkte den Blick. »Aber Bruder Benedikt hat ihn gebracht. Sehr krank ist er. Schau nur.«

Rinchen zeigte auf den schwarzen Stumpen des Mannes, der einst seine Hand gewesen war. Außer auf der Nase, die ebenfalls bereits brandig schien, überzog den Mann eine

Blässe wie kalte Asche. Die Augen wässrig und rotgerändert, starrte er fiebrig vor sich hin.

»Und das soll ich dir geben.« Rinchen reichte Luca einen Schwamm und einen Tiegel mit einer Flüssigkeit. »Atmen soll er das, wenn du ihm die Hand abhackst, hat Bruder Benedikt gesagt.«

Plötzlich riss der Mann die Augen auf. Der Becher in seiner Hand fiel zu Boden. »Da seht! Der Karren, der vorbeifährt! Seht, die schönen Frauen darauf!« Ein irres Lächeln legte sich auf seine Lippen. Er hob den Arm mit dem schwarzen Stumpen und winkte seiner Wahnvorstellung zu. Dann fiel er wie ein gefällter Baum um und blieb regungslos liegen.

Luca hob ihn vom Boden auf, um ihn in den angrenzenden Raum zu tragen. Dort bettete er den Mann auf das Stroh, das in einer Ecke aufgetürmt war. Der Kranke erwachte und schrie, wie heiß ihm doch sei. Luca bat Rinchen, Wasser und Wein abzukochen, und holte das Beil. Dann tränkte er den Schwamm mit der Flüssigkeit aus dem Tiegel und hielt ihn dem Mann unter die Nase. Als Rinchen kurz darauf die aufgetragenen Sachen brachte, blieb sie neben Luca stehen und sah zu, wie er das Brandeisen ins Feuer legte. Anschließend reinigte er sein Messer mit Wein. Seine Schwester hatte die Stirn in Falten gelegt und knabberte auf ihrer Unterlippe.

»Willst du nicht lieber mit dem Hund spielen?«

Rinchen schüttelte den Kopf. »Nein, will bei dir bleiben und sehen, wie du den Mann heilst.«

Luca hatte schon oft die Wunde versorgt, wenn Meister Hens einem Verurteilten eine Gliedmaße abgeschlagen hatte. Er selbst hatte jedoch noch nie das Beil benutzt. Bei der Bestrafung für Diebstahl wurde die Hand mit einem glatten Hieb abgetrennt. Doch Luca wusste, wie schwer die Wunde danach wieder heilte – meist starb der Dieb am Brand. Deshalb entschied er sich, bei diesem Mann so vorzugehen, wie Meister Hens es ihm einmal gezeigt hatte. Mit Bedauern im Herzen dachte Luca an den Henker. Was für eine erbärmliche Gestalt doch nach dem Tod seiner Frau aus ihm geworden war. Bis Lisbeth von der Ruhr hingerafft wurde, hatte Meister Hens Luca wie seinen eigenen Sohn behandelt und ihn gelehrt, wie die Wunden zu versorgen waren. Lisbeth war zudem eine großartige Heilerin gewesen. Mit ihrem Wissen hatte sie nie hinterm Berg gehalten und Luca in die Heilkunst mit Kräutern eingeweiht. Doch jene Zeit war vorüber und Lisbeth gegen ihr eigenes Leiden machtlos gewesen. Seitdem trug Luca ihr Wissen sicher in seinem Herzen und würde, ganz nach ihrem Wunsch, den Menschen helfen, soweit es in seiner Macht lag. Für Luca war es so etwas wie ein Ausgleich für die armen Seelen, denen er das Leben nehmen musste. Das Herz wurde ihm schwer, und er betrachtete den kranken Mann vor sich.

Seine Lider flatterten, doch er atmete ruhig. Luca band ihm den Arm ab, nahm das Messer und schnitt die Haut über dem Handgelenk auf beiden Seiten in zwei Halbkreisen auf. Dann klappte er die Hautlappen um und durchtrennte das Muskelfleisch. Um die Blutung zu stillen, versiegelte er die Adern mit dem Brandeisen. Kurz hielt er inne und legte dann den Knochen frei.

Neben ihm sog Rinchen tief den Atem ein. »Das sieht aber nicht schön aus.«

Luca spürte, wie ihm Schweißperlen auf die Stirn traten. »Dann geh raus«, herrschte er Rinchen an.

»Nein, ich bleib bei dir und bringe dir, was du brauchst.«

»Dann fädele ein Stück Garn auf die Nadel.«

Rinchen gehorchte. Sie klemmte ihre Zunge zwischen die Zähne und führte den Faden mit ruhigen Fingern durch die Öse der Nadel. Als Luca sah, wie konzentriert sie dabei war, griff er nach dem Beil und trennte dem Mann mit einem gezielten Hieb die Hand ab. Rinchen zuckte kurz zusammen, dann reichte sie Luca die Nadel.

»Der Mann hat gar nichts gespürt, nicht wahr?«

»Nein, er schläft ganz tief und fest.«

»Wegen dem Schlafschwamm. Ja?«

»Richtig.« Luca nähte das Muskelfleisch und die Hautlappen zusammen. Anschließend reinigte er die Wunde mit dem abgekochten Wein. Erst als er Rinchen aus der Kammer schob, spürte er, wie sehr ihm die Beine zitterten.

Gerhard Overstolz sah aus dem Fenster auf die Gasse vor seinem Haus und erblickte den schwachen Schein einer Fackel. Er schöpfte Hoffnung. Als er genauer hinsah, erkannte er jedoch nur den Nachtwächter. Johann von Brabant ließ also weiterhin auf sich warten. Es würde wohl noch dauern, bis er eintraf. Enttäuscht ging Gerhard zurück zu seiner Staffelei und spürte wieder den stechenden Schmerz in seiner Hinterbacke. Der Ritt über die Äcker des Kurkölnischen Landes hatte sein Leiden verschlimmert. Aber manchmal brauchte es eben Opfer, um dem Erzbischof zu zeigen, dass das Kölner Geschlecht sich nicht mehr mit leeren Worten abspeisen ließ und sich mittlerweile auf die Seite von Brabant geschlagen hatte. Die eine oder andere brennende Bauernhütte war dabei nur der Anfang.

Leider hielt die Befriedigung, die Gerhard noch zuvor gespürt hatte, nicht lange an. In seine Brust kehrte die Leere zurück. Gerhard entzündete weitere Fackeln, um den Raum zu erhellen. Dann öffnete er die Truhe neben seinem Schreibpult und zog einen Bogen des Papiers hervor, das er von seiner Reise nach Xàtiva mitgebracht hatte. Seit langer Zeit schon hegte er den Wunsch, Loretta endlich wieder in die Augen schauen zu können – und wenn es nur auf dem Papier war. Er nahm den Griffel zur Hand und begann mit weichen Linien die Konturen ihres Gesichts zu zeichnen. In Gedanken sah er sie auf dem Bett sitzen. Ihr Haar, dessen Farbe dem Gefieder eines Raben glich, umspielte in weichen Wellen ihre bloßen Schultern. Wie sollte er bloß auf dem Papier ihre Augen so glühen lassen, wie sie es zu Lebzeiten getan hatten? Als er daran dachte, spürte er wieder die alte Leidenschaft in sich aufflammen. Gerhard verlor sich in dem Gefühl, das heiß durch seine Adern strömte, und ließ sich einfach von ihm leiten.

4. Kapitel

Yda sah hinauf zum Mond, dessen beinahe volle Scheibe durch die kargen Baumwipfel schien. Die zweite Nacht verbrachten sie nun schon im Wald, weil sie sich nicht einig geworden waren, wohin sie gehen sollten, um den Leuten ihr Possenspiel vorzuführen. Ihren Leib mit Reisig und altem Laub bedeckt, lag sie zwischen dem Bader und Griet auf dem weichen Moos. Quirin schnarchte bereits, und der gleichmäßige Atem der Schwester verriet, dass auch sie in den Schlaf gefunden hatte. Erneut schmerzte der Hunger in Ydas Bauch, denn die wenigen Wurzeln, die sie heute gegessen hatten, waren ihr längst in die Zehen gerutscht. Neben ihr knackte es in den Büschen. Sie biss die Zähne zusammen und drückte ihren Leib an den der Schwester. Es war nur ein Tier, das genau wie sie Schutz suchte. Morgen würde wieder die Sonne scheinen. Alles würde gut.

Am nächsten Morgen erwachte Yda von dem Nieselregen, der ihr Gesicht benetzte. Sie schälte sich aus dem Laub und sah zu Quirin, der verzweifelt versuchte, mit dem Zunderschwamm ein Feuer zu entfachen. Neben ihr schreckte Griet aus dem Schlaf und schlug nach dem Tropfen, der vom Buschwerk auf ihr Gesicht gefallen war. Die Schwester brauchte wohl einen Augenblick, um zu begreifen, wo sie sich befand. Dann sank ihr Kopf zurück auf das Moos. Keuchend sah sie zu Yda.

»Verdammt, das Holz ist zu nass.« Quirin sprang aus der Hocke und zerstob mit dem Fuß den Reisighaufen.

»Wozu willst du ein Feuer entfachen? Hast du etwa einen Hasen gefangen?« Yda klopfte sich das Moos von den Röcken.

»Nein, natürlich nicht. Aber ich wollte damit ein wenig die Kälte vertreiben.«

In Ydas Bauch knurrte der Hunger wie ein Tier. »Lange bleiben wir bestimmt nicht mehr untätig hier sitzen. Wir sollten lieber unser Brot verdienen.«

Griet stand auf und entwirrte ihren Zopf. Wie ein Gewand fiel ihr das schwarze Haar über den Rücken. Quirins Blick verlor sich darin.

Yda fasste nach ihrem eigenen Zopf und überprüfte, ob die Flechten noch fest genug saßen. »Wir haben noch ein gutes Stück Weg vor uns. Hier in dem Gebiet um Wedersdorf kennt uns jeder. Es wäre unklug, an diesem Ort die Salben feilzubieten.«

»Und wo willst du hin?«, fragte Griet. Mit den Fingern kämmte sie die Knoten aus ihrem Haar. Dabei bemerkte sie wohl, wie Quirin sie anstarrte. Verschämt senkte sie den Blick und band sich flink wieder einen Zopf.

Yda überlegte kurz, wo sie die meisten Münzen verdienen könnten. »Köln wäre gut, ist aber noch zu gefährlich, bevor sich nicht eine von uns mit anderer Kleidung tarnen kann.«

»Und woher willst du die neue Kleidung nehmen?«, fragte Quirin, der nun sein Bündel schnürte. »Hier auf den Feldern wird dir wohl kaum jemand sein Tuch feilbieten.«

Yda konnte ihm darauf keine Antwort geben. Sie sah zu Griet, doch die Schwester wandte den Blick ab. Nun befanden sie sich wieder in der gleichen Situation wie am gestrigen Tag. Yda glaubte sich im Kreis zu drehen.

Quirin schloss die Augen und tippte sich mit dem Zeigefinger gegen die Stirn. »Warte, warte …«

»Worauf?«, fragte Yda.

»Ich hab es! Der Müller der Pletschmühle ist ein wehleidiger Kauz, der mir für einen Tiegel meiner Salbe gern einen Kanten Brot gegeben hat. Für ein Wundermittel würde er gewiss tief in die Tasche greifen. Außerdem sieht er nicht gut. Vielleicht sollten wir unser Glück bei ihm versuchen.«

»Das hört sich nicht schlecht an. Was meinst du, Griet?«

»Wenn nicht auf dem Scheiterhaufen, werden wir im Fegefeuer schmoren.« Rasch schlug Griet das Kreuz.

Yda legte ihr die Hand auf die Schulter. »Hab dich doch nicht so. Mir schmerzt der Bauch vor Hunger. Dir etwa nicht?«

»Doch. Aber …«

»Vielleicht hilft Quirins Salbe ja, und der Müller wird glücklich sein. Manchmal braucht es halt eine List, um den Leuten zu ihrem Glück oder besser gesagt zu ihrer Gesundheit zu verhelfen.«

Quirin runzelte die Augenbrauen. »Natürlich hilft sie. Was denkt ihr denn?«

»So? Tut sie das?« Griet blickte auf Ydas Arm. »Dann zeig doch mal deine Schramme.«

Yda schob den Ärmel hoch. Wie am gestrigen Tag zog sich der rote Kratzer über ihren Unterarm. Sie zuckte mit den Schultern. »Ich habe doch nur irgendeine Salbe ausprobiert. Vielleicht war es eine gegen Juckreiz.«

Heftig nickte Quirin mit dem Kopf. »Ja, sicher. Gegen Wunden habe ich eine andere.«

»Sagt mal, wollt ihr mich als dumme Gans hinstellen?«

Griet stemmte die Hände in die Hüften. »Ich denke eher, Quirin weiß gar nicht, was er da anbietet.«

»Doch, natürlich. Die Tiegel habe ich teuer bei einer heilkundigen Frau erstanden.«

»Warum das denn? Als Bader müsstest du dich doch selbst mit den Heilkräften der Kräuter auskennen. Oder etwa nicht?« Griet gab sich nicht geschlagen.

Quirins Wangen röteten sich leicht. »Ja, natürlich. Leider ist mir auf der Reise mein Bündel geraubt worden. Das war mitten im Winter. Wo sollte ich da auf die Schnelle neue Kräuter finden?«

»Ich denke eher, du bist ein Scharlatan.«

»Nun hör aber auf, Griet.« Langsam hatte Yda keine Lust mehr auf das Geplänkel der Schwester. Was spielte es schon für eine Rolle, ob der Bader mit den Heilkünsten vertraut war? Wichtig war doch, was die Leute glaubten.

Quirin legte sein Bündel auf den Rücken des Esels und band ihn vom Baum ab. Dann reichte er Yda den Strick, an den die Ziege gebunden war. »Hier, geht euren eigenen Weg. Ein störrischer Esel auf der Reise reicht mir.«

Als er sich durch das Dickicht schlug, knackten kleine Äste unter seinen Füßen.

Yda warf ihrer Schwester einen bösen Blick zu. »Siehst du, was du angerichtet hast?«

»Hör mir bitte mal zu.« Griet drückte die Hand gegen ihren Bauch. »Hier, ganz tief drinnen, spüre ich ein seltsames Gefühl, wenn ich ihn anschaue. Glaube mir, das bedeutet nichts Gutes.«

Yda legte ebenfalls die Hand auf ihren Bauch. »Und ich spüre hier ganz tief drinnen den Hunger gurgeln. Willst du wissen, was das bedeutet?«

»Dass du unleidlich wirst, wie immer, wenn du nichts zu essen hast.«

»Nein, es bedeutet, dass sich bald schon die Krähen über unsere leblosen Leiber hermachen. Du wirst nicht nur dein, sondern auch mein Leben auf dem Gewissen haben.«

Griet sah sie erschrocken an. »Das will ich nicht.« Tränen sammelten sich in ihren Augen.

»Dann lass uns dem Bader folgen und gut Freund mit ihm sein.«

Die Ziege hinter sich herziehend, holten Yda und Griet den Bader auf dem offenen Feld ein. Quirin wandte sich um und sah sie traurig an. »Schert euch weg und geht euren eigenen Weg.«

»Nein, warte.« Zaghaft legte Griet ihre Hand auf seine Schulter. Dann zuckte sie zusammen und zog sie schnell fort, als hätte sie sich an dem Bader verbrannt. Ihre Wangen färbten sich rot wie Klatschmohn im Sommer.

Allmählich ahnte Yda, was das seltsame Bauchgefühl der Schwester zu bedeuten hatte. Sie holte tief Luft. »Griet möchte dich um Verzeihung bitten«, sprach sie die Worte aus, die ihrer Schwester nicht über die Lippen wollten.

Quirins Augen erhellten sich. Dann sah er wieder zu Griet. »Ist das wahr?«

Sie senkte den Blick, biss sich auf die Unterlippe und nickte.

Erleichtert stieß Yda den Atem aus und wickelte sich das Seil, an dem sie die Ziege hielt, fester um die Hand. »Gut, dann können wir ja nun dem Müller zur Gesundheit verhelfen.«

Am Mittag erreichten sie die Wiese, die der Abtei Brauweiler gehörte. Gerade vertrieb die Sonne die letzten Wolken und schickte ein wenig Wärme auf sie hinab. Auf dem kleinen Trampelpfad, der durch die Sümpfe führte, kamen sie mit den Tieren nur mühselig voran. Die ersten Mücken tanzten über den Tümpeln. Wie ein Dach schlossen sich die Kronen der Bäume über den Sumpf. Aber hier und da fand das Sonnenlicht einen Weg durch das dichte Geäst, an dem sich das Grün entfaltete. Als die drei endlich das Rauschen der Pletschmühle hörten, blieb Quirin stehen.

»Wenn wir nicht wollen, dass der Müller euch beide sieht, bleibt Griet besser hier zurück und versteckt sich.«

Yda sah sich um. Hier war der Wald so dicht, dass selbst durch die nackten Baumwipfel kaum das Sonnenlicht drang. Ein wenig sorgte sie sich, die Schwester hier allein zurückzulassen.

Quirin griff an seinen Gürtel, holte einen Dolch hervor und reichte ihn Griet. »Falls dir ein wildes Tier oder ein Strauchdieb zu nahe kommt.«

Eine Haarsträhne hatte sich aus Griets Zopf gelöst und zitterte vor ihren Augen.

Quirin strich sie ihr aus der Stirn. »Sei unbesorgt. Deine Schwester wird bald zurück sein. Sobald ich den Müller abgelenkt habe, nehmt ihr den Wechsel vor.«

Als Yda ihr die Hand drückte, nickte Griet tapfer. Dann löste sie sich aus Ydas Griff und schlug sich in das Buschwerk.

Seite an Seite mit Quirin, dem Esel und der Ziege näherte sich Yda kurz darauf der Mühle. Vom Wasser angetrieben, keuchte das Holz der Schöpfräder, die ein Steg mit dem Schuppen verband. Unweit daneben befand sich das Wohnhaus des Müllers, ebenfalls aus groben Planken gezimmert. Ein buckeliger Mann trat aus dem Eingang und rieb sich den

Bauch. Wahrscheinlich hatte er gerade ein gutes Mahl zu sich genommen. Yda bemerkte wieder das Loch in ihrem Magen.

»Das ist der Müller«, flüsterte Quirin. »Bist du bereit?«

»Ja, natürlich.« Yda strich über die Schramme unter dem Linnen ihres Ärmels.

Als sie sich dem Buckeligen ein paar Schritte genähert hatten, winkte Quirin ihm zu. »Wie geht es deinem Leiden, Müller?«

Der Blick des Alten verfinsterte sich. »Bleib mir bloß vom Leib, du Scharlatan.«

Quirin lachte auf. »Läufst aber schon wieder ganz gut auf deinem Klumpen.«

»Was redest du da?« Das Gesicht vor Zorn gerötet, humpelte der Müller ihm entgegen.

Yda sah zu seinen Füßen. Einer der großen Zehen war angeschwollen und schimmerte bläulich. »Was ist mit seinem Zeh geschehen?«

Quirin senkte die Stimme. »Er hat seiner Frau zu heftig in den Hintern getreten. Da ist ein gebrochener Knochen nur die gerechte Strafe, oder findest du nicht?« Quirins Mundwinkel zuckten leicht nach oben.

»Dieser Mistkerl. Warte ab«, flüsterte Yda. Während der Müller näher kam, verzog sie das Gesicht, als hätte sie arge Schmerzen und fuhr dabei mit der Hand über ihren Arm.

»Wozu schleppst du das Weib mit dir herum?«, knurrte der Müller.

Quirin lächelte. »Ich wollte dir etwas vorführen.« Dann sah er zu Yda. »Zeig ihm deinen Arm.«

Brav offenbarte Yda die Schramme und schwieg, damit der Müller nicht ihren abgebrochenen Eckzahn sah.

»Ja, und nun?« Der Müller kratzte sich den Buckel.

»Pass auf.« Mit gestrenger Miene entknotete Quirin sein Bündel, holte einen besonders großen Tiegel hervor und öffnete ihn. Dann schmierte er etwas von der Salbe auf die Schramme.

In der Erwartung eines Wunders starrte der Müller Ydas Arm an. »Passiert doch gar nichts«, raunte er.

»Geduld, guter Mann.« Seelenruhig verschnürte Quirin sein Bündel. Dann sah er sich um. »Hat da nicht gerade dein Weib nach dir gerufen?«

»Hab nichts gehört.« Weiterhin starrte der Müller Ydas Arm an.

»Doch, doch.« Der Bader hob die Nase und schnupperte. »Und sag mal, riecht das nach Feuer hier?«

Erschrocken wandte sich der Müller um. »Was? Feuer?« Er weitete die Nasenflügel.

»Geh lieber und sieh nach, bevor deine Mühle in Flammen steht.«

Der Müller blickte ihn argwöhnisch an. Doch dann nickte er und humpelte davon.

Als er außer Sichtweite war, stieß Quirin Yda mit dem Ellbogen in die Seite. »Lauf!«

Sie raffte ihre Röcke und rannte zu dem Busch, in dem Griet hockte. »Schnell, Griet. Stell dich neben Quirin und warte, bis der Müller wieder da ist.«

Ohne zu zögern sprang Griet auf und lief zu dem Bader. Von ihrem Versteck aus konnte Yda sehen, wie Quirin ihr etwas ins Ohr flüsterte. Griet lächelte ihn an. Dann kehrte der Müller zurück und schüttelte unwirsch den Kopf. Yda konnte nicht verstehen, was er sagte, doch das mürrische Gesicht verriet seinen Groll. Yda verstand seinen Unmut nicht. Der komische Kauz sollte froh sein, dass seine Mühle nicht wirklich brannte. Quirin zeigte ihm Griets Arm, und die Augen des Buckeligen weiteten sich. Dann sah er verdattert den Bader an. Yda konnte sich ein Grinsen nicht verkneifen. Worte wurden gewechselt. Doch wie es schien, handelte Quirin mit dem Müller einen Preis für die Salbe aus. Der Alte streckte die Hände gen Himmel und zeterte. Quirin hingegen behielt die Ruhe und machte Anstalten, die Salbe wieder in seinem Bündel zu verstauen. Mit finsterer Miene hielt der Müller ihn am Arm zurück und sagte irgendetwas, bevor er sich abwandte und zum Schuppen schritt. Quirin folgte ihm mit dem Esel. Währenddessen sah sich Griet unsicher um und schob den Ärmel über ihre bloße Haut.

Plötzlich hörte Yda jemanden des Weges kommen. Erschrocken wandte sie sich um und sah einen Burschen, der einen Karren hinter sich herzog. Um den Ärmel seines Kittels hatte er ein gelbes Band gebunden. Ydas Herz klopfte mit einem Mal heftig. Auf dem Acker, der zu dem Hof ihres Oheims gehörte, sah man nicht oft den Henker oder einen seiner Knechte. Ob der Müller ihn gerufen hatte? Nein, das konnte sie sich nicht vorstellen. Dann hätte der Müller gewiss andere Sorgen und würde nicht um eine Medizin heischen. Ydas Neugierde siegte wie so oft über ihren Verstand. Leichtsinnig trat sie aus dem Gebüsch und stellte sich dem Henkersknecht in den Weg.

Der Bursche zuckte zusammen. »Musst du mich so erschrecken? Wer bist du? Eine Strauchdiebin?« Er sah sie von oben bis unten an. Seine blauen Augen blitzten und hielten Ydas Blick gefangen.

Ihr fehlten nicht oft die Worte, aber in diesem Augenblick hatte sie vergessen, was sie ihn eigentlich fragen wollte. Außerdem wusste sie nicht mehr, wohin mit ihren Händen, und begann das Linnen ihrer Röcke zu kneten. Ein warmes Gefühl kribbelte durch ihre Adern.

Eine dunkle Locke war ihm in die Stirn gefallen. Grinsend hob er die Arme. »Außer meinem Karren habe ich nichts bei mir. Wenn du willst, kannst du dich gern davon überzeugen.«

Yda wich einen Schritt zurück. Den Henkersknecht durfte man nicht berühren, das wusste sie.

»Hat sich jemand in der Mühle aufgehängt?«, fragte sie kleinlaut.

Der Bursche zwinkerte ihr zu. »Nein, kein Selbstmörder. Nur der Kadaver eines Esels, der abgeholt werden muss. Ob er sich allerdings selbst das Leben genommen hat, weiß ich nicht.«

Yda wunderte sich. Ihr Oheim hatte das verendete Vieh immer bei sich auf dem Feld verscharrt. Und so lange sie sich erinnern konnte, hatte sich nie jemand daran gestört.

»Darf ich nun weiter meiner Arbeit nachgehen?«

Yda nickte und konnte den Blick nicht mehr von seinen Augen wenden. »Aber verrat mich nicht dem Müller.«

»Wozu sollte ich das?« Der Henkersknecht griff nach dem Stecken seines Karrens. Dann lächelte er Yda an. »Ich wünsche dir viel Glück bei deinem Raubzug. Vielleicht kommt ja mal ein reicher Kaufmann vorbei.«

Kurze Zeit später sah Yda, wie Quirin mit dem Müller zu Yda zurückkehrte. Der Esel des Baders trug auf dem Rücken einen kleinen Sack. Yda sah sich schon den Brotteig kneten, den sie an einem Stock über dem Feuer backen würde. Bei dem Gedanken wurde ihr ganz schwindelig.

Als Quirin und Griet mit dem Sack Mehl zu ihr kamen,

vertrieb sie die Gedanken an den Henkersknecht. Ihr Plan war aufgegangen. Nie wieder würden sie Hunger leiden müssen.

Etwas Besseres als das Bündnis zwischen Köln und dem Brabanter hätte es für die Patrizier nicht geben können. Endlich hatten sie die nötige Rückenstärkung, um den Erzbischof von seinem herrschaftlichen Stuhl zu stoßen.

Gerhard legte das Pergament auf sein Schreibpult und sah zu der Staffelei mit der halbfertigen Zeichnung von Loretta. Bei dem Blick in ihre Augen wurde ihm trotz der guten Botschaft das Herz schwer. Seufzend ließ er sich auf seinen Stuhl fallen und sprang sofort wieder auf, weil er glaubte, sich auf einen Igel gesetzt zu haben. Dieses Geschwür an seinem Allerwertesten brachte ihn noch zur Raserei. Gerhard verließ das Kontor und suchte nach seinem Knecht. Als er ihn bei den Ställen hinter dem Haus gefunden hatte, beauftragte er ihn, den Medicus zu holen.

Als der Heiler gegen Mittag endlich eintraf, schlug Gerhard das Herz bis zum Hals. Allein die Vorstellung, an dem Geschwür berührt zu werden, ließ ihn fast in Ohnmacht fallen. Er knetete seine feuchten Hände und lief unruhig umher. Dann klopfte es an der Tür zu seiner Schlafkammer. Der Medicus trat ein, bevor Gerhard ihm Einlass gewähren konnte. Sein Haar war weiß wie Schnee und sein Rücken gekrümmt.

»Seid gegrüßt, werter Herr Overstolz. Was plagt Euch für ein Leiden?«, fragte der Greis.

»Wer seid Ihr denn? Ich hatte nach Ruppert rufen lassen.« Gerhard beäugte ihn argwöhnisch. Diesen Mann hatte er in der Stadt noch nie gesehen.

»Bitte? Ihr müsst lauter mit mir sprechen. Mein Gehör ist nicht mehr das beste.«

»Ich fragte, wer Ihr seid!«, schrie Gerhard nun.

»Mein Name ist Lohrer, von Beruf Medicus.«

»Wo ist Ruppert?«

»Meint Ihr, wo Ruppert ist? Ich glaube, er ist nicht in der Stadt.«

Gerhard konnte es nicht fassen. Da brauchte er seit langer Zeit einmal den Medicus, der schon seit Jahren die Familie behandelte, und dann war dieser nicht auffindbar. Wieder raste sein Herz – diesmal vor Wut. Es kostete ihn einiges an Beherrschung, nicht gegen den Bettpfosten zu treten.

»Habt Ihr Referenzen?«, schnauzte er den Mann an.

»Wie bitte?«

»Ob Ihr Referenzen habt.«

»Ja, ja sicher.« Lohrer kramte ein Pergament aus seiner Tasche.

Gerhard schnappte es sich und entrollte es. Eine Liste von Namen war aufgeführt. Unter anderem stand da auch Konrad von Hochstaden, sein Siegel war schon ganz brüchig. Der einstige Erzbischof von Köln weilte zwar seit über zwanzig Jahren nicht mehr unter den Lebenden, aber was sollte er machen? An seinem Hinterteil pochte und schmerzte das Geschwür. Er beugte den Rücken durch. Der Mann musste es lediglich aufschneiden, damit der Eiter abfloss. Das könnte selbst die Küchenfrau fertigbringen, versuchte sich Gerhard einzureden.

Lohrer blickte ihn weiterhin an. Dabei kniff er ab und an die Augen zusammen. Wahrscheinlich hörte er nicht nur schlecht, sondern sah auch nicht gut. Gerhard hob die Hand und versteckte den Daumen.

»Wie viele Finger sind das?«

»Wie meinen, der Herr?«

Gerhard schrie seine Frage erneut hinaus. Der Medicus schlurfte ganz nah zu ihm hin, tippte einzeln jeden Finger an und begann zu zählen. Noch bevor er bei zwei war, packte Gerhard ihn am Kragen und warf ihn vor die Tür.

Als er kurze Zeit später wieder am Fenster stand und auf die Straße blickte, kam ihm plötzlich der Henkersknecht in den Sinn. Nein, sich von ihm behandeln zu lassen wäre unmöglich. Wenn der Henkersknecht ihn berührte, wäre Overstolz seine Ehre für alle Zeit los. Da würde er eher nach einem Bader suchen lassen. Aber Talismane, die konnte der Schinder ihm beschaffen. In Kriegszeiten war schließlich jedes Hilfsmittel vonnöten.

Von der Pletschmühle aus wanderten sie in nordöstlicher Richtung und achteten darauf, sich vorerst von der Kölner Stadtmauer fernzuhalten.

Yda konnte es kaum erwarten, endlich das Lager aufzuschlagen. Mittlerweile ließ der Hunger ihren Kopf schwindeln. Auch ihre Beine waren schon ganz schwach. Der Bader und Griet hingegen klagten nicht und gaben sich mit dem Wasser aus Quirins Lederschlauch zufrieden. Yda konnte es nicht verstehen.

Inmitten einer Furche, die zwischen den Feldern von Karren gezogen worden war, ließ sich Yda auf die Knie fallen. »Warum machen wir keine Rast?«

Quirin sah sie entgeistert an. »Hier auf dem offenen Feld?«

»Warum nicht? Der Gedanke an ein Stück Brot bringt mich fast um.«

Griet hockte sich neben sie. »Siehst du nicht die Rauchsäulen um uns herum? Hier lagern überall Truppen. Wir müssen sehen, dass wir schleunigst wieder in den Wald kommen.«

Yda blickte nach vorn. Erst am Horizont war eine zartgrüne Linie zu sehen. »Das schaffe ich nicht«, keuchte sie.

Unwirsch zog Griet an ihrem Arm. »Du warst diejenige, die auf Wanderschaft gehen wollte, vergiss das nicht.«

Yda rappelte sich auf. »Ja, sicher. Aber verhungern will ich dabei auch nicht.«

»So schnell verhungerst du nicht. Der Leib gewöhnt sich schneller an karges Essen, als du denkst.« Quirin reichte ihr den Wasserschlauch.

»Karg gegessen haben wir vorher auch schon«, giftete Yda zurück. »Aber wir *haben* wenigstens gegessen.«

»Hör auf zu zetern und trink lieber. Auch Wasser füllt den Bauch.«

Yda riss ihm den Schlauch aus der Hand und nahm einen kräftigen Schluck. Dann wischte sie sich eine Träne aus dem Augenwinkel. Das Wasser hatte sie erfrischt und ihr ein wenig den Hunger genommen. Sie musste sich einfach zusammenreißen. Aller Anfang war hart. Das hatten sie auch erleben müssen, als sie in der Hütte allein auf sich gestellt gewesen waren.

»Geht es wieder?«, fragte Griet vorsichtig.

Yda strich ihr über das Haar. »Ja, Schwester. Lass uns weiterwandern.«

Als sie den steinigen Acker unweit der Siedlung Lunrike hinter sich gelassen hatten, kamen sie endlich in ein Waldstück. Dort folgten sie einem Bachlauf, der von Brombeersträuchern gesäumt wurde. Als sich Griet fröstelnd die Arme rieb, legte Quirin ihr seine Decke über die Schultern. Griet schenkte ihm ein dankbares Lächeln. Kurz darauf erreichten sie eine kleine Lichtung und beschlossen, dort ihr Lager aufzuschlagen. Während Quirin dem Esel die Last vom Rücken nahm, stieg Yda den kleinen Abhang zum Bach hinab und füllte den Lederschlauch mit Wasser. Dann öffnete sie endlich den Sack und griff mit der Hand in das Mehl. Es war nur grob gemahlen und nicht so fein wie das, welches der Oheim immer erstanden hatte. Yda schnupperte daran. Das hellbraune Mehl roch lediglich ein wenig nach der Jute des Sackes. Dann sah sie kleine schwarze Krümel darin – wahrscheinlich zerstoßener Mäusekot, also nichts Ungewöhnliches. So gut es ging, pickte sie diese aus dem Mehl.

»Was machst du da?«, fragte Griet. »Ist das Mehl etwa verunreinigt?« Angeekelt verzog sie das Gesicht.

»Ach, nur ein bisschen.« Yda winkte ab.

»Das kannst du aber allein essen. Das mag ich nicht.«

»Dann musst du eben hungern.«

Quirin erhob sich und kramte in seinen Sachen. Dann reichte er ihr einen Kessel, in dessen Boden sich ein daumennagelgroßes Loch befand, und lachte. »Wasser kannst du darin nicht kochen, aber den Teig kneten.« Er blickte auf das Mehl und verzog ebenfalls das Gesicht. »Das sieht aber wirklich nicht gut aus. Ich glaube, ich versuche lieber, uns einen Hasen zu fangen.«

»Macht doch, was ihr wollt.« Yda zuckte mit den Schultern. Dann gab sie zwei Hände voll Mehl in den Kessel, goss Wasser hinzu und knetete den Teig. Als sie das Feuer geschürt hatte, stach sie einen Stock durch die Teigklumpen. Wenig später roch es verführerisch nach frisch gebackenem Brot, und Yda war glücklich.

Quirin kehrte von der Jagd zurück. In der Hand hielt er einen erlegten Hasen, den er kurz darauf über dem Feuer briet. Yda aß jedoch nur ihr Brot. Als sie endlich satt war, dämmerte bereits der Abend. Quirin breitete seine Decken aus. Nachdenklich blickte Yda in die Flammen und dachte daran, wohin es sie morgen ziehen würde. Plötzlich bemerkte sie, wie Quirin sie anstarrte.

»Hab ich plötzlich Hörner, oder was?«

Quirin schüttelte den Kopf, dann sah er zu ihren Beinen. »Ist das nicht schmerzhaft, wie du da sitzt?«

Yda blickte an sich hinab. Die Beine hatte sie in einem unnatürlichen Winkel nach hinten gestreckt. »Nein. Ist es nicht.«

Quirin versuchte, seine Beine in die gleiche Lage zu bringen.

»Das schaffst du nicht.« Griet lachte. »Das kann nur Yda.«

»Und unsere Mutter konnte das.« Yda bog den Rücken nach hinten. »Sie war eine Schlangenfrau.«

Erschrocken blickte Quirin sie an. »Allmächtiger! Weißt du, was das bedeutet?«

»Nein, was denn?«, fragte Yda und richtete sich wieder auf.

»Eva, die Schlange, der Teufel.« Quirin schluckte sichtlich an einem Brocken im Hals.

»Sag das nicht!«, rief Griet.

»Nun geht das schon wieder los.« Yda verdrehte die Augen. Dann erhob sie sich, stellte sich vor Quirin und stemmte die Hände in die Hüften. »Ich glaube, wir sollten nun endgültig klären, ob du mich für die Ausgeburt der Hölle hältst oder nicht. Ich habe nämlich keine Lust, bei der nächsten Gelegenheit auf dem Scheiterhaufen zu landen.«

Quirin blickte zu Griet, die ihn aus geweiteten Augen ansah, und quälte sich ein Lächeln ab. Dann sah er wieder zu Yda und schüttelte den Kopf. »Nein, ihr beide seid nur einfache Bauerntöchter, mehr nicht.«

»Gut, und etwas anderes will ich aus deinem Mund nicht mehr hören.« Yda schlug das Herz bis zum Hals hinauf. So etwas Ungeheuerliches hatte selbst der Oheim nie von der Mutter behauptet.

Luca betrachtete die Wunde. Die Naht war leicht gerötet, doch es sah gut für den Mann aus. Auch wenn ihm nun eine Hand fehlte, würde er gewiss überleben. Der Mann stöhnte benommen. Luca trug etwas Ringelblumenbutter auf und verband den Stumpen. Dann wies er Rinchen an, dem Mann den Tag über nur Wasser und eine Brühe aus saurem Kohl einzuflößen.

Rinchen schüttelte den Kopf. »Hab keinen Kohl mehr. Muss neuen kaufen.«

»Gut, dann begleite mich in die Stadt. Aber wenn du alles gekauft hast, kehrst du sofort wieder heim.«

Rinchen sah ihn traurig an. »Hast du heute viel zu arbeiten?«

»Es gibt eine Hinrichtung gegen Mittag«, sagte er und strich der Schwester über das Haar. »Aber jetzt komm. Ich muss Meister Hens helfen, den Richtplatz vorzubereiten.«

Rinchen legte sich ihren Mantel um und holte den Weidenkorb.

Vom Rheinufer aus traten sie kurze Zeit später in die Gasse von Niederich. Vor dem Kunibertsstift stießen sie auf Bruder Benedikt, der mit hochgehobener Kutte durch den Matsch stapfte. Mit einem langen Stock stocherte er im

Schlamm. Plötzlich bückte er sich umständlich und griff in die aufgeweichte Erde. Als er sich wieder aufrichtete, hielt er in der Hand einen Knochen von der Größe eines Kinderbeines. Er sah zu Luca und strahlte.

»Hier sieh nur, ein weiteres Gebein der Heiligen Jungfrauen.« In ehrfürchtiger Haltung legte der Mönch den Fund auf einen Haufen ausgehobener Steine. Der Bruder war alt und träumte immer noch, mit jedem einzelnen Knochen, den er ausgrub, eine Reliquie der Heiligen Jungfrauen gefunden zu haben. Still lächelte Luca in sich hinein. Gewiss war es nur ein Gebein eines verendeten Hundes, das er da ausgegraben hatte.

Der Mönch trat zu Luca – ohne ihn jedoch zu berühren. »Wie geht es unserem kranken Mann?«

»Ich musste ihm die Hand abschlagen.«

»Das wusste ich, mein Freund. Hast du den Schlafschwamm benutzt?«

»Ja, er hat nichts gespürt. Aber sagt, Bruder, was war das für eine Tinktur?«

»Eine Rezeptur aus Laudanum und Bilsenkraut. Einer unserer Brüder hat sie aus Bologna mitgebracht.«

»Was hat der Mann? Warum faulen ihm die Gliedmaße?«

»Er leidet unter dem Ignis sacer, auch Antoniusfeuer genannt. Aber wir können ihn nicht mehr bei uns aufnehmen, da unsere Krankensäle voll sind. Könnte er in deiner Hütte bleiben?«

Luca hatte schon oft von der Krankheit gehört, an der die meisten Menschen starben. Er sah kurz zu Rinchen. »Ich kann nicht verantworten, dass meine Schwester sich ansteckt.«

»Das wird sie nicht, mein Freund. Zwar weiß niemand,

warum die Krankheit ausbricht, aber unsere Brüder aus dem Antoniterorden haben beobachtet, dass sie nicht übertragen wird.«

»Wie soll ich dem Mann denn helfen? Ohne Heiltränke wird er mir doch unter der Hand wegfaulen.« Luca fühlte sich nicht wohl bei dem Gedanken, die Pflege des Mannes zu übernehmen. Durch seine Lehre bei Meister Hens kannte er sich zwar gut mit der Heilkraft der Kräuter aus, doch was bei dieser Krankheit helfen sollte, war ihm fremd.

»Gleich morgen früh werde ich dir einen Boten schicken, der angesetzten Weinessig bringt. Er ist mit Kräuterpflanzen aus dem Elsass versehen und mit den Gebeinen des Heiligen Antonius in Berührung gekommen.«

Luca gab sich geschlagen. Dann dachte er wieder an seine Mutter und erzählte dem Mönch von dem fremden Mann in der Stadt, der seine Mutter geprügelt hatte.

»Es herrscht eine Zeit, in der die Männer roh und gewaltbereit sind, denn eine große Schlacht wirft ihre Schatten voraus. Wie es heißt, sammelt Johann von Brabant seine Vasallen um sich. Er wird wohl bald schon gegen den Erzbischof reiten.« Bruder Benedikt wischte sich die Hände an seiner Kutte ab und blickte gen Himmel. »Ein mächtiger Mann übrigens, dem sich die Patrizier nur zu gern anschließen.«

Also doch. Luca sah goldenen Zeiten entgegen. Er zog die Kette aus dem Hemd und zeigte dem Mönch den Anhänger. »Könnt Ihr mir sagen, was das sein soll?«

Bruder Benedikt weitete die Augen. »Das musst du sofort dem Abt zeigen.«

»Weshalb?«

»Es könnte ein Dorn aus der Krone Jesu sein. Woher hast du den Anhänger?«

Rasch steckte Luca die vermeintliche Reliquie wieder zurück unter sein Hemd. »Das erzähle ich Euch später. Aber nun muss ich rasch weiter.« Er nahm Rinchen an die Hand und sputete sich.

Als sie den Schatten von Sankt Kunibert hinter sich gelassen hatten, griff sich Rinchen unter die Röcke und zog das vermeintliche Gebein der Jungfrau hervor. »Hier, hab ich mitgenommen. Der Knochen wird uns beschützen. Ganz bestimmt.«

Luca nahm ihn ihr aus der Hand und betrachtete ihn von allen Seiten. Wie er schon vermutet hatte, handelte es sich lediglich um das Bein eines Hundes. Lächelnd gab er Rinchen den Schatz zurück. »Na, dann pass bloß gut auf ihn auf.«

Rinchen versteckte den Knochen wieder unter ihren Röcken. Dann presste sie die Lippen aufeinander und sah Luca bedrückt an. »Wir brauchen den Knochen. Auch für Mutter, damit sie nicht mehr geschlagen wird. Holt der Teufel mich nun, weil ich ihn gestohlen hab?«

»Nein, der Teufel wird dich gewiss nicht holen. Aber nun kauf den Kohl und sieh zu, dass du nach Hause zu dem kranken Mann kommst.«

Rinchen gehorchte und stapfte auf ihren krummen Beinen davon.

Aus dem Haus des Henkers drang ein Poltern. Ein Mann schrie. Als Luca durch die offene Tür trat, sah er, wie der Schultheiß den Henker anbrüllte.

»So früh am Tag schon volltrunken! Du bist es nicht wert, Gottes Richtschwert zu führen!« Der Schultheiß schnappte nach Luft und tupfte sich mit einem Tuch den Schweiß von der Stirn. Vor ihm lag Meister Hens auf dem Boden und lallte unverständliche Worte. Der Schultheiß wandte sich an Luca. »Du kommst mir gerade recht. Du wirst die Hinrichtung vornehmen. Dein Meister ist dazu nicht mehr in der Lage.«

Die ganze Zeit über hatte Luca gewusst, dass es eines Tages so kommen würde. Zum Glück hatte er heimlich den Schlag mit dem Richtschwert geübt – wenn auch nur an einem verendeten Schwein. Dennoch lief ihm bei dem Gedanken an das, was er tun musste, ein eiskalter Schauer über den Rücken.

5. Kapitel

Schon in der Nacht war Yda mit heftigen Kopfschmerzen aufgewacht. Seitdem brannte ihr Leib, als lodere ein Feuer darin.

Als sie nun das Lager abbauten, sah Griet sie besorgt an. »Du siehst blass aus. Geht es dir nicht gut?«

»Ach, bestimmt war nur die Nacht zu feucht.« Yda winkte ab.

»Wir müssen unbedingt wärmere Kleidung für euch besorgen. Und vielleicht Decken, denn die Nächte sind immer noch sehr kalt«, meinte Quirin, während er dem Esel seine karge Habe auf den Rücken legte.

»Dazu müssten wir uns aber schleunigst ein paar Münzen verdienen.« Yda band die Ziege ab. Als ihr das Seil aus der Hand fiel und sie sich danach bückte, wurde ihr ein wenig schwindelig.

Quirin nickte. »Unbedingt. Ich denke, wir werden es heute bei den Söldnern versuchen. Aber diesmal sollten wir es geschickter angehen. So leicht wie der Müller lassen sich die Männer bestimmt nicht ablenken.«

Yda trat von einem Fuß auf den anderen. Ihre Haut begann unerträglich zu kribbeln. »Uns wird schon was einfallen.«

Als sie den Wald verließen, hielten sie Ausschau nach den

Rauchsäulen. Yda blinzelte in die Sonne. Das Licht stach in ihre Augen und ließ einen Hammer durch ihren Kopf kreisen. Sie fühlte sich so matt, dass der Strick der Ziege schwer wie ein Felsbrocken in ihrer Hand wog.

»Sie werden uns doch nicht niedermetzeln?« Ängstlich blickte Griet in die Ferne.

Quirin lachte laut auf. »Das wäre schön dumm von ihnen.«

»Wenn sie nicht hinter unsere List kommen, wird uns schon nichts geschehen.« Abermals schlug Ydas Herz schneller als gewohnt. Krampfhaft überlegte sie, wie sie die Soldaten hinters Licht führen könnten. Dann fiel es ihr ein. »Wir geben einfach vor, die Salbe bräuchte eine Weile, bis sie Wirkung zeigt.«

»Wie meinst du das?«, fragte Griet. Ihre Stimme zitterte leicht.

»So können wir in Ruhe den Wechsel vornehmen.« Yda rieb sich die Schläfen und kniff die Augen zusammen.

»Also muss sich eine von uns wieder verstecken.« Betreten blickte Griet auf ihre Füße.

»Richtig, du gehst in den Wald und wartest, bis wir zurück sind.«

Einige Tränen flossen, ehe Griet gehorchte. Quirin und Yda liefen über den Acker der Rauchsäule entgegen. So gut es ging, versuchte Yda die Kopfschmerzen sowie das Kribbeln zu verdrängen. Dann bat sie Quirin um den Dolch.

»Was hast du vor?«

»Zeig ich dir gleich. Warte.« Yda schob sich den Ärmel hoch. Die Schramme war fast schon verblasst. »Gib ihn mir kurz.«

Nachdem Quirin ihr den Dolch gereicht hatte, sah er sie mit großen Augen an.

Yda holte tief Luft und setzte die Klinge an ihrem rechten Arm an. Dann schloss sie die Augen und zog die Spitze durch ihre Haut. Der Schmerz brannte sich durch ihren Arm. Kurz presste sie die Lippen aufeinander und hob die Lider wieder. In einer schmalen Linie quoll das Blut aus dem Schnitt, lief an ihrem Arm hinab und tropfte auf den Boden. Langsam verebbte der brennende Schmerz und verwandelte sich in ein Pochen.

»Bist du von Sinnen?« Quirin riss einen Streifen aus seinem Sackkleid und band ihn ihr um den Arm. »Was soll das?«

»Meine Kopfschmerzen sind nicht sichtbar. Womit wolltest du sonst die Heilsamkeit deiner Salbe anpreisen?«

»Teufelsweib!« Quirin grinste kurz. Dann schlug er sich die Hand vor den Mund. »War nicht so gemeint«, sagte er mit gesenktem Blick.

Yda schüttelte nur leicht den Kopf und sah ihn böse an. Dann gab sie ihm den Dolch zurück. »Du solltest dein loses Mundwerk im Zaum halten.«

Eine Weile schritten sie schweigend nebeneinander her, bis Yda wieder die Bilder der brennenden Hütte durch den Kopf schossen.

»Warum machen die Männer das? Warum verwüsten sie das Kurkölnische Land?«, fragte sie Quirin, als sie das Grölen der Söldner vernahm.

»Um dem Erzbischof zu zeigen, auf welcher Seite sie stehen.«

»Und die wäre?«

Quirin kratzte sich am Kopf. »Na ja, das ist nicht so einfach zu erklären. Hauptsächlich geht es um das Erbe des Herzogtums Limburg. Adolf von Berg hat den Brabantern seine Ansprüche verkauft. Dem Erzbischof von Köln ist es nicht recht, wenn Johann von Brabant zu mächtig wird und ihm damit zu nahe auf die Pelle rückt – wenn ich das mal so sagen darf. Deshalb kämpft er an der Seite des Rainald von Geldern, der sich nach dem Tod seiner Frau als rechtmäßiger Erbe des Herzogtums Limburg ansieht. Aber wie gesagt, das ist nicht einfach zu verstehen.«

Yda schwirrte der Kopf. »Dann schwelt der Streit bestimmt schon länger.«

»Ja, das geht schon seit Jahren so. Also war für beide Seiten Zeit genug, sich ausreichend Verbündete zu suchen. Sollte es zu einer Schlacht kommen, wird diese wohl die größte seit langer Zeit werden.«

»Ach, herrje«, seufzte Yda. Für einen Augenblick hatte sie das Brennen auf ihrer Haut vergessen. »Bis dahin sollten wir aber zusehen, dass wir uns in der sicheren Stadt befinden.«

»Wäre wohl besser. Schließlich habe ich auch keine Lust, von den Hufen der Schlachtrösser zu Brei getrampelt zu werden. Vielleicht höre ich mich bei den Söldnern mal um, wie der Stand der Dinge ist.«

Als sie den Zelten immer näher kamen, verstärkte sich der Schwindel in Ydas Kopf. Sie schob es auf die Angst vor den Männern. Quirin war zwar groß gewachsen, aber mager. Was konnte er allein schon mit seinem Dolch gegen die Truppe ausrichten?

Ungefähr zwanzig Söldner lungerten um ein Feuer herum, das die Luft mit Rauch schwängerte. Ein wenig abseits grasten in Eintracht ihre Rösser. Einige der Männer vertrieben sich die Zeit mit einem Würfelspiel, andere dösten vor sich hin. Als Quirin und Yda näher kamen, reckten sie die Hälse. Yda versuchte, die kalten Augen ausfindig zu machen, fand sie jedoch nicht. Wie das Wappen ihrer Fahne zeigte, mussten diese Männer dem Grafen von Berg dienen.

Ein Rotschopf nahm sein Schwert auf, das neben ihm lag. Dann erhob er sich und blickte grimmig drein. »Geht weiter eures Wegs. Es gibt nichts, was wir mit euch teilen könnten.«

Quirin hob die Hand. »Herr, wir sind nicht gekommen, um zu betteln. Wir möchten Euch etwas zeigen, was Ihr noch brauchen werdet.«

Der Mann ließ den Blick über Ydas Hüften schweifen und grinste schmierig. »Nun, wo du es sagst.«

Quirin trat einen Schritt vor und stellte sich schützend vor sie. »Nein. Es ist nicht mein Weib. Da liegt Ihr falsch.«

Yda band sich das Sackleinen vom Arm. Als sie es von der Wunde löste, fuhr wieder der brennende Schmerz durch ihre Haut. Zischend sog sie den Atem durch die Zähne.

Der Rotschopf warf einen kurzen Blick darauf. »Ist nur ein Kratzer. Wirst schon nicht daran sterben, Mädchen.«

Yda sah stumm zu Quirin.

Der Bader knotete sein Bündel auf. »Das wird sie gewiss nicht. Dank meiner Tinktur wird die Wunde verheilt sein, bevor die Bäume lange Schatten werfen.« Er holte einen Tontiegel hervor und entfernte den Holzpropfen mit den Zähnen. Dann träufelte er eine milchige Flüssigkeit auf Ydas Arm.

Die Tinktur brannte höllisch. Yda traten die Tränen in die Augen. Rasch blinzelte sie diese fort und biss die Zähne zusammen. Quirin band ihr das Sackleinen wieder um den Arm.

»Und was wolltest du mir nun damit zeigen?«, knurrte

der Rotschopf. Mittlerweile hatten sich die anderen Männer zu ihnen gesellt und glotzten Yda an, als sei sie ein Kalb mit sechs Augen.

Quirin drückte das Holzstück zurück in den Tiegel. »Ich bin Bader und verkaufe meine Salben auf der Wanderschaft. Wenn Ihr wollt, könnt Ihr diese Wundertinktur gegen ein wenig Silber erwerben.«

»Silber? Pah!« Der Rotschopf spuckte auf den Boden und fuchtelte mit der Schwertspitze vor Quirins Nase. »Wenn ich wollte, könnte ich dir den Kopf abschlagen und mir nicht nur diese Tinktur, sondern auch dein Weib nehmen.«

Yda hielt den Atem an. In ihren Schläfen hämmerte es. Das würde kein gutes Ende nehmen. Was hatte sie sich nur gedacht?

Quirin blieb die Ruhe selbst. »Davon hättet Ihr aber nicht lange etwas. Für das Silber bekämt Ihr das Rezept noch hinzu. Mit ein wenig Geschick könntet Ihr dann diese Tinktur selbst herstellen und hättet für alle Zeiten einen Vorrat für Euch und Eure Männer. Ja, vielleicht könntet Ihr sogar dadurch reich werden.«

»So wie du nun, oder was? Hältst du mich eigentlich für stumpfsinnig?«

»Gott bewahre. Aber bevor Ihr an mir Eure Schwerttauglichkeit prüft, bitte ich nur um ein wenig Aufschub. Wenn Ihr erlaubt, werde ich gegen Abend mit meinem Weib zurückkehren. Dann könnt Ihr Euch von der Heilkraft der Tinktur überzeugen.«

Der Söldner ließ das Schwert in der Hand sinken. »Anscheinend kennst du keine Angst.« Nachdenklich rieb er sich die Nase und musterte Quirin vom Scheitel bis zu den Fußsohlen. »Weißt du was? Geh mit deinem Weib, bevor meine Männer ihr noch das Kleid vom Leib reißen. Aber denk daran, Kerl, ich erwarte dich heute Abend. Und solltest du nicht auftauchen, werde ich dich finden. Dann rollt dein Kopf, verstehst du?«

Ydas Mund war so trocken, dass sie kaum schlucken konnte.

Neben ihr grinste Quirin, als hätte er das Geschäft seines Lebens abgeschlossen. »Ich werde kommen. Darauf könnt Ihr Euch verlassen wie auf den Schnee im Winter.« Er nickte Yda zu und wandte sich zum Gehen. »Komm.«

Als sie gut hundert Schritte von dem Lager entfernt waren, atmete Yda erst einmal tief durch. »Das war knapp. Ich hab mich schon um deinen Kopf gesorgt.«

»Dazu bin ich viel zu schlau.« Quirin lachte laut.

Bertram schritt über den Burghof. Wieder einmal hatte Bilstein nach ihm rufen lassen. Wahrscheinlich, um den Oberbefehlshaber herauszulassen. Irgendwann würde er diesen Bock an die Wand nageln. Das Klirren von Schwertern hallte über den Hof. Seit Tagen übten sich die Männer des Erzbischofs im Kampf. Bertram betrat den Wohnturm und suchte Bilstein in seinem Arbeitszimmer auf. Der Marschall brütete über einer Landkarte, die er auf seinem Schreibpult ausgebreitet hatte.

Als er Bertram sah, presste er die Lippen aufeinander und nickte ihm wohlgesinnt zu. »Kommt näher und seht Euch das an.«

Auf der Landkarte waren Gebiete vor der Kölner Stadtmauer abgesteckt. Bilstein tippte mit den Fingern darauf. »Hier, hier und hier haben die Bastarde des Adolf von Berg eine Schneise der Verwüstung hinterlassen. Als ob wir nicht schon wüssten, dass sie sich mit Johann von Brabant verbündet haben.«

Bertram hatte bereits die Bürger von Köln darüber reden gehört. »Wir sollten sie ausräuchern.«

»Richtig. Deshalb habe ich Euch rufen lassen. Sammelt die Männer und rüstet Euch.«

Bertram mahlte mit dem Kiefer und schlug die Faust in die Hand. Das würde seine eigene kleine Schlacht werden.

Kurz darauf trieb er die Männer des Erzbischofs zur Eile an und ritt mit einem Gefolge von gut zwanzig Vasallen von der Burg. Südlich von Worringen sah Bertram bereits die Rauchsäulen der abgebrannten Höfe in den Himmel steigen.

Griet legte die Hand auf Ydas Stirn. Seit die Schwester mit Quirin von dem Lager der Söldner zurückgekommen war, ging es ihr von Augenblick zu Augenblick schlechter. Besorgt sah Griet zu dem Bader, der im Moos lag. Auf einem Grashalm kauend hatte er die Arme hinter dem Kopf verschränkt und blickte in die zartgrünen Baumwipfel.

»Quirin?«

Der Bader sah sie an. »Ja?«

»Hast du in deinem Beutel ein Mittel, das Ydas Fieber senkt?«

»Ich hab kein Fieber. Es ist nur die Kälte, die mich zittern lässt«, wehrte Yda ab.

Quirin erhob sich und schnürte sein Bündel auf. Dann gab er Griet einen kleinen Linnenbeutel. »Hier, das sind getrocknete Lindenblüten. Koch ihr einen Sud daraus.«

Griet betrachtete den Kessel, in dem sich das Loch befand. »Darin etwa? Das dürfte schwer werden.«

Quirin band sich den Lederschlauch von dem Strick, der sein Sackkleid zusammenhielt. »Versuch es hiermit.«

Als sich ihre Hände berührten, fuhr Griet ein heißer Schauer über den Rücken. Einen Lidschlag lang verlor sie sich in Quirins Blick. Seine Augen waren so grün wie das Moos, auf dem er eben noch gelegen hatte. Griet blickte zu Boden, dann nahm sie den Lederschlauch und erhitzte ihn über dem Feuer.

Quirin legte Yda die Decke über die Schultern. »Gleich wirst du ordentlich schwitzen.« Er erhob sich und trat hinter Griet. »Vergiss nicht, dass wir bald aufbrechen müssen. Wenn ich meinen Kopf behalten will, sollten wir die Söldner nicht warten lassen.«

Griet spürte seinen Atem an ihrem Ohr. Eine Gänsehaut überzog ihre Arme. Was war bloß los mit ihr? Rasch versuchte sie, ihre Gedanken zu ordnen. »Ich lasse Yda aber ungern allein.«

»Wir werden nicht lange fort sein. In der Zeit kann sie etwas schlafen.«

Nachdem Yda den Aufguss getrunken hatte, sank tatsächlich nach kurzer Zeit das Fieber. »Ihr müsst gehen«, sagte sie zu Griet und wischte sich mit dem Ärmel die Schweißperlen von der Stirn.

Während Griet sich erhob, tastete Quirin nach dem Dolch an seinem Gürtel. Dann nahm er sein Bündel. Das Kribbeln in Griets Bauch fühlte sich angenehm warm an, als sie ihn betrachtete. Sie verstand es nicht.

»Hast du Angst?«, durchbrach Quirin das Schweigen.

Griet schüttelte den Kopf. Solange Quirin an ihrer Seite war, fürchtete sie sich nicht vor den Söldnern. Eher vor dem Gefühl, das in ihr heranwuchs.

Sie legte die Hand auf seinen Arm, zog sie aber sofort zurück, denn ihre Finger summten, als hätte sie in einen Ameisenbau gegriffen.

Quirin schenkte ihr ein Lächeln, sagte jedoch nichts. Und so schritten sie schweigend nebeneinander her, bis sie das Lager der Soldaten erreichten. Als Griet die Männer sah, klopfte ihr das Herz doch heftig in der Brust. Sie saßen um ein Feuer, tranken aus schweren Krügen und grölten. Ihre Gesichter überzog eine Schmutzschicht, und in den langen Bärten hatte sich der Filz eingenistet. Der Gestank von Schweiß und Ausscheidungen wehte zu ihnen herüber. Griet schüttelte sich vor Ekel.

Dann entdeckte sie ein rotbärtiger Söldner. Augenblicklich sprang er von seinem Lager. Als er näher kam, sah Griet das Flackern in seinen Augen. Sie griff nach Quirins Hand, die sich warm in ihrer anfühlte.

Quirin hob sie an und schob mit der anderen ihren Ärmel hoch. »Was sagt Ihr nun?«, fragte er den Söldner.

»Was ich sage? Schieb den anderen Ärmel hoch. Denn am Mittag hatte dein Weib die Schramme noch an dem rechten Arm.«

In Griets Nacken kroch die Hitze.

»Verzeiht. Natürlich. Ihr habt recht.« Quirin ließ ihre Hand los und schob den anderen Ärmel hoch.

»Siehst dein Weib wohl nicht oft nackt.« Der Mann grinste und betrachtete den Arm. Anstatt sich über das Wunder zu freuen, fasste er mit seiner Pranke Griet an den Hintern. »Brauchst du einen richtigen Kerl zwischen den Schenkeln, Weib? Sag es mir.« Sein Gesicht kam ihr bedrohlich nahe.

Griet hielt den Atem an.

»Lasst mein Weib in Ruhe!«, sagte Quirin laut und nestelte an seinem Gürtel.

Als Antwort versetzte der Soldat ihm einen Hieb mit der Faust. Quirin fiel um wie ein gefällter Baum.

Griet glaubte, ebenfalls die Besinnung verlieren zu müssen. Doch da donnerte plötzlich der Boden unter ihren Füßen. Das Schlagen von Hufen war zu hören. Der Rotbärtige riss den Kopf hoch, seine Männer liefen wild durcheinander. Ohne weiter darüber nachzudenken, rannte Griet los – weg von dem Lager der Soldaten und weg von den herannahenden Reitern. Außer Atem erreichte sie eine Baumgruppe und versteckte sich dort. Dann dachte sie an Quirin. Der Gedanke an seinen sicheren Tod trieb ihr die Tränen in die Augen. Gepeitscht von ihrer Angst, hatte Griet ihn einfach zurückgelassen. Dabei hatte er sich gerade noch schützend vor sie gestellt.

Griet sah zu dem Lager der Söldner, das in einer Staubwolke versank. Unter das Klirren der Schwerter mischten sich markerschütternde Schreie. Weinend hielt sich Griet die Ohren zu. Ihre Gedanken kreisten um Quirin. Warum nur hatte sie nicht den Mut besessen, bei ihm zu bleiben? Yda wäre niemals davongerannt und hätte ihn allein gelassen. Griet trat aus der Baumgruppe hervor. Sie musste wieder zurück, um ihm zu helfen, doch die Beine versagten ihr den Dienst und waren so schwer, als stünde sie in einem Sumpf. Ihr Wille kämpfte gegen die Angst und verlor. Zitternd brach Griet zusammen. In ihrer Brust schmerzte das Beben der Schluchzer. Dann sah sie Yda vor ihrem inneren Auge, die ihr die Hand reichte. Griet nahm all ihren Mut zusammen, raffte ihre Röcke und lief zu dem Lager der Söldner.

Yda blinzelte in das fahle Licht zwischen den Baumwipfeln. Der Boden, auf dem sie lag, bebte, und ihr Kopf drohte vor Schmerz auseinanderzubrechen. Sie musste eingeschlafen sein. Nur langsam drang die Erinnerung wieder in ihr Bewusstsein. Griet! Wie lange mochte sie schon mit Quirin fort sein? Ydas Arme und Beine fühlten sich an, als gehörten sie ihr nicht mehr. Flammen züngelten durch ihren Leib. Dennoch rappelte sie sich auf. Der Waldboden drehte sich um sie, doch das Dröhnen in ihrem Kopf ließ langsam nach. Vereinzelt zwitscherten Vögel in den Büschen. Nicht weit entfernt hörte sie einen Bach gurgeln. Ihre Kehle war so trocken, dass sie kaum schlucken konnte. Sie suchte nach dem Lederschlauch, der jedoch nichts mehr hergab. Yda sammelte ihre letzte Kraft und stolperte zu dem Bach. Was hatte sie sich bloß für ein Leiden eingefangen? Weder lief ihr die Nase, noch plagte sie der Husten. Da war nur dieses Feuer, das sie zu verbrennen drohte. Yda kniete sich an den Bach und schöpfte mit der hohlen Hand das Wasser. Als sie ihren Durst gestillt hatte, füllte sie den Lederschlauch und kehrte zurück zu dem Lager. Dort lauschte sie in die Stille des Waldes, denn von Griet und Quirin war immer noch nichts zu hören. Yda horchte in sich hinein. Irgendetwas stimmte nicht, warnte sie ihre innere Stimme.

Auf wackeligen Beinen verließ sie den Wald und trat auf das offene Feld. Über dem Lager der Söldner wehte wie zuvor eine Rauchfahne. Mehr konnte Yda nicht erkennen. Halb gebückt schlich sie über den Acker. Was, wenn Griet und Quirin in ihrer Gewalt waren? Wie sollte sie die beiden denn befreien? Yda schaltete ihre Gedanken aus. Sie musste erst sehen, was überhaupt geschehen war, dann konnte sie weiter darüber nachdenken.

Als Yda sich dem Lager näherte, herrschte eine bedrückende Stille über dem Acker. Sie kniff die Augen zusammen, doch nichts regte sich. Keine Menschenseele war zu sehen. Für einen Augenblick vergaß Yda ihren Schwindel und die Kopfschmerzen. So schnell es das Blei in ihren Beinen zuließ, eilte sie zu dem Lager. Dann sah sie die Leiber der Söldner dort liegen. Keiner von ihnen bewegte sich. Zwischen ihnen hockte Griet, über eine Gestalt gebeugt. Bei näherem Hinsehen erkannte Yda Quirins Sackkleid.

»Du liebe Güte! Griet, was ist geschehen?« Yda fiel neben der Schwester auf die Knie.

»Sie haben ihn getötet. Er lebt nicht mehr.« Griet wimmerte erbärmlich.

Doch Yda sah, wie sich Quirins Hand um die der Schwester schloss. Schwerfällig hob er die Lider. Ein Zucken umspielte seine Mundwinkel, als er in Griets Augen sah.

Die Erleichterung ließ Ydas Schmerzen in den Hintergrund rücken. »Himmel, was hast du uns für einen Schrecken eingejagt!«

Ein Hustenanfall schüttelte den Bader. Schweigend strich Griet ihm das Haar aus der Stirn. Immer noch liefen ihr unaufhaltsam die Tränen über die Wangen.

Yda blickte über ihre Schulter. Um sie herum lagen die Söldner in ihrem Blut. Die Schädel waren ihnen eingeschlagen worden. Von irgendwo blickte der Rotbärtige sie aus geweiteten Augen an. Einige Schritte weiter lag sein Leib. In Ydas Bauch stieg die Übelkeit auf. Es mussten wohl die Männer des Erzbischofs gewesen sein, die hier Vergeltung geübt hatten. Ihr war es unbegreiflich, wie Quirin es geschafft hatte zu überleben.

Der Bader richtete sich auf. Als er sah, was um ihn herum

geschehen war, wurde er weiß im Gesicht. Abwechselnd sah er von Griet zu Yda. »Wie habt ihr das denn angestellt?«

»Wir?« Yda verstand gar nichts mehr.

»Weißt du es nicht mehr? Die Männer des Erzbischofs sind in das Lager eingefallen, nachdem der Rote dich umgehauen hat.« Griets Stimme zitterte.

Quirin blies die Wangen auf. »An den Hieb erinnere ich mich noch. Danach bin ich wohl weggetreten.«

Langsam konnte sich Yda einen Reim auf alles machen und sah zu Griet. »Und was hast du getan?«

Die Schwester senkte den Blick. »Ich hab mich versteckt, bevor die Männer über die Söldner hergefallen sind.«

»Braves Mädchen.« Quirin legte ihr die Hand auf die Wange.

»Ich war nur feige. Ich hätte an deiner Seite bleiben müssen«, sagte Griet leise.

»Was redest du denn da? Bist du von allen guten Geistern verlassen?« Yda konnte es nicht glauben. Bisher hatte Griet in jeder Lage mehr Angst als ein Hase gehabt.

»Deine Schwester hat recht.« Quirin rieb sich den Bart über dem geschwollenen Kinn. Dann erhob er sich. »Kommt und lasst uns diesen unglückseligen Ort verlassen.«

Als sie dem Lager der Söldner den Rücken zukehrten, schüttelte Yda wieder der Frost. In ihrem Kopf summten unzählige Fliegen.

6. Kapitel

Auf dem Weg zur Burg Worringen pochte immer noch die Kampflust in Bertrams Adern. Da die Söldner des Grafen Adolf von Berg nicht mit einem Angriff gerechnet hatten, waren sie leicht zu besiegen gewesen. Noch nicht einmal zu einem Schwertkampf war es gekommen. Ein feiger Überfall, der nur auf Bilsteins Kappe ging. Bertram hatte noch lange nicht genug. Er brauchte mehr von diesem Rausch, den er nur in einer echten Schlacht finden konnte. Nur wusste niemand, ob es jemals zu einer kommen würde. Wieder standen Verhandlungen zwischen den Herzogtümern an. Was für eine vertane Zeit. Besser sollte das Schwert entscheiden, wer der rechtmäßige Erbe des Herzogtums Limburg war. In Gedanken sah sich Bertram schon gegen das Heer des Brabanters reiten.

Getrieben von den Bildern in seinem Kopf, stieß er seinem Pferd die Fersen in den Bauch und ließ sein Gefolge zurück. Im Galopp erreichte er Burg Worringen. Gut hundert Fuß davor sah er einen Tross, der durch das Burgtor zog. Wie von Sinnen riss er die Zügel um. Nur mit Mühe konnte er sich im Sattel halten. Dann kniff er die Augen zusammen. Handelte es sich hier um ein Trugbild, oder sah er wirklich das Wappen der Familie seiner Gattin auf dem Wagen? Bertram hoffte auf Ersteres, doch der silberne Adler auf dem roten Feld blieb weiterhin unverkennbar. Bertram schluckte. Verstecken konnte er sich wohl kaum. Also trabte er mit gesenktem Haupt auf das Burgtor zu. Dort wartete er, bis der letzte Wagen die Fallbrücke passiert hatte, und folgte dem Tross auf den Burghof.

Die Knechte hievten bereits unzählige Kisten von den Wagen. Was hatte seine Gemahlin vor? Wollte sie etwa für alle Zeiten mit ihrer Familie auf Burg Worringen leben? Ein Diener stellte einen Holzbock vor den herrschaftlichen Wagen und schob die Plane zur Seite. Pironette von Jülich, seine Schwiegermutter, entstieg mit leicht gerafften Röcken dem Wagen. Ihr folgte Edelgunde. Um ihr Gesicht, das Bertram immer an den vollen Mond erinnerte, kringelten sich die hellblonden Locken. Suchend blickte sie sich um. Wahrscheinlich erwartete seine Gemahlin, dass er ihr mit wehendem Gewand entgegenlief. Ein wenig freute es ihn, dass sein Waffenrock nur so vor Dreck strotzte. Nach Edelgunde verließ auch der Schwiegervater den Wagen. Bertram nahm den Helm von seinem Kopf, schritt Ludwig von Arnsberg entgegen und verneigte sich vor ihm. Die Schwiegermutter hüstelte in ein Stofftuch, bis Bertram erst ihr und dann Edelgunde den Handrücken küsste. Danach trat er einen Schritt zurück.

»Es freut mich sehr, Euch hier zu sehen, werter Graf von Arnsberg«, heuchelte er.

Nach diesen Worten kniff Edelgunde die Augenbrauen zusammen. »Nur ihn?«

Bertram lächelte schmierig. »Wie könnt Ihr so etwas nur in Erwägung ziehen? Natürlich bin ich überglücklich, Euch und Eure ehrenwerte Mutter hier auf Burg Worringen zu wissen.« Edelgundes plattes, milchiges Gesicht widerte ihn an.

Seine Gemahlin hob das Kinn. »Ich hoffe, es fehlt uns nicht an Annehmlichkeiten. Sind die Gemächer mit Kohlebecken beheizt?«

»Sicher doch, Edelgunde. Seht, da kommt auch schon der Marschall des Erzbischofs, um Euch zu Euren Gemächern zu begleiten.« Bertram nickte seinem Schwiegervater zu. »Wenn ich mich dann zurückziehen dürfte? Wie Ihr seht, klebt an meinem Waffenrock noch das Blut eines Scharmützels.«

»Ja, sicher. Aber du wirst mir davon erzählen müssen, mein Sohn.«

Kurz verneigte sich Bertram, dann schritt er davon. Bevor er den Bergfried betreten konnte, fing Bilstein ihn schon ab und schüttelte unwirsch den Kopf.

»Eine Nachricht hat mich gerade erreicht. Es waren nicht die Männer von Berg, die jüngst das Land verwüstet haben.«

Bertram verstand nicht ganz. »Nicht?«

»Dieser Patrizier aus Köln hat seine Duftmarke hinterlassen. Noch deutlicher konnte er wohl nicht zeigen, auf welcher Seite die Bürger stehen.«

»Und? Wollt Ihr jetzt in Köln einfallen?«

Bilstein kniff die Augen zusammen. »Wie es scheint, habt Ihr nur Stroh im Kopf. Natürlich nicht.«

Das hatte sich Bertram schon gedacht. Der Feigling hegte wohl immer noch die Hoffnung, die Kölner könnten sich auf die Seite des Erzbischofs stellen.

»Vergesst die Kölner. Die haben nur ihre Stadtrechte im Kopf.« Bertram zwängte sich an Bilstein vorbei. Im Augenblick war es ihm ziemlich egal, ob er heute die falschen Männer abgeschlachtet hatte. Feind blieb Feind. Alle in einen

Sack und mit dem Knüppel draufschlagen. Es traf immer den Richtigen.

Luca tauchte das Schwert in den Rhein, um es von dem Blut des Gehenkten reinzuwaschen. Noch immer zitterten ihm die Beine, wenn er an die Hinrichtung dachte. Fast hätte er den Kopf nicht sauber abgetrennt. So etwas durfte ihm nie, aber auch niemals passieren. Sein eigener Tod wäre ihm gewiss. Gut, dass Rinchen trotz ihrer vorwitzigen Nase nicht bei der Hinrichtung dabei gewesen war. Er hätte nicht gewollt, dass sie dabei zuschaut, wie ein Mensch durch seine Hand das Leben verlor.

Luca seufzte. Für Gott das Richtschwert zu führen war wirklich eine schwere Bürde. Ein wenig konnte er Meister Hens verstehen, wenn dieser die Erinnerungen im Suff ertränkte. In diesem Augenblick hätte er selbst auch gern vergessen. Die weit aufgerissenen Augen in dem Kopf, der in den Bottich gefallen war, das Blut, das umherspritzte, all das verfolgte Luca und wollte nicht mehr aus seinen Gedanken weichen. Er verließ das Rheinufer und ging nach Hause.

Vor der Hütte erwartete ihn bereits Rinchen und fuchtelte aufgeregt mit den Armen. Luca beschleunigte seinen Schritt.

»Musst schnell kommen. Ein neuer kranker Mann ist da.« Rinchen nahm Luca an der Hand und zerrte ihn in die Hütte. »Sieh nur, sein Finger.«

Zusammengekauert hockte der Mann auf einem Stuhl. Wie sein verzerrtes Gesicht verriet, musste er unter starken Schmerzen leiden. Luca blickte auf den Tisch und sah einen schwarzen Finger dort liegen.

»Rinchen!«, stieß er aus. »Das darf nur ich.«

»Was denn?« Verständnislos sah die Schwester ihn an.

»Ich meine den Finger. Wie hast du das gemacht?«

»War ich doch gar nicht. Ist von selbst abgefallen. Bruder Benedikt hat gesagt, er hat auch das Antoniusfeuer.« Rinchen lief zum Regal und holte einen Tontiegel. »Hier ist neuer Balsam. Du sollst ihn ihm auf die Hand schmieren.«

Einen Finger, der von selbst abfiel, hatte Luca noch nie gesehen. Er öffnete den Tiegel mit dem Balsam. Der Inhalt roch stark nach Weinessig und Fenchel. Er stellte ihn auf den Tisch und sah sich die Hand des Mannes an. Auch die restlichen Finger sahen aus wie Dörrpflaumen. Die Schwärze breitete sich bereits bis zum Unterarm aus. Luca stieg der Gestank von Fäulnis in die Nase. Der Mann stöhnte auf. Dann brachen seine Augen, und er kippte vornüber. Rinchen begann zu weinen. Luca holte den Karren aus dem Schuppen. Kurz darauf brachten er und Rinchen den toten Mann zurück zum Stift des heiligen Kunibert.

Als Luca am Abend auf seinem Lager lag und über den Tag nachdachte, hätte er diesen am liebsten aus seinem Leben gestrichen. Neben ihm weinte Rinchen leise. Luca stand auf und strich ihr über das Haar, bis sie endlich einschlief. Dann sah er nach dem kranken Mann, den er kurz zuvor noch mit dem Balsam versorgt hatte. Sein gleichmäßiger Atem verriet einen tiefen Schlaf. Morgen würde Luca ihn zurück nach Hause zu seiner Familie schicken können.

Am nächsten Tag war Rinchen beim Frühmahl schon wieder fröhlich. Sie gab dem genesenen Mann noch ein Stück Brot mit auf den Weg und verabschiedete sich mit einer Umarmung von ihm. Dann waren Luca und sie wieder allein in der Hütte. Rinchen nahm sich eine weitere Schale von dem Mehlbrei, den sie gekocht hatte, und setzte sich an den Tisch.

Luca sah sie erstaunt an. »Bist du immer noch nicht satt?«

»Nein, hab noch Hunger.« Rinchen schaufelte den Brei in sich hinein. Als sie die Schale geleert hatte, stand sie auf und legte sie in den Spülstein.

Luca betrachtete ihren Bauch, der sich arg gerundet hatte. »Sag mal, Rinchen, bekommst du deine Mondblutung noch?«

Die Schwester schob die Unterlippe vor und schüttelte den Kopf. »Seit ich bei dir wohne, blute ich nicht mehr. Ist doch gut, oder?«

In Lucas Bauch breitete sich Übelkeit aus.

Rinchen setzte sich zu ihm an den Tisch. »Warum schaust du denn so merkwürdig?«

Augenblicklich sprang Luca auf. »Ich muss meiner Arbeit nachgehen. Meister Hens wartet bestimmt schon auf mich.«

Kurz vor der Stadtmauer blieb Luca stehen und fasste sich an den Kopf. Das durfte nicht sein! Rinchen durfte kein Kind unter dem Herzen tragen. Er musste Mutter um Rat fragen. Luca lief zum Haus der Frauen in der Schwalbengasse. Außer Atem stieß er die Tür zum Schankraum auf. Da er die Mutter dort nicht entdeckte, rannte er die Stiegen hinauf zu ihrer Kammer. Ohne zu zögern stieß er die Tür auf und erstarrte. Auf der Bettstatt lagen Mutter und Trin – beide die Köpfe über die Leibesmitte eines Mannes gesenkt. Luca warf die Tür wieder in den Rahmen. Schwer atmend setzte er sich auf die Treppe und vergrub das Gesicht in den Händen. Aus der Kammer drang ein Grunzen. Luca hielt sich die Ohren zu. In diesem Augenblick spürte er wieder das Gefühl in seinem Herzen, das ihn schon als kleiner Junge zerrissen hatte. Er erhob sich und ging hinab in den Schankraum.

Den Kopf auf die Hand gestützt, saß Judith an einem der Tische und drehte gelangweilt eine Locke ihres roten Haares um den Finger.

Luca setzte sich zu ihr. »Ist der Kerl schon lange oben bei Trin und Mutter?«

Judith nickte. »Mir kommt es fast schon wie eine Ewigkeit vor. Der muss wohl gehörig bearbeitet werden, bis es bei ihm klappt. Aber er zahlt immer gut.«

»Rinchen trägt ein Kind in sich«, stieß Luca aus.

Judith sah ihn mit großen Augen an. »Von wem?«

»Frag doch nicht so tumb. Denkst du etwa, sie hätte einen Verehrer?«

»Verdammt!« Judith verdrehte die Augen. »Dann ist sie von einem Freier trächtig. Und wahrscheinlich schon sehr weit.«

Luca hörte Schritte auf der Treppe. Kurz darauf betrat der Mann, der bei Mutter und Trin gelegen hatte, den Schankraum. Ein zufriedenes Grinsen lag auf seinen Lippen. Luca verspürte den Drang, es ihm aus dem Gesicht zu schlagen. Doch er ließ es bleiben. Stattdessen rannte er wieder die Stiegen hinauf. Die Kammer seiner Mutter stank nach dem Schweiß des Freiers. In ein Laken gehüllt, stand sie am Fenster und schaute auf die Straße. Trin verknotete gerade die Schnüre ihres Kleides vor der Brust.

Als sie Luca eintreten sah, lächelte sie ihn an. »Na, Kleiner? Was machst du denn hier?«

Seine Mutter drehte sich zu ihm um und blickte ihn müde an. »Ist alles gut?«

»Nein, ist es nicht. Irgendeiner deiner Freier hat Rinchen geschwängert.«

Claras Gesicht erstarrte. »Was redest du denn da?«

»Du hast ganz richtig gehört.« Luca schlug mit der Faust gegen die Holzplanken der Wand. »Das hättest du nicht zulassen dürfen.«

»Das kann nicht sein. Ich habe Katharina immer einen Essigschwamm eingeführt, bevor sich ein Mann auf sie gelegt hat. Woher willst du überhaupt wissen, dass sie ein Kind trägt? Du hast doch gar keine Ahnung davon.«

In Lucas Ohren rauschte das Blut. »Rinchen wird von Tag zu Tag runder und bekommt ihre Blutung nicht mehr!«

Mutter schlang sich das Laken enger um den Leib. »Schrei mich nicht so an. Es kann kein Freier gewesen sein.«

»Glaubst du etwa, ich hätte nicht gut genug auf sie aufgepasst?« Luca kniff die Augen zusammen.

Seufzend setzte sich Mutter auf ihr Bett.

Trin trat zu ihr und legte den Arm um ihre Schultern. »Liebe Güte, Clara. Du weißt doch selbst, wie oft der Schwamm versagt.«

»Das darf aber nicht sein.« Aus Mutters Augen perlten Tränen, als sie Luca ansah. »Bring sie her. Ich werde ihr das Kind aus dem Leib holen.«

Trin schüttelte den Kopf. »Bist du von Sinnen? Wenn sich ihr Leib schon rundet, wird sie dabei sterben.«

Luca starrte sie fassungslos an. »Scher dich zum Teufel, Mutter!« Dann verließ er die Kammer. Als er auf die Straße trat, schluckte er hart gegen den Kloß in seinem Hals.

Als sie vor der Stadtmauer nahe der Straße nach Aachen standen, glaubte Yda, sich nicht mehr auf den Beinen halten zu können. Ihre Füße brannten, als stünde sie in einem Feuer. Am Morgen hatte Quirin ihr eine Salbe gegeben und gemeint, ihre Beschwerden kämen von den Blasen, die sie sich in den Flammen zugezogen hatte. Vielleicht war es ja wirklich so. Nur brachte seine Salbe keine Linderung. Wahrscheinlich bestand sie wirklich nur aus Schweinefett und Gras.

Griet sah sie besorgt an. »Du siehst nicht gut aus. Hast du Hunger?«

»Nein. Überhaupt nicht.« Allein der Gedanke an ein Stück Brot verstärkte Ydas Übelkeit. Sie lehnte sich mit dem Rücken gegen die Stadtmauer.

»Dann bist du wirklich krank.« Griet legte ihr die Hand auf die Stirn. »Fieber hast du auch wieder.« Sie sah zu Quirin. »Was machen wir denn nun?«

Der Bader zuckte nur mit den Schultern.

»Wir machen weiter wie bisher«, sagte Yda. »Irgendwann wird sich der Hunger bei mir schon wieder einstellen. Außerdem ist die Gelegenheit günstig. Wenigstens muss ich mir nun nicht in die Arme schneiden, um zu zeigen, wie leidend ich bin.«

Quirin blickte zu der Hahnentorburg mit ihren Doppeltürmen. Unter den Spitzen des Fallgitters trat ein Trupp der Stadtmiliz heraus. Die Kettenhemden der Männer rasselten bei jedem Schritt. Wahrscheinlich lösten sie die Wachposten auf den Türmen ab. Yda folgte Quirins Blick und glaubte nicht richtig zu sehen. An ihren Rüstungen erkannte sie die Männer, die ihre Hütte in Brand gesteckt hatten. Nur ihr Anführer mit den kalten Augen, der war nicht dabei. Rasende Kopfschmerzen überfielen sie. Es waren also Kölner gewesen und nicht, wie sie ursprünglich vermutet hatte, Söldner aus der Grafschaft Berg. Dann musste der Anführer auch hier in der Stadt sein. Yda schwor sich, wenn sie auf ihn traf, würde sie ihm das Lachen schon austreiben.

Quirin schaute wieder zu den Schwestern. »Niemand darf euch gemeinsam sehen. Erst recht nicht in der Stadt. Eine von euch muss immer vor der Mauer bleiben.«

»Dann lass uns ein ruhiges Plätzchen suchen«, sagte Yda. Ein stechender Schmerz fuhr ihr durch die Zehen. Sie biss die Zähne zusammen.

Sie gingen in Richtung Süden die Stadtmauer entlang. Nahe der Straße nach Bonn zogen über dem Acker die Krähen ihre Kreise.

Yda erblickte einen jungen Mann, der gerade einen Galgen abbaute. Es war der Henkersknecht mit den dunklen Locken, den sie beim Müller gesehen hatte. Für einen Augenblick vergaß sie zu atmen. Es schien, als sei er ganz in Gedanken versunken, und dennoch erledigte er seine Aufgabe schnell und gewissenhaft.

Quirin schüttelte sich. »Besser gehen wir noch ein Stück weiter. Hier tummeln sich mir zu viele arme Seelen.«

Yda löste den Blick von dem Henkersknecht und folgte Quirin und Griet weiter die Stadtmauer entlang, bis sie den Rhein sehen konnten. Ein mit Steinen beladenes Floß schiffte den Strom hinauf. Vor dem Bayenturm, der einer kleinen, trutzigen Burg glich, blieben sie stehen und sahen sich um. Rechterhand erstreckten sich kahle Felder, die keinerlei Schutz boten. Wie es aussah, gab es hier keine Möglichkeit, ein Versteck zu finden.

Quirin kratzte sich den struppigen Bart. »Wir müssen in die Stadt und dort einen Unterschlupf suchen. Etwas anderes bleibt uns wohl nicht übrig.«

»Warst du schon einmal dort?«, fragte Griet und trat einen Schritt näher an den Bader heran.

Yda konnte die Angst der Schwester spüren. Ihre eigene

steckte sie in Gedanken in eine Truhe und setzte sich auf den Deckel. Was konnte hinter der Mauer schon unheimlicher sein als dieses grausige Feld hier?

»Ja, mehr als einmal.«

»Kennen die Leute dich dort als Betrüger?«, fragte Yda frei heraus.

Quirin lachte laut auf. »Nicht, dass ich wüsste.«

»Dann kann uns ja nicht viel passieren«, gab sich Yda zuversichtlich.

»Außer, dass sie dich und mich zusammen sehen«, wandte Griet mit ängstlichem Blick ein.

Yda ging zu Quirins Esel und nahm die Decke vom Rücken des Tieres. Sie warf sich das löchrige Teil über Kopf und Schultern und zog sich die Wolle so tief ins Gesicht, bis sie kaum noch etwas sehen konnte. »Sollen wir?«

Der Bader schüttelte grinsend den Kopf. Neben ihm zitterte Griet an Armen und Beinen. »Und wenn die Wachen uns nicht in die Stadt lassen?«

»Warum sollten sie uns vor dem Tor stehen lassen? Als Bader bin ich mit meiner Wundermedizin überall willkommen.« Quirins Zähne blitzten durch den Bart.

Dein Wort in Gottes Ohr, dachte Yda. »Hast du eigentlich so etwas wie ein Empfehlungsschreiben? Ich meine, ein Pergament, auf dem deine Heilkünste bescheinigt sind?«

Quirin winkte ab. »Hab ich bisher noch nicht gebraucht.«

Seine Worte konnten Griet wohl nicht sonderlich beruhigen, denn sie sah ihn immer noch ängstlich an.

»Dann lass uns gehen.« Yda zog sich die Decke noch ein wenig tiefer ins Gesicht.

Es war wirklich einer der Männer, die ihre Hütte in Brand gesteckt hatten, der an der Severinstorburg die Wache schob.

Yda presste die Lippen aufeinander, als er sich ihnen mit seiner Lanze in den Weg stellte.

Quirin öffnete sein Bündel und zeigte ihm die Tiegel. »Lasst uns ein, Herr. Ich bringe eine Wundersalbe in die Heilige Stadt.«

Wenig beeindruckt von Quirins Worten hob der Wachmann die Augenbrauen. »Du bist heute schon der zehnte Dahergelaufene mit einem Wundermittel. Aber sei's drum. Geh durch und nimm deine Mutter und dein Weib mit. Aber gebettelt wird nicht. Denk daran. Und in drei Tagen seid ihr wieder aus der Stadt.« Der Wachmann trat zur Seite und ließ sie das Tor passieren.

Yda vergaß vor lauter Anspannung zu atmen. In ihrem ganzen Leben war sie noch nicht in Köln gewesen. Der Oheim hatte es ihnen nicht erlaubt, von der Arbeit fernzubleiben. Und später hatten sie und Griet sich nicht getraut, allein in die Stadt zu gehen.

Hinter der Stadtbefestigung herrschte zunächst eine fast ländliche Stille. Zu beiden Seiten der Straße nach Bonn erstreckten sich Felder. Dazwischen ragten hinter einer Stiftsmauer die Türme einer Kirche in den Himmel. Yda konnte den Blick nicht abwenden.

»Das ist die Kirche des Heiligen Severin«, erklärte Quirin.

»Sie ist so groß, so schön.« Ehrfürchtig schob sie sich die Decke vom Haar und legte den Kopf in den Nacken, um an dem Gotteshaus hinaufzublicken. Der Hauptturm erhob sich in den Himmel, und Yda glaubte, er konnte nur mit der Hilfe des Herrn in die Höhe gewachsen sein.

Quirin durchbrach den Zauber, der sie ergriffen hatte. »Bedecke besser dein Haar wieder. Außerdem gibt es in Köln an jeder Ecke ein Gotteshaus. Warte ab, bis du die Baustelle des neuen Doms siehst.«

Auch Griet schien ziemlich unbeeindruckt von dem Bauwerk. Stattdessen stellte sie sich ganz dicht neben den Bader. »Wir sollten bald ein Versteck suchen. Was meinst du, Quirin? Es wäre doch bestimmt nicht gut, noch tiefer in die Stadt hineinzugehen.«

»Da hast du wohl recht«, sagte er.

Yda bemerkte, wie nahe sein Oberarm Griets Schulter kam. So, als wollte er sich eine kurze Berührung stehlen. Sie wandte den Blick ab und sah zu den Begräbnisstätten neben der Stiftskirche. Hinter der mannshohen Mauer befand sich eine Baumgruppe.

»Griet könnte sich in dem kleinen Wald dort hinter dem Kirchhof verstecken«, sagte sie.

Griets Augen weiteten sich. »Wald nennst du das? Das sind höchstens so viele Bäume, wie ich Finger habe.«

»Mitten auf der Straße wirst du wohl kaum hocken können.« Yda ärgerte sich. Warum meinte ihre Schwester eigentlich immer, das letzte Wort haben zu müssen?

Quirin bückte sich, riss ein Grasbüschel vor seinen Füßen aus und fütterte damit den Esel. »Dort wird dich gewiss niemand entdecken. Wer stört schon gern die Ruhe der Toten?«

»Kann ich nicht zuerst gehen und Yda versteckt sich?«

Yda spürte wieder, wie die Schwäche sie überfiel. Ihre Füße schmerzten so sehr, dass sie kaum noch darauf stehen konnte. Gern hätte sie der Schwester zugestimmt, damit sie sich ein wenig ausruhen konnte.

»Du bist aber ziemlich unversehrt.« Quirin riss ein zweites Grasbüschel aus und gab es der Ziege zu fressen.

»Dann … dann ritze ich mir halt auch die Haut mit deinem Dolch auf.«

»Und kehrst dann später ebenfalls mit einer Wunde und zugleich mit fiebrigen Augen auf den Marktplatz zurück? Na, da werden die Leute aber nicht viel Vertrauen in meine Salben haben.« Der Bader wischte sich die Hände an seinem Sackkleid ab.

Hilfesuchend sah Griet zu Yda. »Mir ist aber so unheimlich zumute.«

Quirin zwinkerte ihr zu. »Sei ein mutiges Mädchen. Bevor es finster wird, sind wir längst zurück. Bis dahin wird dir schon nichts geschehen.« Er band den Dolch von seinem Gürtel und gab ihn Griet.

»Wartet. Einen kleinen Augenblick nur. Ich bin sofort wieder zurück.« Yda versuchte, ihre schmerzenden Füße zu vergessen. Ohne ein weiteres Wort zu verlieren, lief sie zu den Häuschen, die sich an die Basilika schmiegten. Als sie diese hinter sich gelassen hatte, fand sie eine Gasse, die auf das Stiftsgelände führte. Yda zog die Decke ins Gesicht und vergewisserte sich, dass keine ihrer Haarsträhnen hervorlugte. Vor der Kirche herrschte eine friedliche Stille. Ein Schwein durchwühlte mit seinem Rüssel den Schlamm, aber keine Menschenseele trieb sich hier herum. Yda näherte sich dem Hauptportal und stemmte sich dagegen, um in das Innere des Gotteshauses zu gelangen. Im Langschiff blickte sie ehrfürchtig in die Höhe. Es schien, als würde der Herr seine Hände über ihr schließen. Es roch nach Weihrauch. Yda fröstelte ob der Kühle, die hier herrschte. Sie schritt zur Krypta und betrachtete den hölzernen Schrein, in dem wohl die Gebeine des Heiligen Severin ruhten. Vor dem Altar, auf dem ein großes goldenes Kreuz stand, fiel Yda auf die Knie und betete zu Gott und dem Heiligen, sie mögen beide ihre schützenden Hände über Griet halten.

Als sie kurz darauf zur Schwester und Quirin zurückkehrte, verzehrte sie erneut ein Feuer. Sie war so müde, dass sie sich augenblicklich auf den Boden hätte legen können. Dennoch blieb sie tapfer auf ihren schmerzenden Füßen stehen.

»Was hast du in der Kirche gemacht?«, fragte Griet.

»Ich habe für dich gebetet. Du brauchst dich also nicht zu fürchten.« Yda blickte zu Quirin, der sie belustigt ansah.

»Lass uns gehen, sonst hockt Griet nachher noch in der Dunkelheit hier«, blaffte sie ihn an.

Der Bader strich noch einmal mit dem Handrücken über Griets Wange, dann band er sein Bündel vom Rücken des Esels und wandte sich zum Gehen.

Auf der Straße humpelte Yda neben ihm her. Die Felder blieben hinter ihnen. Stattdessen säumten nun traufseitige Häuser den Straßenrand. Die Straße gewann an Lebendigkeit. Kinder warfen Steine in einen Tümpel, der sich mitten auf dem Weg gebildet hatte. Einige Bauersleute kamen ihnen schwatzend entgegen. Sie zogen leere Karren hinter sich her. Während sich Yda und Quirin der Stadtmitte näherten, sah Yda immer mehr Kirchtürme, an denen zum größten Teil noch gebaut wurde. Quirin zählte ihr eine Reihe von Heiligen auf, die hier in der Stadt verehrt wurden. Dann führte er sie zu der Baustelle des neuen Doms.

Beeindruckt wiegte er den Kopf. »Es ist schon erstaunlich, was hier nach dem Brand des alten Doms vor fast einem halben Jahrhundert aufgebaut wurde.«

Yda blickte zu dem Kapellenkranz des Chores mit seinen unzähligen spitzen Türmen hinauf. »Was für eine unbeschreibliche Schönheit«, hauchte sie ergriffen. Die Baumeister, die dieses Gotteshaus erschufen, mussten übernatürliche Kräfte haben. Yda vermutete, dass es nach seiner Fertigstellung gewiss bis in die Wolken reichen würde.

»Lass uns weitergehen, damit Griet nicht allzu lange warten muss.« Ungeduldig trat Quirin von einem Fuß auf den anderen.

Im Schatten der Benediktinerkirche nahe dem Rhein wurde Markt gehalten. Auch hier bestaunte Yda wieder das Bauwerk mit seinem Turm, der von vier kleineren umgeben war. Diese Stadt hier am Rhein konnte sich mit Fug und Recht heilig nennen.

Quirin griff nach Ydas Hand und zog sie auf den Marktplatz. Yda wusste nicht, wo sie zuerst hinsehen sollte, während sie Quirin hinterherhumpelte. Zwischen den Händlern, die an ihren Ständen feinste Stoffe und Kramwaren anboten, führte eine Truppe Trommler und Pfeifer ein Musikstück auf. Auf einem Podest stand ein buckliger Mann in Lumpen und pries ebenfalls Heiltinkturen an. Gegen Schorf sollten sie helfen. Doch er sprach ins Leere, denn die Leute beachteten ihn nicht und gingen weiter ihres Weges. Schließlich gab es an jeder Ecke eine vermeintliche Besonderheit, die feilgeboten wurde. Ewige Lichter, die angeblich nie erloschen, und Eier, aus denen Drachen schlüpfen sollten, waren nur einige von ihnen. In all dem Trubel vergaß Yda fast ihre schmerzenden Füße. Das Feuer loderte jedoch weiter durch ihren Leib. Und auch der Schwindel war allgegenwärtig, so dass um sie herum der Boden schwankte. Als sie fast zu Boden sank, fasste Quirin sie am Arm und hielt sie fest. Die Leute, die an ihr vorbeigingen, starrten sie an. Versteckt zwickte Yda Quirin in den Arm und zwinkerte ihm zu. Dann nutzte sie die Gelegenheit und gab vor, ohnmächtig zu werden.

Der Bader verstand und hielt sie fest im Arm. »O nein, mein Weib!«, stieß er possenhaft aus.

Sein Leib wärmte sie auf angenehme Weise. Weiterhin gab Yda vor, das Bewusstsein verloren zu haben. In ihrem Kopf hämmerte es. Zum ersten Mal spürte sie, wie es sich anfühlte, von einem Mann in den Armen gehalten zu werden. Sie atmete seinen Geruch ein, der sie an den Waldboden erinnerte. Dann dachte sie plötzlich an den Henkersknecht – wie sie sich ihm in den Weg gestellt hatte – und erinnerte sich an sein Lachen. Sie dachte daran, wie er den Galgen abgebaut hatte und in Gedanken versunken schien. Yda spürte wieder dieses Gefühl, das wie ein Frosch in ihrem Bauch herumsprang. Viel zu schnell legte Quirin sie auf den kalten Lehmboden. Yda hörte, wie in seinem Bündel die Tiegel aneinanderschlugen. Dann war seine Hand wieder bei ihr und hob ihren Kopf an. An ihren Lippen spürte sie den kalten Ton. Sie öffnete den Mund und schluckte ein wenig von der Flüssigkeit, die er ihr einträufelte. Noch drei Atemzüge wartete sie, dann hob sie die Lider. Als Erstes sah sie in Quirins Gesicht.

»Bald wird es dir wieder besser gehen, mein Weib.«

»Was hat sie denn?«, fragte ein untersetzter Herr in der vorderen Reihe der Menschentraube, die sich um sie herum gebildet hatte.

»Niemand weiß es so genau«, antwortete Quirin. »Doch mein Mittel hilft, da könnt Ihr Euch gewiss sein.«

»Es sind meine Füße«, jammerte Yda nun.

Quirin warf ihr einen warnenden Blick zu, mit dem er sie daran erinnerte, den Mund zu halten. Ohne ein weiteres Wort zu verlieren, band sich Yda das Linnen von den Füßen ab. Ihre Zehen waren von tiefroter Farbe. An den Spitzen schälte sich die Haut.

Erschrocken wich ein altes Weib zurück. »Das Heilige Feuer hat sie befallen. Sie wird uns alle anstecken!«

Selbst Yda erschrak bei dem Anblick ihrer Füße, und auch Quirin verzog erschrocken das Gesicht. Ein Raunen ging durch die Menge. Unter dem Heiligen Feuer konnte Yda sich nicht recht etwas vorstellen. Aber dem Brennen nach zu urteilen, konnte es gut solch eine Krankheit sein.

Quirin fing sich rasch wieder. »Dann werde ich besser mit ihr die Stadt verlassen. Aber ihr könnt mir glauben, ihr Bürger von Köln: Noch ehe der Abend anbricht, werde ich mit ihr zurück sein. Und eins sei euch gewiss: Durch meine Tinktur wird mein Weib so munter wie ein Fisch im Wasser sein.«

Einige schüttelten den Kopf, andere gingen weiter ihres Weges.

Da sah Yda ihn. Wieder überfiel sie der Schwindel, und in ihren Ohren rauschte das Blut. Der Mann, der ihre Hütte in Brand gesteckt hatte, stand in der Menge und starrte sie an.

Quirin griff Yda unter die Arme und half ihr auf die Beine. Sie konnte den Blick nicht von den Augen des Mannes abwenden. Doch Quirins eiserner Griff um ihre Schultern zwang sie zum Weitergehen. Sie stolperte über den Marktplatz hinter ihm her, bis sie hinter der Kirche Sankt Martin in eine enge Gasse einbogen. Dort lockerte der Bader endlich seinen Griff. Die losen Bandagen in der Hand haltend, sah Yda wieder auf ihre Füße. Erneut blitzten die Augen des Mannes vor ihr auf. Um sie herum drehten sich die Häuser. Der Schwindel verstärkte sich. Dann umgab sie plötzlich eine Dunkelheit, aus der Sterne auf sie herabrieselten. Yda verlor den Halt und sackte zusammen. Erneut fand sie sich in Quirins Armen wieder. Ein Marktweib kam mit einem hölzernen Becher daher und hielt ihn Yda an die Lippen. Gierig schluckte sie den Wein, der wohltuend ihre trockene Kehle hinabrann.

»Geht zum Kunibertsstift. Dort findet ihr Hilfe«, sagte die Frau.

Der Wein schenkte Yda ein wenig Kraft. Sie sprach der Frau ihren Dank aus und löste sich aus Quirins Armen. Auch wenn es sie noch schwindelte, fühlte sie sich stark genug, wieder auf den Beinen stehen zu können.

»Kannst du laufen, oder soll ich dich tragen?« Quirin blickte sie besorgt an.

»Ich denke, es geht wieder. Lass uns gehen.«

Als Griet ein Husten hörte, sprang sie auf und versteckte sich hinter dem Stamm einer Buche. Vorsichtig spähte sie hervor und sah, wie ein Priester durch die Bäume schritt. Kurz vor ihrem Versteck blieb er stehen, hob seine schwarze Kutte und hockte sich hin. Laub raschelte. Griet drückte sich fester an den Baumstamm und schloss die Augen. Musste sich der Geistliche denn ausgerechnet hier erleichtern? Ganz still blieb sie, damit er sie nicht bemerkte. Griet hörte den Priester furzen. Dann raschelte auf dem Boden erneut das Laub des letzten Jahres. Endlich war der Priester fertig. Griet lugte hervor und sah, wie er mit dem Fuß die modrigen Blätter über seine Hinterlassenschaft schob. Hinter ihm näherten sich Yda und Quirin der Baumgruppe. Fast hätte Griet einen Warnschrei ausgestoßen. Doch wie es schien, hatten die beiden den Priester schon bemerkt. Und er sie ebenfalls, denn er reckte den Hals. Quirin nahm Ydas Hand und zog sie zu einem Busch. Dort legte er seine Arme um sie und küsste sie.

Griet erstarrte, und schmerzhaft zog sich ihr bei dem Anblick der beiden die Brust zusammen. Yda und Quirin wirkten so vertraut miteinander! Mit gesenktem Kopf ging der Priester an ihnen vorbei und verließ den Wald. Als sich die beiden nur langsam aus ihrer Umarmung lösten, überkam Griet eine rasende Wut, die sich wie ein Feuer durch ihre Brust fraß – ein Gefühl, das sie bisher nicht gekannt hatte.

Sie stemmte die Hände in die Hüften und sah Quirin fest in die Augen. »Was fällt dir ein, dich an meiner Schwester zu vergehen?«

Quirin lachte auf. »Das war doch nur, um ihr Gesicht vor dem Priester zu verstecken.«

»Ach was. Warum sollte er sie nicht sehen dürfen? Du hast die Gelegenheit schamlos ausgenutzt.« Griet sah zu Yda, unter deren Augen tiefe Schatten lagen. »Und du? Du hast es dir auch noch gefallen lassen.«

»Was regst du dich so auf? Es war ein Possenspiel. Mehr nicht. Hätte ich mich gewehrt, wäre der Priester auf Quirin losgegangen«, giftete Yda zurück.

Quirin schüttelte amüsiert den Kopf. »Ich dachte, der Priester hätte dich hier im Wald gesehen. Mir käme es nicht in den Sinn, mich an einer von euch beiden zu vergehen.«

Yda schwankte leicht. Quirin hielt sie fest, damit sie nicht umfiel.

In diesem Augenblick beschlich Griet das schlechte Gewissen ihrer Schwester gegenüber. Sie war so krank, dass ihr nach einem Kuss von Quirin bestimmt nicht der Sinn stand.

7. Kapitel

Gerhard Overstolz betrachtete sein Werk und neigte den Kopf zur Seite. Beim Blick in Lorettas schwarze Augen keimte die Sehnsucht nach ihr wieder auf. Auf dem Marktplatz hatte er für einen Augenblick geglaubt, er habe sie gesehen. Doch es war nur ein fahrendes Weib gewesen, das dem Tod näher gestanden hatte als dem Leben. Wenn die Medizin des Baders nicht half, würde sie spätestens heute Abend tot sein. Warum in Gottes Namen musste er die letzten Stunden ununterbrochen an sie denken? Gewiss lag es an ihrer Ähnlichkeit mit Loretta. Seine geliebte Frau, die nun fast ein Jahr in der kalten Erde lag – und mit ihr sein Sohn, der genau wie sie die Geburt nicht überstanden hatte.

Gerhard setzte sich an seinen Schreibtisch. Wieder fuhr ein Stich durch seinen Hintern. Dieses verdammte Geschwür brachte ihn noch zur Raserei. Dabei hatte er nun schon zweimal ein Sitzbad in dem Kräutersud genommen, den die Küchenfrau ihm zubereitet hatte. Dieses Frauenzimmer taugte auch nichts. Gerhard erhob sich wieder, rollte die Karte auf und betrachtete die Ländereien im Kurkölnischen Gebiet. Doch abermals schweiften seine Gedanken zu dem schwarzen Weib auf dem Marktplatz. Er schaute zu der Zeichnung. Es waren diese Augen, die ihn nicht mehr losließen. Gerhard schritt zu dem Bild und verdeckte es mit einem weißen Tuch.

Sosehr er sich gewünscht hatte, wieder in ihrem Blick verloren zu sein, verfluchte er diesen nun. Unten wartete ein Gesandter des Herzogs von Brabant auf ihn, und er selbst hatte nichts Besseres zu tun, als an Frauen zu denken. Verärgert rollte Gerhard das Pergament zusammen und stieg die Treppen hinab in sein Kontor.

Der Gesandte saß auf einem der Faltstühle. Vertieft in ein Gespräch mit seinem Hauptmann, schien er nicht zu bemerken, wie Gerhard das Kontor betrat. Gerhard hüstelte, und der Gesandte sah zu ihm auf.

»Kommt näher, mein Freund.« Der Mann machte eine auffordernde Handbewegung, als sei er selbst der Herr des Hauses.

Gerhard schenkte sich einen Becher Wein ein und setzte sich zu ihm. »Wie ist Euer Gespräch mit dem Erzbischof verlaufen?«

»Dieser Hund wähnt sich auf der sicheren Seite und unterstützt auch weiterhin den Feind. Er fürchtet die Vorherrschaft unseres Herzogs, wenn dieser Limburg bekommt. Es ist zwar nicht das größte Herzogtum, liegt aber strategisch sehr günstig.« Der Gesandte neigte den Kopf und hob grinsend die Augenbrauen.

So blieb wohl alles beim Alten, genau wie sich Gerhard das erhofft hatte. Er würde immer gegen Siegfried von Westerburg kämpfen, egal mit welchen Truppen an seiner Seite. Dieser Kerl musste besiegt werden, damit die Kölner endlich zu ihren Stadtrechten kamen. Dank der Zölle und Abgaben, die der Erzbischof erhob, hatte er sich mittlerweile einen fetten Bauch angefressen.

Beiläufig betrachtete der Gesandte seine Fingernägel. »Unsere Truppen sind auf dem Weg hierher, um notfalls die

Zollfestung Worringen zu belagern. Dies wird Siegfried von Westerburg besonders treffen.«

»Sehr gut! Die Burg ist uns schon lange ein Dorn im Auge. Der Wegzoll, der dort auf dem Rhein erhoben wird, schadet in erheblichem Maße der Stadt.« Gerhard blickte zum Fenster. Durch das gefärbte Glas drangen die Strahlen der Nachmittagssonne in das Kontor. Seine Gedanken verselbständigten sich wieder, und er dachte an die dunklen Augen des Mädchens vom Markt. Der Bader hatte gesagt, er wolle noch vor dem Abend wiederkommen, um die Wirkung seiner Tinktur zu zeigen. Gerhard musste unbedingt wissen, ob es dem Weib wirklich besser ging. Er wusste zwar nicht, woran sie litt, doch es hatte nicht gut für sie ausgesehen.

»Unsere Verbündeten sind bereits mit ihren Truppen unterwegs. Und das ist erst der Anfang.« Zufrieden rieb sich der Mann des Herzogs die Hände. Dann erhob er sich. »Ich will nicht länger Eure Gastfreundschaft missbrauchen. Wie ich sehe, seid Ihr gedanklich schwer beschäftigt.«

Gerhard sah ihn verständnislos an. »Ihr seid mir jeden Tag des Jahres willkommen.«

»Das weiß ich.« Freundschaftlich klopfte der Mann mit der flachen Hand auf Gerhards Schulter. »Aber ich muss weiterreiten. Also verabschiede ich mich vorerst von Euch. Gehabt Euch wohl, mein Freund.«

Gerhard schloss die Tür hinter ihm und schritt unstet durch den Raum. Er wusste, dass er die Kölner Miliz um sich sammeln musste. Doch das hatte Zeit bis morgen. Im Augenblick interessierte ihn mehr das Mädchen vom Markt. Er rief nach dem Knecht und ließ sich seine Cotte bringen.

Schräg fielen die Strahlen der Sonne auf den Marktplatz, wo die ersten Händler bereits ihre Stände abbauten. Gerhard beobachtete die Leute, die letzte Einkäufe tätigten. Ein dickes Weib lud mit stämmigen Armen Fässer auf einen Karren. Am Fischstand klatschte ein Bursche dem Händler einen Hering ins Gesicht, weil er ihn wohl an der Waage betrogen hatte. Doch ansonsten schien nichts Außergewöhnliches geschehen zu sein. Niemand tuschelte über einen Wunderheiler. Wahrscheinlich hatte die Frau des Baders doch ihr Leben verloren. Gerhard spürte Bedauern in seiner Brust aufkeimen und wollte sich schon wieder auf den Heimweg begeben. Da sah er den Bader mit seinem Weib aus einer Gasse zwischen den traufseitigen Häusern treten. Auf dem Rücken trug er ein großes Bündel. Gerhard betrachtete das Weib, das der Bader zu dem hölzernen Podest führte. Munter wie ein Fisch im Wasser wirkte sie, wenn auch ihr Blick ängstlich über den Marktplatz schweifte. Nachdenklich kratzte sich Gerhard den Bart.

Der Bader schrie das Volk zusammen. Augenblicklich ließen die Händler von ihren Ständen und näherten sich den beiden. Ungläubig starrten sie das Mädchen an, dem das Haar so schwarz wie der Nachthimmel über den Rücken fiel. Auch Gerhard trat näher und betrachtete sie genauer. Es waren ihre Augen, die ihn stutzig werden ließen. Darin fehlte das Feuer, das noch am Vormittag gelodert hatte – mit einer Leidenschaft, die er bisher nur in Lorettas Blick gesehen hatte.

Ein Raunen ging durch die Menge. Der Bader entknotete sein Bündel und verkaufte einen Tiegel nach dem anderen. Bald war auch der letzte gegen Silber eingetauscht. Gerhard starrte weiterhin das Mädchen an. Doch das Gefühl, das am Vormittag noch warm durch seine Adern geflossen war, blieb aus. Er wandte den Blick ab und verließ den Marktplatz. Es musste die Trauer um Loretta sein, die ihm allmählich den Verstand vernebelte.

Quirins Bündel wog schwer von dem Silber, das er für die Tiegel bekommen hatte. Griet sah ihm zu, wie er sorgfältig das fleckige Linnen verknotete. Dabei schenkte er ihr ein glückliches Lächeln.

»Deine Schwester wird zufrieden sein.«

Griet verschränkte die Arme vor der Brust. »Nicht nur sie, auch ich bin zufrieden.«

»Wirklich? Ich dachte eher, du wärest abgeneigt, den Leuten das Silber aus den Taschen zu ziehen.«

»Bin ich auch immer noch. Aber ich will nicht schuld sein, wenn Yda vor Hunger umkommt.« Griet spürte schon wieder Groll in sich aufkeimen. Fühlte sich Quirin etwa deshalb zu Yda hingezogen?

»War es schön, sie zu küssen?«, fauchte sie und schämte sich im nächsten Augenblick für ihre Worte. Was ging es sie denn an?

Quirin hob die Augenbrauen. »Hättest du lieber gehabt, ich hätte dich geküsst?«

»Natürlich nicht.« Griet spürte, wie ihr die Röte in die Wangen stieg. Sie raffte ihre Röcke und verließ mit schnellen Schritten den Marktplatz. Erst in der Gasse hinter dem Haus der Bürgerschaft verlangsamte sie ihren Schritt. In ihrem Rücken hörte sie Quirin ein fröhliches Lied pfeifen. Ohne sich umzudrehen, lief sie weiter die Gasse entlang bis zu der großen Straße, die zur Severinstorburg führte. In ihrem Kopf kreisten die Gedanken um Quirin und Yda. Sie konnte einfach das Bild nicht vergessen, wie die beiden ihre Münder aufeinandergepresst hatten. Törichte Tränen brannten in ihren Augen. Quirin würde sich nicht einfach an Yda vergehen, das wusste sie doch. Aber warum schmerzte es sie, die beiden so gesehen zu haben? Griet wischte sich mit dem Ärmel über die Nase.

Erst als sie sich der Stadtmauer näherte, verlangsamte sie ihren Schritt. Als sie einen vorsichtigen Blick über ihre Schulter warf, war Quirin verschwunden. Griet stockte der Herzschlag. Hatte sich der vermaledeite Bader etwa mit dem Silber aus dem Staub gemacht? Fassungslos drehte sie sich um und sah die Straße entlang. Was sollte sie denn nun tun? Ihn suchen? In all den verwinkelten Gassen würde sie diesen Schurken doch niemals finden. Griet spürte, wie eine Träne heiß über ihre Wange rann. Rasch wischte sie sie fort und eilte zu dem Waldstück.

Durch die Bäume erkannte Griet, dass Yda unter den Decken auf dem Boden lag. Sicher schlief sie. Als Griet bei ihr war, strich sie der Schwester sanft über die Schulter. »Yda. Yda, wach auf! Quirin ist fort.«

Die Schwester regte sich nicht. Nicht einmal ihre Lider flatterten.

Griet rüttelte etwas kräftiger an ihrer Schulter. »Yda, was ist mit dir? Wach doch endlich auf.« Ein eiserner Ring schloss sich um ihre Brust und zwang sie in die Knie. »Bitte, Yda. Du musst wach werden.« Mit beiden Händen umfasste Griet Ydas Schultern und schüttelte sie. Doch die Schwester bewegte sich nicht mehr. Griet schrie auf und rüttelte weiter ihren Leib durch. »Du darfst mich nicht allein lassen! Wach sofort auf! Hörst du?«

Ydas Kopf fiel schlaff nach vorn.

Griet schluchzte auf und bettete ihn an ihre Brust. »Wir haben einander doch versprochen, immer zusammenzubleiben«, weinte sie und fuhr mit der Hand durch das Haar der Schwester.

»Was ist mit ihr?«

Durch ihren Tränenschleier sah Griet den Bader, der sich neben sie hockte. »Yda … Yda ist tot.« Die Worte verbrannten Griet den Hals. Schluchzend grub sie das Gesicht in das Haar der Schwester.

»Ganz ruhig, Mädchen.« Quirin legte die Hand auf Griets Schulter und versuchte sie sanft von der Schwester zu lösen.

Griet jedoch klammerte sich weiter an Yda, die schlaff in ihren Armen lag. Nichts und niemand konnte sie von ihr trennen! »Bleib bei mir, Schwester. Bitte bleib bei mir«, rief sie.

»Lass mich nach ihr sehen.« Quirins Griff verstärkte sich. Mit einem Ruck trennte er Griet von Yda.

»Ich gehe mit ihr!«, schrie Griet. Kalter Schmerz lähmte sie. Wie durch einen Nebel sah sie, dass Quirin Yda auf den Rücken legte und an ihrer Brust lauschte.

Nach einer halben Ewigkeit schaute er auf und lächelte gequält. »Deine Schwester ist noch bei dir, Mädchen.« Er reichte Griet die Hand. »Komm und hör selbst, wie ihr Herz schlägt.«

In Griets Brust bebten die Schluchzer. Vorsichtig beugte sie sich vor und horchte. Ganz leise konnte sie das Pochen von Ydas Herz hören.

»Hörst du es?«, fragte Quirin.

Unfähig, auch nur ein Wort über die Lippen zu bringen, nickte Griet. Dann strich sie sanft und mit zitternder Hand über Ydas Wange.

»Lass uns nicht länger warten.« Quirin nahm das Bündel mit dem Silber und drückte es Griet in die Hand. Dann hob er die Schwester vom Boden auf.

Griet folgte ihm, als er sie aus dem Wald trug. »Wo willst du denn mit ihr hin?«

»Ein Marktweib meinte, im Stift des Heiligen Kunibert bekäme sie Hilfe.«

»Weißt du denn, wo das ist?«

Quirin nickte nur. Dann lief er im Schutz der Dämmerung durch die Gassen von Köln. Als sie den Dom hinter sich gelassen hatten, erhoben sich inmitten von Weingärten die drei Türme der Stiftskirche in den nachtgrauen Himmel. Das Langschiff grenzte an die Kaimauer des Rheins.

»Hier ist es.« Quirin holte tief Luft.

Bang sah Griet zu Yda, die weiter schlaff in seinen Armen lag. »Schlägt ihr Herz immer noch?«

Quirin neigte sein Haupt auf die Brust der Schwester. Dann nickte er Griet zu. »Sorg dich nicht. So wie ich deine Schwester kennengelernt habe, lässt sie sich nicht einfach von Gevatter Tod bezirzen.«

Griet trat an das Tor in der Stiftsmauer und schlug mehrmals mit den Fäusten dagegen. Doch nichts tat sich. Sie sah zu den Fenstern der Kirche. Das schwache Licht von Kerzen erhellte das Langschiff.

»Die Brüder sind gewiss bei der Vesper. Wir müssen wohl warten.«

Griet sah, wie dem Bader mittlerweile die Arme lahm wurden, denn er hob das Knie an, um Ydas Leib zu stützen.

»Es bleibt uns aber keine Zeit mehr.« Griet lief die Mauer entlang. Dann sah sie unter dem Westturm ein Portal, das in die Kirche führte. Vorsichtig drückte sie die Klinke hinab und spähte hinein.

Die Kanoniker knieten vor dem Altar und murmelten mit gesenkten Köpfen ein Gebet. Über Griets Rücken fuhr ein

Schauder. Rasch schlug sie das Kreuz. Wenn sie nun störte, würden sie mit Schimpf und Schande davongejagt werden. Sie ließ die Tür zurück ins Schloss fallen und eilte zu Quirin. Mittlerweile saß er mit Yda auf der nackten Erde und hielt sie sicher im Arm. Yda gab ein Seufzen von sich und atmete schwer. Dann flatterten ihre Lider.

Griet fasste nach ihrer Hand. »Yda? Yda, hörst du mich?«

Lautlos bewegte die Schwester die Lippen und schluckte schwer. Ihre Lider öffneten sich einen Spalt breit. »Siehst du das Feuer? Es wird uns alle verzehren.«

Griet strich ihr über die Wange. »Fürchte dich nicht, Yda. Das Feuer ist nur in deinen Träumen.« Hinter der Stiftsmauer hörte sie den Gesang der Kanoniker. Rasch sprang sie auf und hämmerte erneut mit den Fäusten gegen das Tor – so lange, bis es sich knirschend öffnete. Das verschrumpelte Gesicht eines Mönches schaute sie fragend an.

»Schnell, Bruder! Ihr müsst meiner Schwester helfen. Sie liegt im Sterben.« Griet spürte, wie ihr die Tränen warm über die Wangen liefen.

Der Mönch sah über ihre Schulter hinweg zu Quirin, der immer noch mit Yda auf dem Boden saß. Dann trat er aus dem Schutz der Stiftsmauer.

Der Bader erhob sich mit Yda im Arm. »Sie kommt nicht zu Bewusstsein. Es ist ein Fieber, das sie verbrennt.«

Der Mönch sah abwechselnd von Yda zu Griet. Sein Blick verfinsterte sich. Tief sog er den Atem ein. »Legt sie auf den Boden. Ich schaue nach ihr.«

»Hier?« Entsetzt sah Griet ihn an.

»Ja, hier, denn wir haben keinen Platz mehr in unserem Krankensaal.«

»Ihr haltet sie für die Brut des Teufels. Ist es nicht so?«

Der Mönch presste die Lippen aufeinander und schüttelte leicht den Kopf.

Behutsam legte Quirin Ydas schlaffen Leib auf den Boden. Der Mönch kniete sich vor sie und besah sich ihre Hände. Dann wickelte er ihr die Bandagen von den Füßen.

Griet starrte Ydas kleinen Zeh des rechten Fußes an, der sich schwarz gefärbt hatte. »Wird sie sterben?«

Der Mönch wickelte die Bandage wieder um Ydas Füße und erhob sich. »Das Heilige Feuer des Antonius hat sie befallen. Es sieht nicht gut aus.«

Griet schlug sich die Hand vor den Mund. Unaufhaltsam rannen ihr die Tränen über die Wangen.

Mit zitternder Hand strich sich Quirin das Haar aus der Stirn. »Bitte, Bruder, weise uns nicht ab. Wir haben kein Heim. Wo sollen wir denn hin?«

»Wartet hier.« Der Mönch verschwand durch das Tor.

Griet ließ sich auf die Knie fallen. »Warum straft der Herr nur sie und nicht mich? Ich habe mich doch genau wie sie versündigt.« In diesem Augenblick wünschte sie sich, sie würde anstelle der Schwester dort liegen. Sie sah hinauf in den nachtschwarzen Himmel. »Herr, nimm mich statt ihrer! Es war doch der Hunger, der uns zur Sünde getrieben hat.« Griet senkte wieder den Kopf. Ihre Tränen tropften auf den staubigen Boden. Dann hörte sie, wie sich das Tor öffnete.

Der Mönch trat auf sie zu und reichte ihr einen Krug. »Auf dem Schindanger vor den Stadttoren lebt der Schinder. Geht und sucht ihn.«

Griet stierte ihn an, als stünde der Leibhaftige vor ihr. »Sollen wir meine Schwester etwa dort verscharren lassen? Vergesst nicht, noch lebt sie.«

»Das meinte ich nicht. Luca nimmt die Kranken auf, die

am Heiligen Feuer leiden. Mit unserer Hilfe versucht er sie zu heilen.«

»Was ist in dem Krug?«, fragte Quirin.

»Wein aus unseren Gärten, mit Heilkräutern angereichert. Gebt ihr etwas davon, bevor ihr euch auf den Weg macht.« Der Mönch senkte den Blick, kehrte zurück hinter die Mauer und verschloss das Tor. Das Knirschen eines Riegels war zu hören. Griet weinte stumm.

Quirin nahm ihr den Krug aus der Hand. Dann kniete er sich neben Yda und versuchte, ihr etwas Wein einzuflößen. Griet sah, wie die Flüssigkeit an ihren Mundwinkeln hinablief.

»Bei mir schluckt sie nicht. Vielleicht schaffst du es ja.«

Griet hockte sich neben ihn und versuchte es ebenfalls. »Du musst etwas trinken. Bitte, Yda«, flehte sie die Schwester an. Doch es half nichts. Yda schluckte einfach nicht. Wieder lief ihr der Wein in einem Rinnsal aus dem Mund. Griet schloss die Augen und horchte, ob ihr Herz die Stimme der Schwester vernahm. Es schwieg. Nun versuchte Griet, das Herz der Schwester mit ihrem zu erreichen. Sie fasste nach Ydas Hand und sandte ihre Liebe durch die Finger der Schwester. Yda stöhnte auf. Ganz leicht drückte sie Griets Hand.

»Gib ihr etwas von dem Wein«, sagte Griet leise zu Quirin.

Als der Bader Yda den Krug an die Lippen hielt, schluckte sie plötzlich gierig.

»Sie wird nicht sterben. Nicht, solange du an ihrer Seite bist.« In Quirins Augen schimmerten Tränen.

»Nein, das würde ich auch nicht zulassen.« Griet spürte die Hoffnung, die zart in ihr aufkeimte. Ihre Herzen hatten zueinander gesprochen. Und Ydas hatte ihres erhört.

»Lass uns den Henkersknecht suchen.« Quirin kniete sich hin, um Yda auf seine Arme zu nehmen.

»Aber das geht doch nicht. Wenn er sie berührt, ist sie für alle Zeit entehrt.«

Quirin sah sie kopfschüttelnd an. »Ist das wirklich deine Sorge? Du bist eine Fahrende, eine Betrügerin obendrein. Was glaubst du, wie weit unsere Ehre über der eines Henkers steht? Noch nicht einmal einen Fingernagel breit.«

Obwohl Griet wusste, wie viel Wahrheit in Quirins Worten lag, überkam sie das Grausen. Sie durfte gar nicht daran denken, dass die Hände des Henkersknechts Yda berühren würden.

»Lass uns gehen«, sagte Quirin. Dann wandte er ihr den Rücken zu und schritt mit Yda auf den Armen dem neuen Dom entgegen.

Griet folgte ihm. In ihr gab es keine Tränen mehr, die sie hätte weinen können.

8. Kapitel

Luca entzündete ein neues Talglicht und setzte sich wieder zu Rinchen an den Tisch. Mit gesundem Appetit löffelte sie den letzten Rest Milchsuppe aus ihrer Schale. Er konnte es ihr einfach nicht sagen. Wie sollte er seiner Schwester denn begreiflich machen, was in ihrem Bauch geschah? Sie würde doch nie verstehen, dass dort ein Kind wuchs.

»Bin satt.« Rinchen kletterte von ihrem Hocker und spülte die Schalen ab. Als sie damit fertig war, wusch sie sich im gleichen Wasser das Gesicht und zog ihre Röcke aus. Im Untergewand huschte sie auf ihr Schlaflager, wo sie sich bis unter das Kinn zudeckte. »Legst du dich nicht schlafen?«

»Gleich. Ich gehe nur noch kurz an die Luft.« Luca erhob sich und blies das Talglicht aus.

»Du kommst aber wieder, ja?« Besorgt sah Rinchen ihn an.

»Glaubst du wirklich, ich würde dich alleinlassen, kleiner Käfer?«

»Nein.« Rinchen kuschelte sich tiefer in ihre Decke und schloss die Augen.

Luca trat aus der Hütte. Der volle Mond versilberte die Halme auf dem Schindanger. Nur der Ruf einer Eule durchbrach die Stille des Abends. Luca setzte sich auf die Holzscheite, die er vor seiner Hütte gestapelt hatte. Eine Spinne huschte in ein Astloch. Durch Lucas Adern floss das Blut schwer wie Blei. Wie sollte es bloß weitergehen? Rinchen konnte doch niemals ein Kind großziehen. Im Geiste war sie doch selbst noch eins. Und er? Was wusste er denn schon davon? Außerdem würde er in der ganzen Stadt keine Hebamme finden, die ihre Hände von Rinchens Blut besudeln ließe. Vielleicht sollte er die Schwester doch zur Mutter bringen. Luca ließ den Kopf hängen und verschränkte die Finger ineinander. Rinchen könnte dabei sterben, hatte Trin gesagt. Wie sollte er denn die Schwester sehenden Auges in den Tod schicken?

Luca ballte die Faust und schlug sich auf den Oberschenkel. »Herr, warum hast du das zugelassen?«, fluchte er in die Nacht.

»Was? Was hat der Herr zugelassen?« Rinchen kletterte in ihrem Untergewand zu ihm auf die Holzscheite. Ihre kleine Hand fuhr über seine Wange. »Hast du geweint? Warum?«

Rasch wischte sich Luca mit dem Ärmel über das Gesicht. »Nein, hab ich nicht. Es ist nur der kalte Wind, der meine Augen tränen lässt. Und du solltest wieder zurück unter deine Decke gehen, bevor du noch den Husten bekommst.« Er sprang von den Scheiten und hob auch Rinchen herunter.

Plötzlich strampelte Rinchen aufgeregt mit den Beinen. »Da! Sieh, Luca! Da kommen Leute.«

Luca ließ sie auf den Boden gleiten und wandte sich um. Neben einer jungen Frau kam ein Mann daher, der jemanden auf seinen Armen trug. Hinter ihnen trottete ein Esel, dem eine Ziege folgte. Rinchen trat vor Luca und wollte schon auf die drei los, doch er hielt sie an den Schultern zurück und stellte sich vor sie. Die junge Frau kam auf ihn zugeeilt.

»Bist du der Schinder?«

Luca nickte. Dann ging er dem Mann entgegen. »Was ist mit der Frau?«

»Der Mönch sagte, das Heilige Feuer habe sie befallen.«

Luca betrachtete die junge Frau. Irgendwo hatte er sie schon einmal gesehen. Plötzlich erinnerte er sich an die Pletschmühle. Es gab keinen Zweifel: Der Mann trug die schöne Wegelagerin auf seinen Armen. »Folgt mir in meine Hütte. Dort werde ich nach ihr sehen.«

Luca führte sie in den Raum der Hütte, in dem er die Kranken beherbergte, und zündete mehrere Talglichter an.

»Du musst ihr helfen«, wimmerte die Frau, die der Wegelagerin bis aufs Haar glich.

Luca sah zu dem Mann. »Leg sie dort auf das Stroh, und dann wartet draußen.«

Als er mit Rinchen und der Wegelagerin allein war, legte er die Hand auf ihre Wangen und fühlte das Fieber, das in ihr glühte. Er betrachtete ihre schlanken Finger. Sie schienen unversehrt und noch nicht von dem Heiligen Feuer verbrannt. Vorsichtig wickelte er die Bandagen von ihren Füßen. Dann sah er ihren schwarzen Zeh und stieß schwer den Atem aus.

»Muss ich die Säge holen?«, fragte Rinchen, die dicht bei ihm stand.

»Nein, koch mir nur den Wein ab.«

Mit schnellen Schritten verließ Rinchen den Raum. Luca betrachtete das Gesicht der Wegelagerin. Die dunkle Haut und das schwarze Haar. Er erinnerte sich an ihre Augen, in denen die Leidenschaft gefunkelt hatte. In der Nacht, nachdem er den Kadaver des Esels geholt hatte, war sie ihm im Traum noch einmal begegnet. Danach hatte er jedoch nie wieder an sie gedacht.

Luca holte den Dolch aus der Truhe und schliff ihn mit einem Stein. Mit allen Mitteln würde er versuchen, ihren Fuß zu retten.

Rinchen reichte ihm den Schlafschwamm.

»Den brauche ich nicht.«

»Aber du wirst ihr doch weh tun.«

»Sorg dich nicht, sie wird nichts spüren.« Luca wusch den Dolch mit dem abgekochten Wein ab. Dann wies er Rinchen an, das Garn in die Nadel zu fädeln.

Kurze Zeit später hatte er der jungen Frau den Zeh abgetrennt und die Wunde vernäht, die er nun mit der Tinktur der Mönche versorgte. Wie jedes Mal sprach Rinchen ein Gebet und bekreuzigte sich. Anschließend wischte sie das Blut fort und reinigte den Dolch. Luca setzte sich neben die Wegelagerin und strich ihr das Haar aus der Stirn. Ihre Haut glühte immer noch vom Fieber.

Rinchen holte ein frisches Tuch, das sie in Wasser getaucht hatte, und reichte es ihm. »Soll ich einen Sud aus Lindenblüten kochen?«

Luca schenkte ihr ein dankbares Lächeln. »Ich glaube, du wirst noch eine ganz große Heilerin.«

Verlegen senkte Rinchen den Blick. »Hab ich doch alles von dir gelernt.« Kurz darauf brachte sie den Sud und stellte ihn auf den Deckel der Truhe. »Muss nur noch abkühlen.« Mit sorgenvoller Miene trat sie zu Luca und betrachtete die Wegelagerin. »Draußen die Frau sieht genauso aus wie sie. Deshalb weint sie auch so bitterlich. Weil sie Schwestern sind, weißt du? Wenn du krank wärest, würde ich auch weinen.«

Luca nahm Rinchen in den Arm und strich ihr über das Haar. »Du bist ein gutes Mädchen.«

Rinchen sah zu der Frau. »Wird sie wieder gesund?«

»Das weiß ich nicht. Wir können nur hoffen, dass sich das Gift der Fäulnis nicht zu weit in ihrem Leib ausgebreitet hat.«

»Ich bete noch einmal für sie.« Rinchen fiel auf die Knie und faltete die Hände vor der Brust.

Luca verließ die Hütte, um nach der Schwester und dem Mann zu sehen. Bei den Holzscheiten saßen sie ganz nah beieinander, als wollten sie sich gegenseitig Trost spenden.

Als die Schwester Luca sah, sprang sie auf und bettelte mit ihrem Blick um eine gute Nachricht.

»Ich habe ihr den Zeh abnehmen müssen. Ob sie überleben wird, weiß nur der Herr im Himmel.«

Der Mann trat neben die Schwester und legte den Arm um ihre Schultern. »Wir danken dir für deine Mühen. Mein Name ist übrigens Quirin. Und das hier ist Griet, Ydas Zwillingsschwester.«

Luca entging nicht, wie sehr sie zitterte. »Die Nacht ist kalt. Bindet den Esel und die Ziege an und begleitet mich in meine Hütte.«

Rinchen stand an der Feuerstelle und gab einige Rüben in den dreibeinigen Kessel. Die lodernden Flammen tauchten das Innere der Hütte in ein warmes Licht.

»Sie trinkt nicht«, sagte sie traurig. »Aber ich habe ihr nasse Tücher um die Beine gewickelt.«

Plötzlich ertönte ein Schrei aus dem angrenzenden Raum. Erschrocken ließ Rinchen den Kochlöffel in den Kessel fallen.

Luca eilte zu der Kranken.

Mit irrem Blick saß Yda auf dem Lager und schlug um sich. »Weg! Geh weg!«, schrie sie.

»Was hat sie?« Starr stand Griet neben ihm.

»Sie sieht Dämonen.« Luca näherte sich Yda vorsichtig und sprach beruhigend auf sie ein. Doch sie schrie weiter – den Blick auf etwas gerichtet, was nur sie sah. Behutsam griff Luca nach ihren Schultern und hielt sie fest. »Beruhige dich. Du bist in Sicherheit.«

Yda schlang die Arme um seinen Hals. In diesem Augenblick berührte etwas sein Herz, das er so noch nie gespürt hatte. Er musste sie beschützen, sie heilen. Sie durfte nicht sterben. Er presste die Lippen auf ihr Haar und atmete ihren Duft. »Ganz ruhig. Alles wird gut.«

Bertram schwindelte es ein wenig, als er die Wendeltreppe des Wohnturms hinaufstieg. Er hatte wohl mit seinem Schwiegervater einige Becher Wein zu viel getrunken. Aber anders hätte er die Demütigungen nicht ertragen. Ein Wort hatte das andere ergeben. Dann stand wieder der Vorwurf im Raum, Bertram von Plettenberg habe es zu nichts gebracht. Was wollte diese Wildsau von Arnsberg eigentlich von ihm? Traute er es ihm wirklich nicht zu, der Marschall des Erzbischofs zu werden? Was für ein Irrtum. Wenn er Siegfried von Westerburg erst die Reliquie übergeben hatte, sähe alles anders aus. Leise lachte er auf.

Bertram öffnete die Tür zu seinem Schlafgemach, das im Dunkeln lag. Die Fackel, die er in der Hand hielt, spendete ihm ein fahles Licht. Fast wäre er gegen eine der unzähligen Truhen gelaufen, die Edelgunde mitgebracht hatte. Umgeben von weißen Vorhängen lag sein Weib im Bett und schlief. Durch den durchscheinenden Stoff konnte Bertram ihren Kopf sehen, der auf den Kissen ruhte. Ihr Haar trug sie unter einer Haube, wie es sich für eine verheiratete Frau gehörte. Am Tage, wohlgemerkt, nicht in der Nacht. Bertram ärgerte sich und steckte die Fackel in die Halterung neben dem Fenster. Dann entledigte er sich seiner Tunika und nestelte die Beinkleider von der Bruche. Nachdem er sich vollkommen entkleidet hatte, schob er den Vorhang zur Seite und legte sich zu seiner Gemahlin, die sich nicht rührte. Mit der Hand suchte er einen Weg unter die Wolldecke, die sie sich bis unter das Kinn gezogen hatte. Das einzig Gute an ihrer Anwesenheit war wohl, dass er sich Erleichterung verschaffen konnte. Bertram dachte an das Hinterteil der Magd, als diese sich über den Brunnen gebückt hatte. In seinen Lenden entfachte sich wieder das Feuer. Seine Hand tastete nach dem Saum des Nachthemds seiner Gattin. Als er ihn gefunden hatte, schob er ihn hoch und strich mit der Hand an der Innenseite ihres Oberschenkels hinauf. Ein rauer Seufzer verließ seine Kehle.

Edelgunde schob seine Hand fort. »Lass mich in Frieden schlafen.« Rasch zog sie sich das Nachthemd wieder über ihre Scham.

Doch Bertram wollte sich nicht abweisen lassen. Mit beiden Händen riss er den Stoff auseinander.

Edelgunde schrie auf. Dann versetzte sie ihm mit dem Knie einen Stoß in den Unterleib.

Rings um Bertram regnete es Sterne. Er presste das Gesicht in die Kissen und unterdrückte den Schrei, der in seiner Kehle steckte.

»Verdammter Hurenbock! Hast du gedacht, du könntest mich mit Gewalt nehmen? Eher bringe ich dich um.«

Bertram hörte ihre polternden Schritte. Dann fiel krachend die Tür in den Rahmen. Keuchend hielt er sich die Hoden, in denen nur langsam der Schmerz verebbte. Bei der nächsten Gelegenheit würde er dieses Weib mit seinen bloßen Händen erwürgen.

Die ganze Nacht lag er wach und stellte sich vor, wie er endlich Edelgundes giftsprühendes Maul zum Schweigen brachte.

Als der Morgen dämmerte, erhob sich Bertram aus dem Bett. Der Schmerz zwischen seinen Beinen hatte nachgelassen. Er tauchte das Gesicht in die Waschschüssel, um sich abzukühlen. Dann zog er sich an. Die Reliquie kam ihm wieder in den Sinn. Bertram suchte nach dem Gürtel, an dem sich die lederne Tasche mit der Geldkatze befand. Er fand ihn unter dem verschmutzten Kettenhemd und fragte sich, wie er wohl dort hingekommen war. Doch in den letzten Tagen hatte er so viel Wein genossen, dass er sich diese Frage selbst nicht mehr beantworten konnte. Bertram suchte weiter nach der Cotte, die er beim Besuch bei der Hure getragen hatte, und fand sie unter dem Bett. Im Innenfutter befand sich ein eingenähtes Säckchen, in dem er die heiligste aller Reliquien aufbewahrte. Kurz schalt er sich wegen seiner leichtsinnigen Unordnung und tastete nach dem vergoldeten Dorn. Schweißperlen traten ihm auf die Stirn. Er wusste genau, dass er ihn in Köln noch bei sich getragen hatte. Vermaledeiter Schweinemist! Die Reliquie befand sich nicht mehr in dem Versteck. Hektisch tastete er mit beiden Händen den Stoff der Cotte ab. Als er den Dorn auch weiterhin nicht fand, sank er auf das Bett und strich sich das Haar aus der Stirn. Den Dorn musste er bei der Hure verloren haben, anders konnte es nicht sein.

Als Bertram kurz darauf über die Felder galoppierte, schnitt ihm die Luft des frühen Morgens kalt in die Wangen. Er würde sich die Reliquie von der Hure wiederholen, und wenn er dafür töten müsste. Das hatte er bereits einmal getan, auch wenn der Tod seines Bruders wie ein Unfall ausgesehen hatte, nachdem er mit dem Dorn aus dem Heiligen Land zurückgekehrt war.

Bertram trieb sein Pferd auf die Stadtmauern zu. An der Eigelsteintorburg zeigte er dem Wachmann das Pergament mit dem Siegel des Erzbischofs. Der Mann warf einen kurzen Blick darauf und zog mit einem mürrischen Gesicht das Gitter hoch. Schneller, als es in der Stadt erlaubt war, ritt Bertram die Marzellenstraße hinauf. Nachdem er die Dombaustelle hinter sich gelassen hatte, bog er in die Schwalbengasse ein. Vor dem Haus der schönen Frauen sprang er aus dem Sattel und band sein Pferd an einer Linde fest. In seinen Adern rauschte das Blut, als stünde er auf dem Schlachtfeld. Die Tür des Hurenhauses war noch verschlossen. Bertram trat so lange dagegen, bis der Hurenwirt sie endlich öffnete.

Rotgeränderte Augen sahen ihn an. Bertram stieß den Wirt zur Seite und trat in das Haus.

»Was wollt Ihr? Die Frauen schlafen noch. Ihr müsst wissen, sie haben eine lange Nacht hinter sich.«

Bertram ignorierte den Hurenwirt und betrat den Schankraum. Dort schüttete er eine Handvoll Münzen auf den Tresen. »Ich will die Alte haben. Auf der Stelle.«

»Unsere Älteste?« Der Wirt stierte die Münzen an. »Dann geht zu ihr. Ihr wisst ja, wo ihre Kammer ist.«

Zähneknirschend ließ Bertram den Hurenwirt stehen und stieg die Treppe hinauf. Unwirsch stieß er die Tür zur Kammer auf. Die Frau schreckte aus dem Schlaf. Die Decke bis zum Kinn gezogen, starrte sie ihn an.

Bertram stellte sich breitbeinig vor sie. »Wo ist die Kette mit dem Dorn?«

»Was für eine Kette? Ich weiß nicht, wovon Ihr redet.«

Bertram riss ihr die Decke fort. Ihr entblößter Leib verströmte den Gestank von Angst. In seinen Adern rauschte das Blut. Wimmernd kauerte sich die Hure zusammen.

»Wo ist sie?«, schrie er.

»Ich weiß nicht, wovon Ihr redet. Ich habe nichts von Euch.« Vor ihrem Gesicht zitterten die wirren Strähnen.

Bertram trat zu ihr und riss sie am Arm herum, bis sie auf dem Bauch lag. »Ich stoß die Wahrheit schon aus dir heraus, das schwöre ich dir.« Er nestelte an seiner Bruche und befreite sein Glied aus der Enge. Dann riss er ihre Schenkel auseinander und stieß in ihre Leibesmitte, als würde er dem Feind das Schwert ins Herz rammen. Unter ihm wimmerte die Hure. Bertram packte die kalte Wut über ihre Verschwiegenheit. Mit der flachen Hand schlug er ihr gegen den Kopf und drückte sich tief in sie.

»Rede, Miststück!«, schrie er. Die Hure presste das Gesicht in die Kissen, und Bertram riss sie an ihrem Haar wieder hoch. Seine Faust traf ihre Rippen. Einmal, zweimal. Als die Frau aufschrie, rammte er sich erneut in sie. Der Gestank von Angst und Blut versetzte ihn in einen Rausch, der ihm die Sinne raubte. Bertram vergaß die Reliquie. Er besaß Macht, Macht über dieses wimmernde Etwas unter ihm, das nach Blut roch. In ihm pulsierte die Stärke, die jedem Feind den Tod brachte. Er hob den Kopf und entlud sich mit einem Schrei. Dann fiel er außer Atem mit der Brust auf ihren Rücken. Nur kurz schloss er die Augen, dann kam ihm die Reliquie wieder in den Sinn, und er riss die Frau erneut an den Haaren herum.

»Wo ist der Dorn?«, schrie er.

Die Hure schüttelte den Kopf. »Ich habe ihn nicht.«

Bertram schleuderte ihr so lange die Faust ins Gesicht, bis ihr elendes Wimmern versiegte. Anschließend wischte er sich mit ihrer Decke das Blut von seinem Glied und zog seine Kleider über.

Jeden Winkel der Kammer durchsuchte er nach der Reliquie, doch er fand sie nicht. Die Hure musste sie weggegeben haben. Bertram rüttelte an ihren Schultern und bereute es im nächsten Augenblick, sie vorschnell totgeschlagen zu haben. Vor Wut schnaubend verließ er die Kammer.

Unten in der Schankstube warf er dem Hurenwirt eine weitere Handvoll Münzen auf den Tresen.

»Ich war nie hier, hast du mich verstanden?«

Die halbe Nacht hatte Luca bei Yda gesessen, um sie zu beruhigen. Erst in den frühen Morgenstunden hatten ihre Wahnvorstellungen nachgelassen, und sie war in einen tiefen Schlaf gefallen. Luca fühlte sich, als hätte ihn jemand auf das Rad geflochten. Dennoch wärmte ein neues Gefühl angenehm sein Herz. Er schlug die Decke zurück und erhob sich von seinem Lager, um nach Yda zu sehen. Durch das Fenster des Raumes fiel das fahle Licht des Morgens. Neben ihm seufzte Rinchen im Schlaf. So leise wie möglich zog Luca sein Hemd über.

Yda lag ruhig auf ihrem Lager. Zu ihren Füßen hatte sich die Schwester auf dem nackten Lehmboden zusammengerollt. Neben ihr lehnte Quirin mit dem Rücken an der Wand und schlief ebenfalls. Luca schlich an ihnen vorbei und betrachtete Yda in ihrem Schlaf. Die Hände unter die Wange geschoben, lag sie auf der Seite. Luca dachte daran, wie er sie im Arm gehalten und ihr über das schwarze Haar gestrichen hatte. Anders als das von Rinchen fühlte es sich wie Seide an. Luca kämpfte gegen den Drang, es erneut zu berühren. Gedankenverloren rieb er sich den Oberarm und wunderte sich über die Sehnsucht, die ihn überfiel. Leise verließ er den Raum.

Mittlerweile war auch Rinchen erwacht und saß auf ihrem Lager.

»Sie schlafen noch, oder?«, fragte sie kaum hörbar.

Luca nickte. Dann beugte er sich zu ihr hinab. »Ich muss jetzt meiner Arbeit nachgehen. Kümmerst du dich um sie?«

Rinchen nickte heftig mit dem Kopf, sprang von ihrer Schlafstätte und umarmte Luca. »Pass gut auf dich auf.«

Luca schlug die Schlafmedizin der Mönche in ein Tuch ein. Nachdem er die Hütte verlassen hatte, wurde ihm das Herz schwer. Der Greve hatte angeordnet, er solle auf dem Richtplatz nahe dem Judenbüchel einen Scheiterhaufen errichten und sich anschließend in der Hacht auf dem Domhof einfinden. Dort saßen drei Ketzer ein. Sie hatten wohl in der Kirche der Heiligen Ursula ihre Reden geschwungen und dabei die Hostien auf dem Boden verstreut. Luca nahm seinen Karren mit dem Holzkäfig und zog ihn über den Schindanger. Auf seinem Weg in die Stadt hoffte er inständig, Meister Hens würde wenigstens heute gerade gehen können.

Leider verflüchtigte sich seine Hoffnung, als er den Judenbüchel erreichte. Von dem Henker fehlte jede Spur. Die Männer aus der Zunft der Zimmerleute errichteten bereits das Podest, von dem aus die Wohlbetuchten der Stadt das Schauspiel verfolgen konnten. Luca blickte sich um und sah den Karren voller Stroh, der von einem Ochsen gezogen wurde. Kurz überlegte er, das Haus des Henkers aufzusuchen, um Meister Hens an seine Pflichten zu erinnern. Doch dann hörte er in der Ferne die Glocken der Kirche des Heiligen Severin zur Terz schlagen. Wenn er nun noch den Henker wecken wollte, würde er den Scheiterhaufen nie rechtzeitig fertigstellen. Und andere Knechte außer ihm gab es nicht mehr. Meister Hens hatte sie alle vergrault. Luca nahm die Mistgabel von seinem Karren und türmte das Stroh um die Hinrichtungspfähle auf. Ein zweiter Ochsenkarren traf auf dem Acker ein. Der Bauer hatte Reisig und weiteres Stroh geladen. Aus Angst, in Unehre zu verfallen, blieb der Mann auf seinem Karren sitzen, bis Luca das Brennmaterial abgeladen hatte. Luca kümmerte es nicht, denn er dachte an Yda. Die Zeit würde ihm lang werden, bis er wieder bei ihr war.

Als er endlich den Scheiterhaufen errichtet hatte, sah er zur Sonne, die fast senkrecht über ihm stand. Es war an der Zeit, zur Hacht auf dem Domhof zu gehen. Luca nahm seinen Karren und zog ihn zum Gefängnis des Erzbischofs.

In der Halle über den Verliesen traf er auf den Greve, der in seiner schwarzen Cotte bereits ungeduldig auf und ab schritt. »Wo ist dein Meister?«, knurrte er, als er Luca sah.

Luca hob die Schultern. »Habt Ihr nicht nach ihm rufen lassen?«

»Glaubst du, ich habe Zeit, dem versoffenen Hund den lieben langen Tag hinterherzulaufen?« Verärgert schüttelte er den Kopf. »Aber nun bist du ja da.« Er schrie nach den Bütteln und wies sie an, die Ketzer aus dem Verlies zu holen.

Luca trat wieder vor die Hacht und zog seinen Karren zu dem blauen Stein, der in einer Holzsäule eingelassen war. Dann atmete er noch einmal tief durch und sah in die Menge, die sich vor dem Schandmal versammelt hatte. Kurz darauf brachten die Büttel die drei Gefangenen auf den Domhof.

Abgemagert und von der Tortur der Folter geschwächt, stolperten sie zu dem Holzpfahl. Der Greve trat auf den ersten zu, stieß ihn dreimal mit der Stirn gegen den blauen Stein und sprach davon, dass er nie wieder zu Vater und Mutter heimkehren würde. Ebenso verfuhr er mit dem zweiten und dem dritten Ketzer.

Die Menge auf dem Domhof johlte.

Wie es schien, sammelte der erste der Verurteilten seine letzten Kräfte. Er hob den Zeigefinger und deutete auf die Baustelle des Doms. »Ja, baut nur eure Kathedralen in den Himmel und verehrt das einfache Brot als Leib Christi. Seht ihr nicht, dass Gott euch bereits straft? Die Seuchen und Hungersnöte, die euch heimsuchen, sind erst der Anfang seines Zorns. Sehenden Auges lauft ihr in euer Verderben.« Er zog Rotz durch die Nase und spie ihn dem Greve vor die Füße.

Der Priester, der mittlerweile dazugekommen war, hob das hölzerne Kreuz in seiner Hand und hielt es dem Ketzer entgegen.

Aus der Menge kam der erste Klumpen Mist geflogen. Haarscharf schnitt er Lucas Gesicht und klatschte dem Ketzer vor die Füße. Ein zweiter folgte, der unglücklicherweise die Brust des Priesters traf. Dieser schnappte nach Luft und wischte sich den Mist mit einem Tuch von der Kutte. Rasch öffnete Luca die Tür des Käfigs auf seinem Karren. Die Büttel warteten nicht lange und pferchten die Ketzer zwischen die Holzstäbe.

Die Sonne schickte warme Strahlen auf den Domplatz. Der Greve stieg auf sein Ross. Luca versuchte, den Karren zu ziehen, doch er war viel zu schwer. Einer der Büttel wies einen Bauern an, seinen Ochsen zur Verfügung zu stellen.

Kurz darauf schritt Luca neben dem Karren durch die Gassen von Köln. Er dachte an das, was ihm bevorstand, und der Schweiß rann ihm in Rinnsalen über den Rücken. Johlend folgte ihm der Pöbel. Ein fauler Apfel traf Luca an der Schulter. Auch wenn er wusste, dass dieser nicht ihm galt, fühlte er sich in diesem Augenblick nicht minder geschmäht als die Elenden, die er zum Scheiterhaufen brachte.

Kurz vor der Stadtmauer versperrten ihm drei Knaben den Weg. Erst als Luca eine Handbreit vor ihnen stehen blieb, sprangen sie zur Seite und warfen ihm Stöcke zwischen die Beine. Ihr Lachen hallte durch die Gasse. Unbeirrt führte Luca den Ochsen durch die Severinstorburg.

Als er auf dem Richtplatz eintraf, klatschten auf dem Podest die hohen Geschlechter der Stadt vornehm in die Hände. In ihrer Mitte sah Luca Gerhard Overstolz stehen. Die Hände auf die Balustrade gestützt, blickte er zu Boden und nahm nur wenig Anteil an dem Geschehen um ihn herum. Luca beachtete ihn nicht weiter und führte den Ochsen bis zu den drei Pflöcken inmitten des Strohs. Als die Büttel nahe genug bei ihm standen, öffnete er die Tür des Käfigs. Widerstandslos ließen sich die Ketzer zu den Pfählen bringen. Nachdem der Priester ein Gebet gesprochen hatte, band Luca den ersten mit einem Hanfseil an den Pfahl. Dann entknotete er sein Bündel, öffnete den Tiegel und flößte dem Ketzer ein paar Tropfen von dem Schlafmittel ein. Auf dem Richtplatz ertönten die ersten Schreie. Pfiffe waren zu hören. Mistklumpen flogen über den Platz. Dann fiel der Verurteilte in einen tiefen Schlaf.

Der Greve sah Luca kopfschüttelnd an. Dann trat er zu ihm. »Was, in Gottes Namen, fällt dir ein?«

Luca beachtete ihn nicht. Stattdessen band er die anderen zwei Ketzer ebenfalls an die Pfähle. Als er auch ihnen die Tinktur einflößen wollte, hob der Greve die Hand.

»Niemand hat dir erlaubt, sie in den Schlaf zu schicken«, grollte er.

Die Pfiffe auf dem Richtplatz wurden lauter. Luca zuckte nur mit den Schultern. Er wusste, der Greve würde lieber in den Rhein springen, als ihn zu berühren. Unbeirrt gab er den anderen beiden Ketzern von dem Schlafsaft. Dann setzte er mit einem Zunderschwamm das Stroh in Brand. Rasch loderten die Flammen in die Höhe und verschmolzen mit den Leibern der Ketzer. Über den Judenbüchel zog der Gestank von verbranntem Menschenfleisch. Die Pfiffe in der Menge verstummten. Luca blickte in die Gesichter der Umstehenden, die in die Flammen starrten. Ekel, Abscheu und Entsetzen spiegelten sich in ihren Augen wider. Fast niemand von ihnen strahlte Genugtuung aus. Da sah Luca auf einmal Trin unter den Leuten stehen. Sie wischte sich den Rotz von der Nase. Ihre Augen waren rot und die Wangen nass von Tränen.

Luca ging zu ihr. »Was hast du?«

Trin fasste mit ihrer kalten Hand nach seiner. »Komm mit«, sagte sie leise.

Ein eisiger Schauer lief über Lucas Rücken. Wortlos folgte er Trin durch die Menge und ließ den Richtplatz hinter sich. Auf dem Weg zurück in die Stadt sprachen sie nicht ein Wort. Trin weinte bitterlich, und Luca wusste, es musste etwas Schreckliches geschehen sein. Vor dem Haus der schönen Frauen holte er noch einmal tief Luft. Dann trat er ein und stieg die Treppe hinauf zur Kammer seiner Mutter. Vor ihrem Bett kniete Judith und betete.

»Sie hat noch nicht einmal geschrien«, weinte Trin. »Wir wären ihr doch zur Hilfe gekommen.«

Eine eiserne Faust umklammerte Lucas Brust. Als er in das zertrümmerte Gesicht seiner Mutter blickte, brannten Tränen in seinen Augen, die sich nicht mehr zurückhalten ließen.

»Wer hat das getan?«, schrie er durch die Kammer. Außer sich vor Zorn trat er zu Trin, fasste nach ihren Schultern und schüttelte sie. »Ich will wissen, wer sie getötet hat!«

»Ich weiß es nicht«, stieß Trin erschrocken aus.

Auch Judith schüttelte den Kopf. »Niemand von uns hat den Kerl gesehen. Das kannst du uns glauben. Wir hätten ihn nicht davonkommen lassen.«

Luca stürzte aus der Kammer. In seiner Brust brannte ein Feuer, das ihm die Luft zum Atmen nahm. Mit einem Tritt beförderte er die Tür zum Schankraum aus den Angeln.

Eberhard, der auf einem der Stühle döste, schreckte auf. »Bist du von Sinnen?«, grollte er.

»Welcher Scheißkerl hat meine Mutter auf dem Gewissen?« Luca schlug mit der Faust auf den Tresen. Klirrend schlugen die schmutzigen Krüge aneinander.

»Was redest du da?« Der Hurenwirt erhob sich von dem Stuhl und blickte ihn mit zusammengekniffenen Augen an. »Was ist mit Clara?«

Außer sich vor Wut packte Luca ihn an seinem dreckigen Kragen. »Ein Freier hat sie totgeprügelt! Und das Gleiche werde ich mit dir machen, wenn du mir nicht auf der Stelle sagst, welcher Bock bei ihr war.«

Eberhard versuchte, Lucas Griff abzuschütteln, kam aber gegen die Kraft des Zornes nicht an. »Nimm deine dreckigen Pfoten von mir. An mir ist heute Morgen noch niemand vorbeigekommen.« Er presste die Lippen aufeinander. »Der Kerl muss sich das Schäferstündchen ergaunert haben.«

Luca löste seinen Griff und stieß den Hurenwirt gegen die Wand. »Das nehme ich dir nicht ab. Rede endlich! War es dieser Plettenberg?«

»Was für ein Plettenberg? Ich sagte doch, hier war heute niemand, außer den Freiern, die hier genächtigt haben.«

»Du schützt ihn also auch noch? Was bist du nur für ein mieser Hund!«

»Nicht, Luca, mach dir nicht die Hände an ihm schmutzig.«

Bei einem kurzen Blick über die Schulter sah Luca, wie Judith hinter ihn trat. Er überhörte ihre nächsten Worte, packte den Hurenwirt wieder beim Kragen und stieß ihn aus dem Schankraum bis auf die Gasse. Dort versetzte er ihm einen Fausthieb ins Gesicht und trat ihn in den Dreck. »Solltest du mir noch einmal unter die Augen treten, schick ich dich in die Hölle«, schnaubte er und wischte sich die Hände an seinen Beinkleidern ab.

Wie ein geprügelter Hund rappelte sich Eberhard auf und stolperte davon. Luca sah ihm kurz hinterher, dann ging er zurück ins Haus und stieg die Treppe hinauf zu der Kammer seiner Mutter. In seinen Ohren rauschte das Blut. Er stieß Trin zur Seite, wickelte den Leib seiner Mutter in die Decke und hob ihn auf. Als er das Haus verließ, folgten ihm Judith und Trin auf die Gasse.

Die jüngere Hure fasste ihn am Arm. »Wo bringst du sie hin?« Ihre Worte gingen in einem Schluchzen unter.

»Auf den Schindanger. Wohin sonst?«

Judith heulte auf. Luca beachtete sie nicht. Kein Priester der Stadt würde sich des Leichnams seiner Mutter annehmen. Mit festen Schritten lief Luca die Straße zur Hahnentorburg entlang. Um ihn herum blieben die Leute stehen und gafften. Der Leib seiner Mutter wog leicht in seinem Arm. Luca blinzelte die Tränen in seinen Augen fort. Was sollte er bloß Rinchen sagen? Hatte sie nicht das Recht, bei der Bestattung der Mutter dabei zu sein? Nein, das würde sie nicht durchstehen. Nicht in ihrem Zustand.

Als er den Schindanger nahe den Galgenbäumen erreichte, legte Luca den Leichnam auf den Boden. Nie zuvor in seinem Leben war ihm das Herz so schwer gewesen. Mit verschleiertem Blick holte er die Schaufel, die er in einem Busch versteckt hielt, und hob ein Loch aus. Dabei kämpfte er gegen die Schluchzer, die in seiner Brust bebten. Immer wieder schossen ihm Bilder durch den Kopf – wie die Mutter ihn als kleinen Jungen im Arm gehalten hatte. Wie sie ihm ein Stück süßes Gebäck schenkte, wenn er sich die Knie aufgeschlagen hatte. Lucas Atem ging schwer. Er legte die Schaufel zur Seite, befreite Mutters Gesicht aus der Decke und strich ihr mit den Fingern über die Wangen. »Ich werde deinen Mörder finden, das schwöre ich dir.« Er hauchte einen Kuss auf ihre Stirn. Eine Träne perlte aus seinen Augen und tropfte auf ihr Haar. Luca bedeckte ihr Gesicht wieder mit der Decke. Nie mehr würde er ihre Stimme hören, nie mehr ihre Hand nehmen können. Seine Unterlippe bebte.

Luca legte ihren Leib in die kalte Erde und begrub ihn. Als er fertig war, stellten sich Trin und Judith neben ihn und umfassten seine Hände.

Eine Weile standen sie so da, bis sich Luca von ihnen löste. »Es wird Zeit, dass ich nach Hause zu Rinchen gehe. Kehrt ihr zurück ins Frauenhaus. Ich werde dafür sorgen, dass bald schon ein neuer Wirt auf euch aufpasst.«

Trin strich ihm über den Arm. »Mach keine Dummheiten, Junge. Die Büttel werden Claras Mörder schon finden. Und dann wirst du für Gott das Richtschwert führen.«

Luca wusste nicht, ob er so lange warten konnte. Er wandte sich ab, um den schwersten Weg seines Lebens zu gehen.

9. Kapitel

Yda nahm den Geruch einer Feuerstelle wahr. In ihrem Kopf drehte es sich, als hätte sie zu lange im Kreis getanzt. Langsam öffnete sie die Augen und blinzelte in das Licht, das durch ein Loch in der Holzwand fiel. Als sie sich umsah, raschelte Stroh unter ihr. Wo war sie? Wo waren Griet und Quirin? Sie konnte sich nur erinnern, zwischen den Bäumen hinter dem Kirchhof auf die beiden gewartet zu haben. Dabei war ihr mit einem Mal ganz schlecht geworden. Und danach? Yda hatte keinen blassen Schimmer. In ihrem Fuß pochte der Schmerz. Sie fühlte sich so matt, als hätte sie drei Tage und drei Nächte auf dem Acker gearbeitet. Der Gesang eines Mädchens drang aus dem angrenzenden Raum. Es klapperte, als würden Holzschalen aufeinandergetürmt.

»Ist da wer?«, rief Yda, um sich bemerkbar zu machen. Ihre Stimme war nicht mehr als ein Krächzen und wurde wohl überhört. Yda stemmte sich auf die Ellenbogen. Auf einer Truhe sah sie mehrere tönerne Tiegel stehen. Ob sie sich in einem Hospiz der Stadt befand?

»Hört mich denn niemand?«, rief sie abermals. In dem angrenzenden Raum wurde es still. Dann vernahm sie schnelle Schritte. Ein Mädchen trat zu ihr. Yda blickte es verwundert an und glaubte sich noch im Traum, denn eine Zwergin lachte sie mit vollen Wangen an.

Ihre kleine Hand strich Yda über das Haar. »Du hast aber lange geschlafen. Hast du Hunger? Ich habe einen Brei gekocht.«

»Wer bist du, und wo bin ich?« Yda sah ihr in die kleinen Augen, die eng beieinanderstanden.

»Bin Rinchen, Lucas Schwester. Du bist in unserer Hütte, und wir machen dich wieder gesund.« Auf ihrer Stupsnase hüpften unzählige Sommersprossen.

Yda konnte ihr nicht ganz folgen. »Wer ist Luca, und wo sind Griet und der Bader?«

Rinchen setzte sich zu Yda auf das Lager und rutschte ganz nah an sie heran. »Luca ist mein Bruder. Er kann gut heilen, weil er das von dem Henker und seiner Frau gelernt hat. Und von den Mönchen bekommt er immer Medizin.«

»Von dem Henker?« Yda sah sie fragend an.

»Ja, er ist sein Knecht.« Rinchen wippte mit dem Kopf.

Yda erschrak. »Hat er mich angefasst?«

»Ja, sicher. Musste er doch.« Das Mädchen presste die Lippen aufeinander und blickte traurig zum Fußende des Bettes.

Yda spürte ein schmerzhaftes Pochen in ihrem Fuß. Sie war zu bang, die Bettdecke wegzuziehen und nachzusehen.

»Er musste ihn leider abschneiden. Sonst wärst du nun wohl tot.« Rinchen beugte sich vor und strich sanft über die Decke am Ende des Lagers.

»Was musste er abschneiden? Meinen Fuß?« In Ydas Kopf wirbelten die Gedanken durcheinander. Der Henkersknecht? Ihr Fuß? Was war geschehen?

»Nein, nein. Nur den kleinen Zeh. Er war schon ganz tot.

Luca hat gesagt, du wirst wieder laufen können.« Rinchen rutschte von dem Lager. »So, nun musst du aber was essen.« Sie watschelte zu dem angrenzenden Raum.

»Warte!«, rief Yda.

Rinchen blickte über ihre Schulter. »Was ist denn noch?«

»Wie bin ich hierhergekommen?«

»Deine Schwester und dieser Mann haben dich gebracht.«

»Wo sind sie?«

»Auf dem Markt zum Einkaufen. Muss ja nun für viele hungrige Mäuler kochen.«

Erleichtert sank Yda zurück auf das Lager. Griet ging es gut, das zählte. Sie dachte über den Henkersknecht nach. Ob es der Bursche war, den sie bei der Pletschmühle gesehen hatte? Warum nur breitete sich wieder das warme Gefühl in ihrem Bauch aus, als sie an ihn dachte? Yda verstand es nicht. Er hatte sie berührt, sie war für alle Zeit entehrt. Doch es war ihr egal. Sie starrte an die Dachbalken über sich. Plötzlich fiel ihr wieder ihr Zeh ein. Rasch schlug sie die Decke zurück und sah auf ihre bandagierten Füße. In dem rechten Fuß pochte es, da wo ihr kleiner Zeh gewesen war. Als sie sich vorstellte, wie der Henkersknecht ihn abgenommen hatte, wurde ihr schlecht. Sie rief nach Rinchen, die unverzüglich mit dem Kochlöffel in der Hand erschien.

Yda zeigte auf ihren Fuß. »Hat mich wirklich das Heilige Feuer befallen, wie eine Marktfrau behauptet hat?«

Rinchen nickte. »So ist es.«

Eine unbändige Angst überfiel Yda. »Werde ich wieder gesund?«

»Weiß nicht. Vor gar nicht langer Zeit mussten wir einen Mann begraben.« Rinchen leckte den Brei von dem Kochlöffel. »Aber wir haben auch einen wieder gesund nach Hause schicken können. Ich glaube, du wirst auch wieder ganz heil.« Sie ließ Yda wieder allein.

Eine Tür quietschte. Yda bemerkte den Windzug und hörte, wie Rinchen den Henkersknecht begrüßte. Ydas Herz schlug heftig, und sie lauschte in die angrenzende Kammer. Eine bedrückende Stille herrschte. Dann hörte sie Rinchens Stimme.

»Warum weinst du, Luca?«

Eine Antwort blieb aus.

»Was ist, Luca? Nun sag doch schon.«

Trotz ihrer Schwäche hielt Yda nichts mehr auf dem Lager. Sie erhob sich und kämpfte gegen den Schwindel an. Auf wackeligen Beinen humpelte sie zu dem Durchgang, der zu der Kochstelle führte. Sie betrat den Raum nicht, sondern stützte sich an den Holzbalken der Wand ab. Der Henkersknecht kniete vor dem Tisch und nahm Rinchen fest in die Arme.

»Mutter ist tot.« Seine gebrochene Stimme durchschnitt die Stille in der Hütte wie ein eiskalter Wind.

Yda hielt den Atem an. Das Herz schlug ihr bis zum Hals hinauf.

Das Mädchen wand sich aus seinen Armen und sah ihn entgeistert an. »Mutter? Was sagst du da?«

Luca holte tief Luft und nickte. »Ihre Seele lebt nun bei den Engeln.«

Rinchen heulte auf und trommelte mit den kleinen Fäusten gegen seine Brust. »Nein, Luca. Sag das nicht!«

Er nahm sie wieder in den Arm und drückte ihren Kopf an seine Brust. »Weine ruhig, kleiner Käfer.«

Rinchens Schluchzer zerrissen Yda das Herz. Leise schlich sie zurück zu ihrem Lager und setzte sich auf das Stroh. Über ihre Wangen rannen Tränen. Wenn sie genug Kraft gehabt hätte, wäre sie nun gegangen, um den trauernden Geschwistern nicht zur Last zu fallen. Doch in ihren Adern floss Blei, und ihre Haut brannte immer noch, als würde sie zu nah am Feuer stehen. Sie betrachtete ihre geröteten Finger. Woran die Mutter wohl gestorben war? Wie damals spürte sie wieder die Trauer, die sie befallen hatte, nachdem der Vater von ihnen gegangen war. Ein durchgedrehter Gaul hatte ihn vor mehr als zwei Lenzen totgetreten. Von einem auf den anderen Tag hatte es Vater nicht mehr gegeben. Er fehlte ihr immer noch.

Rinchens Aufschrei fuhr Yda durch Mark und Bein. Sie zog sich die Decke über den Kopf und hielt sich beide Ohren zu. Sie wollte nicht hören, wie das Mädchen litt, ohne dass sie helfen konnte. Sie kam sich vor wie ein Eindringling, der hier in solch einer traurigen Stunde nichts zu suchen hatte. In Ydas Brust bebten die Schluchzer.

Sie wusste nicht, wie lange sie so gelegen hatte, als sie plötzlich jemand durch die Decke an der Schulter berührte. Erschrocken riss sie sich das Laken vom Gesicht. Yda sah in hellblaue Augen, sah darin die tiefe Trauer und fühlte Verbundenheit.

»Was ist mit Rinchen?«, fragte sie den Henkersknecht.

»Sie schläft von dem Saft, den ich ihr gegeben habe. Ich konnte es nicht mehr ertragen, sie so weinen zu sehen.« Luca setzte sich zu Yda auf die Bettstatt und senkte den Blick. Eine dunkle Locke fiel ihm in die Stirn. »Sie wollte sich gar nicht mehr beruhigen.«

Zaghaft strich Yda ihm die Strähne aus den Augen. »Es tut mir so leid für euch beide. Vielleicht sollte ich besser gehen.« Yda wusste, sie würde keine zehn Schritte weit kommen, ohne zu Boden zu fallen.

Traurig blickte Luca sie an. »Nein, bitte bleib. Über mir bricht gerade alles zusammen.« Er atmete tief ein. »Als ich Mutter das letzte Mal lebend gesehen haben, sind wir im Streit auseinandergegangen.«

Yda wusste nicht, wie sie ihn trösten sollte. Sie kannten einander doch kaum. Dennoch war da eine Verbundenheit, die sie sich nicht erklären konnte. In seiner Nähe zu sein, bereitete ihr Wohlbehagen. Sie nahm seine kalte Hand in ihre. Ein Gefühl strömte in ihr Herz, das sie vergessen ließ, wer er war und was er tat. Yda sah ihm tief in die Augen. »Ich glaube, die Seelen der Verstorbenen sind gütig und verzeihen. Deine Mutter weiß gewiss, wie sehr du um sie trauerst.«

»Es gibt nichts, was meine Mutter mir verzeihen müsste.« Luca ließ Ydas Hand los und erhob sich. Fahrig fuhr er sich durch das Haar und blickte zu dem Durchgang, hinter dem Rinchen schlief.

Yda hörte, wie jemand an die Tür der Hütte klopfte. Luca eilte aus dem Raum. Gewiss kehrten Griet und Quirin von ihrem Einkauf zurück. Vor der Hütte waren gedämpfte Stimmen zu vernehmen. Ob Luca sie wieder wegschickte? Yda hätte es verstanden.

Eine tote Hure machte nicht viel Aufsehen. Um die brauchte sich Bertram wohl nicht zu sorgen. Schlimmeres stand ihm auf Burg Worringen bevor, wo seine Gemahlin und mit ihr das Gefolge auf ihn warteten. Den Vorfall in der Nacht hatte Edelgunde ihren Eltern gewiss nicht vorenthalten. Aber noch viel schwerer wog der Verlust der Reliquie. Sie war so wertvoll wie wohl kaum eine andere – besonders für ihn. Bertram wusste nicht, wie lange er schon seinen Gaul im Schritt am Rhein entlangführte. Mittlerweile färbte die Abendsonne die seichten Wogen des Flusses rot. Er ritt ein Stück landeinwärts und ließ die Burg Worringen hinter sich zurück. Dann sah er plötzlich einen Tross über den Acker herannahen. Bertram kniff die Augen zusammen und versuchte die Wimpel der Fahnenträger zu erkennen. Verschwommen sah er den gelben Löwen von Brabant. Johann machte also ernst. In der Hoffnung, sie hätten ihn nicht entdeckt, senkte Bertram das Haupt und lenkte sein Pferd in ein Waldstück. Als der Tross vorübergezogen war, ritt er dann doch zur Burg Worringen, um Bilstein von den Truppen des Brabanters zu berichten.

Auf dem Hof traf er als Erstes auf seinen zornigen Schwiegervater, der ihm bereits entgegenkam. Womöglich hatte der hässliche Vogel von seinem Fenster im Palas Ausschau nach ihm gehalten.

Ludwig von Arnsberg schnaubte vor Wut. »Du mieser Hund! Du wolltest meine Tochter gegen ihren Willen besteigen.« Er hob die Hand und kurz darauf klatschte diese auf Bertrams Wange. »Das war das letzte Mal. Ich warne dich.«

Bertram rieb sich über die brennende Stelle in seinem Gesicht. »Dann sagt mir, wie ich einen Nachfahren zeugen soll, wenn Eure Tochter so störrisch ist.«

»Wenn sie sich so gibt, wird das wohl einen Grund haben.« Ludwig wandte sich ab und schritt davon.

Bertram kannte keinen Grund. Die Frau, die man ihm an die Seite gestellt hatte, war einfach nur verstockt. Härter als eine Nuss, die nur mit einem Hammer zu knacken war.

Bertram schüttelte den Kopf und suchte Bilstein auf. Er fand ihn in seinem Arbeitszimmer. Der Marschall war jedoch nicht allein. Gegenüber seinem Schreibtisch saß Siegfried von Westerburg. Er trug noch seinen Reiseumhang, und seine Stiefel waren, wie auch die von Bertram, voller Matschspritzer. Bertram verbeugte sich und dachte mit Bedauern an die Reliquie, die er ihm nun hätte feilbieten können.

»Setzt Euch, Plettenberg. Ihr kommt gerade richtig.« Der Erzbischof zwirbelte das Ende seines Bartes, der ihm bis auf die Brust reichte. »Die Brabanter sind ins kurkölnische Gebiet eingezogen. Das heißt, wir müssen unsere Verbündeten in Kenntnis setzen. Bilstein fertigt gerade eine Liste an.«

Bertram rückte einen Stuhl zu dem Arbeitstisch und ließ sich darauf nieder. »Ganz recht, Eure Hoheit. Ich bin dem Tross der Brabanter bereits begegnet.«

»Sobald unsere Vertrauten aus dem Reich hier eintreffen, werdet Ihr Euch ihnen in meinem Namen anschließen und die Truppen einweisen.«

In Gedanken hoffte Bertram, es würde nicht mehr allzu lange dauern, bis er endlich vor seiner verhassten Sippschaft fliehen konnte. Lieber wäre er heute als morgen aufgebrochen.

Immer noch hielt Griet Ydas Hand. »Luca kann nicht auch noch mich und Quirin beherbergen. Das hat er uns so gesagt.«

Yda seufzte. »Ich glaube, er braucht gerade all seine Kraft, um Rinchen beizustehen. Aber ihr bleibt doch in der Nähe, oder?«

»Was denkst du denn? Ich lasse dich nicht allein. Wir könnten uns in Köln ein Zimmer nehmen. So lange, bis unser Geld aufgebraucht ist.«

Vor der Hütte vernahm Yda die gedämpften Stimmen der beiden Männer. Leider konnte sie kein Wort ihrer Unterhaltung verstehen. Griet hauchte ihr einen Kuss auf die Stirn. »Werd schnell wieder gesund, Schwester.«

Yda wusste, mit Luca an ihrer Seite würde ihr das gewiss gelingen. Er war ein guter Heiler.

Griet schenkte ihr ein aufmunterndes Lächeln, erhob sich und verließ den Raum. Merkwürdigerweise machte es Yda nichts aus, dass die Schwester sie allein ließ. Solange nur Luca da war. Auch Griet wirkte nicht sonderlich traurig. Das lag wohl an Quirin. Gewiss fühlte die Schwester das Gleiche für ihn wie sie für Luca. In Ydas Bauch summte es warm, als sie daran dachte, wie sie seine Hand gehalten hatte. Nebenan hörte sie Schritte. Es mussten die von Rinchen sein.

Ganz verschlafen kam das Mädchen zu Yda. Seine Augen glänzten von den Tränen, die sich darin sammelten. »Darf ich zu dir?«

Yda nickte und schlug die Decke zur Seite, damit Rinchen darunterkrabbeln konnte. Der warme Leib des Mädchens drückte sich an ihren.

»Mutter ist tot?«

»Ja, das ist sie.« Yda strich ihr über das Haar, das wirr von ihrem Kopf abstand.

»Ich hab gedacht, ich hätte das vielleicht nur geträumt.« Rinchens Lippen bebten. Erneut brach sie in Tränen aus.

Yda legte den Arm um sie und drückte sie fest an sich. Die Traurigkeit des Mädchens schnitt ihr ins Herz. So gut es ging, versuchte sie Rinchen Trost zu spenden. Doch sie wusste, es würde dauern, bis die Wunden ein wenig verheilten.

Vor der Hütte verstummten die Stimmen. Kurz darauf kehrte Luca zu ihr zurück. Als er Rinchen in ihrem Arm liegen sah, lächelte er gequält.

»Hier hat der kleine Käfer sich also versteckt.« Luca ging zu der Truhe und holte einen der Tiegel. Dann kniete er sich zu Ydas Füßen und wickelte die Bandagen ab. Anschließend balsamierte er ihre Zehen ein. Seine Hände waren dabei so sanft, dass Yda trotz der Schmerzen ein wohliges Gefühl erfasste.

»Quirin hat mir angeboten, sich um die Huren zu kümmern.«

Yda erschrak. Mit großen Augen blickte sie Luca an. »Er hat was? Und Griet? Er kann sie doch nicht allein lassen!«

»Er hat die Stelle des Hurenwirtes angenommen, und Griet wird mit ihm in das Haus der schönen Frauen ziehen. So haben sie erst einmal ein Dach über dem Kopf und die Huren wieder Schutz.«

Yda konnte das nur schwer glauben. »Griet geht mit ihm ins Hurenhaus? Bist du sicher? Das kann ich mir nicht vorstellen. Sie würde sich nie einem Mann für Geld hingeben.«

Luca schüttelte den Kopf und verband ihr wieder die Füße. »Keine Sorge. Das hat sie auch nicht vor. Sie meinte, sie würde dafür sorgen, dass die Frauen etwas Anständiges zu essen bekämen.«

»Quirin muss ihr ja gehörig den Kopf verdreht haben«, stöhnte Yda. Früher hätte Griet nie ein Hurenhaus betreten. So, wie sich Yda früher nie von einem Henker hätte anfassen lassen. Der Gedanke ließ sie lächeln. Der Balsam, den Luca ihr eingerieben hatte, kühlte angenehm ihre Füße und wärmte ihr Herz. Erst jetzt bemerkte sie, dass Rinchen eingeschlafen war.

Luca betrachtete sie versonnen. In seinen Augen schimmerten Tränen. Er erhob sich und stellte den Tiegel zurück auf die Truhe. »Du solltest auch versuchen zu schlafen. Du bist noch sehr schwach«, sagte er und verließ den Raum.

Wie sollte sie schlafen? Yda lauschte dem Klappern des

Kessels an der Kochstelle. Sie schloss die Augen und träumte sich in Lucas Arme.

Griets Herz schlug heftig, als sie mit Quirin in die Schwalbengasse bog. Kleine, windschiefe Häuschen reihten sich aneinander. Aus einer Schenke mit einem traufseitigen Giebel grölten Stimmen. In der Gasse davor führte ein kleiner Junge ein Flötenspiel auf. Fünf junge Mädchen fassten sich an den Händen und tanzten im Kreis um ein altes Weib, das einer Ziege das Fell abzog. Über alldem waberte der Gestank von Mist. Unsicher griff Griet nach Quirins Hand.

Er drückte leicht ihre Finger und zwinkerte ihr aufmunternd zu. »Keine Angst. Solange ich bei dir bin, wird dir nichts geschehen.«

Sie gingen zu dem zweistöckigen Holzhaus, das Luca ihnen beschrieben hatte. Was sollte sie tun? Davonlaufen? Zurück zu Yda, und Luca bitten, bei ihr bleiben zu können? Quirins Hand schloss sich fester um ihre, als wollte er sie davon abhalten, ihre Gedanken in die Tat umzusetzen. Griet blieb neben ihm stehen, als er die Ziege und den Esel an einen Baum vor dem Hurenhaus band. Ihre Beine zitterten. Quirin nahm sein Bündel sowie die Decke und schritt auf die Tür zu, die schief in den Angeln hing. Sie war nicht verschlossen, und Griet folgte ihm in den Flur, von dem eine Stiege in das obere Geschoss führte. Vorsichtig stieß Quirin die Tür zu ihrer Linken auf. Griet schlug der Gestank nach abgestandenem Bier und Schweiß entgegen.

»Heute nicht!«, keifte eine Frau.

Quirin betrat dennoch den Schankraum. Griet folgte ihm und sah zwei Frauen an einem Tisch sitzen. Ihre Augen waren rotgeweint. Missmutig blickten sie zu ihnen herüber.

Die Rothaarige erhob sich von ihrem Stuhl. »Was willst du? Uns eine Neue bringen? Das ist gerade schlecht. Unser Wirt hat uns nämlich verlassen. Wir dürfen nicht bestimmen, ob sie hierbleiben kann.« Die Frau musterte Griets Röcke. »Siehst ziemlich armselig aus.«

»Aber hübsch ist sie«, sagte die andere Frau, die älter als die Rothaarige sein musste. Ihr dunkelblondes Haar war zu einem Zopf gebunden.

Griet wollte etwas sagen, doch ihre Stimme versagte.

Stattdessen stellte sich Quirin schützend vor sie. »So ist es nicht. Luca, der Henkersknecht schickt mich. Ich bin euer neuer Wirt. Mein Name ist Quirin.« Er verbeugte sich leicht, trat dann einen Schritt zurück und stellte sich neben Griet. »Das ist mein Weib. Griet wird für euch kochen und die Zimmer sauber halten. Mehr nicht.«

Die Augen der Dunkelblonden erhellten sich ein wenig, und sie erhob sich von ihrem Stuhl. »Das sind doch mal gute Neuigkeiten. Kommt, ich werde euch alles zeigen.«

Das mulmige Gefühl in Griets Bauch verflog ein wenig, denn die Frauen gaben sich nun freundlich. Über das, was sie taten, wollte Griet nicht urteilen. Es war nicht rechtens, ohne ihr Leben zu kennen. Außerdem wollte sie nichts anderes, als an Quirins Seite zu sein. Wieder hatte er sie sein Weib genannt. Dann sollte es von nun an für immer so sein. Still lächelte sie in sich hinein.

Die Huren stellten sich als Trin und Judith vor. Als Erstes zeigten sie Griet und Quirin die Kochstelle, die mehr als dürftig ausgestattet war. Griet dachte über die Einkäufe nach, die sie am nächsten Morgen erledigen würde. Ein sicheres Einkommen war ihnen gewiss – wenn auch auf Kosten der Frauen. Wehmut schlich sich in ihr Herz. Doch sie wusste,

Quirin würde ihnen nur die nötigste Miete abnehmen. Ansonsten musste sie mit ihm ein ernstes Wort reden. Von der Kochstelle führte noch eine Tür in eine Kammer, in der der vorherige Hurenwirt gelebt hatte. Von nun an würden sie und Quirin darin schlafen. In den nächsten Stunden würde sie viel Arbeit haben, denn in dem Stroh der Bettstatt sprangen lustig die Flöhe umher. Während Griet in Gedanken schon neue Decken und frisches Stroh besorgte, stiegen sie hinter den Huren die Treppe hinauf. Von dem Flur gingen drei Türen ab. Trin und Judith öffneten die, die zu ihren Kammern führten. Griet blickte nur kurz hinein und bemerkte, dass sie auch hier gründlich saubermachen musste. Aber das hatte Zeit. Die dritte Tür hielten sie verschlossen.

Trin wischte sich die Tränen von der Wange. »Wir werden die Kammer nicht eher betreten, bis Luca Claras Sachen geholt hat. Danach kannst du sie herrichten.«

Griet nickte. Auch wenn sie noch in Gedanken bei dem Umstand war, dass sie fortan eine Kammer mit Quirin teilen würde, tat es ihr leid, was mit der armen Frau geschehen war. Sie dachte an Yda. Sie würde es gewiss schaffen, dem Henkersknecht und seiner Schwester etwas Trost zu spenden. Ein wenig wunderte sich Griet darüber, wie wenig es Yda ausgemacht hatte, allein in der Hütte des Schinders zu bleiben. Aber das entsprach ihrer Natur. Immer vertrieb Yda die Angst in ihrem Herzen mit Stöcken. Aber diesmal war da noch etwas anderes. Der Faden, der ihre Herzen miteinander verband, war dünner geworden, das spürte Griet. Beide waren sie nicht mehr allein. Es war der Henkersknecht, der ebenfalls einen Platz im Herzen der Schwester gefunden hatte, genau wie Quirin in ihrem. Griet war froh darum.

Für heute Abend musste Griet sehen, was die Vorräte hergaben, denn die Sonne neigte sich schon gen Westen. Bald würde es dunkel sein und die Marktstände abgebaut. Rasch inspizierte Griet die Vorratskammer und fand dort etwas Käse, ein paar Eier und Mehl, aus dem sie Brot backen konnte. Das musste bis morgen reichen. Sie nahm einen Eimer und holte Wasser von dem Brunnen in der Gasse. Als sie zurückkehrte, saß Quirin mit Judith und Trin an einem der Tische und verhandelte mit ihnen, was sie zu zahlen hatten. Sie waren sich wohl schnell einig, denn gerade als Griet in der Kammer Ordnung schaffen wollte, trat Quirin zu ihr.

»Warte, ich gehe dir zur Hand. Hinter dem Haus ist ein Schuppen. Ich sehe nach, ob ich dort eine Schaufel und einen Karren finde.« Quirin wich ihrem Blick aus. Eine tiefe Röte überzog seine Wangen. Er eilte aus der Kammer.

Es waren die ersten Worte, die sie miteinander gewechselt hatten, seit sie im Haus der Huren waren. Griet konnte seine Verlegenheit nicht deuten. Ob er es bereits bereute, sie als sein Weib bezeichnet zu haben? Griet nahm die Decken von dem Lager und schob mit dem Fuß die zurückgelassenen Kleider des Hurenwirts in eine Ecke. Das Stroh, auf dem er gelegen hatte, war bereits faulig. Griet schüttelte sich und ging in den Schankraum. Dort fragte sie Trin, ob sie neue Decken für sie hätte.

Trin nickte und eilte sofort in ihre Kammer, um welche zu holen. Quirin brachte den Karren und eine Schaufel. Wortlos begann er den Unrat aufzuladen.

Griet legte ihm die Hand auf die Schulter. »Warum bist du so schweigsam?«

Quirins Brust entfuhr ein Seufzen. Er legte die Schaufel

in den Karren, wandte sich zu ihr und blickte zu Boden. »Es war mir nicht bewusst, dass wir eine Kammer teilen müssen. Ich wollte dich nicht in Bedrängnis bringen. Das musst du mir glauben.«

Griet holte tief Luft. »Bereust du es bereits?«

Nun blickte Quirin sie an. Ein verschmitztes Lächeln huschte über seine Lippen. »Wo denkst du hin?« Seine grünen Augen verdunkelten sich, und das Lächeln verschwand. »Willst du wirklich mein Weib sein? Ich meine, ich habe versprochen, keiner von euch zu nahe zu kommen, und nun habe ich dich fast schon geehelicht.«

Griet war sich bewusst, was dies bedeutete. Der Gedanke daran bereitete ihr ein wenig Angst, auch wenn sie sich schon mehr als einmal im Traum in Quirins Armen wiedergefunden hatte.

»Du kannst zu jeder Zeit gehen, wenn du es mit mir nicht aushältst.« Quirins Stimme klang erstickt.

In Griets Augen sammelten sich Tränen. Als Trin mit den Decken zurückkehrte, wischte sie sie rasch mit dem Handrücken fort. Die Hure lächelte mitleidig und verließ wieder die Kammer.

Quirin berührte mit den Fingerspitzen Griets Wange. »Seit ich dich das erste Mal gesehen habe, gehst du mir nicht mehr aus dem Kopf. Meine Vernunft ist auf einem Pferd davongeritten.«

»Warum deine Vernunft?« Griet fiel es schwer, seinen Worten zu folgen. In ihrem Kopf verschleierte dichter Nebel ihre Gedanken.

Quirin lachte heiser auf. »Na, hör mal! Deine Schwester wird mir den Kopf abreißen.«

Griet blickte ihn böse an. »Das wird sie gewiss nicht. Es

ist schließlich auch meine Entscheidung, ob ich mit dir diese Kammer teile oder nicht.«

Quirins Blick erhellte sich ein wenig. Er schloss die Tür hinter sich, griff nach ihren Händen und zog sie in seine Arme. Seine Wärme hüllte Griet ein. Durch ihren Leib zog ein Prickeln, und sie verlor sich darin. Als sich Quirins Lippen ihren näherten, schloss sie die Augen und flog mit ihm zu den Sternen.

Nur langsam kehrte sie in die Wirklichkeit zurück. Quirin strich ihr sanft mit den Fingern über das Haar. Sein Blick versprach ihr, sie für immer zu lieben. Griet legte die Wange auf seine Brust und hörte sein Herz, das genauso heftig schlug wie ihres.

Erst als sie die Dunkelheit um sie herum bemerkte, löste sich Griet aus seinen Armen. Der Abend war schneller hereingebrochen, als sie gedacht hatte. »Glaubst du, wir finden irgendwo Talglichter? Ich muss die Kammer doch noch herrichten.«

Quirin fuhr sich fahrig mit der Hand durch das Haar. Sein Blick irrte durch den Raum. »Trin und Judith geben uns bestimmt welche.« Er verließ den Raum.

Griet stand im Dunkeln da und versuchte, das warme Gefühl in ihrem Bauch zu erforschen. Nie hatte sie etwas Vergleichbares gespürt.

Quirin kehrte schon bald zurück. Kurz darauf tauchten kleine Flammen die Kammer in ein warmes Licht. Gemeinsam schafften sie das alte Stroh sowie die Habseligkeiten des Hurenwirts hinaus. Während Griet den Boden mit dem Stroh auslegte, holte Quirin neues und türmte es in die Ecke neben der Tür.

Griet breitete die Decke darüber aus und streckte ihren

Rücken. »Für heute ist genug getan.« Sie konnte es nicht erwarten, in der Nacht ganz nahe bei Quirin zu liegen.

»Lösch die Kerzen, Liebes«, sagte er und griff nach der zweiten Decke.

10. Kapitel

Da Luca auch in dieser Nacht keinen Schlaf fand, saß er vor seiner Hütte und betrachtete den Mond. Er wollte unbedingt den Mörder seiner Mutter finden, um ihren Tod zu rächen. Nie in seinem Leben hatte er einen Menschen mehr gehasst als den Mann, der seine Mutter auf dem Gewissen hatte. Es musste Plettenberg gewesen sein, dessen war Luca sicher. Er tastete nach dem Dorn, den er unter dem Hemd trug. Gewiss hatte Plettenberg danach gesucht, und als er die Kette nicht gefunden hatte, Mutter zu Tode geprügelt. Tief sog Luca den Atem ein. Seine Finger schmerzten, weil er sie so fest zur Faust geballt hatte. Wenn nicht Rinchen und Yda ihn bräuchten, hatte er wohl den Verstand verloren. Luca löste seine Faust und erhob sich.

In der Hütte nahm er den Hocker und setzte sich neben Ydas Bettstatt. Rinchen schlief fest in ihrem Arm. Luca betrachtete Yda, deren schwarzes Haar ihr Gesicht umrahmte. Ihre Haut war viel dunkler als die von Rinchen. In sein Herz schlich sich ein Gefühl, das nicht zu dem Schmerz passte, der darin wütete. Wie sollte es bloß weitergehen? Den Mörder seiner Mutter würde er finden und ihren Tod rächen, daran führte kein Weg vorbei. Und danach? Gewiss würde Rinchen schon bald merken, dass sich in ihrem Bauch etwas regte. Luca hatte keine Ahnung, wie lange es noch dauern würde, bis sie in den Wehen lag. Auch wusste er nicht, was er dann zu tun hatte. Würde Mutter noch leben, wüsste sie Rat. Es hätte nicht zu ihr gepasst, den Streit lange aufrechtzuerhalten. Es war nur das Entsetzen gewesen, das ihr die Besinnung geraubt hatte. Nie hätte sie Rinchens Leben gefährdet. Luca wischte den Gedanken beiseite. Mutter war nicht mehr bei ihnen. Er musste sehen, wie er mit Rinchens Schwangerschaft allein zurechtkam. Schweren Herzens erhob er sich von dem Hocker.

»Kannst du nicht schlafen?«, wisperte Yda in die Stille.

»Nein, kann ich nicht.« Er verließ den Raum und ging wieder hinaus vor die Hütte. Seine Augen suchten den Himmel nach einem Silberstreif ab. Aber wie es schien, wollte diese Nacht kein Ende nehmen. Luca setzte sich auf die Holzscheite. Aus den Augenwinkeln sah er Ydas Schatten, der aus der Hütte schlich. Ihr Atem verriet, wie sehr sie das Gehen anstrengte.

»Wo willst du hin?«, fragte er.

»Ich muss mal«, keuchte Yda.

»Warum benutzt du nicht den Nachttopf?«

»Hab ich nicht gefunden.«

Luca sah ihr nach, wie sie mit kleinen, vorsichtigen Schritten hinter der Hütte verschwand, und bewunderte ihren Lebensmut. Es schien, als würde sie mit all ihrem Willen das Antoniusfeuer bekämpfen. Kurz darauf wollte sie wieder in die Hütte huschen, doch Luca rief sie zu sich.

»Wie geht es dir?«

Yda zuckte mit den Schultern. »Ach, es geht schon. Meine Füße brennen zwar noch, und die Wunde des Zehs klopft arg. Aber ich bin froh, noch am Leben zu sein.« Sie setzte sich zu ihm auf die Holzscheite und sah ihm tief in die Augen. »Das habe ich nur dir zu verdanken.« Ihre Hand legte sich in seine.

Luca konnte den Blick nicht von ihren Augen wenden, die so dunkel wie ein See bei Nacht waren. Gern hätte er ihr all seine Sorgen und Nöte anvertraut, doch sie war noch zu krank, und er wollte sie nicht belasten. Luca sah, wie sie vor Kälte zitterte. »Du solltest dich zurück unter die Decke legen.«

»Ja, das ist wohl besser, wenn ich kein Fieber bekommen will.« Yda zog ihre Hand aus seiner und erhob sich von den Holzscheiten. »Du solltest auch versuchen, ein wenig zu schlafen.«

Luca nickte nur zur Antwort. Als sie in der Hütte verschwunden war, verschränkte er die Arme vor der Brust und schloss die Lider. Den Rücken an das Holz gelehnt, dachte er an ihre Augen und an ihr Lächeln. Der Friede, der sein Herz ergriff, währte jedoch nicht lange, denn bald schon schob sich Plettenbergs Fratze davor. In Lucas Magen bildete sich ein Klumpen.

Die ersten Vogelstimmen rissen Luca aus einem unruhigen Schlaf. Er brauchte einen Augenblick, um zu begreifen, wo er sich befand. Sein Rücken schmerzte von der harten Holzwand, gegen die er lehnte. Die Bilder, die er geträumt hatte, waren noch ganz nahe bei ihm. Immer wieder hatte er versucht, Plettenberg mit dem Richtschwert den Kopf abzuschlagen. Doch jedes Mal durchtrennte sein Hieb nur die Luft, und der miese Hund stand laut lachend an einer anderen Stelle auf dem Schindanger. Lucas Atem ging rasch. Er bog den Rücken durch, erhob sich und lauschte in die Hütte. Kein Laut war zu hören. Er machte sich auf den Weg nach Köln.

Ohne Umwege ging er in die Straße Unter sechzehn Häusern zu dem Haus des Overstolzen. Wenn einer wusste, wo sich Plettenberg aufhielt, dann er.

Da aus dem Inneren des Hauses bereits Geschäftigkeit zu vernehmen war, klopfte Luca an. Es dauerte nicht lange, und der Knecht, den er bereits kannte, öffnete ihm.

»Hat dich etwa einer gerufen?« Der Knecht kratzte sich am Kopf.

»Nein, ich muss mit Overstolz sprechen. Meine Mutter ist umgebracht worden.«

Der Knecht setzte eine betretene Miene auf. »Komm rein. Ich werde nachsehen, ob mein Herr schon angekleidet ist.«

Luca folgte ihm ins Kontor, wo es angenehm nach Stoffen duftete. Er fuhr mit der Hand über die Ballen, die sich neben der Tür stapelten. Die Seide unter seinen Fingerspitzen fühlte sich an wie der Flügel eines Schmetterlings. Luca dachte daran, wie er diese als kleiner Junge gefangen hatte, nur um sie einmal anzufassen. Viele von ihnen konnten danach nicht mehr fliegen, weil er wohl zu grob gewesen war.

Luca hörte Schritte. Rasch nahm er die Hand von dem Stoffballen und wandte sich um. Durch die Tür sah er Overstolz am Treppenabsatz. Er ging, als hätte er einen Stock in den Beinkleidern eingenäht. Das Gesicht verhärmt, wartete er, bis Luca ihn zuerst grüßte.

»Mein Knecht sagte, du willst einen Mord melden.«

Luca nickte. »Meine Mutter ist umgebracht worden. Ich bin mir sicher, es war dieser Plettenberg.«

»Setz dich.« Overstolz wies mit der Hand zu einem kleinen Tisch, auf dem sich Pergamentrollen türmten.

»Danke, aber ich bleibe lieber stehen.« Luca wartete darauf, dass sich Overstolz setzte, aber der Patrizier ließ die Stühle ebenfalls unbeachtet. Luca erinnerte sich an sein Leiden. Es war ihm ein Rätsel, warum er sich immer noch damit herumquälte.

Overstolz nahm die Feder vom Schreibpult und fuhr mit den Fingerspitzen darüber. »Warum bist du dir da so sicher?«

»Es war nicht das erste Mal, dass er sie geprügelt hat.« Lucas Eingeweide krampften sich zusammen.

»Wer war deine Mutter?«

»Eine Hure aus dem Haus in der Schwalbengasse.«

Overstolz lachte heiser auf. »Eine Hure aus der Schwalbengasse?« Er hob die Augenbrauen. »Für ihren Tod wird sich wohl kaum jemand interessieren.«

Luca stieß schwer den Atem aus. Dass ihres sowie sein eigenes Leben nicht viel zählten, wusste er. »Aber vielleicht könntet Ihr mir verraten, wo ich diesen Plettenberg finde.«

Overstolz schritt zu dem Fenster und blickte auf die Straße. »Das weiß ich nicht genau.« Er wandte sich wieder Luca zu. »Dieser Mann ist sehr mächtig. Und gewiss fehlt es dir an Beweisen.«

Luca würde alles daran setzen, diese zu finden. »Ihr solltet Euer Leiden behandeln lassen. Wie gesagt, wenn Ihr wollt, könnte ich Euch im Handumdrehen davon befreien.«

Overstolz blickte auf Lucas Hände und verzog das Gesicht. »Lass nur. Es ist schon viel besser.«

»Ach ja, ich vergaß. Ihr würdet Euch nie von mir anfassen lassen.« Luca wandte sich zum Gehen. Bei diesem Patrizier biss er auf Stein.

»Warte!«, rief Overstolz.

Luca drehte sich zu ihm um. »Was?«

»Kühle deinen Kopf ein wenig ab, bevor du Rache nimmst.«

»Wozu?«

Overstolz drehte die Feder zwischen den Fingern. »Vielleicht könntest mir noch eine große Hilfe sein. Dazu müsstest du jedoch deine Rachegelüste ein wenig im Zaum halten. In der Zwischenzeit könnte ich herausfinden, wo Plettenberg sich aufhält.«

Verwundert sah Luca den Patrizier an. »Ich? Wie sollte ich Euch eine große Hilfe sein? Habt Ihr vergessen, dass ich lediglich des Henkers Knecht bin?«

»Nein, habe ich nicht. Aber mir scheint, du bist ein heller Kopf.«

Luca kniff die Augen zusammen. »Was verlangt Ihr von mir?« Er wusste nicht, ob er dem Patrizier trauen konnte.

»Zu gegebener Zeit werde ich dich wissen lassen, wie du dich an Plettenberg rächen kannst.« Overstolz hielt ihm zum Abschied die Tür auf.

Als Yda erwachte, umfing sie eine empfindliche Kälte. Sie roch die erkaltete Feuerstelle in dem angrenzenden Raum. In ihrem Arm regte sich Rinchen. Langsam hob das Mädchen die Lider. Ihr Blick verharrte an den Balken über ihnen. Dann füllten sich ihre Augen mit Tränen, die ihr bald darauf über die Wangen rollten. Yda strich ihr über das Haar. Sie hätte Rinchen gern gesagt, dass alles gut würde. Aber wer wusste das schon?

Ein Schluchzer bebte in Rinchens Brust. »Mutter«, weinte sie, »sie ist tot. Hab das nicht geträumt.«

»Ich weiß.« Yda drückte sie an sich, doch Rinchen stemmte sich gegen sie.

»Wo ist Luca?« Ihr Blick irrte durch den Raum.

»Er geht wohl schon seiner Arbeit nach.«

Rinchen sprang auf. »Ich habe ihm noch nicht seinen Brei gemacht. Das geht doch nicht.«

»Er wird schon zurechtkommen. Er ist alt genug.« Yda bewegte die Zehen und spürte einen stechenden Schmerz durch ihren Fuß ziehen.

Rinchen schüttelte den Kopf. »Nein, ich muss für ihn sorgen.«

Yda lächelte. »Luca ist doch viel älter als du.«

»Nein, nein. Nur drei Frühlinge ist er vor mir geboren.« Rinchen reckte das Kinn vor und stemmte die Hände in die Hüften.

»Wirklich?« Yda konnte das nur schwer glauben. Aber sie hatte noch nie zuvor ein Narrenkind gesehen. Vielleicht alterten diese ja nicht.

»Außerdem muss ich mich um dich kümmern, das habe ich Luca versprochen.« Rinchen wischte sich die Tränen von den Wangen und eilte auf bloßen Füßen aus dem Raum.

Yda ließ sie gewähren. Wie es schien, lenkte die Geschäftigkeit sie von ihrem Kummer ab. Dennoch konnte Yda nicht glauben, dass Rinchen schon so alt war. Dann musste sie doch gewiss über zwanzig Lenze zählen. Yda dachte an Luca. Wo er wohl war? In seinen Augen hatte so viel Traurigkeit gestanden. Ihr Herz schmerzte bei dem Gedanken, ihn nicht trösten zu können. Sie wusste, nur die Zeit ließ den Kummer erträglicher werden. Yda schlug die Decke zurück und stieg aus dem Bett. Durch die Hütte zog der Geruch des Feuers, das Rinchen entzündet hatte. Yda streifte sich ihr Kleid über. Sie wollte nicht mehr liegen. Viel zu lange hatte sie geschlafen. Wie es Griet wohl erging? Sie musste Rinchen fragen, wo sich das Haus der Huren befand. Mit vorsichtigen Schritten ging Yda zu ihr und setzte sich an den Tisch.

»Ist noch nicht ganz fertig.« Konzentriert gab Rinchen ein paar Knochen in den Kessel. »Die Brühe wird dich stärken. Die Brüder meinen, die Kranken, die unter dem Heiligen Feuer leiden, dürfen kein Getreide essen. Dann würde alles schlimmer.«

»Wirklich? Was meinen sie denn, woher die Krankheit kommt?«

»Es ist die Strafe Gottes, haben sie gesagt.« Rinchen wischte sich die Hände an ihrem Hemd ab und sah zu Yda. »Hast du Böses getan?«

»Ja, habe ich«, sagte Yda.

Rinchen kletterte auf den Stuhl neben sie und sah sie neugierig an. »Was denn?«

»Ich habe die Leute um ihr Geld betrogen.«

»Wirklich? Wie denn?« Gespannt stützte Rinchen ihr Kinn in die Handflächen.

Yda erzählte ihr von den Betrügereien und wie es dazu gekommen war. »Griet und ich hatten keine Wahl, wenn wir nicht vor Hunger sterben wollten.«

Rinchen rutschte vom Stuhl und spähte in den Kessel. »Ihr hättet ins Hurenhaus gehen können. So wie Mutter auch.«

»Das wollte ich nicht.« Yda presste die Lippen aufeinander. Die gesagten Worte kamen ihr falsch vor.

»Kann ich verstehen. Die Männer, die kommen, tun einem schrecklich weh.« Rinchen griff sich an die Scham.

Yda stockte der Atem. »Hast du dich etwa auch dort verdingt?«

Das Mädchen nickte und schaute traurig. »Der Wirt wollte

das so. Aber dann hat Luca mich zu sich geholt.« Ein Lächeln quälte sich über ihre Lippen. »Seitdem blute ich auch nicht mehr zwischen den Beinen.«

»Überhaupt nicht mehr? Ich meine, auch nicht nach einem Mond?« Yda besah sich Rinchens gerundeten Bauch. Eine Ahnung beschlich sie. Ob Luca davon wusste?

»Nein, die ganze Zeit nicht mehr.« Rinchen rührte wieder in dem Kessel.

»Dann trägst du ein Kind in dir. Weißt du das?«

Rinchen erstarrte. Der Löffel fiel in den Kessel, und die Brühe spritzte über den Rand.

Yda biss sich auf die Lippe. Ihre Worte waren unbedacht und falsch gewesen. Sie erhob sich von dem Stuhl, trat hinter Rinchen und legte ihr die Hände auf die Schultern.

Langsam wandte sich Rinchen um und sah zu ihr auf. »Du meinst, der Herr im Himmel schenkt mir ein Kind?«

Yda legte die Hand auf Rinchens Bauch und spürte eine zarte Regung unter ihren Fingern. »Fühlst du denn nicht, wie es sich bewegt?«

Rinchen nickte. »Doch, aber ich dachte, es ist nur Bauchgrummeln. Bekomme ich wirklich ein Jesuskind?«

»Ein Jesuskind?« Fragend blickte Yda sie an.

»Ja, weil die Muttergottes doch auch eine Jungfrau war. Genau wie ich.«

In Ydas Brust zog sich das Herz zusammen. Das arme Mädchen wusste nicht einmal, dass es im Hurenhaus geschändet worden war. Yda ließ sie besser in dem Glauben. Es stand ihr nicht zu, ihr zu sagen, dass sie einen Bastard in sich trug. Sie strich ihr über die Wange. »Dann wird es wohl so sein.«

Rinchen fasste sich an den Bauch und lachte. Ihre Augen strahlten. »Ich werde das Kindchen richtig liebhaben.«

Yda wusste nicht, was sie denken sollte. Rinchen hatte doch keine Ahnung, was es hieß, ein Kind großzuziehen. Das hatte Yda ja nicht einmal selbst. Und Luca? Er musste doch längst bemerkt haben, dass Rinchen schwanger war. Und er hatte es ihr nicht gesagt.

Vergnügt wandte sich Rinchen wieder dem Kessel zu und pfiff eine fröhliche Melodie. Ihre Trauer um die Mutter schien in den Hintergrund gerückt.

Luca bog in die Schwalbengasse. Zwischen den Häusern zog der Duft von Bratenfleisch, doch er verspürte keinen Hunger. Vielmehr kreisten seine Gedanken um Overstolz und sein Vorhaben, über das er Schweigen bewahrt hatte. Ein Mann in einer zerschlissenen Cotte trat aus dem Haus der schönen Frauen. Als er Luca sah, senkte er den Blick und ging weiter seines Weges. Luca schob die Tür auf und stieg die Treppe hinauf. Vor der Kammer seiner Mutter atmete er tief durch. Er musste nach Beweisen suchen, nur für sich. Der vermeintliche Plan des Overstolzen würde den Tod seiner Mutter gewiss nicht im Geringsten rächen. Luca fuhr mit der Hand über das schmuddelige Laken, bis er ein helles Haar fand. Er nahm es auf und hielt es ins Licht. Es schimmerte rötlich wie das von Plettenberg. Lucas Eingeweide krampften sich zusammen. Er würde das Schwein mit bloßen Händen erwürgen!

Auf dem Flur waren Schritte zu hören. Luca sah zur Tür, wo Griet mit einem Holzeimer in der Hand stand.

»Ich wollte die Kammer erst wischen, wenn du da warst.«

Luca schüttelte das Haar von seinem Finger. Er hatte seinen Beweis gefunden. Dennoch würde es nie zu einer Anklage kommen, das wusste er. Aber ein fehlendes Urteil hielt ihn nicht davon ab, für Gott das Richtschwert zu führen.

»Wie geht es Yda?« Griet betrat die Kammer und stellte den Eimer ab.

»Besser. Sie wird wieder ganz gesund.« Luca zwang sich zu lächeln. Nie hatte er zwei Frauen kennengelernt, die einander so ähnlich waren. Dennoch hätte er auf Anhieb gewusst, welche der beiden vor ihm stand. Dazu genügte ein Blick in die schwarzen Augen.

Griet fasste nach seiner Hand. »Ich weiß gar nicht, wie ich dir danken soll.«

Luca wunderte sich. Müsste sich nicht ebenfalls ein warmes Tuch auf sein Herz legen, wenn sie ihn berührte? Die Schwestern waren doch von gleicher Schönheit. Aber das geschah wohl nur bei Yda. Es war ihre Seele, ihr Wesen, mit dem sie sich von Griet unterschied. Er blickte auf die Bettstatt, auf dem seine Mutter gestorben war. Augenblicklich umfing ihn wieder die Kälte. Er musste nachdenken.

Bertram schritt durch sein Gemach. Wie lange mochte es wohl noch dauern, bis die Truppen der Verbündeten eintrafen? Darüber hatte Bilstein nichts verlauten lassen. Sein Blick fiel auf die offenen Truhen seiner Gemahlin, aus denen der Geruch von Lavendel strömte. Ihm wurde es übel. Er musste an die Luft.

Er stieg die Wendeltreppe hinab. Vielleicht sollte er Bilstein fragen, ob ein Bote eingetroffen war, der von den Truppen zu berichten wusste. Obwohl ihm klar war, dass Bilstein ihn dann längst informiert hätte, trieb Bertrams Unrast ihn zu dem Arbeitszimmer des Marschalls. Die Tür war verschlossen. Wo mochte er sein? Fast nie blieb er seinem Schreibpult fern. Das passte nicht zu Bilstein. Bertram verließ die Mauern und trat in den Burghof. Bei den Ställen traf er den Knappen des Marschalls und fragte ihn nach seinem Herrn.

Oswald sah ihn mit dem Blick eines Ochsen an und zuckte mit den Schultern. »Weiß nicht.«

»Warum weißt du das nicht?«, schnauzte Bertram. »Hast du nicht stets an seiner Seite zu sein?«

»Heute nicht. Er hat mich fortgeschickt, damit ich mich um sein Pferd kümmere.«

Irgendetwas stimmte hier nicht. Das spürte Bertram in seinen Eingeweiden. Warum wollte Bilstein allein sein? Bertram verließ die Ställe und nahm den schmalen Weg hinter den Wirtschaftsgebäuden, der zum Obstgarten führte. Die Apfelblüten an den Ästen wiegten sich in einem lauen Lüftchen. In Gedanken versunken schritt er durch den verlassenen Garten, bis er nahe an der Burgmauer eine Bewegung im Gras wahrnahm. Bertram hielt inne. Ob sich etwa hier in dem Garten jemand mit einer Magd vergnügte? Wenn dem so war, musste er sich das unbedingt ansehen. Bertram spürte, wie die freudige Erwartung das Blut in seine Lenden schickte. Vorsichtig näherte er sich dem Treiben und versteckte sich hinter einem Baumstamm. Und tatsächlich: Das Keuchen einer Frau drang zu ihm herüber. Er fasste sich in den Schritt und knetete seine Männlichkeit, die unter seiner Hand anschwoll. Dann wagte er einen Blick hinter dem Stamm hervor. Augenblicklich nahm er die Hand von seinem Glied und starrte auf Bilsteins lichtes Haar am Hinterkopf. Es war die Ratte, die sich hier vergnügte – die Heiligkeit, die sonst jede Unzucht innerhalb der Burgmauern verbot. Bertram kniff die Augen zusammen und fragte sich, welches Weib er mit seinem elendigen Leib bedeckte. Es konnte nur die hässlichste aller Mägde sein. Vor Neugier getrieben, trat er aus seinem Versteck und ging zu ihnen. Das Weib unter Bilstein riss erschrocken die Augen auf. In Bertrams Adern gefror das Blut.

Die Brühe, die Rinchen gekocht hatte, war gut gesalzen. Sogar einige Stücke mageres Fleisch schwammen darin. Beides hatten Griet und sie sich damals nie leisten können, dachte Yda. Während sie gemeinsam mit Rinchen aß, hielt sich das Mädchen immerfort den Bauch fest.

»Ich muss nun für das Kindchen mitessen«, meinte sie nach einem Nachschlag.

Bei Yda hingegen kam der Hunger nur spärlich zurück. Dennoch hätte sie gern ein Stück Brot gehabt, um es in die Brühe zu tunken. Rinchen verbot es ihr allerdings, denn wie sie meinte, würde Luca sie schelten.

»Wo ist dein Bruder denn nun?« Yda spürte, wie in ihr die Sehnsucht nach ihm wuchs. Auch musste sie unbedingt mit ihm über Rinchens Schwangerschaft reden. Vielleicht war es nicht rechtens gewesen, das Mädchen darauf aufmerksam zu machen. Was, wenn Luca es ihr hatte schonend beibringen wollen? Dann wäre er gewiss verärgert.

»Weiß nicht«, sagte Rinchen mit vollem Mund. »Aber er könnte auf dem Schindanger sein. Tote Tiere vergraben.« Sie warf einen Blick aus dem Fenster. Längst hatte die Sonne die Mitte des Himmels überschritten.

Yda legte den Löffel in die halb geleerte Holzschale. »Ich denke, ich werde mir ein wenig die Beine vertreten.«

»Nein, das würde Luca nicht erlauben. Du musst dich wieder hinlegen.« Rinchen beugte sich vor und blickte in Ydas Schale. »Außerdem musst du leer essen.«

»Ich mag aber nicht mehr. Mein Bauch muss sich erst langsam wieder an das Essen gewöhnen.« Yda erhob sich. »Luca wird nichts dagegen haben, wenn ich einen kleinen Spaziergang unternehme.«

»Meinst du?« Rinchen rutschte von ihrem Stuhl. »Dann komm ich aber mit. Falls es dir schlecht wird, weißt du.«

Yda kniete sich vor sie. »Sei mir nicht böse, aber ich möchte einen Augenblick für mich allein sein.«

»Warum?«

»Ich muss nachdenken. Verstehst du?«

Rinchen schüttelte den Kopf. »Nein. Du musst nicht nachdenken. Bald bist du wieder ganz gesund. Alles wird gut.«

»Ich will überlegen, wie es nun weitergehen soll. Meine Schwester ist dem Bader gefolgt, der nun Hurenwirt in dem Haus der schönen Frauen ist.« Yda erhob sich. Ein wenig schwindelte es sie, doch sie spürte, wie die Kraft in ihren Leib zurückkehrte.

Rinchen sah sie zuversichtlich an. »Du kannst hierbleiben, so lange du willst. Luca hat dich bestimmt auch gern, weil du so schön bist. Männer mögen so etwas. Vielleicht nimmt er dich ja als seine Frau.« Sie nickte heftig.

In Ydas Leib stob ein Schwarm Bienen auf, die wild durch ihren Bauch summten. Wollte sie das wirklich? Sie wusste keine Antwort darauf. »Darf ich darüber nachdenken? Allein?«

»Ja, geh aber nicht zu weit. Du bist noch schwach.« Rinchen reckte sich über den Tisch und räumte die Schalen ab.

Vor der Hütte holte Yda erst einmal tief Luft. Auch wenn Wolken die Sonne jetzt verdeckten, roch es nach Frühling. Sie spürte, wie sich das Glück in ihr Herz stahl. Rinchens Worte waren unbedarft gewesen, das wusste sie. Sie wusste nicht, ob sich Luca wirklich zu ihr hingezogen fühlte. Und sie selbst? Noch nie hatte sie sich bei einem Menschen so wohl gefühlt wie bei ihm. Er strahlte eine Wärme aus, die sie einhüllte wie eine Decke im Winter. So verrückt der Gedanke auch war – Yda konnte sich nicht vorstellen, ihn nie wieder zu sehen, nur einen Tag ohne ihn zu sein. Sie dachte nicht an die Schmerzen in ihrem Fuß und schlug den Weg ein, der an der Hinrichtungsstätte nahe dem Judenbüchel vorbeiführte. An einem der letzten Galgenbäume sah sie Luca. Er lehnte mit dem Rücken an dem Holzpfahl und starrte in den Himmel. Durch Ydas Herz zog ein warmes Gefühl.

Als sie zu ihm trat, sah Luca sie müde an. »Ich weiß nun gewiss, wer der Mörder meiner Mutter ist.«

Yda setzte sich zu ihm. Kurz schaute sie zu der Seilschlaufe, die über ihr baumelte. An das, was hier unter ihr begraben lag, mochte sie gar nicht erst denken. Sie nahm Lucas Hand, und er ließ es geschehen.

Yda wusste, eine tote Hure war nicht mehr wert als ein erschlagener Hund. »Kein Richter des Landes wird ihn verurteilen.«

»Das weiß ich. Dennoch wird er seine Strafe bekommen.« Luca hob die Hand und strich ihr sanft über die Wangen. »Wie geht es dir?«

»Dank dir wird es wieder.« Yda rang sich ein Lächeln ab.

»Ohne einen starken Willen hilft die beste Medizin nicht.« Luca nahm die Hand von ihrer Wange und senkte den Blick.

»Rinchen bekommt ein Kind. Wusstest du das?«

Tief sog Luca den Atem ein und nickte. Dann sah er Yda wieder in die Augen. »Wie soll das gehen? Sag es mir. Sie hat doch selbst nicht mehr Verstand als ein Kind.«

»Sie trägt so viel Liebe in ihrem Herzen. Warum denkst du, sie könnte es nicht schaffen? Außerdem hat sie doch dich.«

Luca presste die Lippen aufeinander. Seine Stimme wurde scharf. »Ja, sie hat mich. Soll ich etwa so tun, als wäre ich der Vater?«

Yda wusste um den Felsbrocken, der auf ihm lastete. »Ich kann euch beiden helfen, wenn du das willst.«

Lucas Augen schimmerten matt. »Willst du wissen, worüber Mutter und ich gestritten haben?«

Yda nickte.

»Sie wollte ihr das Kind wegmachen.« Luca verengte die Augen. »Rinchen hätte dabei sterben können. Doch das war ihr wohl egal.«

»Geh nicht zu hart mit ihr ins Gericht. Deine Mutter hat euch beide großgezogen. Niemand konnte besser wissen, was auf Rinchen zukommt.« Yda hob die Schultern.

»Keine Hebamme der Stadt wird ihr das Kind auf die Welt holen.«

»Quirin ist Bader. Vielleicht kann er helfen«, versuchte Yda Luca Mut zu machen, obwohl sie wusste, dass Quirin in dieser Hinsicht nicht viel taugte. Aber sie würde sich schon schlaumachen, wenn Luca ihre Hilfe annahm.

Statt einer Antwort legte Luca den Arm um ihre Schultern und zog sie nah an sich heran. Ihre Lippen fanden sich. Yda schloss die Augen und gab sich ganz dem schönen Gefühl hin. Sie wollte ihn spüren, ganz nah bei ihm sein. Sanft strich sie über seine Brust, berührte die Schultern und suchte seine Hände. Luca hielt sie fest im Arm und drückte sie an sich. Seine Wärme übertrug sich auf ihren Leib. Plötzlich ließ er sie los, nahm ihr Gesicht in seine Hände und blickte ihr tief in die Augen.

»Der Himmel hat dich geschickt«, sagte er.

Yda vergaß die Welt um sie herum. Dann küsste er sie so stürmisch, dass sie mit dem Rücken auf den Boden sank. In ihrer Brust stolperte der Herzschlag, und Yda wusste nicht mehr, was sie denken sollte. Ihr ganzes Leben hätte sie so liegen können, doch Luca ließ von ihren Lippen ab und sah sie an.

»Ich bin nicht der Mann, den sich ein Vater für seine Tochter wünscht.« Seine Augen schimmerten matt.

Yda schenkte ihm ein Lächeln. »Vergiss es, Luca. Es zählt einzig und allein, was *ich* mir wünsche. Du bist ein wunderbarer Mann.«

Lucas Atem streifte ihre Wange, bevor er sie erneut küsste. Yda fühlte sich in seinen Armen geborgen und dachte an seine Worte. Jeder liebende Vater würde sich ihn als Mann für seine Tochter wünschen. Was zählte schon die Ehre? Luca durfte sie nie wieder loslassen. Seine Hand glitt über ihren Hals und strich hinab über ihre Brust. Er sah ihr tief in die Augen und band die Schnüre ihres Mieders auf. Yda spürte wieder ein Flattern in ihrem Bauch. Nichts sehnlicher wünschte sie sich, als seine Hände auf ihrer bloßen Haut zu spüren. Sie vergaß die Sorgen. Alles war so schön, so einfach.

Zärtlich strich Luca über ihre entblößte Brust. Eine Strähne fiel ihm in die Augen, als er sie betrachtete. Dann legte er sich seufzend neben sie und sah in den Himmel.

Yda drückte sich tiefer in seinen Arm. Durch ihren Leib flatterte ein Schwarm Schmetterlinge. »Hör nicht auf.«

»Wirklich nicht?« Ein Lächeln zuckte um Lucas Mundwinkel.

Yda strich mit der Fingerspitze über seine Lippen. »Niemals. Mit jeder Faser meines Leibes sehne ich mich nach dir. Und das wird nie wieder aufhören.«

Lucas Blick wurde ernst, und sein Atem ging schwer. Erneut streichelte er ihre Brust und küsste sie. Er nahm den Arm unter ihr fort und zog sich das Hemd über den Kopf. Yda sah den eingefassten Dorn, den er an einer Kette trug, und berührte ihn zaghaft.

»Was bedeutet dieser Anhänger?«

»Er ist ein Andenken an meine Mutter.« Mehr sagte er nicht und verschloss ihren Mund abermals mit seinen Küssen. Als er den Saum ihrer Röcke hochschob, spürte Yda ihren Herzschlag im ganzen Leib. Luca küsste ihre Stirn, ihre Augen und ihre Wangen. Sanft fuhr er mit der Hand durch ihr Haar und legte sich auf sie. Yda klammerte sich an ihn. Dann spürte sie sein Glied, das sich behutsam in ihre Scham schob. Ihr Unterleib zog sich zusammen.

»Bleib ganz ruhig, Liebes«, hauchte Luca in ihr Ohr.

Yda atmete tief ein, und Luca schob sich weiter in sie. Etwas zwischen ihren Beinen sträubte sich, ihn aufzunehmen, doch Luca stieß dagegen. In Ydas Scham zerriss etwas. Tränen traten ihr in die Augen, lösten sich und rannen über ihre Wangen.

Luca küsste sie fort. »Alles ist gut. Es ist nur das eine Mal.«

Der Schmerz verging, und Yda spürte Luca tief in sich. Eine Woge der Liebe ergriff sie. Sie presste sich fest an ihn und amtete seinen Duft ein. Ein Gefühl, das sie nie zuvor gespürt hatte, trug sie auf einem Lichtstrahl fort in eine andere Welt. Es gab nur Luca und sie. Er bewegte sich sanft in ihr und streichelte dabei ihre Brust. Seine Finger kreisten um ihre Warzen. Doch dann glitt er aus ihr heraus. Ein Seufzer entwich Yda. Es durfte noch nicht vorbei sein! Sie öffnete die Augen und sah Luca traurig an. Er schenkte ihr ein Lächeln, bevor er mit seinen Lippen ihre Brust liebkoste. Zwischen Ydas Schenkeln pochte es unerträglich. Eine Sehnsucht überfiel sie, die sie fast zerriss. Luca umkreiste mit der Zunge ihren Bauchnabel und glitt tiefer hinab zwischen ihre Beine. Yda verlor die Beherrschung über ihren Atem, der in ein rasches Keuchen überging. Was geschah hier? Woher kam dieses überwältigende Gefühl? Sie griff in Lucas Haar und drückte ihn gegen ihre Scham. Er durfte nicht aufhören, sie zu liebkosen. Um sie herum drehte sich alles. Der Lichtstrahl, auf dem sie ritt, glühte und zersprang in tausend Farben.

Luca strich ihr das Haar aus der Stirn und wartete, bis Yda wieder zu Atem kam. Dann küsste er ihre Lippen und schob sich erneut in sie hinein. Wieder umfing sie dieses Gefühl, für immer mit ihm eins sein zu wollen. Sie schloss die Arme um ihn und bewegte sich mit ihm im Einklang. Lucas Stöße wurden heftiger, und auch sein Atem ging rasch. Yda öffnete die Augen. Sie wollte ihn ansehen, wenn auch er die Erfüllung fand. Sein Gesicht verzog sich, und ein rauer Schrei verließ seine Kehle. Noch einmal bäumte er sich auf und schob sich ganz tief in sie, bis sie ein Beben in ihrer Leibesmitte spürte. Dann sank er schwer atmend auf sie. Sanft fuhr sie mit den Fingerspitzen über seinen Rücken und versank in dem Frieden, der sie beide umgab.

Yda wusste nicht, wie lange sie so gelegen hatten. Doch es hätte für immer sein können. Schwerfällig löste sich Luca aus ihren Armen.

»Das war wunderschön«, flüsterte Yda.

Ein tiefer Seufzer entwich Lucas Kehle. »Es war schön – aber nicht richtig.« Traurig blickte er sie an.

»Was sagst du da?« Seine Worte verletzten Yda. Warum sollte es falsch gewesen sein, bei ihm gelegen zu haben?

Luca griff nach seinen Beinlingen und zog sie sich über. »Ich habe dich entehrt. Nun wird kein Mann dich mehr zur Frau nehmen.«

Yda umfing eine Kälte, die sie zittern ließ. »Du bist der Mann, den ich will.«

»Das ist nicht möglich, und das weißt du. Keine Frau führt freiwillig ein Leben an meiner Seite. Die Leute werden dir aus dem Weg gehen.«

Yda rieb sich über die Arme. Sie konnte sich nicht vorstellen, von nun an auf das zu verzichten, was eben zwischen ihnen geschehen war. »Nur du bist mir wichtig.«

»Was ist mit deiner Schwester? Glaubst du, sie wird damit einverstanden sein, dich mit einem Henkersknecht zu teilen?«

»Das wird sie wohl müssen.«

Luca sah ihr tief in die Augen. »Wir kennen uns doch kaum. Woher willst du wissen, ob wir uns überhaupt verstehen?«

Yda trat zu ihm und legte die Hand auf seine entblößte Brust. »Das sagt mir mein Herz. Und deines?«

Luca senkte den Blick. »Ich habe andere Sorgen.« Er zog sein Hemd über und ließ sie stehen.

Yda sah ihm nach, wie er über den Schindanger zu seiner Hütte zurückkehrte. Ihre Beine begannen vor Schwäche zu zittern, und sie spürte wieder den Schmerz in ihrem Fuß. Was sollte sie nun tun? Sie war doch längst noch nicht gesund und brauchte seine Hilfe. Sein Mund hatte nicht die Wahrheit gesprochen, das spürte sie tief in ihrem Herzen. Yda seufzte auf und folgte ihm über den Schindanger.

11. Kapitel

Bis spät in die Nacht hatte Yda über Lucas Worte gegrübelt. Die Liebe vertrug sich nicht mit der Vernunft. Warum nur sah er das nicht ein? Sie blinzelte in das schwache Licht des Morgens. Rinchen schlief wieder bei Luca, der am gestrigen Abend noch in der Stadt eine Schenke aufgesucht hatte. Yda vermutete, um seinen Kummer zu ertränken. Nein, sie glaubte nicht, dass sie ihm nichts bedeutete, so zärtlich wie er sie geliebt hatte. Sie legte die Hand auf ihre Brust, dorthin, wo seine auch gelegen hatte. Ein Leben ohne Luca konnte sie sich nicht mehr vorstellen. Sie würde um ihn kämpfen, auch wenn ihr Herz dabei in tausend Stücke sprang. Sie hatte es eh schon an ihn verloren.

Leise erhob sich Yda von ihrem Lager. Die Schmerzen in ihrem Fuß hatten nachgelassen, und sie fühlte sich noch etwas kräftiger als am Tag zuvor.

Sie schlich an Luca und Rinchen vorbei, verließ die Hütte und atmete tief die Morgenluft ein. Zum ersten Mal seit Tagen grummelte wieder der Hunger in ihrem Bauch. Yda ging zum Brunnen und schöpfte mit einem Eimer Wasser, um sich zu waschen. Wenn Luca und Rinchen nicht neben der Kochstelle schlafen würden, hätte sie bereits ein Feuer gezündet. Doch Yda wollte sie nicht wecken, denn sie brauchte noch einen Augenblick für sich allein. Als sie sich das Hemd über den Kopf zog, erfasste sie ein Schauer der Kälte. Dennoch wusch sie ihren Leib mit dem Wasser aus dem Brunnen ab. Ihre Haut rötete sich, und ihre Finger fühlten sich fast schon taub an.

Plötzlich spürte sie eine warme Hand über ihren Rücken streicheln. Yda hielt den Atem an. In ihre Gedanken versunken, hatte sie nicht gehört, wie Luca hinter sie getreten war. Langsam wandte sie sich um. Seine dunklen Locken waren vom Schlaf zerzaust. Als sie ihm in die Augen sah, senkte er den Blick.

»Ich kann an nichts anderes denken als an dich.« Er fuhr mit den Fingerspitzen über ihre Schultern. »Das ist nicht gut.«

Yda schmiegte ihre Wange an seine Hand. »Schickst du mich fort?«

Er nickte leicht. Seine Augen verrieten den Kummer in seinem Herzen. »Es ist besser für dich, glaube mir.«

»Darf ich nicht selbst entscheiden, was besser für mich ist?« Yda spürte, wie sich Tränen in ihren Augen sammelten. Rasch wandte sie sich ab und zog ihr Hemd über.

»Wenn du bleibst, werde ich nicht von dir lassen können.«

Yda drehte sich wieder zu ihm hin. Auf ihrer Wange kitzelte eine Träne. Rasch wischte sie sie fort. »Verdammt, warum wehrst du dich dagegen? Ich will es doch auch. Das habe ich dir gestern schon gesagt.«

»Solch ein Leben kann niemand wollen. Oder glaubst du, ich hatte mir gewünscht, dass meine Mutter mich zu Meister Hens in die Lehre schickt? Dass ich nie wieder jemanden anfassen darf und sich die Menschen mit Scheu von mir abwenden?«

Yda griff nach seiner Hand. »Aber du berührst die Menschen doch, wenn du sie heilst.«

»Nur, wenn sie dem Tod ins Auge sehen, lassen sie sich von mir anfassen. Bei dir war es doch auch nicht anders.«

Als Yda sich daran erinnerte, presste sie die Lippen aufeinander. »Hat sich das nicht ganz schnell geändert?«

»Geh bitte, Yda. Es muss ja niemand erfahren, dass ich dich angefasst habe. Dann kannst du dein Leben weiterführen wie bisher. Einen ehrbaren Mann finden und deinen Kindern ein unbeschwertes Leben bieten.«

Wortlos schob sich Yda an ihm vorbei in die Hütte, wo sie ihr Bündel packte. Sie würde gehen, aber sie schwor sich, wiederzukommen. Und zwar bald schon. Vielleicht brauchte Luca einfach etwas Zeit, um sich klarzuwerden, dass sie nichts auf der Welt mehr voneinander trennen konnte.

Rinchen erwachte und rieb sich den Schlaf aus den Augen. »Wo gehst du hin?«

»Zu meiner Schwester, wo ich hingehöre.« Yda bemerkte das Zittern in ihrer Stimme.

Rinchen sprang auf die Beine. »Nein! Du musst bleiben.«

»Wozu? Ich bin fast wieder gesund.«

»Du musst bleiben, weil … weil ich dich liebhabe.«

Yda schluckte gegen den Kloß in ihrem Hals an, kniete sich vor sie und strich ihr über das Haar. »Ich hab dich auch lieb, Rinchen. Aber ich kann nicht einfach bei euch wohnen bleiben. Ich gehöre nicht zu eurer Familie.«

»Aber Luca könnte dich zur Frau nehmen.«

Yda erhob sich wieder. »Ja, das könnte er.« Sie wandte sich ab und verließ die Hütte.

Rinchen folgte ihr nach draußen, wo sie Luca in die Arme

lief. »Warum bleibt Yda nicht?«, fragte sie ihren Bruder vorwurfsvoll.

Als Yda ihn ansah, blickte er zu Boden. »Es geht nicht.«

»Doch, das geht wohl!«, schrie Rinchen.

Yda ließ die beiden stehen und schritt über den Schindanger. Noch für eine ganze Weile konnte sie Rinchens Gezeter hören, doch Yda wandte sich nicht mehr um.

Kurz vor der Stadtmauer bedeckte sie ihr Haar mit der Decke, die sie sich um die Schultern gelegt hatte. Da sie nicht wusste, welchen Weg sie nehmen musste, um in die Schwalbengasse zu gelangen, fragte sie auf dem Aldemarkt einen Mann danach. Beim Blick in seine wasserblauen Augen stockte Yda der Herzschlag. Es war der Mann, der ihre Hütte in Brand gesteckt hatte! Blind vor Wut hob sie die Fäuste.

Er hielt sie jedoch mühelos an den Handgelenken fest. »Nun aber mal langsam, Mädchen. Was ist denn in dich gefahren?«

»Ihr wart es! Ich erkenne Euch wieder!«

»Was war ich?« Der Mann starrte sie an.

»Ihr habt unsere Hütte in Brand gesteckt. Auf dem Acker vor Buckelmund. Erinnert Ihr Euch?«, fauchte Yda. Sie versuchte, dem Mann gegen das Schienbein zu treten, doch er hielt sie auf sichere Entfernung und starrte sie an. Auf seiner Stirn perlte der Schweiß.

»Was soll ich getan haben? Du verwechselst mich wohl.«

»Nein, bestimmt nicht. Eure Augen, die so kalt wie Eiskristalle sind, werde ich nie vergessen.« Ydas Handgelenke schmerzten von seinem festen Griff. »Und nun lasst mich los!«

»Du musst mich wirklich verwechseln, glaube mir. Sehe

ich wirklich so aus, als würde ich über die Felder reiten und Hütten brandschatzen?«

Er log, das wusste Yda. Sie kniff die Augen zusammen.

Die Stimme des Mannes wurde sanft. »Du bist das Mädchen vom Markt, das der Bader geheilt hat. Habe ich recht?«

Ein Stadtsoldat schritt auf sie zu. »Belästigt Euch das Weib, werter Herr Overstolz?«

Der Mann lachte auf. »Nein, ist schon gut. Mit ihr werde ich gewiss allein fertig.«

Yda schenkte ihm ein falsches Lächeln. Da sie nun seinen Namen kannte, sollte sie sich ihre Rache gut überlegen. Hier war auf jeden Fall der falsche Ort dafür. »Dann habe ich Euch wohl doch verwechselt.«

»Das sagte ich doch schon.« Er wandte sich ab und ließ sie stehen. Als Yda ihm hinterhersah, bemerkte sie, wie er sich an den Hintern fasste und das Rückgrat versteifte. Gewiss plagte ihn irgendein Leiden.

Yda ging zu einem Stand, an dem eine untersetzte Frau Käse anbot. Beim Anblick der Laibe gab Ydas Magen ein Knurren von sich. Sie fragte die Frau nach dem Haus der schönen Frauen in der Schwalbengasse. Die Händlerin schenkte ihr einen mitleidigen Blick sowie ein Stück Käse und erklärte ihr den Weg.

Die schäbige Gasse war voller Unrat, den die Bürger wohl aus ihren Fenstern gekippt hatten. Ein betrunkener Mann torkelte Yda entgegen und wäre ihr fast in die Arme gefallen. Yda wich ihm aus. Unsanft landete er mit dem Gesicht im Dreck, und sie zog ihn am Arm wieder auf die Beine. Als er einigermaßen sicher stand, ging sie weiter. Bald schon stand Yda vor dem Haus der schönen Frauen und blickte die Fassade hinauf. Sie dachte an Luca und an seine Mutter, die hier gestorben war. Schmerzhaft krampfte sich ihr Herz zusammen. Dann schob sie zaghaft die Tür auf und warf einen Blick in das Innere des Hauses. Zu ihrer Linken führte eine weitere Tür von dem Flur ab. Yda ging hinein und öffnete sie. Der Raum ähnelte einer Schenke. Hinter der Theke stand Quirin und säuberte die Krüge mit einem Tuch. Der Bader hatte sein Sackkleid gegen eine Tunika ausgetauscht. Sein Bart war gestutzt und die blonden Locken kurz geschnitten. Yda freute sich, ihn wiederzusehen.

Auch Quirin lachte, als er sie sah. »Sieh an, sieh an, wer da kommt.« Er legte das Tuch auf den Tresen und breitete die Arme aus. »Lass dich herzen, Schwägerin.«

Yda starrte ihn an. »Wie hast du mich gerade genannt?«

»Wir wollten mit der Feier warten, bis du wieder gesund bist. Aber ja, du hast richtig gehört. Griet ist nun mein Weib.« Sein Lachen, das den Worten folgte, kam tief aus dem Herzen.

Obwohl Yda ihrer Schwester immer nur das Beste wünschte, verspürte sie einen Stich. Warum konnte es nicht auch bei ihr so einfach sein?

»Wo ist Griet denn?« Yda sah sich in dem Schankraum um. Die Hocker und Tische sahen sehr wackelig aus, und in den Ecken sammelte sich der Dreck.

»Sie ist auf dem Markt. Müsste aber bald zurück sein.«

»Und wo sind die Frauen?« Yda suchte sich eine Sitzgelegenheit, die einigermaßen stabil schien.

»Bei der Arbeit.« Quirin grinste breit.

Yda fuhr mit dem Zeigefinger die Holzmaserung auf dem Tisch nach. Sie mochte sich nicht vorstellen, wie es ihnen gerade erging. »Was ist mit unserem Geschäft, Bader?«

»Brauchen wir doch nun nicht mehr.«

Yda erhob sich und ging zu ihm an den Tresen. »Ihr braucht das Geld vielleicht nicht mehr, ich aber schon. Oder sollen wir uns zu dritt an dem Verdienst der Huren bereichern?«

»Wir bereichern uns nicht, wir arbeiten für sie und bieten ihnen ein Heim.«

»Wie viele Frauen sind es denn?«

»Na ja. Im Augenblick nur zwei.« Quirin presste die Lippen zusammen.

»Nur zwei?« Yda hatte zwar keine Ahnung, was die Huren von ihren Freiern verlangten, doch sie konnte sich nur schwer vorstellen, dass von dem Verdienst fünf erwachsene Mäuler satt wurden.

»Wenn du willst, kannst du ihnen ja zur Hand gehen. Dann wirst du sehen, dass wir nur die nötigste Miete von ihnen verlangen.« Quirin hob spottend die Augenbrauen.

Bevor Yda etwas darauf erwidern konnte, vernahm sie das Knarzen von Holz und blickte erwartungsvoll zur Eingangstür. Doch anstatt der Schwester trat ein magerer Mann ein. Sein Haar hing ihm in fettigen Strähnen vom Kopf. Seiner zerschlissenen Cotte nach zu urteilen, war er nicht gerade mit Reichtum gesegnet.

Quirin nickte ihm zu. »Seid gegrüßt, der Herr. Im Augenblick sind zwar alle Frauen beschäftigt, aber ihr könnt gern hier warten. Lange kann es nicht mehr dauern.«

Der Mann verzog erst mürrisch das Gesicht, dann sah er zu Yda und fuhr sich mit der Zunge über die Lippen. Sein Blick erhellte sich. »Und was ist mit der da?«

Quirin zuckte mit den Schultern und sah Yda herausfordernd an. »Wir haben noch ein Zimmer frei. Wenn du möchtest, kannst du es haben.«

Yda glaubte sich verhört zu haben. »Hat dich deine Mutter als Kind etwa auf den Kopf fallen lassen?«

»Der Herr wäre bestimmt bereit, einen Batzen Münzen für dich zu zahlen.« Quirin lächelte wie ein Geisteskranker.

Yda musste sich beherrschen, um nicht mit den Fäusten auf ihn loszugehen. »Du bist doch nicht ganz bei Sinnen! Verlangst du das etwa auch von Griet?«

»Natürlich nicht. Sie ist ja mein Weib.« Quirin griff nach einem Holzbecher, füllte ihn mit Bier und stellte ihn dem Herrn hin.

Dieser stierte Yda weiterhin mit großen Augen an.

»Du brauchst mich gar nicht so anzustarren. Aus uns wird nichts«, blitzte Yda ihn an und verließ die Schankstube. Sie würde wohl besser in der Gasse auf Griet warten. Tränen der Wut brannten in ihren Augen, als sie aus dem Haus trat. Was dachte Quirin eigentlich von ihr? Oder wollte er sie nur loswerden, damit er mit Griet allein sein konnte? Dieser verdammte Bock! Missmutig schlug Yda gegen einen zerbrochenen Eimer. Plötzlich hörte sie Griets Stimme, die nach ihr rief. Yda fuhr herum und lief der Schwester entgegen.

Inzwischen hatte Quirin ebenfalls das Haus der Huren verlassen und trat zu den beiden Frauen.

»Das war nicht so gemeint, Yda«, sagte er mit gesenktem Blick. »Ich habe die Worte im Scherz gesagt. Du bist doch sonst nicht so empfindlich.«

»Was ist denn geschehen?« Griet sah abwechselnd von Yda zu Quirin.

»Er hat mich einem Freier angeboten.« Yda schluchzte auf.

Die Schwester stemmte die Hände in die Hüften und schaute Quirin an. »Hast du das wirklich?«

»Ich wollte sie nur ein wenig necken. Mehr nicht.«

»Geh zurück in die Schankstube! Ich will mit meiner Schwester allein sein. Du und ich reden später.« Kopfschüttelnd sah Griet ihm hinterher. Dann legte sie den Arm um Ydas Schultern. »Was ist denn los mit dir? Du bist doch sonst wirklich nicht so empfindlich.«

»Ach, Griet. Ich weiß es auch nicht.« Erneut kämpfte Yda mit den Tränen. »Ich fühle mich so schrecklich. Ich glaube, ich werde nie wieder lachen können.«

»Weshalb denn? Du bist doch wieder gesund. Einen größeren Grund zur Freude gibt es nicht. Oder hast du noch arge Schmerzen am Fuß?« Griet umarmte sie.

Ydas fühlte sich grauenvoll. »Es ist nicht der Fuß. Es ist Luca. Er hat mich gebeten zu gehen. Er will mich nicht länger in seiner Hütte haben.«

»Du liebst ihn. Hab ich recht?«

Yda zog die Nase hoch und nickte. »Ja. Und ich glaube, er mich auch.« Sie dachte daran, wie sie bei ihm gelegen hatte. Aber davon sagte sie Griet nichts. »Er will nicht, dass ich an seiner Seite bleibe und genau wie er unehrlich werde.«

Griet runzelte die Stirn und wandte den Blick ab. »Das will ich auch nicht. Du hast einen besseren Mann als den Henkersknecht verdient.«

Herausfordernd sah Yda sie an. »Vielleicht so einen Scharlatan wie Quirin? Griet, weißt du eigentlich, was du da sagst? Du hast ihm schneller ein Eheversprechen gegeben, als ich gesund werden konnte.«

»Ach ja? Wer hatte denn den Einfall mit den Betrügereien? Das warst doch du und nicht er«, fauchte Griet.

Yda trat mit dem Fuß auf. »Du weißt genau, dass er den

Leuten schon vorher seine unnützen Salben angedreht hat.« Ein Stechen fuhr ihr das Bein hinauf und erinnerte sie an die Wunde, wo einst ihr Zeh gewesen war.

»Und wir haben es ihm gleichgetan.«

»Hatten wir eine andere Wahl?«

»Hatte er eine?«

»Was weiß ich denn?« Yda wandte wütend ihren Blick ab und sah die Gasse entlang, wo ein kleiner Junge ein Schwein mit verfaulten Äpfeln fütterte.

»Geht es dir nun besser?«

Yda spürte Griets Hand auf ihrer Schulter. Ein Schluchzer bebte in ihrer Brust. »Verdammt, ich kann doch nicht mein restliches Leben wie ein tollwütiger Fuchs durch die Gegend laufen. Verstehst du, was ich meine?«

»Ja, Yda. So kenne ich dich nämlich nicht.«

Yda sah sie wieder an. »Und deshalb werde ich um seine Liebe kämpfen. Selbst wenn mich danach jeder Mensch im Land meidet. Weißt du was? Darauf pfeife ich. Wie sieht es mit dir aus? Wirst du mir auch den Rücken zukehren? Darauf pfeife ich nämlich nicht.« In Ydas Herz verwandelte sich die Traurigkeit wieder in Stärke. Sie spürte Hoffnung und mit ihr die Sanftheit zurückkehren.

»Wie könnte ich? Er hat dir das Leben gerettet. Außerdem bist du doch meine Schwester.« Griet nahm Yda in den Arm.

»Nehmt die Bruche ab und legt Euch bäuchlings auf Euer Bett, Herr Overstolz.«

Gerhards Herz flatterte. Der Medicus, der gekommen war, galt als der beste in der Stadt. Dennoch verspürte er eine unbändige Angst. Wäre nicht das leichte Fieber gewesen, das ihn seit dem Morgen plagte, hätte er nicht nach ihm rufen lassen. Aber die Angst vor dem Tod wog stärker als die vor dem Messer.

»Wenn Ihr Euch ruhig verhaltet, wird es schnell vorbei sein.«

Gerhard gehorchte. Unbedingt musste er bald schon wieder im Sattel sitzen können. Nicht nur wegen der Schlacht. Wenn das Geschwür endlich verheilt war, würde er sich das Mädchen holen. Gerhard legte sich aufs Bett und dachte an die Glut, die in ihren Augen gelodert hatte. Genau wie bei Loretta. Wenn sie damals zornig gewesen war, hatte sie ihn mit ihrer Leidenschaft schier um den Verstand gebracht.

»Hier, nehmt das und beißt hinein, wenn Ihr den Schmerz nicht mehr ertragt.« Der Medicus reichte ihm ein Tuch, in das er einen doppelten Knoten gebunden hatte.

Gerhard nahm das Linnen fest in seine Hand. Er würde sich in einen süßen Traum begeben, um den Schmerz besser ertragen zu können. Tief sog er den Atem ein und schloss die Augen. Dann spürte er, wie der Medicus das Geschwür betupfte. Ein dumpfer Schmerz fuhr durch sein Hinterteil. Mit all der Kraft seiner Gedanken rief er sich die Augen der jungen Frau vom Markt in Erinnerung – dachte daran, wie ihr Feuer erloschen war, als sie an jenem Abend vermeintlich genesen war. Doch als er sie heute wiedergesehen hatte, hatte es wieder in ihren Augen gelodert. Irgendetwas stimmte da nicht, und er würde herausfinden, was. Gerhard spürte die Klinge auf dem Geschwür. Kurz darauf zerriss ihn ein Schmerz, der ihm die Schwärze vor die Augen trieb.

Als er aus der Bewusstlosigkeit erwachte, wischte der Medicus das Messer mit einem blutverschmierten Tuch ab und steckte es in seinen Lederbeutel. Allmählich ließ das Pochen in seinem Hintern nach, doch ein stechender Schmerz blieb. Gerhard spürte, wie die Nässe auf seiner Wange trocknete.

Der Medicus verschnürte den Lederbeutel. »Ihr werdet noch eine Weile nicht sitzen können.«

»Wie lange?« Skeptisch sah Gerhard den Mann an.

»Das kann ich Euch nicht genau sagen. Das kommt auf Euer Heilfleisch an.«

Gerhard verzog die Lippen zu einem schmalen Strich. Eine bessere Entschuldigung fiel dem Medicus wohl nicht ein. »Ich habe Euch geholt, damit Ihr mich von meinem Leiden befreit, und nicht, um es zu verschlimmern«, grollte er. »Was ist mit dem Fieber? Mich schüttelt immer noch der Frost. Warum lasst Ihr mich nicht zur Ader?«

»Das ist nicht vonnöten.« Der Medicus nickte zum Abschied und verließ das Zimmer.

Als die Tür ins Schloss gefallen war, schlug Gerhard mit der Faust auf das Kissen. Dieser Medicus war ein Scharlatan, genau wie alle anderen.

Es klopfte an der Tür. Da er immer noch mit entblößtem Hinterteil auf dem Bett lag, sprang Gerhard auf. Wohl etwas zu schnell, denn augenblicklich überfiel ihn ein Schwindel, der ihn zu Boden riss.

Im nächsten Moment stand eine junge Magd vor ihm. Mit weit aufgerissenen Augen starrte sie auf seinen Unterleib.

»Was willst du?«, bellte Gerhard.

Rasch wandte die Magd den Blick ab. »Vergebt mir, Herr, aber eben brachte ein Bote eine Nachricht für Euch.« Sie legte die Pergamentrolle auf das Bett und huschte wieder aus dem Zimmer.

Keuchend zog sich Gerhard am Bettpfosten hoch und griff nach dem Schreiben. In seiner Brust herrschte eine Enge, als trüge er ein viel zu kleines Kettenhemd. Der Schweiß brach ihm im Nacken aus. »Der Medicus wird hängen«, fluchte er leise, während er mit zittrigen Fingern das Siegel der Rolle brach. Seine Augen flogen über die krakelige Schrift. Johann von Brabant kündigte ein Zusammentreffen der Fürsten und Herzöge des Reiches an, das Ende Mai stattfinden sollte. Ziel des Landfriedensbundes sei die Schleifung der Burg Worringen.

Da sie nicht wusste, wohin sie gehen sollte, verbrachte Yda die Nacht im Hurenhaus. Griet hatte ihr das Zimmer von Lucas Mutter überlassen. Mit Unbehagen sah sich Yda um. Die Schwester hatte ein frisches Linnen über das Stroh gezogen und die Holzdielen gefegt. Yda setzte sich auf die Bettstatt und musste daran denken, welche Qualen Lucas Mutter hier erlitten hatte. Seufzend fuhr sie mit der Hand über das Laken. Die arme Frau. Hoffentlich passte Quirin wenigstens gut auf die Huren auf. Ydas Zorn über seinen Scherz war verraucht. Er hatte ihr die Hand gereicht, und sie hatte eingewilligt, Frieden mit ihm zu schließen, wenn er sich in der nächsten Zeit derlei Scherze verkniff. Der Mann aus der Schankstube vergnügte sich nun im Zimmer nebenan mit Trin. Durch die dünne Wand konnte Yda sein Schnaufen hören. Sie legte sich auf das Bett und zog sich die wollene Decke über die Ohren. Abermals musste sie an Luca denken – an seine traurigen Augen. Warum gestand er sich selbst nicht ein wenig Glück zu? Sie konnte ihm doch so viel Liebe geben. Doch er war einfach nur störrisch. Dabei sollte er es doch ihr überlassen, wie sie leben wollte. Mit den Gedanken bei Luca schlief Yda ein.

Am nächsten Morgen erwachte sie vor der Dämmerung und schlich aus dem Haus. Yda lief durch die Gassen der

Stadt, in denen die Bürger nach und nach die Fensterläden öffneten. Noch immer fühlte sie sich schwach, erst recht nach dem gestrigen Tag, der an ihren Kräften gezehrt hatte. Aber der Schmerz im Fuß ließ allmählich nach, so dass sie wieder unbehindert auftreten konnte.

Die Sonne erhob sich über die Dächer der Stadt. Ydas Weg führte sie zu der Baustelle des Doms. Sie konnte nicht widerstehen, huschte durch das Gerüst und öffnete das schwere Portal des Kapellenkranzes. Noch höher als in der Kirche des Severin erhob sich das Gewölbe über ihr. Die Fenster waren mit Glas versehen, das die Sonnenstrahlen in den Chor fallen ließ. Trotz der kühlen Luft in der Kathedrale erfasste Yda eine wohlige Wärme. Ein Mönch tauschte gerade die abgebrannten Kerzen aus. Kurz nickte er Yda zu und ging weiter seiner Arbeit nach. Hinter dem Altar sah sie den goldenen Dreikönigsschrein, von dem sie schon so viel gehört hatte. Die Perlen und Edelsteine, mit denen er verziert war, funkelten im einfallenden Licht.

Ehrfürchtig fiel Yda auf die Knie. Ihr Gebet galt Luca, auf dass er doch die Liebe in seinem Herzen zulassen und ihr vertrauen möge. Ganz fest bat sie die heiligen Könige, dass er sie nicht fortschickte, wenn sie nun zu ihm ging, und spürte den Hoffnungsschimmer, der ihr das Herz leichter werden ließ.

Als Yda die Stadtmauer hinter sich gelassen hatte, stand die Sonne bereits schräg über dem Schindanger. Sie erreichte Lucas Hütte, atmete tief durch und klopfte an.

Rinchen öffnete die Tür und schlang sogleich die Arme um Yda. »Du bist wieder da!«, rief sie lachend.

Yda sah zu dem Tisch, an dem Luca saß. Er aß seinen Morgenbrei und blickte in die Schale, als stünde Yda gar nicht da.

Rinchen löste ihre Umarmung und fasste nach Ydas Hand. »Komm rein. Es ist noch genug zu essen da.«

In Ydas Hals bildete sich ein Kloß. Sie kämpfte mit sich selbst, um nicht einfach wieder davonzulaufen. Mit zittrigen Beinen setzte sie sich zu Luca an den Tisch. »Ich lasse mich nicht einfach von hier vertreiben«, sagte sie zu ihm.

Rinchen stellte ihr eine Holzschale mit Brei hin und kletterte auf ihren Hocker. Böse blickte sie ihren Bruder an. »Er hat nur schlechte Laune. Das ist nicht schön.«

Endlich sah Luca Yda in die Augen. »Du hättest nicht kommen dürfen.«

Yda griff nach seiner Hand. Er ließ es geschehen. »Wenn du mir auf mein Leben schwörst, dass du nichts für mich empfindest, werde ich für immer gehen.«

Rinchen sprang von ihrem Hocker und rüttelte an Lucas Arm. »Los, sag ihr, was du mir gesagt hast.«

Unwirsch schüttelte er Rinchen ab. »Lass gut sein.«

Yda rieb ihre feuchten Hände über das Linnen ihrer Röcke. »Was hast du denn gesagt?«

Als er weiterhin schwieg, schüttelte Rinchen den Kopf. »Er hat gesagt, er hat dich weggeschickt, weil er dich liebt. Also, ich versteh das nicht und finde das ganz schön dumm.«

Yda nickte. »Allerdings.«

Luca sah zu seiner Schwester. »Kannst du uns für einen Augenblick allein lassen?«

»Nur, wenn du lieb zu Yda bist.«

»Geh bitte vor die Hütte.« Lucas Stimme zitterte. Fahrig strich er sich die Locken aus der Stirn.

Rinchen gehorchte mit einem langen Gesicht.

Als sie den Raum verlassen hatte, sah Luca Yda tief in die Augen und griff nach ihrer Hand. »Du bist so unvernünftig.«

»Ich höre nur auf mein Herz.« Yda lächelte, bevor sie mit ihren Lippen die seinen suchte. Als er ihren Kuss erwiderte, glaubte Yda wieder an das Glück.

Hinter ihnen klatschte Rinchen in die Hände. »Aufs Herz hören!«, rief sie laut aus.

Luca ließ von Yda ab und sah über ihre Schulter hinweg zu seiner Schwester. »Hatte ich dich nicht vor die Hütte geschickt?«

Rinchen eilte auf sie zu und legte eine Hand auf Lucas und die andere auf Ydas Schulter. »Ich hab euch beide lieb.«

»Wir dich auch«, sagte Yda. Ihre Hand hielt fest die von Luca umschlossen.

»Nun bleibst du für immer hier. Ja?«

»Ja, Rinchen.«

Das Mädchen tanzte durch die Hütte. »Bald sind wir zu viert. Bald sind wir zu viert«, sang sie schief.

Augenblicklich erstarrte Lucas Miene. Seine Kiefermuskeln zuckten. »Daran darf ich gar nicht denken.«

Yda drückte seine Hand. »Ich stehe euch doch bei.«

»Hast du schon mal ein Kind auf die Welt geholt?«

»Nein, ein Kind nicht, aber schon öfter ein Zicklein auf dem Hof meines Oheims.«

Luca sprang auf »Dein Oheim? Verdammt, Yda! Was glaubst du, was geschieht, wenn er dich hier findet?«

»Sorge dich nicht darum, denn er hat uns mit Tritten vom Hof gejagt. Griet und ich sind vogelfrei.«

Sichtlich erleichtert stieß Luca den Atem aus und setzte sich wieder zu ihr. »Weshalb?«

»Du kennst doch das Gerede. Wenn zwei in einer Nacht geboren wurden, ist eine die Tochter des Teufels.« Yda hob die Schultern. »Wir waren ihm immer schon ein Dorn im

Auge.« Sie erzählte Luca von ihren Eltern und davon, was nach dem Tod des Vaters geschehen war.

Auch Rinchen lauschte gebannt. »Dein Oheim ist ein böser Mann«, sagte sie, nachdem Yda ihre Erzählung beendet hatte.

Luca nahm Yda in den Arm und strich ihr eine Haarsträhne hinter das Ohr. »Du bist eine starke Frau. Nun weiß ich, dass du an meiner Seite nicht zerbrechen wirst. Ich verspreche dir, immer für dich zu sorgen.«

»Na ja, vielleicht bin ich ja wirklich eine Ausgeburt der Hölle.« Yda lachte.

Rinchen sah sie mit großen Augen an und schüttelte den Kopf. »Du? Nein, du bist ein Engel.«

»Ja, das bist du.« Als Luca sie erneut küsste, fühlte Yda sich wirklich, als sei sie im Himmel.

Viel zu schnell ließ Luca sie los und erhob sich. »Ich muss nun gehen. Eine Hinrichtung steht an.«

»Können wir mitkommen?«, fragte Rinchen.

Auch wenn Yda den ganzen Tag in Lucas Nähe sein wollte, fühlte sie sich nicht wohl bei dem Gedanken. Sie griff nach Rinchens Hand. »Was hältst du davon, wenn wir meine Schwester im Haus der Frauen besuchen?«

Rinchen sprang vom Stuhl und drehte sich im Kreis. »Ja, ja, ja. Dann sehe ich Trin und Judith wieder.«

Kurze Zeit später begleiteten Yda und Rinchen Luca in die Stadt. Während er das Haus des Henkers aufsuchte, kehrten sie und Rinchen in das Hurenhaus ein. Yda fand Griet bei Quirin im Schankraum, wo auch die beiden Huren saßen und auf Freier warteten.

Griet fiel Yda um den Hals. »Ich hab mir solche Sorgen um dich gemacht. Ist alles gut?«

»Ja, das ist es.« Auch wenn der Weg ihr Mühe bereitet hatte, strahlte Yda die Schwester an.

Rinchen zupfte an Griets Röcken. »Sie ist nun Lucas Weib und wohnt bei uns.«

Nachdem sich Yda aus Griets Umarmung gelöst hatte, sah sie zu Quirin, der gedankenverloren über den Tresen wischte. Auf seiner Stirn zeigten sich Sorgenfalten. Auch die Huren wirkten bedrückt.

Yda blickte wieder zu Griet. »Was ist denn los?«

Seufzend ließ sich die Schwester an dem Tisch nieder, an dem die beiden Huren saßen.

»Der alte Wirt hat nichts als Schulden beim Brauer hinterlassen.«

Die rothaarige Hure schlug mit der Faust auf den Tisch. »Dieser verdammte Drecksesel. Ich hab die ganze Zeit geahnt, dass er sich mehr Geld in die Taschen steckt, als ihm zusteht.«

Ihr böser Blick traf Yda wie ein Schlag mit der Faust. Yda ahnte, dass sich dahinter nicht nur der Groll gegen den Hurenwirt verbarg. Sie versuchte, das Alter der Frau zu schätzen. Die Hure war vielleicht fünf Lenze älter als sie. Ihr Gesicht zeigte die Qual, die sie in ihrem Leben schon hatte erdulden müssen.

»Was glotzt du mich so an?«, raunzte die Rothaarige.

Yda trat auf sie zu und reichte ihr die Hand. »Ich bin Yda. Und wie heißt du?«

»Judith.« Sie gab ein Knurren von sich.

Die andere Hure schenkte Yda ein ehrliches Lächeln. »Ich bin Trin. Gib nichts darum. Judith ist manchmal etwas launisch.«

Judith warf Trin einen finsteren Blick zu. »Wie soll man

da guter Laune sein? Wir werden die nächste Zeit kaum etwas zwischen die Zähne bekommen.«

Rinchen ging zu ihr und strich ihr mit der Hand über das Haar. »Nicht traurig sein. Ich bringe euch etwas aus unserer Vorratskammer, damit ihr nicht hungern müsst.«

Durch Ydas Kopf wirbelten die Gedanken. Dann setzte sie sich zu ihnen an den Tisch. »Griet, Quirin und ich werden euch helfen, die Schulden zu begleichen. Wir verstehen uns ganz gut darauf, den Leuten das Geld aus der Tasche zu ziehen. Und ich wüsste auch schon, wer es besonders verdient hätte.«

Trin trank einen Schluck Bier und wischte sich mit dem Handrücken über die Lippen. »Wie denn?«

»Das bleibt unser Geheimnis. Ihr dürft jedoch keiner Seele in dieser Stadt von den gleichen Schwestern erzählen.«

»Du willst doch nicht etwa schon wieder …?« Griet schüttelte den Kopf. »Das geht nicht, Yda. Die Leute haben uns zusammen gesehen, als wir dich zum Kunibertsstift gebracht haben.«

Gelassen winkte Yda ab. »Und wenn schon, ich war so krank, dass ich gewiss nicht mehr viel Ähnlichkeit mit dir hatte.«

»Also, ich halte meinen Mund verschlossen«, sagte Trin und stieß Judith mit dem Ellenbogen an. »Die Rote natürlich auch.«

Eine innere Stimme warnte Yda vor Unheil, doch sie brachte sie zum Schweigen. Was sollte schon geschehen? Schließlich würde sich Judith selbst ins Fleisch schneiden, wenn sie die Schwestern verriet.

Während Rinchen mit Trin Versteck spielte, setzte sich Yda mit Griet und Quirin in deren Kammer hinter dem

Schankraum und besprach mit den beiden ihr Vorhaben. Auch Griet sah ein, dass es wohl keinen anderen Ausweg gab, wenn sie die Schulden beim Brauer begleichen wollten. Jedoch würde sie nur noch dieses eine Mal die Leute betrügen.

»Diesmal werden wir unsere Salben jedoch nicht auf dem Markt anbieten«, schlug Yda vor.

12. Kapitel

Als auch der letzte der Bürger den Richtplatz verlassen hatte, nahm Luca den Gehenkten vom Galgen und legte ihn auf den Boden. Der Mann war ein Meuchelmörder gewesen, der im Auftrag einer eifersüchtigen Frau deren Ehemann erdrosselt hatte. Luca hätte ihn zur Abschreckung noch drei Tage am Galgen hängen lassen sollen. Doch auch diesmal gehorchte er dem Greven nicht, denn er konnte den Anblick der toten Augen nicht ertragen. Außerdem würde sich Yda gewiss nicht wohl fühlen, wenn sie wüsste, dass in der Nähe der Hütte ein Mann am Galgen baumelte.

Luca bedeckte den Leichnam mit Stroh und entzündete es. Während sich die Flammen durch den Leib des Mannes fraßen, setzte er sich auf einen Stein und blickte in den Himmel, an dem sich weiße Wolken vor der Sonne bauschten. Er wusste immer noch nicht, ob seine Entscheidung richtig gewesen war. Doch wie hätte er Yda widerstehen können? Sie ging ihm einfach nicht aus dem Kopf. Ihr Lächeln hatte sich wie ein Lichtstrahl in sein Herz gestohlen und ihn selbst in den letzten schweren Stunden etwas wie Zuversicht spüren lassen. Ja, Zuversicht, denn es würde bald auch wieder bessere Zeiten geben. Doch dazu musste er erst den Mord an seiner Mutter rächen.

Eine Hand legte sich auf seine Schulter. Erschrocken fuhr

Luca herum. Hinter ihm stand Judith mit einem Krug Bier in der Hand.

»Was machst du hier?« Luca hörte seinen eigenen Herzschlag in den Ohren dröhnen.

»Ich bringe dir etwas Bier zur Stärkung.« Sie stellte den Krug neben Luca auf den Boden und setzte sich zu ihm. Ihr Blick fiel auf die brennenden Überreste der Leiche. »Weißt du schon etwas über den Mörder deiner Mutter?«

Luca nickte leicht. »Ja, ich weiß, wer er ist.«

»Und?« Judith legte ihre Hand auf seine.

»Leider ist es ein Ritter des Erzbischofs, dem ich nicht einfach so den Hals umdrehen kann.«

»Ach, Luca. Das tut mir leid.« Judith lehnte den Kopf an seine Schulter.

Luca fühlte sich unbehaglich, wollte sie jedoch nicht von sich stoßen. Er hatte Judith so viel zu verdanken. Wenn sie nicht gewesen wäre, hätte er bis heute nicht gewusst, welche Freuden Mann und Frau einander bereiten konnten. Als einziges Weib in seinem Leben hatte sie ihn bisher ohne Scheu angefasst. Doch auch wenn ihr Leib beim Liebesspiel weich und warm gewesen war, hatte er dabei nie dieses Fieber der Leidenschaft verspürt wie bei Yda.

Judith strich ihm sanft den Rücken hinauf bis zu seinem Nacken und spielte mit seinen Locken. Ihre andere Hand wanderte über sein Bein und legte sich auf seine Männlichkeit. Für einen Augenblick verspürte Luca ein Ziehen in den Lenden, das jedoch sofort wieder verging. Er schob Judith von sich und stand auf.

»Ich habe Yda als mein Weib angenommen.«

Judith zuckte mit den Schultern und löste die Schnüre ihres Mieders.

Luca schüttelte den Kopf. »Lass es, Judith. Ich werde nicht mit Yda brechen.«

»Wir sind doch alte Freunde, oder nicht?« Nach einem verheißungsvollen Augenaufschlag befreite sie ihre Brüste aus dem Kleid. Unter ihren kreisenden Fingerspitzen verhärteten sich die blassroten Warzen.

Luca stieg die Hitze in den Nacken. Er wandte den Blick ab. »Ich muss heim.«

»Weißt du noch, wie sehr ich es mag, wenn du sie in den Mund nimmst?«

Luca sog tief den Atem ein, um seinen raschen Herzschlag zu beruhigen. »Pass auf dich auf, Judith.« Er wandte ihr den Rücken zu und ließ sie sitzen. Die Asche des Gehenkten würde er später im Wind verstreuen.

Trotz der Felle, die er sich übergelegt hatte, fror Gerhard, als läge er bäuchlings nackt im Schnee. Mehr als je zuvor pochte der Schmerz in seinem Hinterteil. Der Medicus, der ihm das Geschwür aufgeschnitten hatte, war nicht mehr auffindbar, wie er von seinem Knecht erfahren hatte. Gerhard hatte es gewusst – der Medicus war ein Scharlatan von der feinsten Sorte. Seine Referenzen hatte er gefälscht, das stand fest. Aber bald würde er in der Hacht sitzen, das schwor sich Gerhard.

Eine neue Magd, die noch ein halbes Kind war, betrat das Zimmer und brachte ihm einen Aufguss aus Lindenblüten. »Ihr seht nicht gut aus, Herr.« Mitleidig sah sie ihn an. »Ich bete, dass der Herr ein Wunder in dieses Haus bringen möge.«

Gerhard kniff die Augen zusammen. »Du redest, als sei ich bereits dem Tod geweiht.«

»Herr, bewahre.« Eilig schlug das Mädchen ein Kreuz und verließ das Zimmer.

Den Aufguss hatte sie auf die Truhe gestellt – unerreichbar für Gerhard, denn der Frost schüttelte ihn so sehr, dass er nicht aufstehen konnte. Er legte seine Wange auf das Kissen, schloss die Augen und dachte an Loretta. In seinen Träumen tanzte sie für ihn barfuß, wie er es immer geliebt hatte. Nach und nach verwandelte sie sich in das Mädchen vom Markt. Eine angenehme Wärme umfing ihn.

Plötzlich hörte er jemanden die Treppe heraufstürmen. Kurz darauf flog die Tür auf.

Die junge Magd stand im Rahmen und hielt sich vor Aufregung die Brust. »Der Herr hat meine Gebete erhört und uns das Wunder geschickt!«

Gerhard hob müde den Kopf. »Wie sieht das Wunder denn aus?«

»Unten ist ein Bader, der verspricht, ein Wundermittel zu besitzen. Sein Weib ist auch dabei.«

»Ach?« Gerhard spürte, wie das Leben in seinen Leib zurückkehrte. »Bring sie zu mir.«

»Gewiss, Herr.« Die Magd eilte die Stiegen hinab.

Gerhard versuchte, sich auf die Seite zu drehen, doch der Schmerz zwang ihn wieder zurück auf den Bauch. Abermals verfluchte er den Medicus.

»Seid gegrüßt, werter Herr Overstolz.« Der Bader trat mit dem schwarzen Weib in sein Zimmer.

Gerhard blickte ihr fest in die Augen. »Wenn man vom Teufel träumt …«

Scheinbar unbeirrt von seinen Worten hielt das Weib seinem Blick stand. »Habt Ihr geträumt, der Teufel würde Euch holen kommen? Dann irrt Ihr leider.«

Trotz der Schmerzen konnte sich Gerhard ein Grinsen nicht verkneifen.

Der Bader schnürte sein Bündel auf. »Eure Magd sagte, Eure Wunde will nicht verheilen. Da hätte ich genau die richtige Salbe für Euch.«

»Was willst du dafür haben?«

»Fünf Goldmünzen«, sagte das Weib frei heraus. In ihren Augen loderten erneut die Flammen der Leidenschaft.

Gerhard lachte auf. »Du beliebst zu scherzen – und das schätze ich an einer Frau.« Sein Blick wurde ernst, und sein Lachen verstummte. »Jedoch nicht auf meine Kosten. Fünf Goldmünzen für eine Salbe? Ich wäre bereit, zwei Pfennige zu bezahlen, mehr aber auch nicht.«

»Wartet, bis Ihr das Wunder erlebt habt.« Die Frau schob sich den Ärmel ihres Kleides hoch und ließ sich von dem Bader einen Dolch geben, mit dem sie sich einen blutigen Striemen in die Haut ihres Unterarmes ritzte. Der Bader tupfte kurz mit einem Tuch darüber und schmierte ihr die Salbe auf den Arm. Nachdem er sie großzügig verteilt hatte, schob das Weib den Saum des Ärmels wieder hinab.

Sie neigte den Kopf zur Seite und schenkte Gerhard ein Lächeln, von dem er genau wusste, wie falsch es war. »Noch bevor die Sonne untergeht, besuchen wir Euch wieder. Dann werdet Ihr sehen, welch Wundermittel diese Salbe ist«, sagte sie.

Gerhard musste wieder an seinen Traum denken und sah zu ihren Füßen, die bandagiert waren. »Ich denke, ich wäre doch bereit, die fünf Goldmünzen zu zahlen. Allerdings müsstest du mir dafür einen Gefallen erweisen.«

Der Bader stellte sich schützend vor sein Weib. »Nein, Herr. Das wird sie nicht.«

Gerhard konnte sich vorstellen, was der Mann dachte, und winkte ab. »Nicht, was du meinst. Sie soll lediglich für mich tanzen. Und zwar barfuß.«

Das Weib lugte hinter dem Rücken des Baders hervor. »Ihr bezahlt fünf Goldmünzen, wenn ich für Euch tanze?«

»Nein, nein. Die bezahle ich nur, wenn die Salbe wirkt – und du nun für mich tanzt.«

»Wenn es sonst nichts ist.« Das Weib setzte sich auf den Stuhl neben seinem Bett und wickelte sich die Bandagen von den Füßen. »Habt Ihr eine Flöte da? Ohne Musik lässt es sich schlecht tanzen.«

Gerhard staunte über ihren Eifer. »Eine Flöte hätte ich schon. Sie befindet sich dort drüben in der Truhe. Ich bin jedoch sehr ungeübt im Spiel.«

»Ich kann auf der Flöte musizieren. Wenn Ihr erlaubt?« Der Bader ging zu der Truhe.

Gerhard nickte. »Ja, sicher.« Die Vorfreude ließ ihn fast die Schmerzen vergessen. Er sah wieder zu dem Weib, das nun barfuß auf den Holzdielen stand. Sein Blick fiel auf ihre Zehen und er stellte fest, dass an einem Fuß der kleinste fehlte. »Wie ist dein Name, Mädchen?«

»Yda.«

Hinter ihr begann das leise Spiel der Flöte.

»Das ist ein schöner Name. Und nun tanz für mich.«

Das Weib kreiste mit den Hüften. Gerhard sog tief den Atem ein und genoss das warme Gefühl in seinem Leib. Ydas Tanz wurde schneller. Sie bog den Leib nach hinten und berührte kopfüber mit den Händen den Boden. Als sie sich wieder erhob, schwang sie die Arme zu der Melodie. Sie bewegte sich, als hätte sie keinen einzigen Knochen im Leib. Gerhard wünschte sich, er könnte ihr die Kleider abstreifen.

Der Gedanke an ihren entblößten Leib beim Tanz brachte sein Blut in Wallung. Yda drehte sich im Kreis. Nach einer Weile sank sie zu Boden und das Flötenspiel verstummte.

Gerhards Herz klopfte ihm bis zum Hals. Wie konnte eine andere Frau als Loretta ihn bloß so aus der Fassung bringen?

Außer Atem blickte sie zu ihm hinauf. Auf ihrer Stirn glänzten Schweißperlen. »Hat es Euch gefallen, Herr?«

»Du hast mich mit deinem Tanz verzaubert, Mädchen. In meiner Truhe dort drüben liegt meine Geldkatze. Bitte bring sie mir.«

Das Weib gehorchte und überreichte ihm den Lederbeutel. Gerhard holte eine Goldmünze heraus und gab sie ihr. »Das ist die Anzahlung. Den Rest bekommt ihr heute Abend. Aber nur, wenn auch deine Schramme verheilt ist.«

Yda verbeugte sich vor ihm. »Worauf Ihr Euch verlassen könnt.«

Auf der Straße vor dem Overstolzenhaus ebbte allmählich der Schmerz in Ydas Fuß ab. Während des Tanzes hatte sie geglaubt, die Wunde würde aufplatzen. Nur der Gedanke an das Gold für das Hurenhaus hatte ihr die Kraft gegeben, den Schmerz auszuhalten. »Was sagst du, Bader? Ist uns da nicht ein fetter Fisch ins Netz gegangen?«

Quirin blickte nachdenklich drein. »Ich weiß nicht, Yda. Irgendetwas stimmt nicht mit dem Mann. Er hat einen Narren an dir gefressen und will gewiss mehr als nur deine Tanzvorführung. Außerdem befürchte ich, er wird den Schwindel schnell erkennen. Besser gehe ich nicht mit Griet zu ihm, zumal du viel zu viel geredet hast. Gewiss hat er deinen abgebrochenen Zahn gesehen.«

»Bist du von allen guten Geistern verlassen? Denk an das Gold! Damit könnten wir den Brauer auf Lebzeiten bezahlen. Und nicht nur das. Die Frauen bräuchten sich nicht mehr jedem Freier hinzugeben. Nur die Männer bekommen Einlass, die bereit sind, einen hohen Preis zu zahlen.« Yda wurde ernst. »Und da ist noch etwas: Overstolz ist der Mann, der unsere Hütte niedergebrannt hat. Ich habe ihn erkannt.«

Quirin hob die Augenbrauen. »Du ziehst ihm also aus Rache das Gold aus der Tasche.«

»Er hat genug davon, da bin ich mir sicher.«

Quirins Mundwinkel zuckten leicht nach oben. »Das glaube ich allerdings auch.«

»Wir sollten Griet sagen, dass sie heute Abend den Mund halten soll.« Yda gab sich zuversichtlich. Was sollte Overstolz ihnen schon antun können?

Im Haus der Huren staunten Trin, Judith und Griet nicht schlecht, als Yda die Goldmünze auf den Tisch legte. Rinchen brach in einen Jubelschrei aus.

»Das ist erst die Anzahlung. Heute Abend kommen noch vier Münzen dazu«, sagte Yda stolz.

Trin stand von ihrem Stuhl auf und drückte sie fest an sich.

Judith hingegen blickte missmutig auf die Münze. »Wir brauchen dein Gold nicht. Ich bin mir sicher, Luca wird uns schon helfen.«

»Das ist nicht mein Gold. Griet und Quirin sind auch daran beteiligt. Aber ich werde mir meinen Teil schon nehmen. Mach dir da keine Sorgen.« Yda wusste auch schon, was sie davon kaufen wollte. Auf dem Aldemarkt hatte sie einen Stand gesehen, an dem Säuglingskörbchen verkauft wurden.

Damit würde sie Rinchen in den nächsten Tagen eine Freude bereiten.

Das Gasthaus, in dem Bertram seit Tagen wohnte, lag in einer Gasse, die zum Hafen führte. Nach seiner Ankunft hatte er das schäbige Strohlager in seinem Zimmer nicht mehr verlassen, denn er fühlte sich nicht gut. Noch nie in seinem Leben war er so gedemütigt worden. Dieses verhurte Miststück, das sich sein Weib nannte, und dieser Schweinehund von Bilstein sollten in der Hölle schmoren. Bertram erhob sich von seinem Lager. Da er seit Tagen nichts gegessen hatte, überfiel ihn der Schwindel, und er hielt sich an der Stuhllehne fest. Er würde sich nicht wie ein geprügelter Hund mit eingezogenem Schwanz verstecken. Bertram knirschte mit den Zähnen und verließ auf wackeligen Beinen die Kammer, um im Schankraum etwas zu essen. Schließlich musste er zu Kräften kommen, denn für ihn gab es noch etwas zu erledigen.

Als er sich gestärkt hatte, stieg Bertram auf sein Pferd und ritt Richtung Norden zur Burg Worringen. Bereits auf der Fallbrücke hörte er das Klirren von Waffen. Im Burghof übten sich einige Ritter im Kampf mit der Lanze. Aus der Schmiede stiegen Rauchwolken empor, und etliche Hämmer schlugen auf Eisen. Es war kaum zu übersehen, dass es wohl bald zu einer Schlacht kommen würde. Bertram hielt Ausschau nach Bilstein. Trotz der Rüstung erkannte er ihn am Kampfstil. Sein Gegenüber und er kreuzten die Schwerter. Bertram schloss für einen Moment die Augen und stellte sich vor, wie Bilstein nach dem Kampf den Helm abnahm und er ihm von hinten die Kehle durchschneiden würde. Der Gedanke verursachte ein Kribbeln in Bertrams Adern. Aber noch war es nicht so weit. Wegen diesem Hund würde er bestimmt nicht vor den Henker treten. Außerdem musste erst einmal seine liebe Gemahlin ihre gerechte Strafe bekommen.

Bertram tastete unter seinem Umhang nach dem Lederbeutel. Eine Giftmischerin hatte ihm ein Pulver verkauft und versprochen, es würde innerhalb von wenigen Augenblicken zum Tod führen.

Jemand tippte Bertram von hinten auf die Schulter. Erschrocken fuhr er herum und sah in das zerknitterte Gesicht seines Schwiegervaters.

»Kannst du mir mal sagen, wo du dich die letzten Tage herumgetrieben hast?«, knurrte Ludwig von Arnsberg.

»Habt Ihr mich etwa vermisst?«

»Ich nicht. Aber meine Tochter. Sie weint sich nämlich seit Tagen wegen dir die Augen aus, was ich allerdings sehr ungewöhnlich finde.«

Bertram schüttelte den Kopf. »Was Ihr nicht sagt. Dann werde ich mal sehen, wie ich sie trösten kann.« Er ließ seinen Schwiegervater stehen und schritt über den Burghof zu dem Wohnturm, in dem sein Gemach lag. Auf halbem Weg hielt er jedoch inne und ging erst einmal in den Weinkeller, wo er sich aus einem Fass bediente, in dem edler Rebensaft aus Trier aufbewahrt wurde. Es war der Wein, den Edelgunde allen anderen vorzog. Bertram lachte in sich hinein und mischte das Pulver darunter.

Auf dem Hof traf er auf eine Magd, die eine Schale mit getrockneten Apfelscheiben bei sich trug. Bertram schenkte ihr ein Lächeln, verbunden mit einem Kompliment über ihre wunderschönen Augen, und bat sie, ihm die Köstlichkeit doch zu überlassen. Die Wangen der Magd färbten sich tiefrot. Ohne weiter nachzufragen, überließ sie ihm die Apfelscheiben und eilte zurück in die Kochstube.

Als Bertram in das Gemach seiner Frau trat, saß Edelgunde mit dem Stickrahmen in der Hand am Fenster. Sie beachtete ihn nicht und hielt den Blick starr auf den Burghof gerichtet.

»Ich bin zurück.« Bertram stellte den Krug auf den Tisch und setzte sich auf das Bett, um seine Stiefel auszuziehen.

Seine Gemahlin blieb stumm. Ihm sollte es egal sein. Wichtig war nur, dass sie den Wein trank. Er erhob sich und goss ihr etwas in den silbernen Kelch, der vor ihr stand. »Sollte ich nicht derjenige sein, der Grund zum Schmollen hat?«

Nun sah Edelgunde ihn an. »Ihr solltet Euch eher Gedanken machen, warum ich die Liebe in Bilsteins Armen suche.«

In Bertrams Brust stieg der Groll auf. Doch er schluckte ihn hinunter und widerstand dem Drang, ihr die Wahrheit aus dem Leib zu prügeln. »Sagt es mir, meine Liebe«, säuselte er.

Edelgunde griff nach dem Kelch und nahm einen Schluck. »Ihr seid grobschlächtig und dumm. Deshalb bringt Ihr es zu nichts. Eine Frau will zu ihrem Mann aufschauen können. Euch jedoch kann ich wie einen Wurm mit bloßen Füßen zertreten.«

Bertram kniff die Augen zusammen und erhob sich. »Ihr spielt mit Eurer Gesundheit, Weib.«

Edelgunde sah ihn mit einem spöttischen Blick an, trank den Becher leer und stellte ihn zurück auf den Tisch. Plötzlich weiteten sich ihre Augen.

Bertram lächelte. »Geht es Euch nicht gut, meine Liebe?«

»Was habt Ihr in den Wein gemischt?«, krächzte Edelgunde. Sie fasste sich an den Hals und versuchte aufzustehen. Ihre Beine knickten jedoch weg, und sie sank zu Boden. Röchelnd umklammerte sie sein Bein.

Bertram befreite sich aus ihrem Griff und versetzte ihr einen Tritt in die Rippen. »Verrecke, du elende Hure.«

Edelgunde traten die Augäpfel aus den Höhlen. Ihr Gesicht färbte sich bläulich. Dann fiel ihr Leib in sich zusammen. Sie war tot.

Bertram nahm eine Apfelscheibe aus der Schale, brach ein kleines Stück ab und kniete sich vor den leblosen Leib seiner Gemahlin. Das Gefühl der Genugtuung legte sich wie Balsam auf sein tobendes Herz. Lächelnd öffnete er ihre Lippen und schob ihr das Apfelstück tief in den Hals.

Als sie aus dem Haus der Huren traten, fasste Griet nach Quirins Hand. Ein ungutes Gefühl begleitete sie durch die Gassen Kölns. In ihren Ohren hallten noch Ydas Ratschläge. Sie durfte auf keinen Fall reden, hatte die Schwester gesagt. Und wenn Overstolz sie aufforderte zu tanzen, sollte Quirin dies abwehren. Das konnte nie und nimmer gutgehen. Yda hatte eindeutig zu viel gewagt.

Voller Sorge sah sie zu Quirin. »Overstolz wird gewiss den Schwindel bemerken. Sollten wir es nicht besser lassen?«

»Bist du von Sinnen? Vier Goldstücke warten auf uns.«

»Aber wie kann ich stumm bleiben, wenn er mich etwas fragt?«

Quirin blieb stehen, nahm ihr Gesicht in beide Hände und küsste sie. Zwei halbwüchsige Buben, die an ihnen vorbeiliefen, kicherten albern. Auch wenn Griet bei der Berührung von Quirins Lippen die Welt um sich herum vergaß, blieb die Angst in ihrem Herzen.

»Ich bin bei dir. Dir wird schon nichts geschehen«, sagte Quirin und nahm wieder ihre Hand.

Griet folgte ihm bis zu dem Haus des Overstolzen, wo ein Knecht ihnen die Tür öffnete. Nie zuvor in ihrem Leben hatte Griet ein derart prächtiges Haus aus Stein betreten. Sie betrachtete die Stützpfeiler, in die Reliefs in Form von Löwenköpfen geschlagen waren. Bei dem Anblick des Kunstwerks vergaß sie die Ballen mit der kostbarsten Seide, die sich in allen Farben an der Wand stapelten. Gewiss wusste der Herr dieses Hauses nicht, wie schmerzhaft Hunger sein konnte.

Der Diener brachte sie die Treppe hinauf zu dem Gemach des Overstolzen. Als sie vor der Tür standen, krampfte sich Griets Bauch vor Angst zusammen. Ganz fest dachte sie an Ydas Worte. Dieser Mann hatte ihre Hütte in Brand gesetzt – ihnen alles genommen, was sie zum Überleben gebraucht hatten. Dieser Mann verdiente ihre Rache mehr als jeder andere im Reich. Als sie das Zimmer betraten, drückte Quirin aufmunternd ihre Hand, doch das beruhigte nicht ihre zitternden Beine.

Bäuchlings lag Overstolz auf einem riesigen Bett, über das sich ein Himmel aus burgunderrotem Brokat spannte. Er richtete sich auf die Ellenbogen auf, und als er sie ansah, erhellte sich sein Gesicht.

»Wie geht es deinem Arm?«

Quirin schob Griet zum Kopfende des Bettes. »Zeig ihm die Schramme.«

Mit zittrigen Fingern schob Griet den Ärmel hoch.

»Wie Ihr seht, ist sie verheilt.« Eilig entknotete Quirin sein Bündel. Auch er schien sich in seiner Haut nicht ganz wohl zu fühlen.

»Das ist wahrlich ein Wunder«, sagte Overstolz. Er blickte zu Griets Füßen und kniff die Augen zusammen. »Sagen wir besser, es wäre ein Wunder, wenn deine Schwester hier stünde.«

In Griets Ohren rauschte das Blut. In der Aufregung hatte sie vergessen, ihre Füße zu bandagieren.

Quirin stellte den Tiegel mit der Salbe auf den Tisch. »Was redet Ihr von einer Schwester?«

»Ihr solltet wissen, ich lasse mich nur ungern betrügen.« Overstolz griff nach der Glocke, die auf dem Tisch neben seinem Bett stand.

Ehe er nach seinem Knecht klingeln konnte, fasste Quirin Griets Hand und lief mit ihr aus dem Zimmer. Auf der Treppe hörten sie die Glocke Alarm läuten. Zu ihrem Glück fehlte von den Bediensteten jede Spur. Ungehindert gelangten sie aus dem Haus und liefen die Straße entlang, bis sie in einer verwinkelten Gasse untertauchten. Düstere Gestalten trieben sich hier herum, und es stank bestialisch nach Fäulnis. An einem Bachlauf saßen Männer und tauchten Tierhäute in das Wasser.

Quirin blieb stehen und schnappte nach Luft. »Hier werden sie uns bestimmt nicht suchen.« Vorwurfsvoll sah er Griet an. »Wie konntest du nur vergessen, dir die Füße zu bandagieren?«

»Vielleicht hättest du mich daran erinnern können. Du hast doch gesehen, dass ich barfuß gelaufen bin«, blaffte Griet zurück. Die ganze Zeit über war sie dagegen gewesen, dieses Spiel fortzusetzen. Und nun sollte sie allein schuld sein, dass es schiefgegangen war? Nein, das ließ sie sich nicht gefallen.

»Es ist halt ein gewohntes Bild für mich.« Quirin zuckte

mit den Schultern. »Nun, es lässt sich nicht mehr ändern. Also sollten wir nicht streiten.«

Griet blickte zu ihm auf. »Und jetzt? Overstolz wird uns gewiss finden. Dann landen wir alle drei in der Hacht.«

»Ach was. Wer sucht uns schon im Hurenhaus? Und bei dem Henkersknecht ist Yda auch sicher. Da lässt sich bestimmt niemand freiwillig blicken.«

»Denkst du, ich habe Freude daran, mich von Tag zu Tag in meiner Kammer zu verstecken? Wer soll denn die Einkäufe erledigen?«

Quirin strich ihr über die Wange. »Lass ein paar Tage Gras über die Sache wachsen. Overstolz wird den Verlust der Goldmünze schon verschmerzen. Es gibt Schlimmeres für solche Leute.«

Über dem Viertel brach die Abenddämmerung an, und die Gerber machten sich auf, in ihre Häuser zurückzukehren.

Quirin nahm Griets Hand. »Lass uns gehen, bevor ein Nachtwächter uns aufgreift.«

In Griets Brust wollte die Angst nicht weichen. Wie eine Schwerverbrecherin schlich sie neben Quirin zurück zur Schwalbengasse.

Yda verspürte eine unbändige Angst, die sie sich nicht erklären konnte. Ununterbrochen drängelte Rinchen, heim zu Luca zu gehen, da sich bereits die Dunkelheit über die Stadt senkte. Doch Yda konnte nicht, denn die Angst lähmte sie. Das Gefühl musste von Griet ausgehen, anders konnte sie es sich nicht erklären.

Rinchen zupfte sie wieder am Ärmel. »Lass uns heimgehen, Luca sorgt sich.«

»Ich muss warten, bis Griet und Quirin wieder hier sind.«

»Aber das Gold kannst du doch auch morgen noch nehmen.«

»Es geht mir nicht um das Gold.« Yda strich Rinchen über den Kopf. »Ich spüre Griets Angst. Irgendetwas muss geschehen sein. Es geht ihr nicht gut.«

Rinchen kräuselte die kleine Nase. »Wie kannst du das wissen? Du bist doch keine Zaubersche.«

»Nein, das bin ich nicht. Aber unsere Herzen sind miteinander verbunden.«

»Weil ihr euch so ähnlich seht?«

»Nein, weil wir eine Frucht sind, die sich im Mutterleib geteilt hat.«

»Verstehe ich nicht.« Rinchen stützte den Kopf auf die Handfläche und gähnte. »Bin so müde. Und langweilig ist es hier auch.«

Da Trin und Judith nicht so recht an den Goldsegen hatten glauben wollten, bedienten sie oben gemeinsam einen Freier.

»Griet kommt bestimmt gleich.« Als hätte Yda die Schwester mit ihren Gedanken herbeigerufen, öffnete sich plötzlich die Tür des Schankraums.

Das Gesicht verweint, trat Griet vor Quirin in die Schankstube. Yda sprang von ihrem Stuhl und fiel ihr um den Hals. »Du liebe Güte, was ist geschehen?«

Weinend setzte sich Griet auf den Stuhl. »Overstolz hat den Schwindel erkannt.«

»Aber wie konnte das geschehen? Hast du zu viel geredet? Musstest du tanzen? Wie hat er erkannt, dass du nicht ich bist?«

»Nein, nichts von all dem. Ich hatte vergessen, meine Füße zu bandagieren.«

Yda schlug sich die Hände vor das Gesicht. »Du liebe Güte, daran hatte ich auch nicht gedacht. Und nun?«

»Wir konnten fliehen, weil der Knecht nicht rechtzeitig zur Stelle war.« In Griets Augen stand die Verzweiflung geschrieben. »Er wird uns finden, Yda. Wir sind nicht mehr sicher.«

Quirin ging zum Tresen und füllte einen Becher mit Bier, den er in einem Zug austrank.

Derweil versuchte Yda, die Ruhe zu bewahren. »Aber wie soll er uns hier in diesem Haus vermuten? Ein Mann wie er hat es gewiss nicht nötig, dieses Viertel aufzusuchen.« Kurz dachte sie an den Kerl, der Lucas Mutter zu Tode geprügelt hatte. Ihr Hals schnürte sich zu, denn wie Luca sagte, war er ein Edelmann.

Quirin wischte sich den Mund mit dem Ärmel ab. »Sagt ehrlich: Was will er uns denn schon beweisen? Er hat euch beide noch nie zusammen gesehen – wie kaum jemand hier in der Stadt. Sorgen wir dafür, dass es auch so bleibt, und alles ist gut.«

Griet warf Quirin einen strengen Blick zu. »Na, deinen Frohmut hätte ich gern.«

»Quirin hat recht.« Yda versuchte ebenfalls, Griet zu beruhigen. Wegen Overstolz in Angst und Bange zu verfallen, war gewiss nicht vonnöten. »Glaubst du, er hat wirklich keine anderen Sorgen, als nach einem betrügerischen Weib zu suchen?«

»Richtig«, sagte Quirin. »Die Herren der Länder schlagen sich gerade die Köpfe um das Herzogtum Limburg ein. Die Kölner Geschlechter nutzen dabei die Gelegenheit, sich gegen ihren Erzbischof zu stellen, weil sie endlich die ersehnten Stadtrechte erhalten wollen. Was interessiert Overstolz da eine Gaunerei wie unsere? Außerdem plagt ihn ein Leiden, das ihn ans Bett fesselt.« Der Bader zuckte mit den Schultern. »Nichts wird so heiß gegessen, wie es gekocht wird.«

»Ich will heim«, schluchzte Rinchen zwischen ihnen.

Auch Yda sehnte sich nach Luca. Ohne ihn fühlte sie sich nur noch wie ein halber Mensch. So, wie es einst mit Griet gewesen war. Dennoch hatte Luca den Platz der Schwester in Ydas Herz nicht verdrängt. Er hatte sich nur ein wenig in den Vordergrund geschoben. In Gedanken sah sich Yda Rinchen an die Hand nehmen und mit ihr aus der Stadt laufen. Leider stand ihnen die Stadtbefestigung im Weg – und mit ihr die verschlossenen Tore. Sie würde Luca wohl erst morgen früh wiedersehen. Seufzend strich sie Rinchen über das Haar. »Gleich in der Frühe gehen wir nach Hause. Das verspreche ich dir.«

Auf der Treppe waren Schritte zu hören. Yda sprang auf, lief in die Kammer hinter dem Schankraum und verschloss die Tür. Um den Schrecken loszuwerden, atmete sie dreimal hintereinander tief durch. Der Mann, der bei Judith und Trin gelegen hatte, würde sie und Griet gewiss nicht auseinanderhalten können. Doch was wäre, wenn er gut mit Overstolz bekannt war? Yda schalt sich selbst. In solchen Kreisen prahlte kein Mann mit dem Besuch des Hurenhauses in der Schwalbengasse. Das behielten die Herren gewiss für sich, hoffte Yda und lugte durch den Spalt in der Tür. Der Herr hatte sich an einem der Tische niedergelassen und trank einen Becher Bier. Auch das noch. Anscheinend hegte er keine Sorge, der Nachtwächter könnte ihn aufgreifen. Yda sah sich in der Kammer um. Sie war spärlich eingerichtet, doch Griet hatte hier ordentlich den Besen geschwungen und das Stroh mit einem frischen Linnen bezogen, das nach Blüten duftete.

Yda gönnte ihr von Herzen, dass sie mit Quirin glücklich wurde. Als sie daran dachte, dass sie ebenfalls mit Luca die Bettstatt teilen würde, flatterte es in ihrem Bauch, als sei dort ein Schwarm Spatzen aufgestoben. Gewiss machte er sich große Sorgen um Rinchen und sie.

Sie hörte, wie jemand die Schankstube betrat. Es musste Luca sein, das sagte ihr ein Gefühl. Sie horchte an der Tür und hörte tatsächlich seine Stimme. Er begrüßte Rinchen, und in seinen Worten schwang Erleichterung. Yda blickte durch den Spalt und sah, wie Rinchen ihm etwas ins Ohr flüsterte. Luca schritt zu der Kammer, in der sich Yda versteckt hielt. Sie öffnete die Tür und ließ ihn ein.

Luca schlang die Arme um sie und hauchte ihr einen Kuss ins Haar. »Ich bin bald verrückt geworden vor Sorge.«

Yda vernahm seinen raschen Herzschlag. »Alles ist gut. Du bist bei mir.« Leise erzählte sie ihm, was geschehen war.

Als sie fertig war, sog Luca tief den Atem ein. »Bei mir auf dem Schindanger bist du erst einmal sicher vor Overstolz. Niemand weiß von uns beiden.«

»Und was ist mit Griet und Quirin?«

»Sorg dich nicht. In einem Haus wie diesem hier treibt sich kein ehrenwerter Mann herum.«

»Aber sagtest du nicht, der Mann, der deine Mutter ermordet hat, sei ein Edelmann?«

Lucas Gesicht wurde starr. »Ja, aber keiner mit Ehre.«

»Meinst du, Overstolz hat Ehre?«

Luca nickte. »Ja, gewiss. Die Leute in der Stadt schätzen ihn gerade deswegen.«

Yda legte ihre Wange an seine Brust. Sein Herzschlag hatte sich beruhigt, und sie glaubte ihm. »Die Nacht werden wir wohl hier verbringen müssen.«

Luca löste sich von ihr. »Nein, auf keinen Fall. Die einzige Kammer, die frei ist, ist die meiner Mutter.«

Daran hatte Yda nicht gedacht. Ihr wurde es kalt. »Wie willst du aus der Stadt kommen?«

»Keine Sorge, die Wächter der Tore lassen mich zu jeder Zeit hinein und auch wieder hinaus. Es ist nur nicht gut, wenn sie dich bei mir sehen.«

»Heißt das, ich soll hierbleiben?« Yda gefiel der Gedanke ganz und gar nicht.

»Auf jeden Fall.« Luca presste die Lippen aufeinander.

»Das möchte ich aber nicht. Gibt es keine andere Möglichkeit?« Verzweifelt suchte Yda nach einem Ausweg. Plötzlich fiel ihr etwas ein. »Haben wir einen Karren?«

»Was hast du vor?« Lucas wehmütiger Blick berührte tief ihr Herz. Sie wusste, es waren seine Augen, die sie nicht mehr losließen und die ihr sagten, dass er in seinem Leben zu selten gelacht hatte. Yda nahm seine Hand. »Nun komm schon. Ich verstecke mich auf dem Karren unter einer Decke und verhalte mich ganz still. Oder willst du mich heute Nacht nicht bei dir haben?«

»Natürlich will ich das.« Schwer stieß Luca den Atem aus.

»Dann lach doch mal. Wenigstens ein bisschen. Nur für mich.«

Luca hob den Blick. Als er ihr in die Augen sah, vertieften sich die Grübchen in seinen Wangen, und ein Lächeln legte sich auf seine Lippen.

Yda strich sanft darüber. »Seit wir uns das erste Mal gesehen haben, bist du ein Teil meines Lebens. Ich werde nicht mehr von deiner Seite weichen.«

Luca antwortete ihr mit einem Kuss, der Ydas Gefühle für ihn nur noch vertiefte.

Als er wieder von ihr ließ, hörten sie hinter der Tür der Kammer, wie der Freier sich verabschiedete.

»Lass uns gehen«, sagte Luca.

Kurz darauf lag Yda zugedeckt in dem Karren und ließ sich von Luca durch die Gassen der Stadt ziehen. Sie vernahm Rinchens unentwegtes Kichern. Luca ermahnte das Mädchen, es möge endlich still sein, da die Wächter sonst misstrauisch werden könnten. Von da an gab Rinchen keinen Mucks mehr von sich. Auch Luca redete nicht mehr. Yda spürte, wie der Karren angehalten wurde. Von daher mussten sie wohl am Stadttor angekommen sein. Ihr Herz schlug schneller, und sie versuchte, so flach wie möglich zu atmen.

Yda lauschte der fremden Stimme. »Welchen armen Sünder bringst du denn so spät des Abends noch auf den Schindanger?«

»Nur eine Magd, die sich aufgehängt hat«, antwortete Luca.

Der Wachmann schnalzte mehrmals hintereinander mit der Zunge. »Armes Ding.«

Yda hörte, wie sich das Tor knarzend öffnete. Der Karren setzte sich wieder in Bewegung, und Luca wünschte eine gute Nacht.

Als sich Yda weit genug von der Stadtmauer entfernt vermutete, lüftete sie die Decke. Ihre Knochen schmerzten vom Liegen auf den Planken des Karrens. Sie streckte die Glieder und sprang aus dem Gefährt. »Schluss mit dem Totsein. Von nun an lebe ich wieder.« Befreit lachte sie auf.

Luca sah sich verstohlen auf dem Acker um, und Yda folgte seinem Blick. Die Umrisse der Galgenbäume schimmerten silbern im Mondlicht. Ein Käuzchen schrie zwischen den Baumwipfeln.

»Puh, ist das unheimlich.« Yda fröstelte es.

»Brauchst dich nicht zu fürchten«, sagte Rinchen. »Die Seelen der Sünder können dir nichts zuleide tun. Außerdem sind sie unsichtbar.«

In der Ferne vernahm Yda das Heulen von Wölfen, wie sie es von dem Acker kannte, auf dem ihre Hütte gestanden hatte. Abgesehen von den Galgen war dies ein Stück Land wie jedes andere auch. Rinchen hatte recht. Die Seelen waren unsichtbar. Dennoch fasste Yda nach Lucas Hand. Sie fühlte sich kalt in ihrer an. Irgendetwas trieb ihn um, das sah sie an seinem unruhigen Blick.

Obwohl sich an den Bäumen bereits die Blätter entfalteten, waren die Nächte immer noch kalt. Yda war froh, als sie die Hütte erreichten. Trotz des späten Abends entfachte Luca das Feuer der Kochstelle, und Rinchen zündete Talglichter daran an. Als die Flammen die Hütte erleuchteten, sah Yda zu Lucas Bettstatt, die nun Platz für sie beide bot. Das wohlige Gefühl in ihrem Bauch trieb ihr Tränen in die Augen.

»Habt ihr Hunger?« Rinchen hob den Kessel auf das dreibeinige Gestell.

Yda sah zu Luca, der versonnen in die Flammen blickte. »Hast du heute etwas gegessen?«, fragte sie ihn.

Luca nickte. »Ja, habe ich.«

»Kann nicht sein«, krähte Rinchen und wärmte die Brotsuppe auf. »Du säuberst nie deine Schale, und hier steht keine schmutzige.«

»Ich hab im Wirtshaus gegessen. Außerdem ist es spät. Wir sollten uns schlafen legen.«

»Hab aber noch Hunger«, protestierte Rinchen. »Und du, Yda? Du auch?«

Einen Happen hätte Yda noch vertragen können, doch sie schüttelte den Kopf. »Nein, ich möchte auch nichts mehr.«

Rinchen zuckte mit den Schultern. »Das Kindchen in meinem Bauch hat Hunger, deshalb esse ich noch etwas.«

Luca wandte sich ab und verließ wortlos die Hütte.

Rinchen zog die Stirn in Falten. »Hab ich was Böses gesagt?«

»Nein, gewiss nicht. Ich denke, es ist der Kummer, der ihm zu schaffen macht. Koch du nur deine Brotsuppe. Ich sehe nach ihm.« Yda schenkte Rinchen ein aufmunterndes Lächeln und verließ ebenfalls die Hütte. Sie fand Luca bei den Holzscheiten, wo er mit dem Rücken gegen die Planken lehnte und in den Himmel blickte.

Yda setzte sich auf die Scheite neben ihm. »Was bedrückt dich? Ist es der Tod deiner Mutter?«

Luca zuckte mit den Schultern. »Kann schon sein. Aber lass uns reingehen, es ist kalt.« Er wandte sich ab und ging wieder in die Hütte.

Yda folgte ihm. Irgendwann würde sie die Mauer, die ihn umgab, schon einreißen.

In der Hütte schlürfte Rinchen die Suppe aus der Schale. »Wollt ihr wirklich nichts?«

»Nein, Schwester.« Luca zog sich das Hemd über den Kopf, legte sich hin und sah zu Yda. »Kommst du?«

Da Rinchens Schlafstätte unmittelbar neben ihrer lag, ließ Yda ihr Kleid an und schlüpfte unter Lucas Felle in seine Arme.

13. Kapitel

Luca starrte in die Dunkelheit. Eine Frau des Nachts im Arm zu halten war ungewohnt für ihn, aber auch beruhigend schön. Er sehnte sich danach, Ydas bloße Haut zu streicheln. Der Gedanke ließ kleine Blitze durch seinen Leib fahren. Doch hier in diesem Raum, wo Rinchen neben ihnen schlief, konnte er Yda unmöglich so nahe sein wie auf dem Schindanger. Später, als Ydas Atem ruhiger wurde und Rinchen sich auf die Seite gedreht hatte, schlief er ein und erwachte erst wieder, als der Morgen dämmerte. Auch wenn er noch länger so hätte liegen bleiben können, löste er sich von Yda und stand leise auf.

Auf dem Weg in die Stadt dachte Luca daran, was Yda ihm von Overstolz erzählt hatte. Wenn die Hinrichtungen für heute vorbei waren, würde er ihn aufsuchen, um in Erfahrung zu bringen, wie ernst es ihm damit war, sich an den Schwestern zu rächen.

Obwohl es noch früh am Morgen war, stank Meister Hens bereits wie ein Weinfass. Er faselte etwas von fünf Dieben, denen die Hände abgeschlagen werden sollten, dann fiel sein Kopf auf die Tischplatte.

Luca verließ seine Hütte und suchte das Haus der Bürgerschaft auf. Dort schickte der Greve ihn zu der Hacht, wo zwei Diebe und ein ketzerisches Weib auf ihre Strafe warteten. Luca begleitete sie zum Domhof, wo sich bereits die Bürger am blauen Stein versammelt hatten. Die Situation drückte ihm schwer auf das Gemüt. Während die beiden Diebe teilnahmslos vor sich hinstarrten, verfiel das dicke Weib in Wehklagen. Sie habe nicht über Gott gelästert, schwor sie, bevor sie weiter zum Richtplatz vor der Stadtmauer gekarrt wurden. Es nutzte ihr nichts. Luca erinnerte sich, wie sie nach der Folter alles gestanden hatte. Vor der Hacht hatte Luca den dreien noch Hanföl eingeflößt, doch bei dem Weib zeigte es keine Wirkung. Hier, nahe bei der geifernden Menge auf dem Judenbüchel, konnte Luca ihr unmöglich noch etwas geben. Noch einmal würde der Greve gewiss nicht darüber hinwegsehen. Viel zu viel hatte sich Luca schon erlaubt.

Die Hände der Diebe waren schnell abgeschlagen. Luca versorgte die Stümpfe mit dem Brandeisen und wickelte die Hände in ein Tuch. Als dann das Weib an den Pfahl gebunden wurde, tobte das Volk auf dem Richtplatz. Luca wusste, die Frau war in der Stadt nicht sonderlich beliebt, da sie es verstand, Intrigen zu spinnen. Mehr als einmal hatte sie ihre Nachbarinnen des Ehebruchs bezichtigt, obwohl es nicht so gewesen war. Alle nannten sie das Klatschmaul. Doch mit der üblen Nachrede war es wohl vorbei, wenn Luca ihr die Zunge herausgeschnitten hatte. Seine Eingeweide krampften sich zusammen. Bisher hatte er die glühende Zange nur an Meister Hens weitergereicht. Da das Hanföl nicht wirkte, würde die Frau unerträgliche Schmerzen erleiden. Ein Gehilfe, den der Greve Luca zur Seite gestellt hatte, riss der Frau den Mund auf. Das Weib würgte vor Angst und zitterte am ganzen Leib. Ihr Blick glich einem Hilfeschrei. In Lucas Ohren rauschte es. Er wollte das hier alles nicht. Warum konnte niemand anders die Strafe vollziehen? In Gedanken verfluchte er Meister Hens.

Der Greve warf ihm einen mahnenden Blick zu. Luca griff mit der glühenden Zange nach ihrer Zunge. Stinkender Rauch zischte aus ihrem Mund, und der Frau quollen die Augen aus den Höhlen. Luca schloss die Lider und drückte die Zange zusammen. Ein schmatzendes Geräusch war zu hören, dann war es vorbei. Er öffnete die Augen und sah, wie die Frau ohnmächtig zusammensackte. In seinen Ohren schmerzte das Gejohle der Menge. Während er das Tuch mit den Händen auf seinem Karren verstaute, bestellte der Greve ihn für den Nachmittag zur Hacht des Erzbischofs, da dort eine Folter anstand. Luca sagte zu und versorgte die Wunden der Gerichteten. Dann begab er sich in die Stadt zum Haus des Overstolzen.

Selbst als er schon in der Straße Unter den sechzehn Häusern war, wollte der Gestank der verbrannten Zunge nicht aus seiner Nase weichen. Wie nach jeder Vollstreckung breitete sich die Übelkeit in seinem Magen aus. Luca stellte den Karren vor dem Haus ab und nahm das Tuch mit den abgeschlagenen Händen heraus. Noch bevor er anklopfte, öffnete der Knecht die Tür.

»Ach, du bist es nur. Wenn du zu meinem Herrn willst, muss ich dich enttäuschen. Er empfängt keinen Besuch.«

»Warum nicht?«

»Er leidet unter hohem Fieber. Ich glaube, es geht bald zu Ende mit ihm. Wir warten schon seit Stunden auf den neuen Medicus.«

»Ist es ein Geschwür?«

Der Knecht nickte. »Ein Pfuscher hat es ihm aufgeschnitten.«

Luca griff nach dem Bündel, in dem er sein Messer sowie die Heilmittel aufbewahrte. »Lass mich nach deinem Herrn sehen. Vielleicht kann ich ihm helfen.«

Entsetzt sah der Knecht ihn an. »Er wird sich wohl kaum von dir anfassen lassen. Geh lieber wieder.«

»Du spielst mit seinem Leben. Ist dir das bewusst?«

Der Bursche presste kurz die Lippen aufeinander. Dann hielt er die Tür weit auf. »Sieh nach ihm.«

Bevor Luca die Treppe hinaufstieg, wies er den Knecht an, aus der Küche einen Brei aus Zwiebeln zu holen.

In dem Zimmer der Herrschaften lag Overstolz bäuchlings auf dem Bett und sah ihn mit glasigen Augen an. Seine Wangen waren hochrot vom Fieber.

»Wer bist du?«, nuschelte er.

Luca trat an das Bett. »Erkennt Ihr mich nicht, Herr?«

Overstolzens Atem ging schwer. Luca wusste, die Zeit rann ihm davon. Er entknotete sein Bündel und tränkte den Schlafschwamm mit der Medizin der Mönche. »Atmet das tief ein, damit Ihr nichts mehr spürt.«

Overstolz gehorchte und steckte die Nase in den Schwamm. Es fehlte ihm wohl die Kraft, sich zur Wehr zu setzen. Vielleicht hielt er ihn aber auch für den neuen Medicus. Luca wartete, bis er in den Schlaf fiel, dann zog er die Decke zurück, unter der Overstolz mit bloßem Unterleib lag. Ein elender Gestank schlug ihm entgegen. Eiter bedeckte die Wunde, wo einst das Geschwür gewesen war. Luca erhitzte das Brandeisen in einer der Fackeln an der Wand. Als es heiß genug war, schnitt er das entzündete Fleisch aus und versiegelte die Wunde mit dem Eisen.

Der Knecht trat ein und brachte ihm den Brei aus Zwiebeln. Luca verteilte ihn großzügig auf dem Hinterteil des

Overstolzen. »Sag der Küchenfrau, sie soll einen Aufguss aus Lindenblüten und Weidenrinde zubereiten.«

»Er liegt da wie tot.« Der Knecht rieb sich die Nase.

»Er schläft nur tief. Bald wird er wieder aufwachen. Dann soll er den Aufguss trinken.« Luca reinigte das Messer und packte sein Bündel zusammen. »Bewahre Stillschweigen über meinen Besuch.«

»Hat er dich etwa nicht erkannt?«

»Nein. Sag ihm einfach, der neue Medicus sei hier gewesen. So braucht er sich nicht um seine Ehre zu sorgen.« Luca wandte sich zum Gehen. »Ich komme morgen wieder, um ihm etwas zu bringen, das ihm nur der Henker geben kann.«

Als Luca kurze Zeit später auf die Straße trat, war es bereits früher Nachmittag. Er machte sich auf zur Hacht, um den Gefangenen zu foltern.

Es war Bertrams gutes Recht, Rache an Bilstein zu nehmen. Jedem gehörnten Mann stand dies zu. Dazu brauchte es weder Richter noch Henker. Seit Stunden schritt er schon in seinem Gemach auf und ab und überlegte, wie er den Marschall noch vor seiner Abreise ins Fegefeuer schicken könnte. Ein Kampf Mann gegen Mann wäre nach seinem Ermessen genau richtig. Schließlich sollte Bilstein ihm in die Augen sehen, wenn er starb. Ihn ausbluten zu lassen würde ein Fest für Bertram werden.

Es klopfte an der Tür, und Arnsberg trat ein. Die Trauer um seine geliebte Tochter hatte dunkle Schatten unter seine Augen gezeichnet. Mit gebeugter Gestalt setzte er sich auf einen Stuhl und zog die Nase hoch.

Bertram schenkte roten Wein in einen Kelch und reichte diesen dem unglücklichen Schwiegervater. Gespielt schwer stieß er den Atem aus. »Edelgundes Tod ist eine Tragödie, die nur schwer zu ertragen ist. Nicht einmal einen Sohn hat sie mir hinterlassen.«

»Hör auf, mir den trauernden Gatten vorzugaukeln. Wir wissen alle, wie sehr du Edelgunde gehasst hast.« Arnsberg kippte den Wein in einem Zug hinunter und rülpste.

»Ihr wisst überhaupt nichts.« Bertram wandte den Blick zum Fenster. Auf dem Burghof lieferten sich zwei halbwüchsige Knappen einen Kampf mit Holzstöcken.

»Morgen werden wir in der Frühe aufbrechen, um Edelgundes Leichnam in die Heimat zu bringen. Es ist deine Pflicht, sie auf ihrem letzten Weg zu begleiten.«

Bertram fuhr herum. »Das geht nicht. Ihr wisst genau, dass der Erzbischof mich braucht.«

Arnsberg erhob sich. »Ach ja? Bisher sehe ich dich nur auf der Burg herumlungern. Pack deine Sachen.« Er verließ das Gemach und knallte die Tür ins Schloss.

Bertram fasste es nicht. Wie sollte er es denn schaffen, noch vor morgen früh den Marschall zum Kampf herauszufordern?

Es klopfte erneut an der Tür, und Bertrams Knappe bat um Einlass.

»Ein Bote hat dieses Pergament für Euch übergeben. Es stammt vom Erzbischof.«

Bertram brach das Siegel und überflog die Zeilen. Siegfried von Westerburg kommandierte ihn nach Valkenburg ab. Dort sollte er sich den verbündeten Truppen anschließen und die Anordnungen in der vermeintlichen Schlacht in Erfahrung bringen. Bertram fiel ein Stein vom Herzen. Gegen solch einen Befehl durfte sein Schwiegervater keine Einwände erheben. Bertram entzifferte weiter die krakelige

Schrift. Johann von Brabant würde ebenfalls auf dem Weg dorthin sein. Der Erzbischof sandte Bertram als seinen Vertreter nach Valkenburg. Bertram las die Zeilen erneut. Warum schickte Siegfried von Westerburg nicht seinen Marschall Bilstein zu den Verbündeten? Bertram konnte sein Glück kaum fassen. Für einen Augenblick vergaß er seine Vergeltung an dem Bluthund und schwelgte in dem Gedanken, am Ziel seiner Träume zu sein. Alles, aber auch wirklich alles würde er zur Zufriedenheit des Erzbischofs abwickeln. Bertram sah von dem Pergament auf. Sein Knappe stand immer noch vor ihm und bohrte in der Nase. Bertram versetzte ihm einen Klaps auf den Kopf.

»Los, reinige meine Rüstung und die Waffen. Morgen in der Frühe reisen wir ab.«

Luca hob den Mann von dem Stuhl und legte ihn auf den Boden. Kurz nachdem der Gefangene den Mord an seinem Herrn gestanden hatte, war die Ohnmacht über ihn gekommen. An den Nägeln des Stuhls klebten Hautfetzen, und vom Rücken des Mannes zog sich eine Blutspur hinunter zu den Beinen. Es waren nicht die Schmerzen gewesen, die ihn in die Ohnmacht getrieben hatten, sondern die Angst.

Der Greve nickte zufrieden und forderte den Schreiber auf, ihm das Pergament zu übergeben. Dann verließ er die Folterkammer. Luca versorgte die Wunden mit einem Balsam und übergab den Mann den Wachen, die ihn zurück in das Verlies schleiften. Erst auf dem Richtplatz würde Luca ihn wiedersehen. Er nahm den Lappen aus dem Holzeimer und wischte das Blut von dem Stuhl. Der Rücken schmerzte ihn, und er sehnte sich nach Yda.

Den ganzen Weg heim zum Schindanger wünschte sich

Luca, er könnte einmal nur des Nachts den Tag vergessen – die Bilder der Gehenkten und der Gefolterten aus seinem Kopf verbannen. Und die Gedanken an den Mörder seiner Mutter. Er vermisste den Frieden, den er wohl nie wieder finden würde. Nicht einmal, wenn er Yda in den Armen hielt.

Rinchen sprang ihm schon vor der Hütte entgegen und schlang die Arme um seine Hüften. Es beruhigte Luca, sie so munter zu sehen. Wer ahnte schon, wie lange das noch so bleiben würde? Vom Hörensagen wusste er, dass es nicht allen Frauen so gut erging, wenn sie ein Kind trugen.

»Wo ist Yda?«, fragte er.

»Sie ist bei dem kranken Mann, den Bruder Benedikt heute gebracht hat.«

Luca spürte die Müdigkeit in seinem Leib. Er hatte sich nach Ruhe gesehnt, einem Becher Bier und Ydas aufmunternden Worten – und vielleicht auch noch mehr. Doch stattdessen musste er wohl noch einmal jemandem die Gliedmaßen abtrennen. Hatte Gott wirklich kein Erbarmen mit ihm? Wie viel Blut musste er denn an diesem Tag noch fließen lassen?

Rinchen fasste nach seiner Hand. »Was ist, Luca? Bist du traurig?«

»Nein, ist schon gut.« Luca ging in die Hütte zu dem kranken Mann.

Neben dem Strohlager saß Yda und tupfte dem Greis mit einem feuchten Tuch über die Stirn. Als sie Luca sah, erhob sie sich. »Er war schon ohne Bewusstsein, als der Bruder ihn hierherbrachte.« Traurig blickte sie ihn an. »Kannst du ihm helfen?«

Luca schmerzte der Kopf. »Das weiß ich nicht. Lass mich nach ihm sehen.« Er beugte sich über den Mann und zog die

Decke fort. Der Gestank des Todes stieg ihm in die Nase. Das rechte Bein war vom Fuß bis hinauf zum Knie schwarz.

»Es ist ein Wunder, dass er überhaupt noch lebt.« Luca legte dem Mann wieder die Decke über und sah zu Yda, die das Tuch in ihren Händen knetete.

»Wenn er stirbt, hat Gott es so gewollt.« Es waren die Worte, die sich Luca selbst oft genug sagte. Dabei wusste er, wie wenig Trost sie spendeten. Er strich Yda über den Arm.

Rinchen brachte ihm den Lederbeutel, den er draußen auf dem Karren gelassen hatte. »Musst bestimmt dem Mann das Bein absägen.«

Luca schüttelte den Kopf. »Nein, ich lasse ihn in Frieden sterben.«

Seine Schwester riss die Augen auf. »Das geht doch nicht. Bruder Benedikt hat ihn hergebracht, damit du ihn heilst.«

»Bruder Benedikt will sich nur die Kranken vom Hals schaffen. Mehr nicht.« Luca wandte sich ab und verließ den Raum. Vor der Kochstelle ließ er sich an dem Tisch nieder und stützte seinen Kopf in die Hände. Die Müdigkeit legte sich schwer wie Blei auf seinen Leib. Er spürte Ydas Nähe. Lautlos war sie zu ihm getreten.

»Rinchen hat die Säge ausgepackt und reinigt sie mit Wein. Ich fürchte, sie wird gleich selbst Hand anlegen.«

Luca hob den Kopf und blickte in Ydas Gesicht. »Das tut sie gewiss nicht. Sie ist zwar nicht sehr helle, aber sie weiß, wie weit sie gehen kann.« Er stand auf und verließ die Hütte. Die Enge schnürte ihm plötzlich die Brust ein.

Yda folgte ihm zu den Holzscheiten, wo er sich niederließ.

»Dein Tag war wohl nicht gut.« Sie strich ihm über die Wange.

»Nein, das war er nicht. Wie jeder Tag.« Luca sog tief den

Atem ein. Immer noch roch er den Tod. »Ich war bei Overstolz.«

Ydas Augen weiteten sich. »Und? Hast du etwas erfahren? Sucht er Griet und mich?«

»Er war nicht mehr bei Besinnung. Ein Geschwür hat ihm das Blut vergiftet.«

»Wird er sterben?«

Luca zuckte mit den Schultern. »Ich hab mein Bestes versucht.«

»Du hast was? Hat er nach dir rufen lassen?« Yda nahm die Hand von seiner Wange.

»Nein. Wenn er überlebt, wird er noch nicht einmal wissen, dass ich bei ihm war. Sein Knecht hat mir versprochen zu schweigen.«

Schwer atmend setzte sich Yda zu ihm auf die Scheite. »Warum hast du das getan? Warum hast du ihn nicht einfach sterben lassen? Dann wären Griet und ich nun außer Gefahr.«

Luca kniff die Augen zusammen. »Weißt du überhaupt, was du da redest? Overstolz ist einer der mächtigsten Männer in der Stadt. Nur durch ihn kann ich Rache an dem Mörder meiner Mutter nehmen.«

»Ach ja? Und dafür nimmst du meinen Tod in Kauf?«

Luca blickte zu Boden. »Was glaubst du eigentlich, Yda? Er hat gewiss Wichtigeres im Kopf, als euer kleines Possenspiel zu vergelten.«

Yda stemmte die Hände in die Hüften. »Und warum hast du mich dann gestern Nacht im Karren aus der Stadt gebracht?«

Luca gab ihr darauf keine Antwort. Ihm stand nicht der Sinn nach einer Auseinandersetzung.

»Weißt du was? Ich glaube dir kein Wort.« Yda kehrte in die Hütte zurück.

Er konnte verstehen, dass sie verletzt war. Doch wie sollte er aus seiner Haut kommen? Luca erhob sich von den Scheiten, um ihr zu folgen.

In der Hütte fand er Yda bei dem Kranken. Vor der Bettstatt lag Rinchen auf dem nackten Boden. In der Zeit, in der sie draußen gestritten hatten, war sie eingeschlafen. Yda legte ihr eine Decke über. Dann schritt sie wortlos an Luca vorbei, wobei ihre Augen vor Zorn funkelten. Vor ihrer Schlafstatt zog sie sich bis auf die nackte Haut aus und schlüpfte unter die Decke.

»Wenn du morgen ausgeruht sein willst, legst du dich besser auch hin«, sagte sie kühl und drehte sich um.

Luca entledigte sich seiner Kleider. Als er zu ihr unter die Decke kroch und ihre Leiber sich berührten, fühlte Luca, wie Frieden in seine Seele einkehrte. Sanft fuhr er mit der Hand über Ydas Rücken. Sie regte sich nicht, aber ihr tiefer Atem verriet ihre Zuneigung zu ihm. Luca fuhr mit seinen Fingerkuppen die Linie ihrer Wirbelsäule nach und streichelte ihren Po. Seufzend drehte sich Yda auf den Bauch und vergrub das Gesicht in ihren Armbeugen. Luca beugte sich über ihren Rücken, strich ihr Haar zur Seite und bedeckte ihre weiche Haut mit Küssen. Durch seinen Leib loderten Flammen des Verlangens, die ihn zu verbrennen drohten. Yda hob den Kopf und wandte sich ihm zu. Tränen glänzten in ihren Augen. Luca wusste, er konnte ihr die Traurigkeit nicht nehmen, nur lindern. So berührte er mit seinen Lippen ihre. Yda schlang die Arme um seinen Hals und schmiegte sich an ihn. Sie so zu spüren, brachte Luca schier um den Verstand. Gleichzeitig schmerzte es ihn unsäglich, da er wusste, es würde nicht für immer sein. Yda würde es nicht ein Leben lang an seiner Seite aushalten. Er hielt es ja selbst nicht aus.

Luca streichelte ihre Brüste, um die Gedanken zu vertreiben. In diesem Augenblick wollte er nur sie spüren – alles um ihn herum vergessen. Unter seinen Fingern richteten sich Ydas Brustwarzen auf. Die Traurigkeit in seinem Herzen verblasste, bis sie ganz der Leidenschaft wich. Er fuhr mit den Händen hinab zu ihrer Scham und umkreiste mit der Fingerkuppe ihre Knospe. Ydas Atem ging rasch. Raue Seufzer verließen ihre Kehle. Die Feuchtigkeit zwischen ihren Schenkeln verriet ihm, wie bereit sie war, ihn in sich aufzunehmen. In Lucas Lenden pulsierte das Blut. Yda presste ihren Unterarm auf den Mund und erstickte den Schrei, der ihre Lippen verlassen wollte. Luca nahm den Finger aus ihr. Vorsichtig legte er sich auf sie, schob ihre Schenkel auseinander und drang in sie ein. Ihre warme Mitte schloss sich eng um ihn. Er wagte sich kaum zu bewegen, denn er wollte es nicht vorbei sein lassen. Doch die Leidenschaft brannte so heftig in ihm, dass die Welle sich nicht mehr aufhalten ließ und ihn mitriss. Als er sich ergoss, glaubte er zu zerbersten. Keuchend brach er über ihr zusammen. Die Erfüllung hielt jedoch nicht lange an, und Luca spürte erneut, wie sich seine Männlichkeit verhärtete. Als er sich in ihr bewegte, drangen Ydas leise Seufzer an sein Ohr. Ihr rascher Atem verriet ihm, dass sie den Sternen ebenso nahe war wie er. Ein erstickter Schrei verließ ihre Kehle, und sie bäumte sich ihm entgegen. Dann zog sich ihre Scham um seinen Schaft zusammen. Fast schmerzhaft pulsierte die Leidenschaft in ihm. Seine Stöße wurden schneller und tiefer. Er wollte in ihr ertrinken – für immer eins mit ihr sein. Ein Meer aus Flammen erfasste ihn und riss ihn in die Tiefe. Als er sich erneut ergoss, glaubte Luca die Besinnung zu verlieren. Um ihn herum breitete sich Schwärze aus. Dann stoben Sterne in tausend Farben auf. Yda klammerte sich an ihn. Für diesen Augenblick waren sie eins. Schwer atmend legte er seine Wange an ihre.

Gerhard erwachte aus wilden Phantasien, die ihm das Blut in Wallung gebracht hatten. Nicht nur in seinem Hinterteil, auch in seinem Kopf klopfte ein dumpfer Schmerz. Gerhard schlug die Augen auf und starrte in die Finsternis. Es war also alles nur ein Traum gewesen. Doch er roch immer noch ihr Haar, das sich um ihre nackten Hüften geschmiegt hatte, als sie für ihn tanzte. Es hatte ihn an eine Wiese im Sommer erinnert. In Gerhards Adern pulsierte das Blut. Er musste sie wiedersehen. Nur die Sehnsucht nach ihr hielt ihn am Leben. Er würde sie finden und zu seiner Frau machen, ob sie wollte oder nicht. Gerhard verlor sich wieder in seinem Traum und hielt Yda fest in seinem Arm.

Als der Morgen hereinbrach, hielt Gerhard nichts mehr in seinem Bett. Er rief nach seinem Knecht, damit er ihm beim Ankleiden half. Der Boden schwankte zwar noch unter seinen Füßen und seine Knie waren weich, doch er fieberte nicht mehr.

»Hast du den Medicus reichlich belohnt?«, fragte er den Knecht, als dieser ihm die Cotte umlegte.

»Äh, ja.« Aleff biss sich auf die Unterlippe.

»Was druckst du denn so herum? Wer war der Medicus überhaupt? Ich hab es gar nicht mitbekommen.« Gerhard strich sich eine Fluse vom Ärmel.

»Ein guter Mann. Er kam auf Empfehlung Eurer Schwester.«

»Wie ist sein Name?«

»Äh … weiß ich nicht mehr.«

Gerhard schüttelte den Kopf. »Wie? Du weißt es nicht mehr? Wann kommt er wieder?«

Aleff lief rot an. »Weiß ich auch nicht.«

»Ich fasse es nicht. Du bist dümmer als Brot. Nun geh und hol den Greven.«

Die Augen des Knechts weiteten sich. »Aber Herr. Dafür wollt Ihr mich doch nicht etwa in die Hacht werfen lassen?«

Gerhard lachte auf. »Verdient hättest du es. Und nun verschwinde.«

Als Yda erwachte, hatte Luca bereits das Lager verlassen. Auch wenn sie noch eine unbändige Wut ihm gegenüber verspürte, hatte die letzte Nacht das Band zwischen ihnen stärker werden lassen. Allerdings konnte sie sich immer noch nicht erklären, warum er Overstolz geholfen hatte. Wenn er nicht mehr leben würde, hätte Gott es so gewollt, und sie wäre all ihre Sorgen los.

Yda erhob sich von dem Lager und kämmte ihr Haar mit den Fingern. Draußen vor der Hütte hörte sie Rinchens weinerliche Stimme.

»Du hättest ihm helfen müssen, aber du hast ihn einfach sterben lassen.«

Yda wickelte sich die Decke um den nackten Leib und trat aus der Hütte. Schweigend bedeckte Luca den Leichnam des Mannes mit einem Tuch und hievte ihn auf den Karren.

Rinchen wischte sich mit dem Ärmel die Tränen von den Wangen. »Du bist so anders. Warum, Luca?«

»Ich bin nicht anders. Ich habe dem Mann nur das Leid erspart. Er wäre auch gestorben, wenn ich ihm das Bein abgenommen hätte.«

Verärgert stemmte Rinchen die Hände in die Hüften. »Woher willst du das wissen? Bist du Gott?«

Das fragte sich Yda allerdings auch. Luca hätte wenigstens versuchen können, das Leben des Mannes zu retten – wie er das bei Overstolz auch getan hatte. Doch sie sagte nichts, denn Rinchen gab ihm schon genug Zunder.

Luca nahm ein Stück Tuch, in das etwas eingewickelt war, und legte es auf den Leichnam.

»Was ist das?«, fragte Yda.

»Nichts«, antwortete Luca knapp und wich ihrem Blick aus.

»Da sind tote Hände drin«, krähte Rinchen. »Die verkauft Luca.«

Yda schüttelte sich. »An wen denn?«

Luca hob den Blick und sah sie endlich an. Seine Augen wirkten so traurig wie die eines geschlagenen Hundes. »Ich werde sie Overstolz als Talismane anbieten.«

Yda glaubte, sich verhört zu haben. »Du gehst schon wieder zu ihm?«

»Nur er kann mir helfen, mich an dem Mörder meiner Mutter zu rächen.«

»Dir ist nicht mehr zu helfen, weißt du das?« Yda wandte sich ab und ging wieder in die Hütte. Es war der Hass gegenüber dem Mörder, der Luca zerfraß. Und er wog schwerer als ihre Liebe. Sie hörte, wie sich Luca von Rinchen verabschieden wollte, doch das Mädchen sagte, es wolle ihn in die Stadt begleiten, um auf dem Markt einzukaufen.

Kurz darauf kam Rinchen in die Hütte und holte ein Säckchen mit Münzen aus einer Truhe. »Ich gehe mit Luca, werde aber nicht lange wegbleiben. Wenn du willst, kannst du schon mal das Stroh unserer Lager wechseln.«

Yda presste die Lippen aufeinander und kämpfte mit den Tränen. Wenn sie in der Hacht säße, könnte es nicht schlimmer sein. Sie wollte sich nicht ihr Leben lang verstecken müssen. Außerdem sehnte sie sich nach einem Gespräch mit Griet. Die Schwester würde sie sicher verstehen. Sie blickte aus dem Fenster und sah, wie Luca und Rinchen über den Acker davonschritten. Wieder dachte sie daran, wie er sie in der Nacht geliebt hatte. Nichts war an diesem Morgen von seiner Zärtlichkeit geblieben. Stattdessen suchte er diesen Overstolz auf, um ihm die Hände zum Schutz zu verkaufen. Yda wurde immer wütender auf Luca. Am liebsten wäre sie aus der Hütte gerannt – zurück in ihr altes Leben. Doch sie blieb und würde tun, was Rinchen ihr aufgetragen hatte.

Gerhard verabschiedete den Greven, dem er eine genaue Beschreibung von Yda gegeben hatte. Er sollte sie zu ihm bringen, und dann würde Gerhard entscheiden, wie er mit ihr verfuhr. Das hatte er dem Greven mit einem Augenzwinkern und der Aussicht auf ein Kopfgeld gesagt. Der Mann hatte verstanden und gelacht.

Das Gespräch hatte Gerhard angestrengt, und er legte sich bäuchlings auf sein Bett, um die Nachricht zu lesen, die ihm ein Bote gebracht hatte. Die Ruhe währte jedoch nicht lange, denn jemand klopfte an der Tür. Aleff trat ein und kündigte den Besuch des Henkersknechtes an.

»Was will der unselige Bursche denn von mir?«

Aleff wich seinem Blick aus. »Luca will Euch etwas feilbieten, das Euch von großem Nutzen sein wird.«

Gerhard stand von seinem Bett auf und glättete sich mit den Händen die Cotte. »Lass ihn ein.«

Der Henkersknecht sah etwas blass um die Nase aus, wie

Gerhard fand. In seinen Augen spiegelte sich Traurigkeit wider.

»Seid gegrüßt, Herr«, sagte er und verbeugte sich vor Gerhard.

»Was führt dich zu mir?«

»Habt Ihr Neuigkeiten für mich?«, fragte Luca. Er hielt ein Tuch in den Händen, in das etwas eingeschlagen war, was entsetzlich stank.

Gerhard wurde neugierig. »Was hast du da?«

»Es wird Euch von großem Nutzen sein. Wisst Ihr, wo sich Plettenberg aufhält?«

»Ja, das weiß ich. Und ich schätze, du willst mich für meine Auskunft beschenken.«

Der Henkersknecht nickte.

»Was ist es denn? Ein totes Eichhörnchen?«

»Nein.« Luca übergab ihm das Bündel.

Gerhard schlug das Tuch auseinander. Vor ihm lagen zwei abgeschlagene Hände, die einen bestialischen Gestank verströmten. Angewidert verzog er das Gesicht. »Was soll ich damit?«

»Legt sie in Salz ein und bewahrt sie auf. Falls es zu einer Schlacht kommen sollte, werden sie Euch Glück bringen.«

»Ist das wahr?« Gerhard bedeckte die Leichenteile wieder mit dem Tuch.

»Wusstet Ihr das nicht?«

»Nein.« Gerhard lachte auf. »Ich dachte immer, es sei mein Schild, das mir Schutz bietet. Aber gut. Talismane sind nicht verkehrt. Ich werde deinen Ratschlag beherzigen und sie einlegen lassen.«

»Sagt Ihr mir, wo sich Plettenberg aufhält? Wie ich gehört habe, soll er Burg Worringen verlassen haben.«

»Das ist richtig. Der Erzbischof hat ihn nach Valkenburg zu Rainald von Geldern geschickt.« Gerhard dachte kurz nach. In dem Schreiben, das der Bote ihm gebracht hatte, stand, die Gegner des Brabanters würden sich dort einfinden. Wahrscheinlich, um eine Schlacht zu planen.

»Hast du deinen Hitzkopf im Griff?«, fragte er Luca.

»Weiß ich nicht.« Der Henkersknecht versteckte seine Faust hinter dem Rücken.

»Hör auf mich und halte dich im Zaum. Pass auf, Bursche. Ich denke, du wärest ein guter Spion. Und eins kannst du mir glauben, Plettenberg wird mit seinem Kopf bezahlen für das, was er getan hat. Doch erst bringst du mir die Pläne der Verbündeten des Erbzischofs. Dafür bekommst du von mir ein Pferd sowie ein gefälschtes Empfehlungsschreiben des Kirchenmannes. Dies wird dir den Einlass auf der Valkenburg sichern.« Overstolz rieb sich mit den Fingern über die Schläfen. »Die Brabanter werden es uns mehr als danken, wenn wir ihnen die Schlachtpläne der gegnerischen Truppen liefern. Aber gib acht, Plettenberg ist ein erfahrener Schwertkämpfer. Also leg dich nicht im Zweikampf mit ihm an, denn ich will dich lebend wiedersehen. Außerdem kratzt ein Verrat mehr an seiner Ehre als sein Tod. Allein dafür wird er zur Verantwortung gezogen. Stell es schlau an.«

Luca kniff die Augen zusammen. Hier und jetzt konnte er nichts versprechen. »Wann bekomme ich das Pferd?«

»Lass dir von Aleff die Fuchsstute geben. Und spute dich.« Gerhard rollte ein Pergament auf, tauchte die Feder in die Tinte und kritzelte ein paar Zeilen darauf. Anschließend verschloss er das eingerollte Pergament mit einem Siegel. »Hier, es ist kaum zu unterscheiden von dem des Erzbischofs.«

»Sagt Ihr dem Greven Bescheid, dass ich in Eurem Auftrag unterwegs bin? Meister Hens ist ziemlich unzuverlässig in letzter Zeit.«

»Das mache ich«, versprach Gerhard und schloss die Tür hinter Luca.

Als Stille im Zimmer herrschte, legte sich Gerhard zurück auf das Bett und dachte wieder an das Mädchen.

14. Kapitel

Die Stille in der Hütte raubte Yda schier den Verstand. Allein zu sein war ihr fremd. Ihr ganzes Leben lang hatte sie Griet neben sich gehabt. Es hatte kaum einen Augenblick gegeben, in dem die Schwestern voneinander getrennt gewesen waren. Doch hier, unweit des Schindangers, gab es nur die verlorenen Seelen der Sünder. Um sich von ihrem Kummer und dem Unbehagen abzulenken, begann Yda das Stroh zu wechseln. Als sie jedoch vor dem Lager stand, das sie in der Nacht mit Luca geteilt hatte, brach der Schmerz wieder mit voller Wucht in ihr Herz. Sie musste unbedingt mit Griet reden und sich Trost von ihr holen. Yda warf die Mistgabel auf den Boden und verließ die Hütte. Luca hatte gesagt, von Overstolz ginge keine Gefahr aus, also brauchte sie sich auch nicht hier zu verstecken. Sie nahm einen von Lucas Umhängen, zog sich die Kapuze tief ins Gesicht und verließ die Hütte.

Als Yda kurz darauf das Tor in der Stadtmauer passieren wollte, wies der Wächter sie an, die Kapuze von ihrem Kopf zu nehmen.

Yda blieb vor Schreck die Luft weg. »Wozu? Ich bin eine verheiratete Frau.«

»Anordnung vom Greven. Also los. Zeig mir dein Haar.« Der Mann hielt ihr die Spitze seiner Lanze unter die Nase.

Yda blieb nichts anderes übrig, als zu gehorchen. Mit zittrigen Fingern schob sie sich die Kapuze vom Kopf.

Augenblicklich griff der Mann nach ihrem Arm und drehte ihn ihr auf den Rücken. »Mitkommen.« Er pfiff durch die Zähne. Ein zweiter Wachmann kam hinter dem Torbogen hervor.

Durch Ydas Schulter schoss ein stechender Schmerz. Das Herz schlug ihr bis zum Hals hinauf. »Wo bringst du mich hin, Kerl?«, keifte sie.

»Das wirst du schon sehen.« Der Wachmann stieß sie durch das Tor.

Yda stolperte vor ihm her. Sie ahnte den Weg bereits, und als sie in die Straße Unter den sechzehn Häusern einbogen, wusste sie, sie war dem Tod näher als dem Leben. Ydas Magen verkrampfte sich.

Der Wächter klopfte mit der Faust an die Tür des Overstolzenhauses.

Kurz darauf öffnete ein hagerer Knecht und musterte Yda vom Scheitel bis zu den Fußsohlen. Sein Blick erhellte sich. »Na, das ging ja schnell. Rein mit dir.« Er nahm Yda in seine Gewalt und zerrte sie in das Haus.

»Was ist mit meinem Kopfgeld?«, knurrte der Wachmann.

»Warte hier. Erst übergebe ich sie meinem Herrn.« Er stieß Yda die Treppe hinauf und klopfte an der Tür.

Ehe Yda sich's versah, stand sie auch schon in Overstolzens Zimmer. Der Patrizier lag bäuchlings auf dem Bett und rieb sich die Augen. Als er Yda sah, sprang er auf. Kurz schwankte er, doch dann schritt er auf sie zu.

»Sieh an, meine kleine Diebin hat den Weg zurück zu mir gefunden.« Er schaute zu dem Knecht. »Leg ihr Fesseln an!«

Eine schreckliche Ahnung überfiel Yda. »Was soll ich bei Euch? Warum lasst Ihr mich nicht in die Hacht werfen?«

Overstolz hob die Augenbrauen. »Willst du das wirklich?«

»Natürlich nicht! Aber was habt Ihr vor?«

Der Knecht kehrte mit einem Seil zurück. Als er ihr die Hände auf dem Rücken zusammenbinden wollte, wehrte sich Yda.

Overstolz fasste nach ihrem Kinn und zwang sie, ihm in die Augen zu schauen. »Verhalt dich still, Weib. Dann wird dir nichts geschehen.«

Yda hielt seinem Blick stand. »Und wenn nicht?«

»Dann rollt bald schon dein Kopf.« Overstolz stieß sie von sich.

Der Knecht zerrte sie zu einem der Stützpfeiler und band sie daran fest. Das Seil schnitt ihr in die Handgelenke. Yda schaute zu Overstolz. »Wollt Ihr mich für immer hier festbinden?«

»Nur, bis ich dich gezähmt habe, Kätzchen.«

»Das wir Euch nicht gelingen.«

»Wir werden sehen.« Gemeinsam mit dem Knecht humpelte Overstolz aus dem Zimmer und schloss die Tür hinter sich ab.

Yda versuchte, die Ruhe zu bewahren, was ihr jedoch sehr schwerfiel, denn sie zitterte an Armen und Beinen. Die Angst schnürte ihr so sehr den Hals zu, dass sie glaubte, ersticken zu müssen. Lange konnte sie so nicht an dem Pfeiler stehen. Mit bangem Herzen wartete sie auf die Rückkehr des Overstolzen. So krank, wie er gewesen war, verließen ihn gewiss bald die Kräfte, und er musste sich wieder hinlegen. Verdammt! Warum hatte Luca ihn nicht einfach seinem Schicksal überlassen? Dann stünde sie nun nicht hier. Erneut verdrängte die Wut die Traurigkeit in ihrem Herzen.

Zaghaft öffnete sich die Tür, und eine junge Magd betrat das Zimmer. Als sie Yda sah, schlug sie erschrocken die Hand vor den Mund.

»Hilf mir! Du musst mich losbinden. Bitte!«, flehte Yda sie an.

Die Magd schüttelte den Kopf. »Das darf ich nicht. Mein Herr wird mich totprügeln.«

»Er muss ja nichts davon erfahren. Ich kann mich auch selbst befreit haben.«

Das Mädchen beäugte den Strick. »Unmöglich.«

»Bitte. Du kannst mich doch nicht so hier stehen lassen.«

»Warum bist du überhaupt festgebunden?« Die Magd stellte den Eimer ab.

»Das ist doch egal. Binde mich einfach los.«

»Nein, das traue ich mich nicht. Die Tritte des Herrn sind hart. Das hab ich bereits am eigenen Leib erfahren.«

»Ich werde dich nicht verraten. Wirklich nicht. Du sagst einfach, ich sei bereits geflohen gewesen, als du das Zimmer betreten hast. Niemand kann dir das Gegenteil beweisen.«

Die Magd zögerte kurz, dann schloss sie die Tür. Gerade als sie den Knoten des Strickes lösen wollte, trat Overstolz in das Zimmer. Hastig ließ die Magd die Finger von dem Seil. Ihr Gesicht war mit einem Mal so weiß wie Milch.

Overstolz holte aus und versetzte dem Mädchen einen Schlag gegen den Kopf, der es zu Boden schleuderte.

Yda sprang fast das Herz aus der Brust. »Lasst sie gehen! Sie trägt keine Schuld.«

»Ach?« Overstolz kniff die Augen zusammen und griff nach der Rute, die auf einer Truhe lag.

Kurz darauf schlug er damit auf die Magd ein. Yda schloss die Augen. Die Schreie des Mädchens schmerzten in ihren Ohren. Yda glaubte, der Kopf würde ihr zerbersten.

»Hört auf!«, schrie sie. »Hört auf, und ich werde Euch jederzeit zu Willen sein.«

Overstolz ließ die Rute in seiner Hand sinken. »O ja. Das wirst du. Ansonsten schlage ich dieses Miststück nämlich tot.« Er warf die Rute auf das Bett und schleifte die Magd am Arm aus dem Zimmer. »Wenn dir dein Leben lieb ist, lass dich nie wieder hier blicken.«

Krachend fiel die Tür ins Schloss, und Overstolz humpelte keuchend zu seinem Bett. Bäuchlings ließ er sich darauf nieder, ohne Yda aus den Augen zu lassen. Eine Haarsträhne fiel ihr ins Gesicht und zitterte vor ihren Augen. Yda wandte den Blick von Overstolz ab. Sie mochte nicht darüber nachdenken, was mit ihr geschehen würde. Doch eines wusste sie: Sie würde es mit Stolz ertragen und diesem Patrizier eines Tages alles heimzahlen.

Sie pustete die Haarsträhne aus ihrem Gesicht. »Bindet mich los.«

Schwerfällig erhob sich Overstolz wieder von dem Bett und verzog spöttisch den Mund. »Du hast recht. Es ist an der Zeit, dass du mich von meinem Schmerz ablenkst.« Er entknotete das Seil an Ydas Händen und ließ es zu Boden fallen.

Yda rieb sich mit tauben Fingern über die Handgelenke. Das Seil hatte ihr die Haut aufgescheuert. Aber der Schmerz wog nicht so schwer wie die Demütigung, die sie ertragen musste.

»Zieh dich aus und tanz für mich.« Overstolz legte den Kopf seitlich auf das Kissen, so dass er sie immer noch gut im Blick hatte.

Yda schmeckte Galle auf ihrer Zunge. »Habt Ihr wenigstens einen Schluck Wein für mich?«

»Dort drüben auf dem Tisch.«

Während sie sich etwas von dem Wein in den Becher schenkte, überlegte Yda krampfhaft, wie sie entkommen konnte. Doch im Augenblick sah sie keinen Ausweg. Sie trank den Becher in einem Zug leer und stellte ihn zurück auf den Tisch.

Overstolz nestelte an seinem Gürtel und legte den Dolch neben sich. »Nun mach schon.«

Schwer stieß Yda den Atem aus. In ihrer Brust wollte sich der Herzschlag nicht mehr beruhigen. Sie löste die Schnüre ihres Umhangs und ließ ihn zu Boden gleiten. Dann zog sie sich das Kleid über den Kopf. Kälte strich über ihre bloße Haut. Yda schauderte und bedeckte mit den Händen ihre Scham.

Overstolzens Kehlkopf trat hervor, so schwer schluckte er. »Breite die Arme aus und tanze endlich, Schlangenfrau.«

Auf Ydas Brustkorb lastete ein Felsbrocken. Sie zitterte mehr aus Scham als vor Kälte. Dennoch gehorchte sie und kreiste mit den Hüften. Hätte sie entblößt auf dem Marktplatz gestanden, hätte sie sich nicht elendiger gefühlt.

»Ich will das Feuer der Leidenschaft in deinen Augen sehen«, sagte Overstolz mit heiserer Stimme.

Yda starrte ihn an. Wie sollte sie das anstellen? Sie verspürte keine Leidenschaft. Nur Scham und Wut. Ja, Wut auf diesen Kerl, der ihre Hütte in Brand gesteckt hatte und sie nun demütigte, wie es für eine Frau nicht schlimmer sein konnte. Sie biss die Zähne zusammen.

»Na, geht doch.« Overstolz zwinkerte ihr zu.

Yda hielt inne. »Was?«

»Das Feuer in deinen Augen lodert wieder. Dein Zorn hat es entfacht.«

Yda lachte hämisch auf. Das Wort Zorn war viel zu milde für das, was sie spürte. »Werde ich bei Euch liegen müssen?«

»Willst du das?«

»Mit Sicherheit nicht.«

»Tanz weiter.« Overstolz bettete die Wange auf das Kissen.

Yda schloss die Augen und bewegte die Hüften zu einer Musik, die nur sie hörte. Sie rief sich die Nacht mit Luca in Erinnerung. Unter ihren Lidern brannten Tränen.

»Öffne die Augen!«, herrschte Overstolz sie an.

Yda wollte nicht. Er durfte ihre Tränen nicht sehen. Sie ließ sich im Tanz zu Boden fallen und beugte den Leib nach hinten über ihre Beine, bis sie mit dem Gesicht ihre Füße berührte. Eine Träne kitzelte auf ihrer Wange. Yda drehte sich auf den Bauch und hörte, wie Overstolz zischend den Atem durch die Zähne sog. Sie wandte ihm den Rücken zu, setzte sich auf die gespreizten Beine und bog den Rücken nach hinten, bis sie ihm kopfüber ins Gesicht sehen konnte. Er fuhr sich mit der Zunge über die Lippen. Yda erhob sich, legte die Hand auf den Bauch und verbeugte sich vor ihm.

»Soll das alles gewesen sein?«

Yda griff nach ihrem Kleid und hielt es sich vor den bloßen Leib. »Reicht das nicht für heute?«

»Nein, Mädchen. Ich will dich auch von vorn tanzen sehen. Aber diesmal mit einem Flötenspiel.« Laut rief er nach seinem Knecht, der kurz darauf eintrat. Wahrscheinlich hatte er die ganze Zeit draußen gestanden und gelauscht. Sein Blick heftete sich lüstern an Yda, und er bekam den Mund nicht mehr zu.

Yda presste das Kleid gegen ihre Brust. Was verlangte Overstolz bloß von ihr? Der Knecht würde gewiss nicht wegsehen, wenn er musizierte.

»Spiel für uns auf der Flöte«, befahl Overstolz.

Ohne den Blick von Yda abzuwenden, griff der Knecht nach dem Musikinstrument, das auf einer Truhe lag, und setzte es an seine Lippen. Yda blieb wie versteinert stehen.

»Weg mit dem Kleid!«, blaffte Overstolz. »Und denke daran, was ich gesagt habe. Ich will dich nur von vorn sehen.«

Ein schiefer Ton entwich der Flöte. Yda dachte an die geprügelte Magd, die sich längst in Sicherheit gebracht haben musste. Entschlossen schritt Yda auf den Knecht zu, entriss ihm das Instrument und schleuderte es zu Boden. Dann starrte sie Overstolz an. »Ihr habt für heute genug gesehen. Und ich werde gewiss nicht nackt vor Eurem Knecht tanzen. Lieber gehe ich in die Hacht.«

Overstolz kniff die Augen zusammen, erhob sich von seinem Bett und schritt auf sie zu. »Ich werde dir zeigen, wer hier das Sagen hat.« Mit einer raschen Handbewegung griff er ihr ins Haar und zog ihr Gesicht ganz nahe an seines.

Als Yda spürte, wie er seine Zähne in ihre Wange grub, schrie sie auf. In diesem Augenblick wurde ihr klar, dass sie in die Fänge eines Ungeheuers geraten war.

Luca band die Fuchsstute an den Baum und horchte in die Stille. Nur das Kreischen der Raben hallte über den Acker. Dabei konnte er für gewöhnlich Rinchens Stimme schon von weitem hören, wenn er heimkam. Müsste sie nicht längst von ihren Einkäufen zurück sein? Aber wie er Rinchen kannte, hatte sie über in einem Schwätzchen mit den Marktfrauen die Zeit vergessen.

Luca betrat die Hütte und hoffte, wenigstens Yda zu finden, um sich von ihr verabschieden zu können, bevor er zur Valkenburg ritt. Er stolperte beinahe über die Mistgabel, die vor seiner Bettstatt lag. Wie es schien, hatte Yda die Hütte Hals über Kopf verlassen.

Luca ließ sich auf dem Schemel nieder und stieß schwer den Atem aus. Sein Herz schmerzte, doch er hatte die ganze Zeit über gewusst, dass es so kommen würde. Er konnte einfach keine Frau halten. Nicht nur wegen der Unehre – es war auch die Schwermut, die ihn unleidlich werden ließ. Doch wie sollte er die Bilder der Gefolterten und Gehenkten aus seinem Kopf vertreiben? Und wie sollte er mit der Schuld leben, die ihn in Besitz nahm, wenn er Menschen tötete und quälte? Nein, er war nicht Gottes rechte Hand. Er war die Hand der Richter, die über das Leben und den Tod der Menschen urteilten.

Rinchen betrat die Hütte und ließ die Schultern hängen. »Yda ist fortgelaufen. Ich hab sie auf dem Acker gesucht, kann sie aber nicht finden. Wo mag sie nur sein?«

Luca erhob sich von dem Schemel und breitete ein Tuch aus. »Ich denke, sie ist zurück zu ihrer Schwester gegangen.«

»Aber sie darf sich doch in der Stadt nicht blicken lassen. Das ist gefährlich für sie.«

»Rinchen, ich weiß es nicht.« Luca öffnete die Truhe, in der er seine Kleider aufbewahrte.

»Was machst du da?« Zwischen Rinchens Augenbrauen bildete sich eine steile Falte. »Gehst du auch weg? Steht deshalb das schöne Pferd vor der Hütte?«

Luca legte beide Hände auf ihre Schultern. »Ich werde nicht lange fortbleiben. Dennoch will ich, dass du in der Zeit, in der ich weg bin, zu Yda und Griet ins Hurenhaus gehst.«

»Wo reitest du hin? Ich will mit.«

Luca strich ihr über die Wange. »Das geht nicht, Rinchen. Wirklich nicht.«

»Warum nicht?«

»Weil …« Lucas Magen krampfte sich zusammen. »Weil das nicht gut für das Kind ist, das du in dir trägst.«

Rinchen riss die Augen auf und legte die Hand auf ihren Bauch. »Wenn es nicht gut für mein Kindchen ist, dann ist es auch nicht gut für dich. Wo reitest du hin? Sag es mir.«

»Der Greve schickt mich zur Valkenburg. Ich soll dort eine Hinrichtung vornehmen«, log Luca.

»Das ist nicht gefährlich. Da kann ich mit.«

»Doch, Schwester. Die Zeiten sind unruhig, und nun will ich keine Widerrede mehr hören. Du bleibst so lange im Haus der schönen Frauen, bis ich wieder zurück bin.« Luca griff nach seinem Bündel.

»Du musst dich aber noch von Yda verabschieden. Sie weiß doch nicht, dass du weggehst.«

»Du wirst es ihr sagen. Und nun mach es gut, mein kleiner Käfer.« Als er Rinchen zum Abschied über den Kopf strich, schimmerten Tränen in den Augen des Mädchens. Auch wenn es Luca nicht gefiel, sie aus seiner Obhut zu geben, nahm er sein Bündel und verließ die Hütte.

Rinchen wischte sich die Tränen von den Wangen. Luca hatte doch versprochen, sie nie allein zu lassen, aber nun saß sie einsam hier in der Hütte. Nur ihr Kindchen war bei ihr. Sie legte die Hand auf den Bauch und verspürte trotz ihrer Traurigkeit Hunger. Ob Luca da war oder nicht, das Kindchen in ihr musste unbedingt etwas essen. Sie rutschte von dem Schemel und ging in die Vorratskammer, um sich dort ein

Stück Trockenfleisch zu holen. Dabei fiel ihr Blick auf die Truhe unter dem Fenster. Luca hatte etwas vergessen. Etwas, das ganz wichtig war! Vor Schreck schlug sich Rinchen die Hand vor den Mund. Er durfte nicht ohne den Schutz der Jungfrauen zur Valkenburg reisen. Das würde gewiss böse enden. Was sollte sie denn nun tun? Nachlaufen war nicht gut, denn er hatte ja das schöne Pferd, mit dem er ganz schnell war. Aber vielleicht fand sie ja einen Wagen, der sie mitnahm, oder ein Pferd, das sie kaufen konnte. Sie durfte keine Zeit verlieren. Gewiss fand sie Hilfe in der Stadt.

Rinchen öffnete die Truhe und nahm das Gebein sowie ein Ledersäckchen mit Münzen heraus. Dann lief sie so schnell sie konnte aus der Hütte.

Als sie das Stadttor passiert hatte, begab sie sich zum Aldemarkt, wo sie die Bauersfrauen gut kannte. Vielleicht wussten sie ja Rat. Schließlich wusste Rinchen nicht einmal, wo die Valkenburg lag. Am besten fragte sie die Frau, bei der sie immer den Kohl kaufte.

»Die Valkenburg?« Die Kappesbäuerin kratzte sich unter der fleckigen Haube. »Das weiß ich auch nicht.«

Die Frau vom Käsestand neben ihr hatte wohl die Ohren gespitzt, denn sie trat zu ihnen. »Da musst du die Straße nach Aachen nehmen. Wenn du dich dann Richtung Brabant hältst, kommst du bald schon zur Valkenburg.«

Rinchen überlegte kurz. Weit weg hörte sich das nicht an. »Wie lange muss ich denn marschieren?«

»Wenn du stramm marschierst, könntest du in vier Tagen dort sein.«

»Und mit einem Pferd?«

Die Käsefrau zuckte die Schultern. »Was weiß ich? Auf jeden Fall schneller. Hast du denn einen Gaul?«

Rinchen schüttelte den Kopf. »Nein, hab ich nicht. Dafür aber genug Münzen, um mir einen zu kaufen.«

Die Kappesbäuerin lachte laut auf. »Na, dann gehst du besser auf den Heumarkt. Dort wird heute Viehhandel gehalten. Gewiss findest du dort ein kleines Hauspferd.«

Rinchen bedankte sich und erstand ein Stück Käse als Wegzehrung.

Auf dem Heumarkt roch es nach Mist und Pferdeleibern. Der Mann, der die schönen Pferde verkaufte, sah sie belustigt an.

»Aha. Du willst also ein Pferd bei mir erwerben.« Der Händler kraulte sich den pechschwarzen Bart, der ihm bis auf die Brust reichte. »Das kostet aber einiges an Silber.«

»Hab genug dabei.« Rinchen griff nach dem Lederbeutel, den sie sich an den Gürtel gebunden hatte.

Der Händler lächelte schief und hielt die Hand auf. Rinchen leerte das Säckchen.

»Ist das alles?«

»Reicht das etwa nicht?« Rinchen konnte es nicht glauben. Dabei hatte sie doch all die Münzen mitgenommen, die Luca besaß. Dafür hätte sie so viele Kohlköpfe bekommen, wie auf einen Karren passten.

»Nun, ich will mal nicht so sein.« Der Mann schloss die Hand um das Silber. »Du kannst den Gaul dort drüben haben.«

Rinchen folgte ihm zu dem letzten Pferd in der Reihe, das traurig vor sich hin schaute. Aus dem struppigen Fell des Reittieres traten die Rippen heraus. Dazu war es so klein, dass Rinchen ihm ohne Mühe auf den Rücken klettern konnte.

»Hast du dem Pferdchen nicht genug zu essen gegeben?« Rinchen streichelte über das braun-weiß gescheckte Fell.

»Das ist die Rasse. Die sind immer so dünn. Aber das macht die Pferde so schnell.«

»Ehrlich?«

»Glaubst du mir nicht? Na, dann warte kurz.« Der Mann schritt davon und holte einen anderen Händler dazu.

»Mattes, sag dem Mädchen, dass diese Pferde schnell sind.«

Der andere Mann nickte heftig mit dem Kopf. »Ja, ja. Das ist wohl wahr. Mit dem Pferd hast du ein gutes Geschäft gemacht. Es wird dich wie der Wind über die Felder tragen.«

Rinchen freute sich über seine Worte, nahm das Seil, an dem das Pferdchen festgebunden war, und bedankte sich bei dem Händler. Dann verließ sie den Heumarkt. Erst als sie die engen Gassen hinter sich gelassen hatte und sich auf der Straße nach Aachen vor der Hahnentorburg befand, kletterte sie auf den Rücken des Pferdes und hielt sich an der Mähne fest. Leider bewegte sich das Tier keinen Fuß vorwärts. Rinchen klopfte ihm mit der flachen Hand auf den Hals.

Der Wächter vor dem Tor schob sich den Helm aus der Stirn und grinste. »Hast wohl noch nie auf einem Pferd gesessen.« Er kam näher und betrachtete das Reittier. »Drück ihm mal die Fersen in den Bauch. Dann wird sich der klapprige Gaul auch bewegen.«

Rinchen sorgte sich um die Rippen des Tiers. »Will ihm aber nicht weh tun.«

»Tja, dann wirst du wohl bis zum Einbruch der Dunkelheit auf der Stelle stehen bleiben. Außerdem habe ich noch kein Pferd klagen gehört, wenn der Reiter es antreibt.«

Rinchen holte tief Luft und drückte dem Tier die Fersen in den Bauch. Endlich bewegte es sich. Obwohl sie sich kräftig an der Mähne festhalten musste, um nicht hinunterzufallen, lachte Rinchen fröhlich, als sie die Hahnentorburg passierte. Bald würde sie bei Luca sein.

Rinchen pfiff ein Lied. Sie fürchtete die Dunkelheit über dem Acker nicht. Das hatte sie noch nie getan. Wenn alles schlief, reiste es sich am leichtesten. Vorsichtig stupste sie dem Pferdchen die Fersen in den Bauch. Ob es schneller würde, wenn sie es mehr antrieb? Der Wächter hatte ja gemeint, es würde ihm nicht weh tun. Rinchen probierte es aus, und tatsächlich trabte das Tier nun. Hui, wie strich ihr der Wind durchs Haar! Doch sie hatte Mühe, sich auf dem Rücken zu halten, deshalb hörte sie wieder auf, das Pferdchen anzutreiben. Plötzlich blieb es stehen und knickte mit beiden Vorderbeinen ein. Rinchen fiel kopfüber in den Schlamm. Als sie sich wieder erhob, sah sie, wie das Pferdchen zusammenbrach.

Sie schrie auf und rüttelte an dem Leib des Tieres. »Was ist mit dir? Du darfst nicht sterben!«

Das Pferdchen schnaubte noch einmal auf, dann wich das Leben aus ihm.

Rinchen starrte den Kadaver an. Was hatte sie getan? Sie war schuld, dass das Pferdchen nun tot war. Sie hätte ihm nicht so fest in den Bauch treten dürfen. Warum hatte sie nur auf den Wächter gehört? Der Mann war doch dumm. In ihrem Hals bildete sich ein Kloß. Auch wenn sie das Pferdchen noch nicht lange besaß, hatte sie es doch liebgehabt. Rinchen umklammerte wieder ihr Bündel und spürte den harten Knochen darin. Sie musste zu Luca und durfte keine Zeit mehr verlieren. Rasch gab sie dem Pferdchen einen Kuss auf die Nüstern und erhob sich.

Rinchen war noch nicht weit gegangen, als sie Stimmen

in ihrem Rücken hörte. Erschrocken wandte sie sich um. Im Licht des Mondes sah sie drei Männer auf sich zukommen.

Einer von ihnen zog einen Maulesel hinter sich her. »He! Du! Bist du ein Dämon?«, hörte sie ihn rufen.

Nun bekam Rinchen es doch mit der Angst zu tun. Sie lief schneller, doch ehe sie sich's versah, hatte einer der Männer sie am Kragen gepackt. Als sie zu ihm aufblickte, lachte er laut.

»Sieh an, eine Zwergin.«

»Lass mich los.« Rinchen trat ihm gegen das Bein. Doch dem Mann, der sie an einen Bären mit abstehenden Ohren erinnerte, schien das nichts auszumachen, denn er lachte weiter.

Die anderen näherten sich und starrten sie ebenfalls belustigt an. Der zweite Mann hatte Glupschaugen, und dem dritten standen die oberen Zähne aus dem Maul hervor.

Rinchen schüttelte sich vor Entsetzen. Solch hässliche Männer hatte sie noch nie zuvor gesehen. »Was seid ihr bloß für Gestalten?«

Der Bärenmann hielt sie immer noch fest. »Du wirst unserem Herrn gefallen. Da bin ich mir sicher.«

»Lasst mich los. Ich bin auf dem Weg zu meinem Bruder. Wenn ihr es genau wissen wollt: Er ist Henker.« Rinchen sah dem Mann fest in die Augen. »Ganz oft hab ich ihn schon angefasst.«

Augenblicklich ließ der Bär von ihr ab. Auch der Mann mit dem Eselsgebiss wich einen Schritt zurück. Nur der Glupschäugige blieb standhaft und riss ihr das Bündel aus der Hand. »Was hast du denn da Schönes?«

»Das ist meins!«, keifte Rinchen. Sie versuchte, dem Mann

ihre Habe wieder abzunehmen, doch er hielt sie am ausgestreckten Arm von sich. Rinchen befreite sich und sprang an ihm hoch.

Der Mann versetzte ihr einen Stoß, der sie auf den Hintern fallen ließ. Als sie sich wieder aufrappelte, entknotete der Mann das Bündel und holte das Gebein der Jungfrauen hervor.

»Nanu. Was haben wir denn da?«

»Das ist meins. Das darfst du nicht nehmen.«

Die anderen zwei Männer blickten ebenfalls gebannt auf den Knochen.

»Sieh an, sieh an. Ist das eine Reliquie? Hast du die geklaut?« Der Bärenmann sah sie streng an.

Rinchen schob die Unterlippe vor und schwieg.

Der Glupschäugige tippte ihr mit dem Finger auf die Schulter. »Hat es dir die Sprache verschlagen?«

Niemals würde sie den Männern verraten, was das für ein Gebein war und woher sie es hatte. »Der Knochen ist von einem Pferd«, sagte sie deshalb.

»Nie und nimmer. Dazu ist er viel zu klein. Du führst uns doch an der Nase herum. Aber das ist auch egal. Wir werden schon erfahren, was es mit dem Knochen auf sich hat.« Der Mann packte das Gebein zurück in das Bündel. Dann sah er Rinchen an. »Du kommst mit uns.«

Rinchen verschränkte die Arme vor der Brust. »Nein. Wozu sollte ich?«

»Weil du fortan unserem Herrn gehören wirst.« Der Glupschäugige packte sie am Arm. Sein Griff war so fest, dass es für Rinchen kein Entkommen gab. Er fesselte ihr die Hände und band sie an den Strick des Maulesels. Rinchens Lippen bebten. Sie musste doch auf dem schnellsten Weg zu

Luca, aber die Männer waren stark und die Fesseln eng. Was sollte sie bloß tun?

Yda kauerte in der Ecke des Zimmers. Die Füße schmerzten ihr von dem Tanz. Besonders die Stelle, an der einst der kleine Zeh gewesen war. Erst nach einer Ewigkeit hatte Overstolz ihr erlaubt, das Kleid überzuziehen, und den Knecht angewiesen, sie wieder an den Pfeiler zu binden. Yda glaubte, vor lauter Scham zu sterben.

Nun schlief Overstolz bäuchlings auf seinem Bett und regte sich nicht. Wenigstens hatte er sie nicht zu sich unter die Decke geholt. Es gab wohl im ganzen Reich keinen widerlicheren Kerl als ihn. Wäre sie nicht festgebunden gewesen, hätte sie ihn augenblicklich erwürgt. Yda zog an dem Seil, das ihre Hände gefesselt hielt. Der Knoten war viel zu fest, als dass sie ihn hätte lösen können. Sie schloss die Augen und versuchte, den Durst zu verdrängen, der ihre Kehle ausdörrte. Es gelang ihr nicht. Über ihre Wangen liefen Tränen, die sie nicht weinen wollte. Nicht für dieses Ungeheuer, das vor ihr auf dem Bett lag. Yda sah zu dem Fenster, durch das der Mond sein Licht schickte. Dann schloss sie die Augen und dachte an Luca.

Unruhig lief Griet durch den Schankraum. Ihr Herz zitterte, und sie konnte sich nicht erklären, weshalb. Oben bedienten Judith und Trin zwei junge Burschen, die wohl ihre ersten Erfahrungen mit dem Leib einer Frau machten.

»Was ist denn mit dir? Du bist so unruhig. Dabei ist doch alles gut.« Quirin sah sie besorgt an.

»Irgendetwas stimmt nicht. Ich spüre es.«

»Was spürst du denn?«

»Angst.« Griet ging zum Tresen und half Quirin, die Krüge in das Regal zu räumen. »Es muss von Yda ausgehen. Ich sorge mich so um sie. Kann ich nicht nach ihr sehen?«

»Das ist zu gefährlich. Das weißt du doch.«

Griet ließ sich auf einem der Stühle nieder und seufzte. »Wie lange soll das noch so gehen?«

Es klopfte an der Tür, und Quirin öffnete den Riegel. Ein junges Mädchen trat ein. Sein Gesicht war angeschwollen und blutverschmiert.

»Himmel, was ist denn mit dir passiert?« Griet eilte auf sie zu.

Das Mädchen starrte sie an, als stünde es vor dem Leibhaftigen. »Wie hast du das geschafft?«

»Wovon redest du?« Griet verstand nicht ganz.

»Wie hast du es geschafft, dich zu befreien?« Das Mädchen strich über Griets Arm, wohl um sich zu vergewissern, ob sie wirklich aus Fleisch und Blut war. »Oder hat er dich freigelassen?«

Allmählich begriff Griet, was sie meinte. Ihr Hals schnürte sich zu. »Du meinst doch nicht etwa Overstolz?«

»Ja, aber …«

Griet musste sich auf einen Stuhl setzen, so sehr zitterten ihre Beine. »Yda! Er hat sie in seiner Gewalt.«

»Yda ist ihre Zwillingsschwester«, erklärte Quirin.

»Nun verstehe ich.« Das Mädchen sah ihn besorgt an. »Er hält sie in seinem Haus gefangen.«

»Verdammt!« Quirin schlug mit der Faust auf den Tisch. »Was ist mit Luca? Warum hat er uns nicht Bescheid gegeben?«

Griet zuckte mit den Schultern. Dann sprang sie auf. »Wir müssen sie befreien, bevor Overstolz sie tötet.«

Auch Quirin stand das Entsetzen in den Augen. »Wer bist du eigentlich, und was willst du hier?«, fragte er das Mädchen.

»Ich bin Weisgin und habe im Overstolzhaus als Magd gedient. Als ich die Frau befreien wollte, hat mein Herr mich hinausgeprügelt. Ich weiß nicht, wohin ich gehen soll. Deshalb wollte ich fragen, ob ich mich hier als Hure verdingen kann.«

Griets Gedanken drehten sich um Yda. Für die Nöte des Mädchens hatte sie kein Gehör. Starr blickte sie auf die Tür.

»Dazu bist du viel zu jung«, sagte Quirin. »Wie viele Lenze zählst du? Elf?«

»Nein, zwölf.«

Nun sah Griet doch zu ihr. »Du kannst hier als Magd arbeiten, aber nicht als Hure. Und das nur, wenn du uns hilfst, meine Schwester zu befreien.«

»Aber wie soll ich das anstellen?« Weisgin blickte sie an wie eine verschreckte Maus. »Der Herr bewacht sie in seinem Schlafzimmer.«

Griet wurde es speiübel. Was hatte Overstolz mit Yda vor? Warum warf er sie nicht in die Hacht?

Quirin war neben sie getreten und legte den Arm um ihre Schultern. »Heute ist es eh zu spät. Die Nachtwächter würden uns aufgreifen.«

Über Griets Wangen rannen Tränen. »Was ist nur mit Luca? Warum befreit er sie nicht? Ich muss zu ihm. Heute Abend noch.« Sie lief in ihre Kammer und holte den Umhang.

Rasch nahm Quirin ihn ihr wieder fort. »Wie stellst du dir das vor? Die Stadttore sind verschlossen.«

»Aber ich kann doch nicht tatenlos hier herumsitzen!« Griet schlug sich die Hände vor das Gesicht.

»Vielleicht hilft Aleff uns«, sagte Weisgin leise. »Er ist Knecht im Overstolzhaus. Wenn ihr einverstanden seid, werde ich ihn gleich morgen in der Frühe fragen.«

Griet nahm die Hände herunter und nickte. Dabei wusste sie, die kommende Nacht würde die schrecklichste ihres Lebens werden.

Judith betrat mit ihrem Freier den Schankraum. Die beiden lachten über einen Scherz, den der Mann wohl gerade zuvor gemacht hatte. Als sie Weisgin sah, hob sie die Augenbrauen. »Was ist das denn für ein Mäuschen?«

»Das ist die Magd von Overstolz«, sagte Quirin. »Er hält Yda in seinem Haus gefangen.«

»Wie? Warum lässt er sie nicht in die Hacht werfen?« Judith griff nach einem Krug und nahm einen kräftigen Schluck Bier.

Weisgin zuckte mit den Schultern. »Ich weiß es auch nicht.«

Wütend knallte Quirin einen Krug auf den Tresen. Das Bier schwappte über den Rand. »Er begehrt sie. Das habe ich gesehen, als sie für ihn getanzt hat. Ich denke, er will sie sich in sein Bett holen.«

Griet schlug sich die Hand vor den Mund. »Um Himmels willen. Yda wird ihn töten.«

Judith legte ihr die Hand auf den Arm. »Ich helfe euch. Lass mich nur machen. Gleich morgen werde ich zu ihm gehen und Yda aus seinem Haus holen.«

»Wie willst du das anstellen? Er lässt doch im Leben keine Hure wie dich in sein Haus«, sagte Quirin.

Judiths Augen wurden finster. »Das weiß ich auch, Bursche. Jedoch bin ich listig genug, um einen Weg zu finden. Lass mich nur machen, und Yda wird rasch wieder bei euch sein.«

Die Hure sprach so überzeugend, dass Griet Hoffnung verspürte. Sie bat Gott, er möge seine Hand über Yda halten.

»Ich gehe mit dir«, sagte Weisgin und trat neben sie.

Judith winkte ab. »Lass mal, Kleine.«

15. Kapitel

Die aufgehende Sonne tauchte die Bauernsiedlung am Fuße des Heunberges in ein goldenes Licht. Luca stieg von der Fuchsstute ab und lockerte seine Beine. Der Rücken schmerzte ihm von dem ungewohnten Ritt ohne Sattel. Die Einsamkeit auf dem Pferd hatte seine Schwermut verschlimmert, und er war froh, auf Ablenkung zu stoßen.

Vor ihm ragte der eckige Turm der Valkenburg auf. Luca tastete nach dem Pergament unter seinem Hemd und führte sein Pferd vorbei an einer Bauernhütte, vor der zwei kleine Mädchen mit Steinen spielten. Ihre Haare waren noch wirr vom Schlaf. Der einzige Weg hinauf zur Burg führte durch einen Wald. Am Rand des Pfades blühte bereits eine Vielfalt von Kräutern. Bald schon würde der Sommer kommen und mit ihm die Hitze. Luca mochte nicht daran denken, was dann sein würde. Der Gedanke an die Zeit, die vor ihm lag, bereitete ihm noch mehr Unbehagen, als er ohnehin schon verspürte. Auch wenn er den Tod seiner Mutter gerächt hatte, würde jeder Tag ohne Yda ein verlorener sein.

Luca stieg wieder auf den Rücken des Pferdes. In Gedanken versunken, lenkte er die Fuchsstute den Hang hinauf zu dem Tor in der Burgmauer. Die Wächter davor kreuzten die Lanzen. Er holte das Pergament unter seinem Hemd hervor und zeigte es ihnen. Sie betrachteten das Siegel, nickten und zogen das Fallgitter hoch.

Zwei Ritter, die noch in ihre Kettenhemden gekleidet waren, schliefen mit den Köpfen auf dem Holztisch in der Mitte des Burghofes.

Eine beleibte Magd kam daher und räumte naserümpfend die leeren Krüge neben ihnen ab. Auf ihrem Rücken lag ein mausgrauer Zopf. »Es ist immer das Gleiche, wenn die Nächte wärmer werden.« Sie ließ den Blick über Lucas einfaches Hemd und die wollenen Beinkleider schweifen. »Du bist fremd hier. Ich hab dich noch nie gesehen.«

»Ich komme im Auftrag des Erzbischofs. Kannst du mir sagen, wo ich Plettenberg finde?«

Die Magd schob die Unterlippe vor und schüttelte den Kopf. »Der Name sagt mir nichts. Wer soll das sein?«

»Er kommt von der Burg Worringen. Ich soll ihn hier treffen.«

»Ach, nun weiß ich, wen du meinst. Die Männer des Erzbischofs sind dort drüben untergebracht.« Sie wies mit dem Kopf auf ein Gewölbe, in dem eine Treppe zu den höher gelegenen Räumen führte. »Die Herrschaften schlafen allerdings noch. Die Nacht auf dem Burghof war lang. Du bist aber kein Edelmann, oder? Ich meine nur, wegen deiner Kleider. Siehst eher aus wie ein einfacher Knecht.«

»Das bin ich auch.«

Mehr sagte Luca nicht. Wenn er auf Plettenberg traf, würde bald jeder auf der Burg wissen, dass er ein Schinder war. Vorausgesetzt, dieser miese Hund erinnerte sich überhaupt an ihn. Luca wünschte sich, es würde nicht so sein.

»Hast du Hunger? Willst du etwas essen?«

»Nein, danke.« Luca setzte sich neben die Männer auf die Holzbank und streckte die Beine von sich.

»Gut, dann gehe ich zurück in die Küche. Mein Name ist übrigens Martha. Und deiner?«

»Luca, der Knecht.«

Die Frau lachte. Dann wandte sie ihm den Rücken zu und verschwand zwischen den Mauern.

Luca dachte an Yda. Wie es ihr wohl ergehen würde? Das Band, das seinen Brustkorb einengte, zog sich noch mehr zusammen.

Er blickte an dem Gemäuer hinauf, in das kleine Fenster eingelassen waren. Overstolz hatte gesagt, er solle dem Burgherrn nur das Pergament übergeben und dann Augen und Ohren offenhalten. Wie sollte er das schaffen, ohne diesem Plettenberg an die Gurgel zu gehen? In Gedanken sah er den Leichnam seiner Mutter – das Gesicht blau geschlagen. Die Hitze des Zorns wollte Luca schier verbrennen. Er sprang von der Bank auf und ballte seine zitternden Hände zu Fäusten.

Eine junge Magd kam daher. Sie trug einen Eimer, den sie am Brunnen mit Wasser gefüllt hatte. Luca riss ihn ihr aus den Händen und schüttete sich den Inhalt über den Kopf.

Die Magd sah ihn erschrocken an. »Geht es dir jetzt besser?«

Luca gab ihr den Eimer zurück und strich sich das nasse Haar aus der Stirn. »Jemand sagte mal, ich sollte auf meinen Hitzkopf aufpassen.«

»Na, den hast du ja nun ordentlich abgekühlt.« Kopfschüttelnd kehrte das Mädchen zurück zum Brunnen.

Eine Hand legte sich auf Lucas Schulter. Erschrocken wandte er sich um und sah in dunkelbraune Augen.

»Darf ich fragen, wer du bist?«

»Seid Ihr der Burgherr?« Luca betrachtete den Pelzkragen der Cotte. Darüber lag das dunkle Haar des Mannes in weichen Wellen.

»Antworte mir nicht mit einer Gegenfrage, Bursche.«

»Ich bin Luca und komme auf Empfehlung des Erzbischofs Siegfried von Westerburg.«

Der Edelmann gab einen verächtlichen Laut von sich. »Das kann ja jeder behaupten. Wahrscheinlich suchst du auf meiner Burg nur ein warmes Plätzchen, an dem du dich durchfressen kannst.«

»Ihr irrt, Herr.« Luca übergab ihm das Pergament, von dem er selbst nicht wusste, was darin stand.

Der Mann entrollte das Schreiben. Nachdem er es überflogen hatte, hob er die Augenbrauen und sah Luca wieder an. »Du bist also ein ausgezeichneter Schwertkämpfer.«

Was behauptete Overstolz im Namen des Erzbischofs denn da? Luca brach der Schweiß im Nacken aus.

»Da freue ich mich aber auf eine Kampfübung mit dir.« Der Mann schlug ihm mit der flachen Hand gegen den Oberarm. »Ach, übrigens, ich bin Walram von Valkenburg, der Herr dieser prachtvollen Festung. Sag, wer war dein Rittervater? Davon steht in dem Schreiben gar nichts.«

»Siegfried von Westerburg. Er hat mich gelehrt, was ein guter Ritter können muss.« Luca ahnte im selben Moment, als er dies aussprach, dass seine Tollkühnheit ihn noch den Kopf kosten würde. Doch ein anderer Name fiel ihm im Augenblick nicht ein. Und von dem Erzbischof wusste er wenigstens, dass dieser sich nicht auf der Burg befand – oder hoffte es zumindest. Er ärgerte sich über seinen überstürzten Aufbruch. Nichts hatte er geplant. Er war nur froh gewesen, eine Möglichkeit gefunden zu haben, sich an Plettenberg zu rächen. Und vielleicht auch, vor seinem Kummer wegzulaufen. Doch nun half alles Zetern nicht.

Walram pfiff anerkennend durch die Zähne. »Dann bist du wirklich ein fähiger Bursche. Von solchen wie dir kann ein Heerführer gar nicht genug haben. Du schließt dich also meinen Truppen an?«

»Dazu bin ich hier.« Zu seinem Glück wusste Luca, dass er nie an der Seite des Erzbischofs kämpfen würde. Bis dahin wäre er längst mit den Schlachtplänen über alle Berge.

»Gut, Bursche. Am Nachmittag werden weitere Verbündete hier eintreffen. Gegen Abend finden wir uns im Rittersaal ein, wo wir die Lage besprechen.« Abermals schlug er Luca mit der flachen Hand auf die Schulter. »Such nach einer Magd, die dir das Lager der Söldner zeigt, und lass dir von ihr etwas zu essen geben. Vorher bringst du aber deinen Gaul in die Ställe.«

Overstolz regte sich und öffnete die Augen. »Ich hab von dir geträumt, Kätzchen.« Ein zufriedenes Lächeln umspielte seine Lippen.

»Dann schließt die Augen und träumt weiter.«

Er stützte sich auf seine Ellenbogen. »So griesgrämig heute Morgen? Das verstehe ich nicht. Die Sonne verspricht einen schönen Tag.«

»Für Euch vielleicht. Ich spüre jedoch meine Hände nicht mehr.«

»Das kannst nur du allein ändern. Du brauchst lediglich freundlich zu mir zu sein.« Behäbig erhob sich Overstolz aus dem Bett und entledigte sich seiner Beinkleider. Vollkommen ungeniert schritt er zu dem Waschtisch. Sein Leib war sehnig und hager. Yda sah die Wunde auf seinem Hinterteil, die gut zu heilen schien. Erneut übermannte sie der Zorn. Er hatte Lucas Heilkünste nicht verdient. Ob er überhaupt wusste, dass sie die Geliebte des Henkersknechts war? Gewiss nicht, sonst hätte er sie wahrscheinlich auf der Stelle getötet.

Nachdem sich Overstolz den Leib mit einem nassen Tuch abgerieben hatte, zog er sich wieder an. »Hast du Hunger? Dann lasse ich dir etwas zu essen bringen.«

»Wie soll ich denn mit den Fesseln essen? Etwa wie ein Schwein? Bindet mich endlich los.«

»Das bekommen wir schon hin. Aleff kann dir den Brei reichen.« Overstolz zwinkerte ihr zu und verließ das Zimmer.

»Verdammter Drecksack!«, rief Yda ihm hinterher. Lieber würde sie verhungern, als sich von dem Knecht füttern zu lassen. Sie kämpfte mit den Tränen. Wo war bloß Luca? Warum holte er sie nicht hier heraus? Nach dem, was vorgefallen war, musste er doch wissen, wer sie gefangen hielt. Allmählich begann Yda an Lucas Liebe zu zweifeln. Es schien ihn nicht zu scheren, dass sie verschwunden war. Vielleicht war er ja sogar froh darüber. Wie sollte sie je darüber hinwegkommen? Der Gedanke daran schmerzte mehr als ihre Handgelenke.

Die Tür flog auf, und der Knecht trat ein. In der Hand hielt er eine dampfende Schale. Er grinste dümmlich. »Der Herr hat gesagt, ich soll dich mit Brei füttern, damit du genug Kraft zum Tanzen hast.«

»Von mir aus kannst du den Brei den Schweinen vorwerfen.«

»So ungehorsam am frühen Morgen?« Aleff trat zu ihr.

»Das bin ich nur, solange ich festgebunden bin. Warum machst du mich nicht los, damit ich selbst essen kann?«

Aleff ging darauf nicht ein und hielt ihr einen Löffel Getreidebrei an den Mund. »Nun iss, sonst bekomme ich Ärger mit meinem Herrn.«

Yda wandte das Gesicht ab. In ihrem Bauch breitete sich Übelkeit aus. Aber dann fiel ihr ein, wie der Knecht noch größeren Ärger mit Overstolz bekommen könnte. Sie sah Aleff wieder an. »Sag mal, was würde dein Herr denn sagen, wenn er wüsste, dass du den Henkersknecht an ihn rangelassen hast?«

Aleff ließ den Löffel in die Schale sinken und sah sie mit großen Augen an. »Was weißt du denn schon davon?«

»Luca hat es mir selbst erzählt.«

Der Knecht wich einen Schritt zurück. »Was hast du mit dem Henkersknecht zu schaffen?«

»Ich bin sein Weib.« Die Worte auszusprechen zerriss Yda das Herz.

Dem Knecht fiel die Schale aus den Händen. Er machte einen Satz und griff Yda an die Kehle. »Er darf das nicht wissen. Niemals! Verstehst du? Er gehört den hohen Geschlechtern der Stadt an. Er ist ein angesehener Patrizier und der Befehlshaber der Kölner Miliz.«

Yda blieb die Luft weg. In Todesangst wand sie sich unter seinem Griff, doch Aleff umklammerte weiter ihren Hals. Sie versuchte nach ihm zu treten, traf ihn jedoch nicht. In ihrem Kopf rauschte es, als würde sich ein Sturzbach darin ergießen. Sie brauchte Luft! Sie wollte atmen! Yda zerrte an den Fesseln.

Plötzlich stand Overstolz neben dem Knecht und schlug ihm ins Gesicht. Die Hand an ihrem Hals löste sich, und Yda schnappte nach Luft. Ein Hustenanfall überfiel sie, der in ein lautes Röcheln überging.

»Du verdammter Hurensohn! Was fällt dir ein?«, schrie Overstolz.

Aleff hob keuchend den Blick. Aus seiner zertrümmerten Nase lief Blut. »Sie … sie wollte nicht essen.«

»Das ist kein Grund, sie umzubringen, du Trottel. Scher dich fort, sonst vergesse ich mich.«

Als wäre der Teufel hinter ihm her, rannte der Knecht aus dem Zimmer. Overstolz schloss die Tür hinter ihm.

Yda hustete immer noch. Nur langsam kehrte die Luft in ihre Lungen zurück. Overstolz trat näher, hob ihr Kinn an und betrachtete ihren Hals. »Ich weiß nicht, was in ihn gefahren ist. Eigentlich ist er ein friedfertiger Mann. Hast du ihn gereizt?«

Yda schüttelte benommen den Kopf. Mit einem Mal war die ganze Kraft aus ihrem Leib gewichen, und eine unbändige Müdigkeit überfiel sie. Sehnsüchtig sah sie zu dem Bett und wünschte sich, sie könnte in den Kissen versinken und die Welt um sich herum vergessen.

Overstolz erhob sich wieder. Er schritt zum Fenster und sah hinaus. Wohl in Gedanken versunken rieb er sich den Nacken. »Ich werde bald für ein paar Tage fort sein. Ich muss in Brühl an Verhandlungen teilnehmen. Leider weiß ich nicht, wer dich in der Zeit bewachen soll.«

Darauf hätte Yda ihm gern eine Antwort gegeben, leider wusste sie keine, die ihr etwas genutzt hätte. Sie ließ den Kopf hängen.

Overstolz schritt auf sie zu und löste ihr die Fesseln.

Erstaunt sah Yda ihn an. »Lasst Ihr mich etwa frei?«

»Davon habe ich nichts gesagt.« Er wickelte das Seil von ihren Handgelenken.

Ihre Arme waren steif wie Äste. Yda bewegte die schmerzenden Schultern, um sie zu lockern. »Was habt Ihr vor?«

»Ich begehre dich, Kätzchen«, hauchte er in ihr Ohr.

Als er ihr das Haar zurückstrich, bemerkte sie, dass seine Finger zitterten. Yda fuhr ein eiskalter Schauer über den Rücken. Er schob ihr das Kleid über die Schulter und bedeckte ihre Haut mit Küssen.

»Nicht«, wimmerte sie. »Zwingt mich nicht, die Ehe zu brechen.«

Overstolz hob den Blick. »Du hast einen Mann? Wer ist es? Der Bader?«

»Nein, es ist ein Bauer aus der Siedlung Buckelmund. Die Söldner haben unsere Hütte niedergebrannt. Wir stehen vor dem Nichts. Ich bin in Köln, um Geld zu verdienen. Versteht Ihr?«

»Wenn er dich allein gehen lässt, ist er nicht wert, dein Mann zu sein. Eure Ehe ist somit aufgehoben.«

Auch wenn die Geschichte zum Teil erfunden war, traten Yda Tränen in die Augen. Sie dachte an Luca. Ob er sie noch als sein Eheweib betrachtete? »Das dürft Ihr nicht«, schluchzte sie.

»Nicht?« Overstolz fuhr mit dem Zeigefinger über ihren Hals. »Kätzchen, was glaubst du, was ich alles darf. Außerdem glaube ich dir kein Wort.« Seine Fingernägel gruben sich in ihre Schulter. »Du hast keinen Kerl. Habe ich recht?«

»Doch, habe ich!«, schrie Yda ihm ins Gesicht.

»Fortan hast du nur noch mich.« Er riss den wollenen Stoff auf ihrer Schulter auseinander.

Das Kleid rutschte hinab und entblößte ihre linke Brust. Yda spürte heiß die Tränen über ihre Wangen rinnen.

Overstolz strich sie mit dem Daumen fort. »Du wirst dich

schon an mich gewöhnen. Wenn ich will, kann ich ziemlich umgänglich sein.« Mit einem Ruck vergrößerte er den Riss in ihrem Kleid, so dass es zu Boden fiel.

Er umfasste ihre Hüften und zog sie an sich. Yda spürte seinen Atem heiß auf ihrer Wange. Alles in ihr sträubte sich gegen ihn. Doch sie wusste, wenn sie ihn fortstieß, würde er sie totprügeln. Sie schloss die Augen und presste fest die Lippen aufeinander. Es würde vorbeigehen. Und dann würde sie eine Möglichkeit finden zu flüchten. Ydas Herz flatterte vor Angst. Overstolz führte sie zu seinem Bett. Dort legte er sie auf die Kissen und betrachtete versonnen ihren Leib. Sein Brustkorb hob sich von seinen tiefen Atemzügen. Er zog sich das Hemd und die Beinkleider aus. Yda schloss die Augen, um ihn nicht ansehen zu müssen. Kurz darauf spürte sie seine Hand auf ihrer Brust. Dann seine Lippen. Ein Schluchzer entfuhr ihrer Kehle. In diesem Augenblick wünschte sie sich nichts sehnlicher, als zu sterben. Seine Zunge umkreiste ihre Brustwarzen. Er kroch über sie und schmiegte sein Becken an ihres. Sie spürte sein Geschlecht an ihren Oberschenkeln. Als er sich an ihr rieb, entfuhr ihm ein Raunen. Sanft schob er ihre Schenkel auseinander und führte sein Geschlecht zu ihrer Mitte. In Ydas Ohren summte ein Schwarm Bienen. Sie zitterte am ganzen Leib. Als er in sie eindringen wollte, bäumte sich plötzlich etwas in ihr auf. Ohne zu zögern grub sie ihre Fingernägel in seinen Hintern – genau dort, wo die Wunde war. Seine Augen weiteten sich. Ein Schrei verließ seine Kehle. Und kurz darauf klatschte seine Hand in ihr Gesicht. Keuchend sprang er auf.

»Du verdammtes Miststück!« Das Gesicht rot vor Zorn, holte er aus und schlug mit seiner Faust in ihre Rippen.

Yda blieb die Luft weg. Overstolz holte erneut aus und traf

mit voller Wucht ihr Gesicht. Vor ihren Augen breitete sich Schwärze aus.

Rinchen stolperte hinter dem Maultier her. Der Feldweg war steinig, und die Rinne, welche die Fuhrwerke hinterlassen hatten, hart getrocknet von der Sonne. Die Männer hatten ihr Fesseln angelegt und sie an das Lasttier gebunden. Seit Stunden liefen sie nun über die Felder.

Allmählich wurde sie wütend. »Mein Kindchen hat Hunger und ich Durst. Ihr seid böse.«

Der Bärenmann blieb stehen und sah sie verdutzt an. »Dein Kindchen?« Er sah an ihr herab. »Bist du etwa schwanger?«

Die anderen Männer hielten ebenfalls in ihrem Schritt inne. Das Eselsgesicht trat zu ihr. »Sag bloß, dich hat jemand bestiegen?«

Der dritte spie auf den Boden. »Pah, wie abartig.«

Rinchen verzog die Lippen. »Sag so was nicht. Ich bin Jungfrau und trage genau wie die Muttergottes ein Jesuskind in mir.«

Der Bärenmann brach in Gelächter aus. »Ja, sicher, und ich bin der Allmächtige.«

»Bist du gar nicht«, keifte Rinchen. »Dazu bist du viel zu böse.«

Der Glupschäugige wandte sich ab. »Sie ist tollköpfig. Das seht ihr doch. Lasst uns weiterziehen. Walram von Valkenburg wird verärgert sein, wenn wir nicht zeitig eintreffen.«

Rinchen horchte auf. »Sagtest du Valkenburg?«

Der Glupschäugige gab Rinchen keine Antwort und zog an dem Maultier, das sich jedoch keinen Schritt bewegen wollte. Er ging um das Tier herum und schlug ihm mit der Hand auf das Hinterteil.

»He, ich hab dich was gefragt! Und hör auf, das Eselchen zu schlagen. Gib ihm lieber etwas Wasser. Es ist gewiss so durstig wie ich.« Verärgert schüttelte Rinchen den Kopf und nahm sich vor, ebenfalls keinen Schritt weiterzugehen, wenn sie nichts zu trinken und keine Antwort bekam. Sie setzte sich umständlich auf den Boden und verschränkte die Arme vor der Brust.

Der Mann mit den vorstehenden Zähnen beugte sich zu ihr hinab. Seine Finger tänzelten auf ihrem Kopf. »He, was soll das? Steh sofort wieder auf!« Seine Worte wurden von Spucke begleitet und besprenkelten Rinchens Wange.

Angewidert wischte sie sich mit dem Ärmel das Gesicht ab. »Bekomme ich Wasser und ein Stück Brot? Und eine Antwort?«

Der Mann verzog das Gesicht, als hätte er sauren Wein getrunken. »Dir werde ich noch das Maul stopfen.« Er packte sie und hob sie auf den Rücken des Maulesels.

Unter dem Griff seiner Pranken strampelte Rinchen mit den Beinen. Es nutzte ihr jedoch nichts, denn er band sie so fest, dass sie sich nicht mehr befreien konnte.

Rinchen drückte der Bauch. Sie spürte den Widerstand des Kindes zwischen sich und dem Rücken des Esels. Unbändige Angst überfiel sie. Sie würde es erdrücken, wenn sie so auf ihm lag. Rinchen begann zu weinen.

Nachdem der Bärenmann mehrmals mit dem Stock auf das Eselchen eingeschlagen hatte, gab das Tier nach und setzte sich in Bewegung. Rinchen schluchzte, als hätte sie selbst die Hiebe gespürt.

Auf ihrem weiteren Weg erhoben sich zaghaft die ersten bewaldeten Hügel. Rinchen weinte unablässig bittere Tränen um ihr Kindchen, das wohl bald tot sein würde.

»Hör endlich auf zu blöken«, blaffte der Bärenmann.

»Dann bind mich los. Mein Kindchen stirbt sonst, und du bist schuld.«

»Aber nur, wenn du nicht bockiger als der Esel bist und vorangehst.«

Auch wenn der Durst noch so groß war, für ihr Kleines hätte Rinchen alles getan. »Ich verspreche es bei meinem Leben.«

Der Mann band sie wieder los. Rasch stand Rinchen auf ihren Beinen. Wenn sie keine Antwort von den Männern bekam, würde sie halt die Ohren weit aufsperren. Und um ihren Durst zu stillen, sammelte sie Spucke im Mund. Von nun an musste sie tapfer sein, wie Mutter es auch immer gewesen war, wenn die Männer böse zu ihr waren. Rinchen spürte, wie Traurigkeit in ihrem Herzen aufkeimte. Mutter fehlte ihr so sehr.

»Warum heulst du denn nun schon wieder?« Der Bärenmann verdrehte die Augen.

»Wegen Mutter.« Rinchen zog die Nase hoch. »Weißt du, sie ist tot. Deswegen bin ich traurig.«

Der Mann hielt ihr seinen Lederschlauch an die Lippen. »Hier, aber nimm nur einen kleinen Schluck. Wer weiß, wann wir wieder an einem Bachlauf vorbeikommen.«

Das Wasser rann wohltuend ihre Kehle hinab. Viel zu schnell nahm der Mann den Lederschlauch von ihren Lippen. Doch Rinchen wollte nicht zetern. Sie schenkte ihm ein dankbares Lächeln. Wenn sie die Männer nicht verärgerte, würden sie gewiss bald gut zu ihr sein und ihr auch etwas zu essen geben. Rinchen erinnerte sich an die Worte von eben. »Gehen wir wirklich zur Valkenburg?«, fragte sie vorsichtig.

Der Bärenmann nickte. »Der Graf wird sich freuen, ein

solch nettes Geschenk wie dich zu erhalten. Soweit ich weiß, hält er sich nämlich noch keinen Narren, der die Burgbewohner zum Lachen bringt.«

Erneut ärgerte sich Rinchen über seine Worte. Ihr Wohlwollen flog mit dem Wind davon. »Meinst du etwa mich damit?«

Abermals lachte der Mann aus vollem Hals. »Haben wir sonst noch jemanden dabei?«

Rinchen sah ihn böse an. »Ich bin aber kein Narr.«

»Du hast recht. Du bist kein Narr, sondern ein Narrenmädchen. Kannst du auf den Händen laufen?«

Zwar hatte sie schon oft gehört, wie die Leute dies hinter ihr hergerufen hatten, war jedoch nie auf den Gedanken gekommen, Späße vorzuführen. Wozu auch?

»Das ist töricht, ich werde dem Grafen keine Hofnärrin sein.«

»Na, dann warte mal ab, bis du seine Peitsche zu spüren bekommst.«

Rinchen wandte den Blick ab und tröstete sich mit dem Gedanken, dass Luca den Männern bald schon Maulschellen verpassen würde.

Gerhard wischte Yda mit einem nassen Tuch über das Gesicht. Sie lag immer noch in einer tiefen Bewusstlosigkeit, und er fürchtete, sie würde sterben. Das hatte er nicht gewollt. Je mehr der Schmerz in seinem Hinterteil nachließ, desto mehr sorgte er sich um sie. Er war zu vorschnell gewesen! Dabei hatte er doch warten wollen, bis sie bereit war. Was war bloß in ihn gefahren? Diese Frau verdrehte ihm mehr den Kopf, als Loretta es je getan hatte. Er musste wieder zur Besinnung kommen.

Gerhard bedeckte Ydas bloßen Leib mit dem Fell und rüttelte sanft an ihren Schultern. »Wach auf, Kätzchen.«

Yda rührte sich nicht. Er musste wohl die Küchenfrau um Hilfe bitten. Vielleicht besaß sie ein Mittel, das die junge Frau aus der Ohnmacht holte.

Gerhard eilte die Stiege hinab. Gerade als er die Küche betreten wollte, klopfte es an der Eingangstür. Da er sowohl die Magd als auch den Knecht aus dem Haus gejagt hatte, öffnete Gerhard selbst. Vor der Tür stand eine Frau in einem schmuddeligen Kleid, das mehr von ihrer Brust zeigte, als es verbarg. Gerhard vermutete eine Hure und wollte ihr die Tür vor der Nase zuschlagen.

Die Frau stellte den Fuß dazwischen. »Wartet, Herr. Ich weiß etwas, das Euch interessieren könnte.«

»Das Kirchspiel hier ist etwas zu gediegen für deine Dienste. Such dir ein anderes Viertel.« Gerhard drückte die Tür gegen ihren Fuß.

»Ist Yda bei Euch?«

Erstaunt sah er sie an. »Was geht dich das an?«

Die Hure zog den Fuß zurück. »Ich wollte Euch nur warnen.«

»Wovor?«

»Vielleicht solltet Ihr wissen, dass sie mit dem Henkersknecht das Bett geteilt hat.«

Gerhard wurde es speiübel. »Was redest du da? Mit welchem Henkersknecht soll das gewesen sein?«, bellte er.

»Mit Luca. Er hat sie als sein Weib angenommen. Und das könnt Ihr mir getrost glauben.« Die Hure zog den Rotz durch die Nase und schluckte ihn hinunter. »Ich hoffe, Ihr habt sie nicht berührt. Was das bedeuten würde, wisst Ihr ja.«

Das wusste Gerhard nur zu gut. Eine unbändige Wut überfiel ihn. Yda hätte es ihm sagen müssen! Dafür würde sie büßen!

»Wer außer dir weiß, dass sie hier ist?«

Die Hure runzelte die Augenbrauen. »Warum fragt Ihr?«

Gerhard spähte auf die Straße. Niemand war zu sehen. Er fasste die Hure am Arm und zog sie in sein Haus. Dort hielt er ihr so lange den Hals zu, bis sie ihm leblos aus den Händen rutschte.

Dicht an dicht hatten die Ritter in der Scheune ihre Felle ausgebreitet. Luca suchte nach einem freien Platz zwischen ihnen. Es stank erbärmlich nach den Ausdünstungen der Männer. Einige von ihnen polierten ihre Schwerter, andere spielten mit Würfeln. In der hintersten Ecke verprügelte ein Ritter seinen Knappen. Der Junge ertrug es mit stiller Fassung. Niemand schien Luca zu beachten. Sie waren es wohl gewohnt, dass der Graf immer mehr Söldner um sich scharte. Bald würde der Platz auf der Burg nicht mehr ausreichen, und weitere Ankömmlinge würden auf den Feldern der Grafschaft lagern müssen.

Luca fand eine Stelle und legte sein Bündel dort nieder. Dann verließ er die Scheune. Auf dem Burghof setzte er sich auf einen Mauervorsprung und beobachtete, wie sich mehrere Knappen im Armbrustschießen übten. Sie zielten auf eine Strohpuppe. Jedes Mal, wenn einer von ihnen den Kopf traf, brachen sie in Gejohle aus.

Ein junger Knecht schlenderte vorbei. Im Arm hielt er eine Magd und küsste sie ungeniert auf die Wange. Luca wandte den Blick ab und sah in den wolkenlosen Himmel. Ob die Sehnsucht nach Yda jemals nachlassen würde? Er dachte an ihre Augen, daran, wie ihr Haar gerochen und wie gut es sich angefühlt hatte, wenn sie ihn berührte. Er musste sie vergessen. Doch wie sollte ihm das gelingen?

Luca schaute wieder zu der Strohpuppe. Ein Bolzen traf sie in die Brust. Und dann sah er ihn plötzlich. Er stand neben einem der Knappen und zeigte ihm, in welcher Höhe der Junge die Armbrust anzulegen hatte. Als dem Jungen die Waffe abrutschte und der Bolzen fast den Fuß eines anderen Knappen traf, lachte Plettenberg hämisch. In Lucas Eingeweiden rumorte es. Er fasste nach dem Dorn um seinen Hals und versteckte ihn unter seinem Hemd. Das geschundene Gesicht seiner Mutter tauchte vor ihm auf. Zu seinem eigenen Schutz rutschte Luca von der Mauer und schlich zur Scheune, bevor Plettenberg ihn entdeckte.

Im fahlen Licht der Unterkunft ließ Luca sich auf seinem Platz nieder. Plettenberg auf der Valkenburg am Leben zu lassen schien ihm unmöglich – ihn zu töten jedoch auch. Er dachte an die Worte des Patriziers. Wenn es zu einer Schlacht käme, könnte er ihm den Schädel einschlagen, ohne dafür aufgeknüpft zu werden. Luca musste sich in Geduld üben. Am Abend würde er mehr über die Pläne der Verbündeten des Erzbischofs wissen. Dann konnte er der Valkenburg den Rücken kehren und zum Lager des Brabanters überlaufen.

Obwohl es ihm schwerfiel, blieb Luca den Tag über in der Scheune. Mittlerweile ließ der Hunger seinen Bauch grummeln. Als sich die Männer aufrafften, um in den Rittersaal zu gehen, folgte Luca ihnen. Der Weg führte durch einen engen Gang, über dem sich in Bögen das Gemäuer schloss. Es war stickig und feucht. An den Wänden brannten Fackeln, deren Rauch ihnen die Luft zum Atmen nahm. Gemeinsam mit den anderen Männern drängelte sich Luca in den Saal.

Auf den Holzbänken vor der langen Tafel saßen bereits die ersten Ritter. Vor ihnen dampfte ein gebratenes Ferkel. Unermüdlich trugen die Mägde Krüge in den Saal. Mittlerweile schmerzte Luca der Hunger regelrecht.

Die Grafen und Herzöge traten ein. Ihre pelzbesetzten Cotten schillerten in farbenfroher Seide. Unter den Edelmännern war auch Plettenberg. Luca fiel es schwer, sich vor ihnen zu verbeugen. Lieber hätte er Plettenberg den Schwanz des Ferkels ins Maul gestopft. Der Graf von Valkenburg schlug dreimal mit einem Stock auf den Boden, um die Aufmerksamkeit auf sich zu ziehen. Als es im Saal still war, eröffnete er seine Rede, in der er erklärte, dass der Erzbischof Siegfried von Westerburg Unterstützung brauche, da der Brabanter bereits gedroht habe, die Burg Worringen zu belagern. Die Unterstützung sei dem Erzbischof jedoch gewiss, denn unzählige Vasallen des Reiches hätten sich ihm bereits angeschlossen.

Obwohl er wusste, dass er genau zuhören sollte, schweiften Lucas Gedanken ab. Eine Schlacht war wohl unausweichlich. Wieder dachte er daran, wie er Plettenberg in den Tod schicken würde. Auf jeden Fall würde er ihm dabei in die Augen sehen.

Walram von Valkenburg breitete eine Karte aus und erklärte die Aufstellung bei einer möglichen Schlacht. Luca schenkte ihm wieder seine volle Aufmerksamkeit und prägte sich jede Einzelheit ein. Gleich nach Sonnenaufgang würde er die Burg verlassen, um den Herzog von Brabant in die Pläne einzuweihen.

Luca heftete seinen Blick auf Plettenberg. Mit seiner blassen Haut und dem rotblonden Haar wirkte er, als könnte er keiner Filzlaus etwas zuleide tun. Wie doch der Schein zu trügen vermochte! Luca presste die Lippen aufeinander. Nein, er konnte die Burg nicht verlassen, ohne den Tod seiner Mutter gerächt zu haben. Das Gerede des Overstolzen interessierte ihn nicht mehr. Noch in dieser Nacht würde er Plettenberg ins Fegefeuer schicken.

Als Walram von Valkenburg seine Rede beendet hatte, griffen die Ritter nach dem Ferkel, das zuvor von einer Magd zerteilt worden war. Luca nahm sich nur ein kleines Stück, um den gröbsten Hunger zu stillen. Sobald er gegessen hatte, würde er sich zurückziehen, denn er konnte Plettenbergs Anblick nicht mehr ertragen.

Ein Diener trat zum Grafen von Valkenburg und flüsterte ihm etwas ins Ohr. Der Graf verließ die Tafel. Als er kurze Zeit später zurückkehrte, lag ein Strahlen auf seinem Gesicht. Abermals klopfte er mit dem Stock auf den Boden.

»Meine verehrten Gäste. Ein Geschenk ist eingetroffen, das ich euch nicht vorenthalten will. Wie ihr gleich sehen werdet, bin ich nun stolzer Besitzer eines Narren.« Vergnügt klatschte er in die Hände.

Luca wollte sich schon erheben, um den Saal zu verlassen, als um ihn herum die Ritter zu johlen begannen. Er sah zu der zweiflügeligen Tür – und glaubte, nicht mehr ganz bei Verstand zu sein. Der Narr, den drei Männer hereinführten, war Rinchen! Ihr Gesicht war mit Dreck und Tränenschlieren verschmiert. Hilflos schaute sie sich um. Luca sprang auf und stürmte zu ihr.

Rinchen schrie auf und klammerte sich an ihn. Einer der Männer zerrte sie von ihm fort und verpasste Luca einen Fausthieb in den Bauch. Luca krümmte sich kurz, dann ging er ebenfalls mit den Fäusten auf den Mann los. Luca wurde an den Schultern herumgerissen. Er erkannte Plettenberg, dessen Faust Lucas Bauch im nächsten Atemzug mit voller Wucht traf. Für einen Augenblick sank er auf die Knie. Aber dann straffte er keuchend den Rücken, und blinde Wut überfiel ihn. Sein Schlag traf Plettenbergs Gesicht. Doch noch bevor ihm das Blut aus der Nase schoss, ging Plettenberg erneut auf ihn los. Sie verkeilten sich und sanken beide zu Boden. Kurzerhand riss ein Ungetüm von Kerl sie auseinander, packte Luca am Kragen und warf ihn aus dem Saal. Drinnen schrie Rinchen nach ihm. Luca wollte wieder zu ihr, begriff aber, dass es keinen Zweck hatte. Allein kam er nicht gegen die Männer an. Da nutzte ihm auch der Dolch nichts, den er bei sich trug. Er musste Rinchen heute Nacht befreien, wenn die Männer schliefen.

Wie kam sie nur hierher? War sie ihm etwa gefolgt? Er hätte sie nicht allein lassen dürfen! In seinen Ohren hallten ihre Schreie. Und dann war sie plötzlich still. Lucas Magen krampfte sich zusammen.

16. Kapitel

Yda öffnete die Augen und versuchte sich zu erinnern, was geschehen war. Draußen vor dem Fenster war es hell, und sie lag allein in Overstolzens Bett. Langsam kam die Erinnerung daran zurück, wie er sie zu sich unter die Decke geholt hatte. Vorsichtig tastete Yda über ihr Gesicht, das unerträglich schmerzte. Unter ihren Fingern fühlten sich Nase und Wangen geschwollen an. Overstolz hatte auf sie eingeprügelt. Bei dem Gedanken daran begann Yda zu zittern, und ihre Finger wanderten weiter, hinab zu ihrer Scham. Erleichtert stellte sie fest, dass er sie nicht mit Gewalt genommen hatte.

Unter Schmerzen kroch sie aus dem Bett und zog sich das Kleid über. Auf der Stiege waren Schritte zu hören. Yda lief wieder zu dem Bett und versteckte sich darunter. Ein Schlüssel drehte sich im Schloss. Die Tür flog auf, und Overstolz trat ein. Yda sah, wie ihm ein Mann folgte.

»Sie muss hier sein.« Overstolz lief in dem Zimmer umher, näherte sich dem Bett und beugte sich hinunter.

Als er sie am Arm herauszerrte, wurde Yda der Hals trocken.

»Ihr sagtet, das Weib steht mit dem Teufel im Bunde. Das werden wir ihr schon austreiben.«

Overstolz hielt ihr die Lippen ans Ohr. »Wage nicht, irgendjemandem zu erzählen, dass du die Hure des Henkers bist«, flüsterte er ihr zu. Dann stieß er sie dem Mann in die Arme. »Von nun an wird sich der Greve um dich kümmern.«

Yda konnte sich nicht erklären, woher Overstolz von ihr und Luca wusste. War der Knecht zurückgekehrt und hatte geplaudert? Ohne Gegenwehr ließ sie sich von dem Greven die Arme auf den Rücken binden. Alles war besser, als im Haus dieses Patriziers zu sein. Sogar der Tod.

Sie stolperte vor dem Greven die Stiege hinab. Unten im Kontor sah sie den zugedeckten Leib einer Frau auf dem Boden liegen. Eine rote Haarsträhne und ein Teil des Gesichts lugten unter dem Tuch hervor. Judith hatte sie also verraten, und weil Overstolz nun um seine Ehre fürchtete, hatte die Hure dafür mit dem Leben bezahlen müssen.

Der Greve stieß sie durch die Gasse, die zum Palast des Erzbischofs führte. Yda vermutete, dass sie für ihr Vergehen wohl zum Tode verurteilt wurde. Doch noch stand ihr Wort gegen das des Patriziers. Sie würde den Spieß einfach so drehen, dass die Geschichte stimmig war.

Als sie die Stiegen der Hacht hinuntergingen, wurde es Yda doch mulmig zumute. Die Luft drang kaum in die Lungen, so schwer war sie. In dem Gang brannte nur hier und da eine Fackel an der Wand. Yda musste aufpassen, um nicht auf den glitschigen Stufen auszurutschen.

Als sie das Ende der Stiege erreichten, brannten Yda die Augen vom Rauch der Flammen. Der Wächter trat vor sie und öffnete eine der Eisentüren in dem Gemäuer. Dann packte er Yda und warf sie in die Finsternis. In ihren Ohren dröhnte der eigene Herzschlag. Selbst die Hinterlassenschaften ihrer toten Sau hatten nicht so gestunken wie die Luft hier. Das Stroh raschelte.

»Ist hier noch wer?«, fragte sie in die Dunkelheit.

Ein Stöhnen war zu hören, dem ein trockenes Husten folgte.

Über Ydas Rücken strich ein eisiger Schauer. Sie wich einen Schritt zurück. »Wer ist da? Bitte sag doch etwas.«

Es blieb still. Yda tastete umher, bis sie auf eine Mauer stieß, und kauerte sich ins Stroh. Hoffentlich hatte der Wächter sie nicht zu einem Mörder in die Zelle gesperrt. Die Angst fraß sich wie eine Made durch ihr Herz. Wie lange würde sie wohl hier ausharren müssen, bis der Greve sie verhörte? Ihr Bauch gab ein Gurgeln von sich, und Yda erinnerte sich an ihren Hunger.

»Bekommen wir hier etwas zu essen?«, fragte sie in die Stille.

Erneut gab ihr Zellengenosse nur einen trockenen Husten von sich. Vielleicht saß da ja ein Tauber, der sie gar nicht hören konnte. Auf allen vieren tastete sich Yda durch das verklumpte Stroh, bis sie einen rasselnden Atem vernahm.

»Wer bist du?«, fragte sie erneut.

Eine eiskalte Hand klammerte sich um ihren Arm. Yda schüttelte sie ab und kroch rasch zurück zu der Wand, an der sie zuvor gesessen hatte. In diesem Augenblick hätte sie alles für eine Fackel gegeben.

Mit bangem Herzen schloss Yda die Augen und wartete auf Schritte. Aber hinter der Eisentür blieb es bedrückend ruhig. Allmählich gewöhnte sie sich an das Stöhnen und Husten, das der andere Gefangene von sich gab, jedoch nicht an den Hunger, der in ihrem Bauch wütete. Sie dachte an Luca. Ob er ihr Henker sein würde? Nein, so weit würde es nicht kommen, schließlich hatte Overstolz keine Beweise. Sein Wort würde gegen ihres stehen. Das Wort eines Patriziers gegen das einer fahrenden Betrügerin. Fast hätte Yda über ihre eigene Dummheit gelacht.

Griet polterte gegen die Tür der Kammer, doch niemand öffnete ihr. Da Judith immer noch nicht zurückgekehrt war, hatte sie selbst zu dem Haus des Overstolzen gehen wollen. Daraufhin hatte Quirin sie in die Kammer gesperrt und ließ sie nicht mehr hinaus. Griet glaubte, den Verstand zu verlieren. Ihre Handballen schmerzten, doch viel schlimmer war die Sorge um Yda. Das ungute Gefühl in ihrem Herz war so eindringlich wie nie zuvor. Yda musste etwas Fürchterliches zugestoßen sein! Griet kaute auf ihren Fingernägeln. Wie konnte Quirin sie hier nur einsperren? Wie konnte er verlangen, dass sie untätig herumsaß, wenn Ydas Leben in Gefahr war? Die Verbundenheit und Liebe zu ihrer Schwester waren größer als die Angst vor dem Tod. Niemand konnte sie aufhalten. Warum hatte diese verdammte Kammer kein Fenster? Griet nahm den Hocker und schlug damit gegen die Tür. Das Holz knirschte.

»Lass mich endlich raus, Quirin!«

Hinter der Tür blieb es still. Griet schlug erneut den Hocker dagegen. So lange, bis er zerbrach. Weinend fiel sie auf die Knie. Wie konnte Quirin nur so grausam sein! Er vermochte sie nicht für immer hier festzuhalten. Irgendwann musste er die Tür öffnen, und dann würde sie zu Yda laufen. Mit Quirin würde sie kein Wort mehr reden – ihr ganzes Leben lang nicht.

Griet sprang auf und trommelte erneut mit den Fäusten gegen die Tür. Plötzlich hörte sie, wie etwas weggeschoben wurde. Dann öffnete sich die Tür, und Quirin stand vor ihr. Griet erkannte ihn kaum, denn er hatte sich den Kopf und das Kinn kahl geschoren. Sie sah in seine Augen, in denen Hoffnungslosigkeit geschrieben stand.

Quirin ließ die Schultern hängen. »Sie haben Yda in den Kerker geworfen.«

»Woher willst du das wissen?«

»Ich war auf dem Domhof und auf dem Aldemarkt. Die Leute reden über nichts anderes als über die Fahrende.«

Griet fühlte sich, als hätte ein Balken sie getroffen. »Aber … aber was geschieht denn nun mit ihr?«

Quirin wich ihrem Blick aus und blieb still.

Griet konnte das nicht hinnehmen. »Wir müssen sie befreien.«

»Was redest du da? Sie sitzt in der Hacht des Erzbischofs! Niemand kann sie befreien.«

»Was ist mit Luca? Wo ist er?«

»Ich weiß es nicht. Ich war auf dem Schindanger. Von ihm fehlt jede Spur. Und auch Rinchen ist verschwunden.«

»Herr im Himmel! Was geschieht hier nur?« Griet glaubte, an dem Kloß in ihrem Hals zu ersticken. Hilflos sah sie Quirin an. »Ich kann doch nicht zusehen, wie sie Yda zum Tode verurteilen! Verlange das nicht von mir.«

Er schloss die Arme um sie und drückte sie an seine Brust. Ihre Tränen durchweichten sein Hemd.

Quirin strich mit der Hand über ihr Haar. »Ich lasse nicht zu, dass du dich in Gefahr begibst. Lieber sperre ich dich wieder in die Kammer.«

Seine Brust bebte an ihrer Wange.

Griet löste sich aus seinem Armen. »Dann hilf mir.«

»Judith ist tot. Willst du die Nächste sein?«

Griet starrte ihn an. »Wie? Was ist geschehen?«

»Die Leute erzählen, sie sei tot in einer Gasse gefunden

worden, was ich nicht glaube. Ich denke eher, Overstolz steckt dahinter. Griet, es bleibt uns nichts anderes übrig, als zu warten, bis Luca wieder da ist. Nur er kann einen Weg in die Hacht finden.«

»Warum er und nicht du? Bist du zu feige?«

»Nun sei nicht ungerecht. Er kennt die Wachmänner. Ich nicht. Wie soll ich an ihnen vorbeikommen?«

»Indem du sie tötest«, fauchte Griet.

Quirin stieß sie zurück in die Kammer. Ehe Griet sich's versah, hatte er erneut die Tür verschlossen.

Luca riss die Augen auf und blinzelte in den Sonnenstrahl. Bis in die tiefe Nacht hatte er auf der Burg nach Rinchen gesucht. Das Gemäuer glich jedoch einem undurchdringlichen Labyrinth – erst recht in der Dunkelheit. Kurz vor dem Morgengrauen musste er dann mit dem Rücken an der Wand eingeschlafen sein. Er sprang auf, klopfte sich den Staub von den Beinkleidern und sah sich um. Wo befand er sich nur? Über ihm wölbten sich Rundbögen. Die Mauern, die ihn umgaben, waren nur mannshoch. Ein Gang führte in einen Turm. Von dort musste er gekommen sein, denn einen anderen Weg fand er nicht. Luca rieb sich mit der flachen Hand über das Gesicht, um richtig wach zu werden. Die Schlaflosigkeit der letzten Zeit forderte ihren Tribut, er fühlte sich kraftlos und matt. Doch er musste weiter nach Rinchen suchen. Was die Männer ihr in der letzten Nacht angetan haben mochten, durfte er sich nicht ausmalen. Rinchen war ein starkes Mädchen, das schon so einiges durchgestanden hatte. Auch wusste sie, dass er nicht aufhören würde, nach ihr zu suchen. Und wenn er dafür mit seinem Leben bezahlte.

Luca trat in den Gang, der in den Turm führte. Eine Treppe schlängelte sich das Gemäuer hinauf. Hinter ihr gab es eine weitere Tür. Erleichtert stellte Luca fest, dass sie nicht verschlossen war. Er betrat den großen Innenhof der Burg, wo sich am Tag zuvor die Knappen im Armbrustschießen geübt hatten. Ein kleiner hagerer Mann saß in der Sonne und polierte den Schild eines Ritters.

Luca ließ sich neben ihm auf dem Mauervorsprung nieder. »Kannst du dich an das Narrenmädchen von gestern Abend erinnern?«

Der Mann grinste schief. Seine Lippen waren rissig und die Zähne schwarz. »Aber sicher. Wer kann schon vergessen, wie der Graf die Zwergin zum Tanzen gebracht hat? Warst du nicht dabei?«

Luca schmeckte die Säure seines Magens auf der Zunge. »Nein, war ich nicht. Wie hat er sie denn zum Tanzen gebracht?«

»Na, so wie die Gaukler ihre Bären auf dem Marktplatz zum Tanzen bringen. Der Tanz war gut. Verdammt gut, wenn man von dem Gestank ihrer verbrannten Fußsohlen absieht.«

Luca sprang von der Mauer und packte den Mann an seinem schmutzigen Kragen. »Das Mädchen ist meine Schwester. Wenn du mir nicht augenblicklich verrätst, wo sie ist, drehe ich dir gleich hier den Hals um.«

Erschrocken riss der Mann die Augen auf und ließ den Schild fallen. »Nimm die Pfoten von mir!«

Luca fackelte nicht lange und legte die Hände um seinen Hals. Der Mann versuchte, ihm die Faust in den Magen zu rammen, doch er streifte nur Lucas Rippen.

»Ist gut, ist gut«, röchelte er und ruderte mit den Armen.

Luca nahm eine Hand fort und drehte dem Mann den Arm auf den Rücken. »Wo ist sie?«

»Ich schätze, im Gesindetrakt.«

»Wo finde ich den?« Luca drückte den Arm höher.

Der Mann schrie auf. »Ich sage es dir, wenn du mich endlich loslässt.«

Als das Schultergelenk des Mannes knackte, lockerte Luca seinen Griff.

»Hinter den Ställen findest du ein Holzhaus, in dem die Knechte und Mägde wohnen. Pass aber auf den Aufseher auf. Das ist ein scharfer Hund.«

»Lass das mal meine Sorge sein.« Luca stieß den Mann von sich. Den Weg zu den Ställen kannte er.

Kurz darauf fand Luca die Hütte, in der das Gesinde wohnte, und stieß die Tür auf.

Eine Magd, die wohl krank auf ihrem Stroh lag, sah ihn mit großen Augen an. »Was suchst du hier?«

»Das Narrenmädchen. Wo ist es?«

Eine Pranke legte sich auf seine Schulter. »Verschwinde von hier!«

Luca drehte sich zu dem Mann um, der Arme wie Baumstämme hatte, und rammte ihm die Faust in den Magen. Kurz kniff der Kerl die Augen zusammen und holte ebenfalls aus. Luca wehrte den Schlag ab, was den Mann wohl nur noch mehr anspornte. Er schlang seinen mächtigen Arm um Lucas Hals und nahm ihn in den Schwitzkasten. Mit seiner ganzen Kraft stemmte sich Luca dagegen. Dabei strauchelte er und riss den Kerl mit zu Boden. Dieser nutzte die Gelegenheit und wälzte sich auf ihn.

Da gab es plötzlich einen dumpfen Knall. Der Mann riss den Kopf hoch, dann sackte er mit seinem ganzen Gewicht auf Lucas Leib. Luca blieb die Luft weg. Er wand sich unter dem Gewicht hervor, schaffte es, sich von dem massigen Körper zu befreien. Im nächsten Moment sah er Rinchen, die einen Stein in den Händen hielt.

Luca sprang auf und drückte sie an sich. »Geht es dir gut?«

Rinchen starrte den Mann an. »Ist er tot?«

»Ich weiß es nicht.«

»Meine Füße tun so weh«, jammerte Rinchen.

Auch wenn Luca sich vor dem Anblick fürchtete, ließ er sie los und betrachte ihre Fußsohlen. Brandblasen überzogen die verkohlte Haut. Seine Eingeweide krampften sich zusammen. Er hob Rinchen auf seine Arme und trug sie aus der Hütte.

»Der Knochen der heiligen Jungfrauen! Wir müssen ihn holen.«

»Wie? Hast du etwa das Gebein mit hierhergenommen?«

»Ja, ich wollte es dir bringen, damit es dich beschützt. Fast hätten die Männer es mir gestohlen. Aber ich hab es mir wiedergeholt.«

Luca ließ sie zu Boden, um in der Hütte das Bündel zu holen.

Kurz darauf suchte er in den Ställen nach seiner Fuchsstute. Als er seine Schwester auf den Rücken des Tieres setzen wollte, stellte sich ihm der Stallmeister entgegen.

»Was hast du vor? Willst du etwa die Zwergin von der Burg bringen?«, raunte der Bärtige.

»Lass mich durch. Sie ist meine Schwester.«

»Vergiss es, Freund. Sie gehört dem Grafen.« Der Stallmeister hielt ihm die Mistgabel unter die Nase.

Unbeirrt hob Luca Rinchen auf den Rücken der Stute. Die Spitzen der Mistgabel berührten seinen Oberarm.

Rinchen riss die Augen auf. »Pass auf, Luca!«

»Nimm sie sofort vom Pferd, oder ich spieße dich auf.«

Luca wusste, der Mann würde Ernst machen, bevor er ihm überhaupt an die Gurgel gehen konnte. Er entknotete Rinchens Bündel und holte den Knochen raus. »Bring mich von der Burg – und die Reliquie wird deine sein.«

»Was ist das?«

»Ein Gebein der heiligen Jungfrauen von Köln. Es wird dich bis an dein Lebensende beschützen«, belehrte Rinchen ihn.

»Ist das wahr?«

Luca nickte. »Ein Mönch hat es vor seiner Kirche ausgegraben.«

»Und dir geschenkt, oder was?«

»Nein, hab es gestohlen«, krähte Rinchen dazwischen.

Der Stallmeister legte die Mistgabel auf den Boden und nahm Luca den Knochen aus der Hand. Eingehend betrachtete er ihn von allen Seiten.

Auch wenn der Mann für den Augenblick unbewaffnet war, brachte es nichts, auf ihn loszugehen. Luca wusste, ohne seine Hilfe würde schon bald der nächste Kerl ihn aufhalten. »Du wärest ziemlich dumm, wenn du ihn nicht nehmen würdest. Bringst du uns nun von der Burg?«

Der Stallmeister stieß schwer den Atem aus. »Versteck die Zwergin lieber auf einem Karren. Wenn sie auf dem Pferd sitzt, wird man dich nie aus dem Tor lassen. Auch nicht, wenn ich dich begleite.« Er holte einen Karren und zwei leere Säcke.

Luca hob Rinchen vom Rücken der Stute. »Du darfst dich

nicht bewegen. Verstehst du?« Er trug sie zu dem Karren und legte sie hinein.

Der Stallmeister deckte sie zu. »Ich verlasse mit ihr allein die Burg. Es ist nicht gut, wenn wir zusammen gesehen werden. Warte also eine Weile, bis du mir folgst.«

Luca runzelte misstrauisch die Stirn. Dennoch stimmte er zu. Wenn er mit ihm ging, würden die Wächter den Karren gewiss kontrollieren.

Nachdem der Mann den Stall verlassen hatte, hielt Luca es jedoch nicht lange aus und folgte ihm. Sein Gefühl hatte ihn wohl getrogen, denn der Stallmeister brachte Rinchen wirklich von der Burg und nicht, wie Luca befürchtet hatte, zum Grafen. Erleichtert stieß er den Atem aus und blieb in sicherer Entfernung hinter ihm. Vor der Fallbrücke standen zwei Wächter und kreuzten die Lanzen.

»Bist du nicht der, den sie gestern Abend aus dem Saal geworfen haben? Wo willst du hin?«

Luca sah dem Stallmeister hinterher, der gerade schon die Fallbrücke verließ. An der nächsten Weggabelung verlor Luca ihn aus den Augen.

»He, hat es dir die Sprache verschlagen?« Einer der Wächter fuchtelte mit der Lanze vor Luca herum.

»Der Graf will mich nicht mehr auf der Burg haben. Aber was interessiert das euch? Seht lieber zu, dass ihr nicht den falschen Männern Einlass gewährt. Und nun lasst mich durch. Ich bin euch keine Rechenschaft schuldig und, wie ihr seht, ein freier Mann.«

Die Männer ließen die Lanzen sinken und winkten ihn mit einem Kopfnicken durch das Tor. Nachdem Luca die Fallbrücke verlassen hatte, trieb er die Stute an und schlug den Weg ein, den der Stallmeister genommen hatte. Vor ihm erstreckte sich neben einem Wald das weite Feld. Wie es schien, hatte der Erdboden den Mann verschluckt. Luca wurde immer unruhiger. Er suchte den Boden nach Spurrillen ab, die der Karren hinterlassen haben musste. Wie Luca vermutet hatte, führten sie nach wenigen Schritten in den Wald. Er stieg vom Pferd und band es an einen Baum. Kurz vor dem Dickicht, wo die Bäume undurchdringlich schienen, fand er den verwaisten Karren. Luca tastete nach dem Dolch und band ihn von seinem Gürtel. Dann lauschte er in das Dickicht. Rinchen würde sich nicht ohne Gezeter von dem Mann entführen lassen. Der Stallmeister musste sie irgendwie zum Schweigen gebracht haben. Zu Lucas Linken war das Buschwerk geteilt. Er folgte der Spur durch die Brombeersträucher. Nach wenigen Schritten wurde der Wald lichter, und Luca sah sich zwischen den Bäumen um. Immer noch blieben der Mann und Rinchen verschwunden. So weit konnten sie doch nicht gekommen sein. Luca umklammerte den Griff seines Dolches und suchte den Waldboden nach Spuren ab. Doch das vermoderte Laub des letzten Jahres verriet ihm nicht, in welche Richtung der Stallmeister mit Rinchen geflüchtet war. Luca hätte schreien können, blieb aber ruhig.

Plötzlich hörte er Rinchen wimmern. Er folgte dem Geräusch und gelangte bald darauf an einen Bachlauf. Am Ufer beugte sich der Stallmeister über Rinchen, die am Boden lag, und versuchte, ihr den Mund zu knebeln. Rinchen wehrte sich und warf den Kopf hin und her.

»Du bleibst schön hier und wartest, bis ich wieder zurück bin«, raunte er.

Luca schlich sich an ihn heran. Als er dicht hinter ihm stand, gab er Rinchen mit seinem Blick zu verstehen, sie solle sich still verhalten. Dann fasste er dem Mann von hinten ins Haar, riss seinen Kopf herum und hielt ihm die Klinge an die Kehle.

Sofort sprang Rinchen auf. »Er hat gesagt, er will mich verkaufen! Und wenn ich nicht still bin, wird er dich töten.«

Luca ließ die Klinge durch das Gesicht des Mannes fahren. Dann stieß er ihn von sich.

Als Yda hörte, wie sich der Riegel in der Tür bewegte, sprang sie auf und drückte den Rücken gegen das Gemäuer. Gewiss brachte der Wärter etwas Wasser und Brot, was er bisher versäumt hatte. Mittlerweile war ihr Durst schlimmer als die Angst. Als sich die Tür öffnete, blinzelte Yda in das Licht. Eine hagere Gestalt trat in die Zelle und griff nach ihrem Arm.

»Mitkommen«, raunte der Mann und sah sich um.

Yda folgte seinem Blick und sah den regungslosen Leib in der Ecke liegen.

»Hartmut!«, schrie der Wärter.

Ein weiterer Mann erschien und glotzte ihn aus tumben Augen an. »Was?«

»Schaff den Kadaver der Alten aus der Zelle.« Er stieß Yda aus der Tür in den Gang.

Bei dem Gedanken, die letzten Stunden mit einer Toten verbracht zu haben, fröstelte Yda. »Wo bringst du mich hin?«

»Zum Verhör.«

Sie vernahm, wie der andere Wärter die Frau aus der Zelle schleifte. Dabei keuchte er, als würde er einen Ochsen schleppen.

Yda sammelte all ihren Mut zusammen und legte sich in Gedanken ihre Aussage zurecht. Der Greve musste ihr einfach Glauben schenken, dass sie nicht mit dem Teufel im Bunde stand.

Der Wärter fesselte ihre Hände auf dem Rücken und brachte sie in ein Gewölbe, das noch tiefer in der Hacht lag als die Kerkerzellen. Neben dem Greven saß der Inquisitor an einem Pult, auf dem eine Kerze flackerte. Mitten im Raum stand ein großer Tisch mit Schraubvorrichtungen an beiden Seiten. Der Wärter hatte sie also in die Folterkammer gebracht. Ydas Beine begannen zu zittern, und die Angst jagte wie ein Blitz durch ihren Leib.

Der Inquisitor erhob sich und umrundete das Schreibpult. Er war ein kleiner, untersetzter Mann, der bei jedem Schritt schnaufte. Als er dicht vor ihr stand, konnte Yda seinen sauren Atem riechen.

»Du bist also die Brut des Teufels.«

Ydas schlimmste Befürchtungen wurden war. »Nein! Wie kommt Ihr darauf?«

»Fangen wir von vorn an. Wie der werte Herr Overstolz uns berichtete, hast du eine Schwester, die dir aufs Haar gleicht. Seid ihr in einer Nacht geboren?«

»Ja.« Yda brachte es nicht über das Herz, die Verbundenheit mit der Schwester zu leugnen.

»Du weißt, was das bedeutet?«

»Was soll das bedeuten? Es ist kein Vergehen, eine Schwester zu haben.«

»Ein Mann kann keine zwei Kinder in einer Nacht zeugen. Eine von euch beiden ist die Brut des Teufels. Ich werde herausfinden, welche.«

Ydas Beine gaben nach. Sie taumelte. »Meine Schwester ist tot«, stieß sie aus.

»So? Ist sie das? Da habe ich etwas anderes gehört. Aber vielleicht brauchen wir gar nicht mehr nach ihr zu suchen. Vielleicht bist du ja schon die Richtige.« Der Inquisitor begab sich zu dem Tisch in der Mitte der Folterkammer und fuhr mit der Hand über das Holz.

»Wie oft kommt der Teufel zu dir? Hat er dir auch befohlen, den Patrizier um sein Gold zu bringen?«

Die Angst schnürte Yda die Kehle zu. »Der Patrizier ist in seinem Stolz verletzt, weil ich nicht das Bett mit ihm geteilt habe.«

»Ich frage dich noch einmal: Stehst du mit dem Teufel im Bunde?«

»Nein!«, schrie Yda ihm ins Gesicht. »Alles, was ich getan habe, geschah aus Hunger. Wenn das des Teufels Flüstern sein sollte, dann habt Ihr und jeder andere Mensch im Land einen Dämon im Bauch sitzen.«

Der Inquisitor hob die Augenbrauen. »Du leugnest also.« Er sah über ihre Schulter hinweg. »Aber der Henker wird schon die Wahrheit aus dir herausholen.«

Yda hörte Schritte hinter sich. Das Herz schlug ihr bis zum Hals. Sollte etwa Luca sie foltern? Kurz schloss sie die Lider und sog tief den Atem ein. »Herr im Himmel, steh mir bei«, betete sie leise. Sie öffnete die Augen wieder und wandte sich um.

Ein kantiger Mann torkelte in den Folterkeller. Sein schwarzes Haar hing ihm in Strähnen bis zu Kinn. »Seid gegrüßt, werter Herr«, lallte er.

Yda senkte den Blick. Es war nicht Luca, welch ein Glück.

Der Inquisitor sog scharf den Atem ein. »Du bist sturzbetrunken. Wo ist dein Knecht?«

Yda straffte sich und sah zu dem Henker.

»Welcher?« Wie ein nasser Sack ließ er sich auf die Holzbank fallen.

»Dieser Luca. Wo ist er?«, raunzte der Inquisitor.

In Ydas Brust zog sich etwas zusammen.

»Weiß nicht. Aber die Leute wollen ihn auf der Straße nach Aachen gesehen haben. Auf einem schmucken Gaul hat er gesessen.« Der Henker stieß geräuschvoll auf. »Hat sich wohl aus dem Staub gemacht.«

Der Inquisitor faltete die Hände vor dem Gesicht und schritt in seiner bodenlangen Kutte vor Yda auf und ab.

»Was issen nun? Soll ich anfangen?« Schwerfällig erhob sich der Henker von der Bank.

Der Inquisitor blieb stehen und sah Yda mit zusammengekniffenen Augen an. »Leg dich auf den Tisch.«

»Soll ich sie strecken?« Der Henker nestelte an den Seilen am Kopfende.

»Auf den Bauch mit dir«, fauchte der Inquisitor und versetzte Yda einen Stoß.

Unfähig, einen klaren Gedanken zu fassen, gehorchte sie.

»Hol die Schädelpresse. Ich will das hier schnell hinter mich bringen.« Der Inquisitor wischte sich mit dem Ärmel die Schweißperlen von der Stirn.

Entgeistert blickte der Henker ihn an. Ein Speichelfaden zog sich von seiner Unterlippe über das Kinn. »Das wird sie nicht überleben.«

»Doch, sie überlebt, wenn sie gesteht.«

Yda zuckte zusammen. Alle Hoffnung wich von ihr. Wenn sie gestand, würde sie auf dem Scheiterhaufen enden. Wenn nicht, würde sie in dieser Folterkammer wenigstens mit Würde sterben. Luca war fort, vielleicht für immer. Sie entschied sich für die Würde und schloss die Augen. Still bat sie den Herrn im Himmel, er möge es rasch vorbei sein lassen.

»Sieh hin, Tochter des Teufels!« Die Hand des Inquisitors krallte sich in ihr Haar und zog daran.

Yda blickte auf. Vor ihr stand der Henker und zeigte ihr das Folterinstrument. Eine halbrunde Schale aus Eisen hing an einer großen Schraube. Gehalten wurde sie von einem viereckigen Gestell.

Der Henker fuhr mit seinem Finger darüber. »Hier legste dein Kinn rein. Dann schraub ich hier oben, bis die Schale deinen Kopf zerquetscht.« Er blies seinen stinkenden Atem mit vollen Wangen aus.

Der Inquisitor riss an ihrem Haar. »Gestehst du?«

Yda biss sich auf die Unterlippe und schüttelte den Kopf.

Seine Hand löste sich. »Leg ihren Kopf in die Presse.«

Yda würgte. Auf ihrer Zunge schmeckte sie Säure. Kalt presste sich das Eisen gegen ihr Kinn. Der obere Teil stülpte sich wie eine Glocke um ihren Kopf. Als das Gewinde zu knirschen begann, zitterte sie am ganzen Leib. Ein unbändiger Druck lastete auf ihrem Kopf und zog schmerzhaft in ihr Kinn. Yda bat Gott Vater um Beistand. Ihre Zähne pressten sich aufeinander, die Kieferknochen knackten. Sie durfte nicht aufgeben! Bald würde der Tod sie erlösen. Die Glocke schloss sich noch enger um ihren Kopf. Der Schmerz trieb ihr die Tränen in die Augen. Sie wollte schreien, doch sie bekam den Mund nicht mehr auf.

Der Inquisitor fasste sie an den Schultern und schüttelte sie. »Gesteh endlich, Ausgeburt der Hölle!«

Der Tod erlöste sie nicht. Stattdessen wütete immer größerer Schmerz durch ihren Kopf. Ihr Kiefer krachte bedrohlich. Ydas Wille wich der Schwäche. Wild schlug sie um sich.

Der Inquisitor wies den Henker mit einer Handbewegung an innezuhalten. »Gestehst du?«

Yda wollte gestehen, doch eine erbarmungslose Kraft

drückte ihre Zähne zusammen. Sie flehte den Mann mit ihrem Blick an.

»Lockere die Schraube«, raunte der Inquisitor.

Auch als der Druck nachließ, glaubte Yda noch, ihr Schädel sei mit einem Stein zertrümmert worden. Warm spürte sie das Blut aus ihren Ohren laufen. Sie keuchte, und Übelkeit stieg in ihrem Leib auf. Der Henker nahm die Kopfpresse fort, und Yda übergab sich vor die Füße des Inquisitors. Dann breitete sich endlich die erlösende Schwärze um sie herum aus.

17. Kapitel

Bertrams Schädel dröhnte von dem Wein, den er am Abend zuvor genossen hatte. Den ganzen Tag über lag er nun schon im Bett, doch der Schmerz wollte nicht nachlassen. An den gestrigen Abend konnte er sich so gut wie nicht mehr erinnern. Schon gar nicht an die Schlachtpläne. Nur an diesen Burschen, mit dem er sich gekeilt hatte, an den erinnerte er sich schemenhaft. Wo hatte er dieses Gesicht bloß schon einmal gesehen? Nach einer Weile fiel es ihm wieder ein. Es war dieser Henkersknecht, der ihn in Köln nach Overstolz gefragt hatte. Verdammt, er hatte ihn angefasst! Wenn dieser verkommene Hund noch auf der Burg weilte, würde er ihn umbringen. Niemand nahm ihm ungestraft die Ehre.

Es klopfte an der Tür, und ein Diener trat ein. Nachdem er sich verneigt hatte, überreichte er ihm ein Pergament.

Bertram riss es ihm aus der Hand und entrollte es. Der Erzbischof kommandierte ihn zurück auf die Burg Worringen. Er überflog die Zeilen. Siegfried befürchtete eine Belagerung der Zollfestung, da er bei der bevorstehenden Verhandlung nicht bereit sein würde, einen Kompromiss einzugehen. Nun brauchte er jeden Mann, um die Burg zu verteidigen. Noch heute erwartete er Bertram dort.

Bertram konnte es nicht fassen. Sein Schädel brummte so sehr, dass er kaum aus den Augen zu sehen vermochte. Was erwartete Siegfried von ihm? Glaubte der Erzbischof wirklich, er hätte solch große Fähigkeiten? In seinem ganzen Leben hatte Bertram noch keiner Belagerung beigewohnt.

Er ließ sich zurück auf das Kissen fallen und sah zum Baldachin des Bettes. Hätte er Siegfried die Reliquie gebracht, säße er nun gewiss auf einer sicheren Burg, die er vielleicht auch sein Eigen nennen könnte. Seufzend erhob sich Bertram, um Walram aufzusuchen.

Der Burgherr befand sich in Gesellschaft, als Bertram sein Arbeitszimmer betrat. Vor dem Schreibtisch stand der Herzog von Brabant und schnaubte vor Wut. »Ihr wähnt Euch also als Sieger!«

Walram von Valkenburg lehnte sich in seinem Stuhl zurück und verschränkte die Hände vor dem Bauch. Ein siegessicheres Lächeln umspielte seine Lippen. »Was wollt Ihr? Der gestrige Abend hat gezeigt, wie stark die Truppen unserer Verbündeten sind. Fast das gesamte Reich steht hinter uns.«

Der Herzog von Brabant lachte auf. »Eure Vorstellungskraft hinsichtlich der Herzogtümer und Grafschaften amüsiert mich.«

So sah der Feind also aus, der meinte, so mächtig zu sein, dass er jede Schlacht gewinnen konnte. Ein ziemlich hagerer Bursche, wie Bertram fand.

Luca ritt den Mauern der Stadt entgegen. Vor ihm hielt sich Rinchen an der Mähne der Fuchsstute fest. Den ganzen Weg von der Valkenburg bis nach Köln hatte sie kein einziges Wort gesprochen. Nur ihre Schultern bebten ab und zu von den Schluchzern.

Luca brachte seine Lippen an ihr Ohr. »Scht, weine nicht, kleiner Käfer. Alles wird gut.«

»Das Gebein der Jungfrauen, wir haben es zurückgelassen.«

»Nein, haben wir nicht. Sieh nur.« Luca zog den Knochen aus seinem Hemd und zeigte ihn Rinchen.

Sie wandte den Kopf und sah ihn erstaunt an. »Wie hast du das gemacht? Der Stallmeister hatte ihn doch verborgen.«

»Nein, er lag im Karren.«

Rinchens Lächeln weilte nur kurz auf ihren Lippen. »Wird Yda wieder zurück sein?«

»Ich weiß es nicht.« Seine Stimme stockte, und das schmerzhafte Ziehen in seinem Leib sagte ihm, dass er sie für immer verloren hatte. War er erst noch um ihretwillen erleichtert gewesen, glaubte er nun, der Schmerz der Sehnsucht würde niemals nachlassen.

»Dann wird gar nichts gut.« Rinchen zog die Nase hoch. »Warum suchen wir sie nicht?«

»Sei still, Schwester.« Luca lenkte die Fuchsstute über den Schindanger zu seiner Hütte. Für einen Augenblick gab er sich der süßen Vorstellung hin, Yda hätte ein Feuer geschürt und würde auf ihn warten. Der Atem, den er einsog, schnitt ihm scharf in die Brust.

Vor der Hütte sprang Luca aus dem Sattel und hob Rinchen von dem Rücken der Stute. Da sie nur unter Schmerzen auf ihren Füßen laufen konnte, trug er sie in die Hütte. Alles war so, wie er es verlassen hatte. Er legte Rinchen auf ihr Lager.

Sie blieb jedoch nicht still. »Was machst du? Kochst du uns etwas?«, sagte sie, als Luca das Feuer schürte.

»Ich denke, du hast Hunger. Oder irre ich mich da?«

»Ja, du irrst dich«, schmollte Rinchen. »Ich will, dass du Yda suchst. Das ist wichtiger, als etwas zu essen.«

Luca warf das Schüreisen in die Ecke. »Es ist besser, wenn sie ihren eigenen Weg geht. Finde dich damit ab.« Er nahm den Kessel, um Wasser am Brunnen zu holen. Als er es kurz darauf über der Feuerstelle erhitzte, sprach er kein Wort, und auch Rinchen schwieg. Luca kochte ein Tuch in dem Wasser aus. Als es ein wenig abgekühlt war, kniete er sich vor Rinchen und wusch damit ihre Fußsohlen.

Der Schwester traten Tränen in die Augen. Doch sie presste tapfer die Lippen aufeinander. Luca nahm ein Hühnerei und trennte den Dotter von dem Eiweiß. Dieses strich er Rinchen auf die Fußsohlen, damit es die Wunden verschloss.

»Du bleibst erst einmal liegen«, sagte er, als er fertig war.

»Hab aber trotzdem ein bisschen Hunger.« Rinchen wischte sich mit dem Ärmel über die Augen.

Luca fischte mit dem Schüreisen den Kessel von der Kochstelle, wickelte ein Tuch um den Henkel und goss das dampfende Wasser vor die Hütte. Dann holte er neues am Brunnen, um Rinchen eine Brotsuppe zu kochen.

Während sie aß, blickte er verstohlen aus der Tür. Über den Acker legte sich die Dunkelheit. Es war zu spät, um in die Stadt zu reiten und Overstolz von den Ereignissen auf der Valkenburg zu berichten. Luca ballte die Fäuste. Er musste unbedingt eine zweite Gelegenheit finden, an Plettenberg Rache zu nehmen. Und zwar nicht erst im Getümmel einer Schlacht. Plettenberg sollte wissen, wer ihm das Lebenslicht auslöschte. Luca setzte sich auf die Holzscheite vor der Hütte. Mittlerweile hasste er diesen Drang nach Rache, und er hasste sich selbst, weil er an nichts anderes mehr als daran und an Yda denken konnte.

Nie wieder würde sie ein Wort mit Quirin sprechen. Griet blies die Kerze aus. Sie hatte keine Ahnung, wie lange er sie schon in dieser Kammer gefangen hielt. Selbst zum Schlafen kam er nicht zu ihr, sondern verbrachte die Nächte im Schankraum. Griet rollte sich auf ihrem Lager ein und grübelte. Nach einer Weile tastete sie nach der Kerze sowie dem Zunderschwamm. Sie wollte hier raus! Und wenn sie sich einen Weg graben musste. Griet hockte sich vor die Wand und kratzte mit bloßen Fingern den Lehm aus den Fugen der Holzbretter. Die ganze Zeit über spürte sie, wie sehr Yda litt. Deshalb kratzte sie weiter und konnte an nichts anderes mehr denken als an ihre Flucht. Wenn sie erst einmal draußen war, würde sie schon einen Weg zu Yda finden.

Als Griet erwachte, lag sie auf dem Boden vor der Wand. Getrocknetes Blut überzog ihre Fingerkuppen, in denen der Schmerz klopfte. Verdammt! Sie war eingeschlafen. Durch die Spalten unterhalb der Zimmerdecke fiel blass das Licht des Morgens. Griet sprang auf und kratzte wie besessen weiter den Lehm aus der Fuge.

Kurz darauf öffnete sich die Tür einen Spalt weit, und eine Schale wurde hineingeschoben. Mit einem Satz war Griet bei der Tür und griff danach, bevor sie sich wieder schloss.

»Lass mich raus, du Bastard!«, schrie sie wie von Sinnen und riss an dem Knauf.

Die Tür gab nach, und sie landete auf dem Hintern. Quirin trat in die Kammer. Augenblicklich sprang Griet wieder auf die Beine und ging mit den Fäusten auf ihn los. »Was machst du? Du kannst mich nicht einsperren! Lass mich sofort zu Yda.«

Quirin fasste nach ihren Handgelenken und hielt sie fest.

»Du kannst ihr nicht helfen. Sie sitzt in der Hacht. Willst du auch dort landen?«

»Wenn es sein muss, ja.« Griet hob das Knie und rammte es ihm in den Unterleib.

Der Bader jaulte auf und knallte ihr die Tür vor der Nase zu.

Griet verlor vor Wut fast die Besinnung. Sie hämmerte gegen die Holzbretter, bis der Schmerz in ihren Handballen unerträglich wurde. Schluchzend sank sie zu Boden. Dann hörte sie leise Schritte hinter der Tür, die sich kurz darauf öffnete.

Weisgin steckte den Kopf herein. »Quirin ist fort«, flüsterte die Magd leise.

Griet sprang auf. »Wo ist er hin?«

»Das weiß ich nicht. Er sagte nur, er könne dein Gezeter nicht mehr ertragen.«

Griet überflutete Erleichterung. Endlich konnte sie der Schwester zur Hilfe eilen! Sie stürmte an Weisgin vorbei aus dem Haus der schönen Frauen.

Yda glaubte, an ihrem Durst ersticken zu müssen. Ihr Schädel schmerzte, als sei sie unter die Hufe eines Schlachtrosses geraten. Sie wusste nicht, wie lange sie ohne Bewusstsein gewesen war, doch sie trauerte dem Zustand nach, denn er hatte ihr wenigstens für kurze Zeit den Schmerz genommen. Yda blinzelte in die Finsternis. Deutlicher als je zuvor nahm sie den Gestank wahr, der aus dem Stroh stieg. Ihr Magen spie Säure, die auf ihrer Zunge brannte. Yda war nicht fähig, sich zu erheben. Sie wollte so liegen bleiben, bis das Tuch des Todes sich endlich über sie legte. Doch leider erbarmte der Herr im Himmel sich ihrer nicht.

Sie versuchte, innere Ruhe zu finden, doch der Schmerz wütete weiter unerträglich. Yda riss den Mund auf und schrie ihn hinaus. Als sie wieder still war, öffnete sich knarzend die Tür zu ihrer Zelle.

»Wer immer Ihr seid, erlöst mich bitte«, wimmerte sie in den Lichtstrahl.

»Das wird der Henker erledigen, sobald du gestanden hast«, raunte die Gestalt.

Yda versuchte, sich zu erinnern. Sie hatte gestehen wollen, war aber wohl nicht mehr dazu gekommen. Nun nahm sie all ihre Kraft zusammen, raffte sich auf und rutschte auf Knien zu der Gestalt. »Ich gestehe alles, was Ihr von mir hören wollt, nur erlöst mich von diesen Qualen.«

Der Mann griff ihr unter den Arm und zog sie auf die Beine. »Hier ist nicht der richtige Ort. Der Inquisitor wartet in der Folterkammer auf dich.«

Allein der Gedanke an die Schädelpresse ließ Yda so sehr zittern, dass ihr die Beine versagten.

»Komm, ich trag dich, Mädchen.« Der Mann hob sie hoch.

Als sie in seine grünen Augen sah, spürte Yda, wie die Ohnmacht nach ihr griff. »Wo ist bloß Luca? Er muss mir helfen«, wisperte sie, bevor es wieder dunkel um sie herum wurde.

Der Schwall Wasser, der ihr ins Gesicht klatschte, ließ Yda nach Luft schnappen. In ihrem Kopf hämmerte erneut der Schmerz. Sie brauchte einen Augenblick, um zu begreifen, dass sie abermals auf dem Foltertisch lag. Ein Schrei der Angst verließ ihre Kehle. Die Schädelpresse schloss sich um ihren Kopf.

Ydas gebrochener Wille legte ihr die Worte in den Mund. »Ich gestehe alles, was Ihr hören wollt.«

Der Henker nahm das Gestell von ihrem Kopf.

»Bring sie zu der Bank dort drüben«, herrschte die Stimme des Inquisitors ihn an.

Ein fester Griff umfasste ihre Hüften. Der Henker zog sie von dem Tisch und schleifte sie zu der Bank. Unter ihr schwankte der Boden, und ihr Atem ging rasch.

»Was gestehst du?«

Das Kratzen einer Feder auf Pergament durchbrach die Stille.

»Alles.«

»Das ist die falsche Antwort. Ich will Einzelheiten aus deinem Mund hören«, bellte der Inquisitor.

Yda sah zu der langen Bank, auf der die Schöffen in ihren weißen Roben saßen. Ein Räuspern durchbrach die Stille.

»Ich, Yda Geretz, bin Luzifers Tochter. Er hat mich gezeugt.«

»Warum bist du dir darüber sicher?«

»Weil er mich heimsucht. An jedem Tag meines Lebens verleitet er mich zur Sünde.«

»Hat er dir auch geflüstert, du solltest den Gerhard Overstolz um sein Gold bringen?«

»Ja. Doch nicht nur ihn habe ich betrogen, auch dem Müller der Pletschmühle habe ich mein Schauspiel vorgeführt.«

»Schwörst du Satan ab? Wirst du dich Gott zuwenden?«

Yda kniff die Augen zusammen. Sie wollte nur noch sterben, um dem Schmerz zu entkommen, der in ihrem Kopf wütete. »Erlöst mich endlich von diesen Qualen«, weinte sie.

»Schaff sie wieder in die Zelle«, herrschte der Inquisitor den Wärter an.

Luca klopfte an die Tür des Overstolzenhauses. Ein neuer Knecht öffnete ihm und sah ihn fragend an.

Ungeduldig trat Luca von einem Bein auf das andere. »Ich muss zu deinem Herrn.«

»Der ist nicht da.«

»Wann kommt er zurück?«

»Warum willst du das wissen? Bist du nicht der Henkersknecht? Dich suchen sie schon in der ganzen Stadt.«

Das konnte Luca sich gut vorstellen. Wahrscheinlich soff sich Meister Hens nun Tag für Tag in die Besinnungslosigkeit.

Luca dachte an die armen Sünder, die unter seiner Hand gerichtet wurden. »Ich habe eine wichtige Nachricht für Overstolz.«

»Wie gesagt, er ist nicht da. Soll ich sie ihm übermitteln?«

»Nein. Sag mir lieber, wo er ist.«

»Er ritt nach Brühl. Dort finden wichtige Verhandlungen statt.«

Luca seufzte. Er wollte Overstolz so bald wie möglich von den Schlachtplänen berichten und dann zurück zur Valkenburg reiten, um Plettenberg zum Duell zu fordern. Doch nun musste Overstolz wohl warten. Luca stieg auf sein Pferd und ritt zurück zum Schindanger.

In der Hütte krümmte sich Rinchen stöhnend auf dem Lager. Auf ihrer Stirn glänzten Schweißperlen. Luca eilte zu ihr und legte die Hand auf ihre Wange.

»Hab so Leibschmerzen«, wimmerte Rinchen.

Entsetzt blickte Luca auf den gewölbten Bauch der Schwester. Das Kind! Ein Wunder, dass es die ganzen Strapazen überhaupt überlebt hatte! Ob es sich ankündigte? Warum ausgerechnet jetzt? Luca hatte keinen blassen Schimmer, was er tun sollte. Hilflos blickte er sich in der Hütte um.

Rinchen setzte sich auf und stieß geräuschvoll den Atem aus.

»Hast du Durst?«, fragte Luca sie.

Als Rinchen nickte, holte er einen Krug Bier. Seine Schwester nahm einen großen Schluck und legte sich wieder zurück.

Luca strich ihr das Haar aus der Stirn. »Geht es dir besser?«

»Ja, ist besser. Die Leibschmerzen lassen nach.«

Erleichtert stieß Luca den Atem aus. Vielleicht war es nur eine Verstimmung gewesen, die sie geplagt hatte. Auch wenn er wusste, dass das Kind nicht für alle Zeit in Rinchens Bauch bleiben würde, war er in diesem Augenblick froh, dass es wohl doch noch nicht so weit war. Dennoch konnte er sie nicht mehr allein lassen. Nicht nur Overstolz, auch Plettenberg würde warten müssen.

Griet lief die Straße zum Dom entlang. Erst als sie den Palast des Erzbischofs erblickte, verlangsamte sie ihre Schritte. Westlich des langgezogenen dreistöckigen Baus befand sich die Hacht – ein schlichtes, von kleinen Fenstern durchbrochenes Holzgebäude, an dem die Bürger mit gesenkten Köpfen vorbeihasteten. Sie blieb davor stehen und sah zu dem Tor, vor dem sich ein Wachmann in der Nase bohrte. Nur mit einer List würde sie dort hineingelangen. Griet näherte sich ihm vorsichtig und überlegte, wie sie ihn fortlocken könnte. Als sie unmittelbar vor ihm stand, fuchtelte sie aufgeregt mit den Händen.

»Hast du es schon gesehen?«

Der Mann hob die Schultern. Seine Oberlippe saß schief in seinem Gesicht. »Was soll ich gesehen haben?«

»Das Kalb mit den zwei Köpfen!«, stieß Griet atemlos aus.

»Hat dir jemand ins Gehirn geschissen? So etwas gibt es nicht.«

»Du glaubst mir nicht? Dann geh zum Aldemarkt. Dort wirst du es sehen.«

Unsicher sah der Mann sich um und kratzte sich den verlausten Kopf. »Und wenn schon. Ich kann meinen Posten hier nicht verlassen.«

Über seine Schulter hinweg sah Griet, wie die Pforte sich öffnete. Ein Pater sowie vier Männer in weißen Roben verließen die Hacht.

Als der Geistliche Griet sah, kniff er die Augen zusammen und trat zu ihr. »Ich erkenne dich, du bist die Schwester des Teufelsweibs.«

Griet stockte der Atem. Sie wollte davonlaufen, doch der Wachmann griff nach ihrem Arm.

»Wirf sie in den Kerker«, blaffte der Pater ihn missmutig an. »Wir kümmern uns ein anderes Mal um sie.« Er richtete den Blick über den Domhof zu der Baustelle der Kathedrale und schritt davon.

Der Wachmann zerrte Griet in den Saal des Gefängnisses und stieß sie die Stiege hinunter. Griets Herz schlug heftig. Nun war sie schneller in die Hacht gelangt, als ihr lieb war. Wie sollte sie Yda befreien, wenn sie selbst hier einsaß? Quirin hatte recht behalten. Es war dumm von ihr gewesen, am helllichten Tage einfach zur Hacht zu laufen.

Unten an der Stiege blieb sie stehen. Der Wachmann stieß sie weiter den Gang entlang. »Setz dich in Bewegung!« Vor einer der Kerkertüren griff er nach ihrem Zopf und riss daran. »Bleib stehen.« Er öffnete die schwere Eisentür und versetzte ihr einen Tritt, der sie in die Zelle taumeln ließ.

In dem Lichteinfall sah Griet kurz eine Gestalt im Stroh liegen. Ihr Herz sagte ihr, dass es Yda war. Die Tür fiel zu, und ein Riegel schob sich von außen davor. Griet sah die Hand vor Augen nicht mehr und tastete sich vor, bis sie endlich die Schwester berührte. Sanft strich sie über ihren Kopf, der reglos im Stroh lag. Die Angst schnürte ihr die Kehle zu.

»Yda? Sag doch etwas. Bitte!« Augenblicklich begann ein Schmerz hinter ihrer Stirn zu hämmern. Die Schwester lebte, das spürte sie, auch ohne Ydas Herzschlag zu ertasten. In der letzten Zeit hatte sie gelernt, auf die Stimme ihres Herzens zu vertrauen. Doch der Funke des Lebenswillens der Schwester glomm nur noch schwach – auch das spürte Griet. Aber nun war sie bei ihr. Sie würde ihr neuen Mut geben. Und vielleicht fanden sie ja gemeinsam einen Weg aus der Gefangenschaft.

»Bist du es, Griet?«, flüsterte Yda.

Griet nahm sie in die Arme. »Ja, liebste Schwester. Du bist nicht mehr allein.«

»Ich halte die Schmerzen in meinem Kopf nicht mehr aus.«

»Was ist geschehen?« Griet legte ihre kühle Hand auf Ydas Stirn.

»Die Folter. Sie haben mir mit der Presse den Schädel gequetscht.«

Grauenvolle Bilder entstanden vor Griets innerem Auge. Behutsam fuhr sie mit den Fingern über Ydas Kopf. »Wo ist Luca?«

Yda stöhnte leise. »Ich weiß es nicht. Aber ich habe es

nicht mehr ausgehalten, in seiner Hütte gefangen zu sein. Ich wollte zu dir.«

»Er wollte dich nur schützen, genau wie Quirin mich.«

»Griet? Lass mich sterben. Bitte.«

»Nein, Yda.« Sie drückte ihre Lippen auf das Haar der Schwester und kämpfte mit den Tränen.

»Ich habe gestanden. Sie werden mich auf den Scheiterhaufen werfen.«

Griet konnte das nicht glauben. »Warum, Yda? Es gibt nichts, was du gestehen könntest.«

»Ich bin Luzifers Tochter.« Nach diesen Worten verlor Yda erneut das Bewusstsein.

Obwohl die Angst ihr fast den Verstand raubte, legte Griet Ydas Kopf in das Stroh und dachte kurz nach. Dann zog sie ihr Kleid aus und entkleidete rasch auch die Schwester. Sie tauschte ihre Röcke und bedachte noch einmal ihren Plan. Sie würde das Geständnis widerrufen – und Yda konnte sie nicht daran hindern. Griet legte sich neben die Schwester und wartete darauf, dass die Tür geöffnet wurde.

Sie wusste nicht, wie viele Stunden vergangen waren, doch sie musste eingeschlafen sein. Zu Tode erschrocken blinzelte sie in die Flamme einer Fackel. Dann zerrte eine starke Hand an ihrem Arm und schleifte sie aus der Zelle. Vom Schlaf noch benommen, versuchte sie auf die Beine zu kommen und stolperte neben dem Wärter her.

»Wo bringst du mich hin?«

»Zur Urteilsverkündung«, antwortete der Mann grimmig und schob Griet die Stiege hinauf.

Sie verließen die Hacht und gingen zum Palast des Erzbischofs. Dort brachte der Wärter sie in einen Saal, durch dessen hohe Fenster das Licht der Nachmittagssonne fiel. An einem langen Tisch saßen mehrere Männer in weißen Roben sowie ein Pater mit einem ergrauten Haarkranz. Vor ihnen lief der Greve unstet auf und ab.

Der Wärter schob Griet zu der Bank vor dem Tisch. »Bleib stehen!«, raunte er in ihr Ohr.

Der Inquisitor erhob sich und entrollte ein Pergament. Den Blick auf die Schrift gerichtet, schritt er um den Tisch herum auf Griet zu. »Da du gestanden hast, des Teufels Tochter zu sein, frage ich dich ein letztes Mal, ob du den Dämonen für alle Zeit abschwörst?«

»Das ist nicht nötig, denn ich widerrufe meine Aussage, die ich unter der Folter ausgesprochen habe. Ich bin nicht des Teufels Tochter und ich habe den Patrizier nicht um sein Gold gebracht.«

Der Pater kniff die Augen zusammen. »Was hast du gerade gesagt?«

»Ihr habt schon richtig gehört. Es waren die Schmerzen, die mich dazu gebracht haben, eine Lüge zu gestehen. Mein Vater war ein Bauer und nicht der Teufel.«

Der Blick des Inquisitors schweifte zu ihren Füßen. Er schüttelte den Kopf und blickte zu dem Wärter. »Du tumber Kerl hast uns die falsche Frau gebracht.«

»Das kann nicht sein. Seht doch ihre Kleidung.«

»Sieh dir lieber ihre Zehen an. Und nun geh und hol die andere.« Verärgert schüttelte der Pater den Kopf und wandte sich ab.

»Nein!«, schrie Griet. »Lasst meine Schwester in der Zelle und nehmt mich statt ihrer!«

»Du wirst auch noch an der Reihe sein.« Der Pater sah zu den Schöffen. »Verzeiht die Unannehmlichkeit, meine Herren.«

Der Wärter griff nach ihrem Arm und brachte sie zurück in die Hacht.

Bertram erreichte noch vor Sonnenuntergang die Burg Worringen. Friedlich ragte der Wehrturm in den Himmel. In diesem Augenblick fiel es ihm schwer zu glauben, dass eine Belagerung bevorstand. Doch die Verbündeten des Brabanters waren längst im kurkölnischen Land angekommen. Überall auf den Feldern stiegen Rauchsäulen zwischen Zelten empor, die mit den Wimpeln der Herzogtümer und Grafschaften geschmückt waren.

Die Fallbrücke war hochgezogen. Bertram gab dem Wächter auf dem Wehrturm ein Zeichen. Kurz darauf begannen die Zahnräder zu ruckeln, und die Ketten knirschten. Als die Brücke krachend über den Wassergraben schlug, traten zwei Wachmänner zu ihm und verlangten mit gekreuzten Lanzen das Losungswort. Bertram sah sie verärgert an. War er auf der Burg nicht bekannt genug? Kurz knirschte er mit den Zähnen, nannte ihnen dann aber die Losung. Während er in den Innenhof ritt, dachte er wieder daran, wie Edelgunde mit Bilstein im Obstgarten gelegen hatte. Diese Schmach würde er ihm heimzahlen, noch bevor eine mögliche Schlacht losbrach. Bertram sprang von seinem Pferd und übergab es dem Stallmeister. Dann suchte er Bilstein und fand ihn im großen Saal bei Speis und Trank mit den Rittern des Erzbischofs.

Als Bertram das Rattengesicht sah, überkam ihn ein derart großer Hass, dass er Bilstein am liebsten gleich die Hände um den Hals gelegt hätte. Ohne seinen Widersacher aus den Augen zu lassen, setzte er sich auf einen der Faltstühle und nippte an dem Pokal mit Wein, den eine Magd flugs vor ihn gestellt hatte.

Als der Marschall ihn sah, erhob er sich und trat zu ihm. Zwei Ritter folgten ihm, die Bertram nicht kannte.

»Ich habe etwas, das Euch gehört, Plettenberg.« Bilstein legte ein Ledersäckchen vor ihn auf den Tisch.

Eine glühende Hand kroch Bertram den Rücken hinauf. In seinem Nacken brach der Schweiß aus. »Was soll das sein?« Er gab sich ahnungslos.

Bilstein zog das Band des Säckchens auf. »Ihr solltet etwas davon in Euren Wein geben. Glaubt mir, danach wird er Euch besonders munden.« Sein Blick verfinsterte sich.

Bertram legte die Hand auf den Pokal. »Was soll das?«

»Plettenberg, Ihr werdet des Mordes an Eurer Gemahlin beschuldigt.« Bilsteins Blick wanderte zu den Rittern. »Werft ihn in den Kerker.«

Bertrams Hand fuhr zu seinem Gürtel. Ehe die Ritter ihn in ihre Gewalt nehmen konnten, sprang er auf und rammte Bilstein seinen Dolch in den Bauch. Der süße Duft des Blutes stieg auf. Bertram weitete die Nasenflügel und genoss den Anblick von Bilsteins Augen, die aus ihren Höhlen quollen. Dann verspürte er einen Schlag gegen den Kopf und fiel in die Dunkelheit.

Yda erwachte und strich mit der Hand über die Röcke, die nicht ihre waren. In ihrem Kopf hämmerte immer noch der Schmerz und ließ sie keinen klaren Gedanken fassen. Neben ihr kauerte Griet und weinte leise.

Yda richtete sich auf und rutschte näher an sie heran. »Was hast du getan?«

»Deine Aussage widerrufen. Doch der Inquisitor hat erkannt, dass ich nicht du bin.«

»Warum warst du so dumm und bist hierhergekommen? Nun müssen wir beide sterben.«

In Yda erwachte wieder der Lebenswille, doch sie wusste, dass es für sie keine Möglichkeit mehr gab, dem Tod zu entrinnen.

»Hättest du nicht auch alles versucht, um mich aus dem Kerker zu holen?«

Die Tür ging auf, und Yda erkannte den Wärter. Er trat mit der Fackel herein. Als er ihren Fuß mit dem fehlenden Zeh betrachtete, raste Ydas Herz.

Dann schaute er zu Griet und herrschte sie an, sie solle mitkommen.

Griet klammerte sich an Yda. »Ich lasse meine Schwester nicht allein.«

Der Wärter blieb davon unbeeindruckt und zerrte sie am Arm.

»Wo bringst du sie hin?« Yda umklammerte sein Bein.

Mit dem anderen Fuß versetzte der Mann ihr einen Tritt in die Rippen. Yda blieb die Luft weg.

Sosehr sich Griet auch wehrte, der Wärter schleifte sie aus der Zelle.

Dann fiel die Tür zu, und erneut umgab Yda die Dunkelheit. Sie hielt an der Hoffnung fest, die Schwester werde freigelassen. Schließlich hatte sie selbst gestanden, die Tochter des Teufels zu sein. Wozu sollten sie Griet dann noch festhalten? Yda legte die Hand auf ihre schmerzenden Rippen und sank zurück ins Stroh.

Kurze Zeit später kehrte der Wärter zurück und riss sie auf die Beine.

»Wo hast du sie hingebracht? Sag es mir, bitte!«

»An die frische Luft.«

Yda atmete erleichtert aus. Wenigstens war Griet dem Tod entkommen.

Der Wärter zerrte sie aus der Zelle und stieß sie zu der Stiege. »Geh voran, Weib. Dein Urteil wartet auf dich.«

Yda wischte sich die Tränen von den Wangen und gehorchte.

18. Kapitel

Gerhard zog sich die Stiefel aus und setzte sich zufrieden an den Tisch, auf dem in großen Schüsseln bereits der Eintopf dampfte. In Brühl war die Schlacht beschlossen worden. Schon in sechs Tagen sollte es auf der Fühlinger Heide zu einem Zusammentreffen der Truppen kommen. Seine Mannen waren bereits auf dem Weg zur Burg Worringen, um den Brabantern bei der Belagerung beizustehen. Die Schleifung würde der erste Schritt sein, um den Erzbischof von Köln zu Fall zu bringen. Gerhard würde später zu ihnen stoßen – wenn er sich nach dem Essen etwas ausgeruht hatte.

Obwohl seine Knochen schwer wie Blei waren, konnte Gerhard nicht einschlafen, denn er war immer noch zu aufgewühlt von den Verhandlungen in Brühl. Die Kölner Bürgerwehr war keine allzu starke Truppe, doch die Zunftbrüder wussten zu kämpfen. Das hatte Gerhard ihnen beigebracht – genau wie sein Vater vor zwanzig Jahren bei der Schlacht an der Ulrepforte, bei der die Kölner Geschlechter gegen den damaligen Erzbischof in den Kampf gezogen waren. Mit Bedauern dachte Gerhard an den Tod des Vaters in jener Schlacht.

Mit einem Mal fühlte er sich schrecklich einsam. Er erhob sich von dem Bett und trat an die Staffelei. Mit zittrigen Händen nahm er das Tuch von Lorettas Bildnis. Nein, es war nicht sein Eheweib, das er vermisste. Es war Yda, der es immer noch gelang, ihm die Klinge eines Dolches durch das Herz fahren zu lassen. Doch das Urteil über sie war gefällt. Sie würde den Feuertod sterben und mit ihr die Dämonen, die seine Gedanken beherrschten.

Gerhard rief nach dem Knecht, damit dieser ihm die Rüstung anlegte.

Als er sich kurze Zeit später auf dem Weg nach Worringen befand, verflog seine Müdigkeit endgültig. Er freute sich auf den Kampf gegen den Erzbischof. Wenn dieser gewonnen war, würde Köln endlich eine freie Reichsstadt sein. Ein plötzlicher Stich in seiner Brust ließ ihn zusammenfahren. Gerhard fasste sich an die Rüstung, und fast wäre er vom Pferd gefallen. Die Enge in seiner Brust nahm ihm die Luft zum Atmen. Keuchend zügelte er sein Pferd und ritt im Schritt weiter, bis die Enge allmählich nachließ. Auch wenn er nun wieder freier atmen konnte, saß ihm die Angst noch im Nacken. Um ihr zu entkommen, gab Gerhard seinem Pferd wieder die Sporen.

Kurz vor Worringen zogen bereits die Truppen der Brabanter mit einem Katapult über das Feld. Gerhard ritt an ihnen vorbei und traf bald schon auf seine Kölner Miliz, die ihre Zelte vor der Burg aufschlug. Er sah, wie sich einige Männer in Rüstungen hinter den Zinnen des Wehrturms positionierten. Gerhard stieg von seinem Pferd und suchte seinen Hauptmann auf, um ihm letzte Anweisungen zu geben.

Luca bedeckte Rinchens Schultern mit einer Decke und legte sich auf sein Lager. Den ganzen Abend über hatte er Angst gehabt, bei der Schwester könnten die Wehen einsetzen. Doch wie es schien, war es noch nicht so weit. Er dachte wieder an Yda und fiel in einen unruhigen Schlaf.

Als es laut an der Tür klopfte, fuhr Luca erschrocken hoch. Er wusste nicht, welche Tageszeit war. Auf ihrem Lager rieb sich Rinchen den Schlaf aus den Augen. Luca schüttelte sich kurz, um wach zu werden, und öffnete die Tür. Vor ihm stand ein Gesandter des Greven.

»Du bist da. Das ist gut«, sagte der Mann.

»Was ist geschehen?«

»Eine Hinrichtung steht an, und dein Meister ist wieder einmal sturzbetrunken. Wo hast du bloß die ganze Zeit gesteckt?«

»Ich hatte etwas zu erledigen. Hat Euch Overstolz nicht in Kenntnis gesetzt?« Luca zog sich die Stiefel an.

Missmutig sah der Gesandte ihn an und schüttelte den Kopf. »Nein, hat er nicht.«

»Kann ich mitkommen?« Rinchen versuchte, mit der Hand ihr Haar zu glätten, das ihr jedoch weiterhin wirr vom Kopf abstand.

Luca kniete sich vor sie. »Ich will dich nicht mit zu einer Hinrichtung nehmen, das weißt du. Geh bitte ins Haus der schönen Frauen. Und bandagiere dir vorher die Füße.«

Rinchen nickte. »Aber wenn du fertig bist, holst du mich dort ab.«

»Ja, das mache ich.« Luca strich ihr über das Haar und verließ mit dem Gesandten die Hütte.

»Den Karren brauchst du nicht. Der Richtplatz am Judenbüchel ist vorbereitet, und die Verurteilte steht schon am Pfahl. Das hat dein Meister noch hinbekommen, bevor er umgefallen ist.«

Wie vor jeder Hinrichtung breitete sich in Lucas Bauch

wieder ein flaues Gefühl aus, das ihm aufs Gemüt drückte. Schweigend schritt er mit dem Gesandten zum Richtplatz und bereitete sich schweren Herzens in Gedanken auf die Hinrichtung vor.

Er bahnte sich einen Weg durch die gaffende Menge. Dann sah er die Frau am Pfahl stehen. Luca glaubte an ein Trugbild und schüttelte den Kopf. Eine eiserne Faust schloss sich um sein Herz. Als er ihr in die Augen sah, wurden ihm die Knie weich.

Ydas Blick traf ihn wie ein Steinschlag.

Der Greve kam auf ihn zu. »Sie ist zum Tode durch das Feuer verurteilt. Und nun walte deines Amtes, Henker.« Sein Gesicht verschwamm vor Lucas Augen. Unfähig, sich von der Stelle zu rühren, schüttelte Luca den Kopf, um das Surren darin zu vertreiben.

»Was starrst du sie so an? Erledige endlich deine Arbeit«, zischte der Greve neben ihm.

Mit zittrigen Beinen schritt Luca zu dem Pfahl. Yda stand bis zu den Knien in dem aufgetürmten Stroh und sah ihn mit rotgeweinten Augen an. Leise hauchte sie seinen Namen.

»Ich bin bei dir. Nichts und niemand wird mich davon abhalten, dich von diesem unglückseligen Ort fortzubringen«, sagte er heiser. Im nächsten Moment griff er nach seinem Dolch und schnitt ihr die Fesseln durch, noch ehe die Zuschauer begriffen, was da vor sich ging. Als er sie an der Hand nahm und auf die Leute zulief, teilte sich die Menge. Selbst in diesem Augenblick wollte sich niemand mit seiner Unehre beschmutzen. Doch laute Schreie hallten in seinen Ohren. Ein Mann packte Ydas Arm. Luca versetzte ihm einen Faustschlag ins Gesicht und zog sie rasch weiter hinter sich her. Ein Lehmklumpen traf Luca am Kopf und ließ ihn taumeln.

Die Büttel umkreisten ihn. Luca fing sich wieder und hielt Yda fest umschlungen. Niemand hätte sie ihm entreißen können, ohne ihn zu berühren. Er bahnte sich einen Weg durch die Büttel und rannte mit Yda in ein nahe gelegenes Waldstück. Als er sich im Dickicht in Sicherheit wähnte, blieb er stehen und riss Yda in seine Arme. An seiner Brust spürte er ihren heftigen Herzschlag. Nie wieder wollte er sie loslassen. Wie hatte all das bloß geschehen können? Hinter seinen geschlossenen Lidern tobten die Bilder von dem Pfahl im Stroh, der keifenden Menge und von Ydas Augen.

»Wo warst du nur, Luca?« Ydas Brust bebte unter ihren Schluchzern.

»Scht, ich bin ja jetzt bei dir.« Luca nahm ihr Gesicht in die Hände und sah ihr tief in die Augen. Durch seine Adern strömte ein warmes Gefühl. Er hatte sie so sehr vermisst! »Dir kann nichts mehr geschehen.«

Yda schmiegte sich an ihn. »Sie werden uns finden. Wir sind hier nicht sicher.«

Luca sog tief den Atem ein und strich ihr mit der Hand über das Haar. Yda hatte recht. Sie waren in der Stadt nicht mehr sicher. Doch was sollte aus Rinchen werden, wenn er nun mit Yda floh? So kurz vor der Niederkunft war sie wohl besser bei Trin und Judith aufgehoben. Er wusste aber auch, dass seine Schwester nach ihm suchen würde.

Luca strich Yda eine Haarsträhne aus der Stirn. »Lass uns zur Burg Worringen gehen. Wenn ich dem Brabanter die Pläne des Feindes verrate, wird er uns vielleicht in seinen Schutz nehmen.«

»Was für Pläne, Luca?«

»Die der Schlacht des Erzbischofs.« Luca wusste, er spielte mit dem Feuer. Aber es gab keinen anderen Ausweg, denn er konnte nicht flüchten. Er würde nie das Versprechen brechen, das er Rinchen gegeben hatte. Verzweifelt sah er sich in dem dichten Wald um. »Heute Nacht bleiben wir erst einmal hier. Und morgen sehen wir dann weiter.«

Yda presste die Lippen aufeinander und wischte sich die Tränen von der Wange. »Ich brauche dich so sehr, wie ich noch nie einen Menschen in meinem Leben gebraucht habe.«

Rinchen sah dem Strom der Bürger zu, die bis an die Zähne bewaffnet durch die Stadtmauer schritten. Die Männer trugen offenbar alles bei sich, was sie hatten finden können. Schaufeln, Dreschflegel und sogar mit Nägeln gespickte Holzstöcke. Rinchen fragte sich, in welche Schlacht sie wohl zogen und ob Luca auch mit ihnen gehen würde, wenn er die Hinrichtung vollzogen hatte. Bei dem Gedanken bekam Rinchen Angst um ihn. Luca durfte nicht in den Kampf ziehen! Das war zu gefährlich. Er konnte dabei getötet werden.

Rinchen lief zurück über das Feld, hin zum Richtplatz am Judenbüchel. Als sie dort ankam, sah sie den Pfahl mit dem Stroh, das aber nicht gebrannt hatte. Ansonsten war keine Menschenseele bei der Hinrichtungsstätte. Wo war bloß Luca? Hatte sie wirklich so lange gebraucht? Dabei hatte sie doch nur noch etwas gegessen, bevor sie aufgebrochen war. Rinchen verstand das nicht. Vielleicht war Luca aber auch schon bei Trin und Judith, um sie abzuholen.

Kurze Zeit später betrat Rinchen das Haus der schönen Frauen. Im Schankraum saßen Trin und Quirin ganz traurig an einem der Tische. Ein neues Mädchen, das Rinchen nicht kannte, wischte mit einem Tuch über den Tresen.

Rinchen setzte sich zu Quirin und Trin. »Wo ist Luca? Und wo sind die anderen?«

Trin nahm ihre Hand. »Ach, Mädchen. Alles ist so schrecklich.«

»Was denn?« Rinchen sah sie erschrocken an.

Quirin wischte sich die Nässe von den Wangen und zog die Nase hoch.

»Sind sie alle tot?« Rinchen spürte ihr Herz heftig in der Brust schlagen.

Auch Trin kämpfte mit den Tränen. »Judith ist tot, ja.«

»Was ist mit Luca? Was mit Yda? Und wo ist ihre Schwester?«

Der Bader erhob sich und ging zum Tresen, wo er sich einen Krug mit Bier füllte. »Wir haben deinen Luca schon ewig nicht mehr gesehen«, grollte er. »Scheint ihm wohl alles egal zu sein, was hier geschieht.«

»Wir waren auf der Valkenburg. Aber nun sag doch endlich, was mit den anderen ist!«, flehte Rinchen ihn an. Doch Quirin blieb stumm. Sie sah wieder zu Trin. »Warum sagt ihr mir nichts?«

Trin schluckte schwer. »Yda und Griet warten im Kerker auf ihre Hinrichtung.«

Rinchens Lippen bebten. »Luca wurde vorhin zu einer Hinrichtung gerufen. Ich war auf dem Hügel. Aber dort ist niemand mehr.«

Die Tür öffnete sich, und ein Mann trat ein. Nachdem er freundlich gegrüßt hatte, bat er Quirin um einen Krug Bier. Dabei starrte er Rinchen so merkwürdig an, dass ihr angst und bange wurde. Sie rutschte von ihrem Stuhl und kroch unter den Tisch. Während sie dort hockte, dachte sie über Trins Worte nach. Warum war Judith tot? Und was war mit Yda? Sie und ihre Schwester durften nicht sterben. Sie musste ihnen helfen. Irgendwie. Die Stiefel des Mannes näherten sich dem Tisch. Dann stand Trin auf und folgte ihm. Als sie ihre Beine aus dem Blickfeld verloren hatte, kroch Rinchen wieder hervor und ging zu Quirin und dem neuen Mädchen an den Tresen.

»Warum versuchst du nicht, Yda und Griet zu befreien?«, fragte sie den Bader.

»Wie soll das gehen? Sag es mir.«

»Du bist ein großer Mann. Du musst kämpfen.«

»Gegen die Wachen des Erzbischofs?« Quirin schüttelte den Kopf.

»Luca würde das tun. Wo mag er nur sein?« Rinchen dachte wieder an die verwaiste Hinrichtungsstätte. »Vielleicht befreit er gerade Yda und Griet.« Sie ging zurück zu dem Tisch und kletterte wieder auf den Stuhl. »Ich werde hier warten, bis er mich holen kommt. Nicht, dass ich wieder solche Bauchschmerzen bekomme. Das ist nicht gut für mein Kindlein.«

Statt eine Antwort zu geben, starrte Quirin nur den Bierkrug in seiner Hand an. Auch das Mädchen neben ihm blieb stumm.

Verschlafen blinzelte Yda in das dämmrige Licht des Waldes. Sie lag auf Moos, und Lucas Umhang wärmte sie. Yda beobachtete, wie er Holz aufschichtete und mit einem Zunderschwamm eine Flamme entfachte.

Sie schälte sich aus dem Umhang und setzte sich auf. »Habe ich lange geschlafen?«

Luca wandte sich zu ihr um. »Nicht lange genug, um wieder zu Kräften zu kommen.« Er setzte sich neben sie und nahm ihre Hand. »Wie geht es deinem Kopf?«

»Der Mann mit dem Hammer ist immer noch da.« Yda

rang sich ein Lächeln ab. »Aber langsam verlässt ihn die Kraft.«

»Du bist ein tapferes Weib.«

Yda dachte an das Verhör. »Nein, das bin ich nicht. Ich wollte sterben.«

Luca nahm sie in den Arm, und Yda atmete den Duft seines Hemdes ein, der sie an eine Sommerwiese erinnerte. Die Hoffnungslosigkeit wich dem warmen Gefühl in ihrem Herzen. Sie drückte seine Hand. »Merkst du nun, wie gleichgültig es mir ist, dass du ein Henker bist?«

Luca atmete tief ein. »Ich habe einen Fehler gemacht und dich damit in Gefahr gebracht. Das wird nie wieder geschehen.«

»Wir bleiben für alle Zeit zusammen?«

Luca nickte. »Das schwöre ich dir.« Er schloss die Augen und küsste sie.

Yda verlor sich in dem wohligen Gefühl, das sich in ihrer Brust ausbreitete. Als er von ihren Lippen abließ, schmiegte sie sich an ihn. »Hast du auf der Valkenburg den Mörder deiner Mutter gefunden?«

»Ja.«

Yda spürte, wie sich Lucas Rücken versteifte. »Lebt er noch?«

»Ja.«

Sie strich mit dem Zeigefinger die Kontur seines Rückgrats nach. »Wirst du es dabei belassen?«

»Ich weiß es nicht. Warum fragst du?«

»Weil ich Angst um dich habe. Du bist so verbittert, weil der Hass an dir nagt. Weißt du, dass ich an einer Hand abzählen kann, wie oft ich dich habe lachen gesehen?«

»In meinem Leben gibt es nicht viel zu lachen.« Luca ließ

die Schultern hängen. »Ich sehe mehr Elend, als mir lieb ist. Und glaube mir, Gottes rechte Hand zu sein bereitet mir kein Vergnügen.«

»Das kann ich mir vorstellen.« Sein Leid berührte Ydas Herz. Wenn sie nur wüsste, wie sie ihm helfen könnte! »Aber damit ist es ja nun erst einmal vorbei.«

Lucas Augen verdunkelten sich. »Da täuschst du dich. Egal, wohin mich die Flucht verschlägt, ich werde immer der Henker sein.«

»Dann lass uns ganz weit weggehen, irgendwohin, wo uns niemand kennt.«

»Das geht nicht. Ich habe Rinchen versprochen, immer für sie da zu sein.«

»Vorerst ist sie bei Trin gut aufgehoben.« Yda holte tief Luft. »Weißt du von Judiths Tod?«

Erschrocken riss Luca die Augen auf. »Sie ist tot?«

»Overstolz hat sie getötet. Sie muss ihm verraten haben, dass ich dein Weib bin. Warum hat sie das bloß getan?«

Luca blickte zu Boden.

Durch Ydas Herz fuhr ein Stich, als sie sah, wie er mit den Tränen kämpfte. Sie wiederholte: »Warum hat sie das getan? Habt ihr euch geliebt?«

»Nein.« Er schüttelte den Kopf. »Nein, Yda. Ich denke eher, sie war eifersüchtig und in ihrem Stolz verletzt, weil ich sie abgewiesen habe.«

Yda wusste nicht, was sie davon halten sollte. Und sie wusste auch nicht, wie es nun weitergehen sollte. Von ihrer Gefangenschaft bei Overstolz erzählte sie Luca nichts, denn sie wollte ihm das Herz nicht noch schwerer machen.

»Gleich morgen nach Sonnenaufgang werden wir zur Burg Worringen aufbrechen.«

Bei dem Gedanken daran verspürte Yda Unbehagen. »Overstolz wird auch dort sein.«

»Ich passe schon auf dich auf. Vertrau mir.«

Als sie sich am nächsten Morgen auf den Weg machten, trafen sie gleich vor dem Wald auf die ersten Truppen. Noch nie in ihrem Leben hatte Yda so viele Ritter gesehen. Ihre Zelte schmückten bunte Wimpel, die im Wind flatterten. Die warme Luft des Frühsommers roch nach Pferdeleibern und Rauch. Yda versteckte ihr Haar unter der Kapuze von Lucas Umhang und schritt neben ihm an den Zeltstädten vorbei. Musikanten spielten auf Flöten, und halbwüchsige Knaben polierten Rüstungen oder trieben eine Sau um die Zelte. Yda sah Frauen, die um einen großen Kessel herumsaßen, aus dem es dampfte. Ihre Kleider waren schmutzig und zerschlissen. Bei dem Duft, der ihr um die Nase wehte, bekam Yda erneut Hunger.

Luca nahm sie an der Hand und brachte sie zu den Frauen. »Du bleibst bei ihnen.«

Unsicher sah Yda ihn an. »Was soll ich denn hier? Ich kenne die Frauen nicht.«

»Das hier ist der Tross der Brabanter. Warte bei den Frauen, bis ich mit dem Herzog gesprochen habe.« Luca schob sie zu dem Kessel und ging zu dem größten Zelt.

Die Frauen hielten in ihrem Schwatz inne und schauten zu Yda auf. Eine von ihnen erhob sich und klopfte sich den Lehm von den Röcken. Ihr fehlten die oberen Schneidezähne, und ihre grünen Augen waren von Falten umkränzt.

»Was willst du hier?« Feindselig starrte sie Yda an.

»Im Schutz eurer Gruppe auf Luca warten. Sonst nichts.« Yda schaute zu dem Kessel, in dem Rüben kochten.

»Wenn du was haben willst, musst du bezahlen.«

»Nein, ich will nichts.« Yda trat einen Schritt zurück und ließ den Blick durch die Zeltstadt schweifen. Plötzlich begann ihr Herz zu rasen. Zwischen den Reitern, die gerade eintrafen, sah sie Overstolz von seinem Pferd steigen. Er nahm den Helm ab und ordnete das dunkle Haar mit den Fingern. Sein kalter Blick durchbohrte sie wie ein Pfeil. Er neigte das Haupt und schritt auf sie zu. Yda löste sich aus ihrer Starre und lief an den Frauen vorbei. Beinahe rannte sie dabei den Kessel um. Sie spürte, dass Overstolz sie verfolgte. Hinter einem kleineren Zelt stolperte sie über eine Wurzel und fiel hin. Als sie wieder aufstehen wollte, stand Overstolz bereits mit einem Stiefel auf dem Saum ihrer Röcke.

»Ist dir doch die Flucht gelungen, Teufelsweib?«

Yda riss an ihren Röcken. »Lasst mich in Frieden«, keifte sie.

Overstolz versetzte ihr einen Tritt in die Rippen und riss an ihrem Haar. »Noch einmal entkommst du nicht.«

Hinter ihm sah Yda, wie sich die alte Frau näherte. In der Hand hielt sie eine Keule. Leise schlich sie sich an Overstolz heran und holte aus. Ein gezielter Schlag auf seinen Kopf ließ ihn taumeln – dann stürzte er zu Boden.

Rasch erhob sich Yda und sah die Frau fragend an.

»Du bist unvorsichtig. Wenn du hier allein herumläufst, steckt schneller ein Kerl in dir, als du beten kannst.«

»Weshalb bist du mir zur Hilfe gekommen?« Yda schaute zu Overstolz, der regungslos am Boden lag.

»Weil die Kerle zu bezahlen haben, wenn sie uns Frauen wollen. Das gilt auch für den hier. Da kann er noch so feine Kleider tragen.«

Overstolz stöhnte. Als Yda sah, wie seine Lider flatterten,

bedankte sie sich rasch bei der Frau und lief davon. Erst als sie die Zeltstadt hinter sich gelassen hatte, blieb sie stehen. Vor ihr lag der Rhein, an dessen Ufer seicht die Wellen schwappten. Ein kleines Stück entfernt sah Yda einen Mann, der sich neben einem großen Stein seiner Kleider entledigte. Yda zögerte nicht lange. Rasch versteckte sie sich hinter einem Busch und wartete, bis der Mann in die Fluten gestiegen war. Dann lief sie zu dem Stein und stahl ihm die Cotte sowie Beinkleider, Bruche, Kappe und Stiefel.

Hinter dem Stamm einer Eiche zog Yda ihre Kleider aus und die des Mannes an. Mit zittrigen Fingern befestigte sie die Beinkleider an der Bruche. Dann setzte sie sich die Kappe auf den Kopf und versteckte ihr Haar darunter. Die Stiefel waren ihr etwas zu groß, also stopfte sie sie mit Gras aus. Yda hatte keine Ahnung, von welchem Stand die Kleidung zeugte, nur dass der Mann kein einfacher Bauer war, erkannte sie. Im nächsten Moment dachte sie schon nicht mehr darüber nach. Sie hoffte nur noch, Luca zu finden. In der Verkleidung fühlte sie sich zumindest geschützter als vorher. Warum nur war Luca nicht mit ihr im Wald geblieben? Wie hatte er sie bei den Frauen zurücklassen können? Enttäuscht schüttelte Yda den Kopf. In der Ferne hörte sie den Mann schreien, dessen Kleidung sie nun trug. Sie selbst lief schon zurück in die Zeltstadt, um Luca zu suchen.

Die Truppen des Brabanters befanden sich jetzt im Aufbruch. Die Knappen sattelten die Schlachtrösser, ein riesiges Katapult wurde an ein Pferdegespann gebunden. Dahinter reihten sich Karren aneinander, die mit Bolzen, Pfeilen und Felsbrocken beladen waren. Yda hielt Ausschau nach Luca, kurz darauf entdeckte sie ihn. Er kam gemeinsam mit dem Herzog aus dessen Zelt.

Der Brabanter war ein hochgewachsener, magerer Mann mit einem spitzen Bärtchen. Er hatte seine Rüstung angelegt, und Luca folgte ihm zu dem Schlachtross, das als Letztes noch an der Tränke angebunden war. Yda sah keine Möglichkeit, sich Luca ungestört zu nähern, denn der Herzog redete auf ihn ein. Sie wartete, bis ein Knappe dem Brabanter endlich auf das Schlachtross half. Nachdem sich Luca mit einer Verbeugung von dem Herzog verabschiedet hatte, lief Yda zu ihm. Wie es schien, erkannte er sie nicht, denn er wandte sich ab und ging in die Richtung, in der die Trosshuren ihr Lager aufgeschlagen hatten. Nach wenigen Schritten bekam Yda ihn am Ärmel zu fassen. Erschrocken fuhr er herum.

»Besser fasst Ihr mich nicht … Yda?« Entgeistert schüttelte er den Kopf. »Was machst du?«

»Overstolz ist hier. Er hat mich gesehen und mich fast am Wickel gehabt.« Yda griff nach seiner Hand. »Es war ein Fehler hierherzukommen.«

»Nein, war es nicht.« Luca presste die Lippen aufeinander und strich ihr über die Wange. »Du musst wieder zu den Frauen gehen. Die Brabanter belagern die Burg, und der Herzog hat mich berufen, ihn zu unterstützen. Overstolz wird auch bei der Belagerung dabei sein. Du brauchst ihn also hier im Lager nicht mehr zu fürchten.«

Yda lachte verzweifelt auf. »Du glaubst doch nicht allen Ernstes, dass ich noch einmal allein zurückbleibe!«

»Doch, Yda. Mitzukommen ist viel zu gefährlich für dich. Nur die Frauen und die Kranken bleiben zurück. Du bist vor Overstolz sicher, denn ich werde ein Auge auf ihn haben.«

Yda tastete nach der Kappe auf ihrem Kopf, um sich zu vergewissern, dass keine Strähne ihres Haares hervorlugte. »Er wird mich weiter suchen. Verlass dich darauf.« Sie stemmte die Hände in die Hüften. »Wenn du mich nicht bei dir haben willst, kehre ich zurück in die Wälder.« Ein Stich fuhr durch ihr Herz. »Aber dann hast du mich für alle Zeiten verloren, Luca.«

Unsicher sah er sich im Lager um und sog tief den Atem ein. »Nun, dann komm. Dort drüben in dem Zelt lagert der Herzog noch einiges an Waffen. Ich soll mich damit ausstatten.«

Yda folgte ihm ihn das Zelt, das von zwei Männern bewacht wurde. Misstrauisch ließen sie ihre Blicke über Yda schweifen. Sie wischte sich die feuchten Hände an ihrer Cotte ab. Was, wenn der Mann, dem die Kleidung gehörte, ein bekannter Herr war? Luca zeigte ihnen ein Schreiben des Herzogs, und die Wachen lupften die Plane des Eingangs.

In dem Zelt roch es nach Eisen. Armbrüste, Lanzen und Kettenhemden türmten sich in einer Ecke. Yda nahm eines davon und zog es sich über. Dann hob sie eine der Armbrüste auf. Schwer lag die Waffe in ihrer Hand.

»Leg das zurück. Du wirst nicht kämpfen«, raunte Luca.

»Und wie soll ich mich verteidigen, wenn ich angegriffen werde?« Schmollend ließ sie die Armbrust sinken.

»Du weißt ja nicht einmal, wie der Bolzen gespannt wird.« Luca reichte ihr ein Kurzschwert. »Nimm lieber das. Aber du wirst dich im Hintergrund halten. Versprich es mir.«

Yda sagte darauf nichts, legte die Armbrust zurück und befestigte das Schwert an ihrem Gürtel. Luca band ihr einen Schutzschild auf den Rücken, der den goldenen Löwen des Brabanters zeigte.

Rinchen wägte ab, ob sie lieber Luca suchen oder weiter hier auf ihn warten sollte. In all der Zeit, in der sie nun im Haus der schönen Frauen war, gab sich Quirin ziemlich mundfaul. Rinchen rührte in dem Eintopf und sah zu ihm hinüber. Über seinem rechten Auge beulte sich eine violette Wulst. Der Wärter vor der Hacht hatte ihm die Beule verpasst, als er am Morgen versucht hatte, dort einzudringen.

Rinchen legte den Kochlöffel zur Seite und ging zu ihm hinter den Tresen.

»Glaubst du, Luca kommt bald?«

Quirin hob als Antwort nur die Schultern, und Rinchen kehrte zurück an den Kessel.

Trin kam mit ihrem Freier in Schankstube und setzte sich stöhnend an den Tisch. »Ich kann euch sagen, mir tut alles weh.«

Der Mann neben ihr grinste. Rinchen spürte Groll in sich aufsteigen. Die Erinnerung an die Männer, die auch auf ihr gelegen hatten, kehrte zurück. Sie lief rasch in Griets Kammer und schloss die Tür, um sich vor dem Mann zu verstecken.

Erst als er nach einer Weile gegangen war, kehrte sie in die Schankstube zurück und setzte sich zu Trin an den Tisch. »Hat er dir sehr weh getan?«

Trin schenkte ihr ein Lächeln und strich mit der Hand durch ihr Haar. »Sorge dich nicht. Ich werde es überleben.«

»Mutter hat es nicht überlebt.« Rinchen legte das Gesicht in ihre Armbeuge und begann zu weinen. »Wann kommt endlich Luca?«, schluchzte sie.

»Wie mir der Freier eben erzählt hat, ist er mit Yda während der Hinrichtung geflohen.«

Rinchen hob den Kopf. »Was sagst du da? Wohin denn?«

»Das weiß zum Glück niemand.«

»Aber er hat mir versprochen, mich nicht allein zu lassen.«

Das neue Mädchen mit dem Namen Weisgin brachte Rinchen einen Krug Bier.

Trin lächelte gequält. »Aber du bist doch nicht allein. Du hast doch noch mich und Quirin.«

Die Tür flog auf, und drei Männer betraten die Stube. Trin verdrehte die Augen.

»He, Wirt. Wo sind die schönen Frauen?«, rief einer von ihnen.

Das neue Mädchen raffte ihre Röcke und wollte an ihnen vorbei aus der Schankstube laufen. Doch einer der Männer hielt sie am Arm fest.

Trin erhob sich. »Es gibt nur noch mich. Aber nicht mehr heute. Und lass das Mädchen los.«

Der Mann hob belustigt die Augenbrauen und sah zu Rinchen. In seinem Griff zappelte Weisgin, doch sie wehrte sich heftig und traf mit der Faust seine Leibesmitte. Unvermittelt schrie der Mann auf, ließ Weisgin los und krümmte sich. Das Mädchen rannte rasch an ihm vorbei aus dem Schankraum.

Rinchen sprang vom Stuhl und lief zurück in die Kammer. Von dort hörte sie die Männer in der Schankstube lachen. Trin schrie auf. Ein dumpfer Knall ließ den Boden zittern. Rinchen kauerte sich auf den Boden und hielt sich die Ohren zu. In dem Moment fuhr ein Schmerz durch ihren Leib, als würde eine Faust ihre Eingeweide zusammenquetschen. Sie nahm die Hände von den Ohren und hielt sich keuchend den Bauch fest. Die Männer grölten immer noch. Allmählich ließ der Schmerz wieder nach.

Sie wusste nicht, wie lange sie so gesessen hatte, als plötzlich die Tür aufflog. Ein Mann riss sie am Arm hoch und stieß sie auf das Lager. Erneut wütete die Faust in ihrem Unterleib. Rinchen schrie auf. An ihren Beinen spürte sie ein Rinnsal hinablaufen. Der Mann schob ihr die Röcke hoch und blickte auf ihre entblößte Scham. Angewidert verzog er das Gesicht und wandte sich ab.

»Dort drinnen kalbt die Zwergin«, hörte sie ihn grölen.

Der erneute Schmerz nahm Rinchen den Atem. Sie konnte nicht mehr denken. Um sie herum drehte sich die Kammer. Dann ließ der Schmerz wieder nach, und sie setzte sich keuchend auf. Das Kindchen in ihrem Bauch – gewiss wollte es mit aller Gewalt aus ihrem Leib.

»Nicht jetzt«, keuchte sie. Tränen rannen über ihre Wangen. Zwischen ihren Röcken kühlte die Nässe aus. Rinchen erhob sich von dem Lager, versuchte auf die Beine zu kommen. Doch abermals wütete die Faust in ihrem Leib und zerriss ihr den Rücken. So laut sie konnte, schrie Rinchen dagegen an. Warum half ihr bloß niemand? Die Faust gab sich milde und zog sich zurück.

Erschöpft legte Rinchen sich auf das Stroh. Sie musste sterben, das spürte sie. Die Angst davor jagte sie vom Lager. Heftig polterte der Herzschlag durch ihre Brust. Rinchen riss die Tür zur Schankstube auf.

Trin lag bäuchlings auf einem Tische. Hinter ihr stand einer der Männer und stieß sie heftig. Die anderen zwei saßen auf den Stühlen, tranken Bier und sahen ihm dabei zu.

Rinchen jammerte Quirins Namen. Wo war er nur? Er musste Trin doch helfen. Mit letzter Kraft schleppte sie sich zurück in die Kammer, wo der Schmerz sie erneut übermannte.

19. Kapitel

Wie der Bauch eines Esels hingen die Wolken über der Zollfestung. In den Pfützen schlug der Regen Blasen und verwandelte die Heide in einen Sumpf. Die Burg mit ihren spitzen Dächern und dem Wehrturm war in die Mauer der Siedlung Worringen eingebunden. Zum Feld hin schützte sie ein Wassergraben, über dem die Fallbrücke hochgezogen war.

Die Geschäftigkeit um sie herum ließ Yda vergessen, dass Luca nur Augen und Ohren für die Befehle des Brabanters hatte. Ein großer Teil der Vasallen hatte sich um ihn versammelt, und der Herzog erklärte ihnen die Vorgehensweise der Eroberung. Es sollte schnell gehen, wie er meinte. Niemand hatte Lust auf eine Belagerung, die sich womöglich über den Winter zog.

Jemand stieß Yda von hinten in den Rücken, und sie wandte sich um.

»Mach, dass du aus dem Weg kommst«, zischte ein Söldner. Hinter ihm trugen mehrere Männer eine riesige Leiter.

Yda machte ihnen Platz. Nachdem der Herzog seine euphorische Rede beendet hatte, gesellte Luca sich wieder zu ihr und sah sie besorgt an.

»Willst du nicht doch lieber zurück zu den Frauen ins Lager gehen? Es wird zu einem Gefecht kommen.«

Yda graute es mehr vor Overstolz als vor den Rittern, die ihre Burg verteidigten. Sie schüttelte den Kopf. »Nein, Luca. Ich bleibe hier.«

Im nächsten Moment schon surrten Pfeile über ihre Köpfe hinweg. Luca zog Yda zu sich hin und hielt seinen Schutzschild über sie beide. Um sie herum brachen die getroffenen Söldner schreiend zusammen.

Yda wurde es übel. Ganz nah drängte sie sich an Luca. Der Regen spülte das Blut der Männer über den schlammigen Boden. Ein weiterer Schwarm Pfeile schoss auf sie herab. Einer traf Lucas Schulter. Er gab einen zischenden Laut von sich und verzog das Gesicht. Yda band sich den Schild vom Rücken und hielt ihn ebenfalls über sie. Dann sah sie, wie sich Lucas Hemd rot färbte, und eine unbändige Angst überfiel sie. Sie wollte Luca nicht verlieren.

»Lass uns fliehen. Wir beide!« Sie zerrte an seiner Hand.

»Es ist zu spät. Wir sind mittendrin.«

Um sie herum wurde es wieder ruhiger. Die Männer stöhnten auf. Einige von ihnen stießen Schimpftiraden aus. Luca nahm den Schild herunter und hielt sich die Schulter.

»Lass mich danach sehen.« Yda legte ebenfalls den Schutz zu Boden.

»Es kann keine tiefe Wunde sein. Der Pfeil hat mich nur gestreift.« Er betrachtete das Blut an seiner Hand und wischte es dann an seinen Beinkleidern ab.

Um sie herum sammelten sich die Vasallen wieder zur Ordnung. Der Herzog ritt in seiner Rüstung durch die Männer. »Wir müssen uns sputen. Los, Männer, stürmt die Burg!«, schrie er gegen den Regen an.

Yda sah, wie die Kölner Miliz zu ihnen stieß. An ihrer Spitze ritt Overstolz. Rasch wandte sie den Blick ab und zog sich die nasse Kappe tiefer ins Gesicht. Ein Mann zog sie am Arm von Luca fort.

»Was stehst du hier herum und hältst Maulaffen feil? Los, das Katapult muss gespannt werden.«

Während Yda hinter dem Mann herstolperte, sah sie gerade noch, wie der Herzog Luca zu sich herüberwinkte. Doch Luca beachtete ihn nicht und folgte ihr und dem Mann.

Ein Pulk Söldner machte sich an dem riesigen Gebilde aus Holz zu schaffen. Wie Trauben hingen sie an dem Arm, an dessen Ende sich ein großes Netz befand. Mit Stöcken bewegten andere Männer einen Felsbrocken auf sie zu. Yda und Luca suchten eine freie Stelle an dem baumgroßen Hebel und zogen ebenfalls daran, bis die Arretierung gefestigt war. Atemlos schauten sie zu, wie die Männer das Netz um den Felsbrocken schlossen. Auf einen Befehl hin lösten sie die Arretierung. Der Hebelarm schoss in die Höhe und schleuderte das Wurfgeschoss auf die Burg zu. Krachend schlug der Felsbrocken in das Gemäuer. Stein um Stein fiel ein mannsgroßes Stück des Wehrturms in sich zusammen. Die Söldner johlten siegessicher. Schon im nächsten Augenblick krochen Männer wie Ratten an der Mauer die Leiter hinauf. Oben auf dem Kamm der Wehrmauer gingen sie mit den Schwertern auf die Verteidiger der Burg los und metzelten sie nieder.

Das Katapult wurde erneut gespannt. Wieder hängten sich Yda und Luca mit ihrem ganzen Gewicht an den Arm. Das zweite Geschoss schlug ein riesiges Loch in die Mauer. Weitere Söldner stürmten auf die Burg zu. Ehe Yda sich's versah, rannte sie hinter Luca auf die Mauer zu. Plötzlich riss ihr jemand im Lauf die Kappe vom Kopf. Eine Hand legte sich auf ihren Mund und zerrte sie rückwärts aus der Menge. Yda strampelte mit den Beinen und schlug um sich, doch sie kam nicht gegen Overstolz an. Luca verschwand im Tumult.

Die Mauern des Kerkers erzitterten. Bertram schreckte aus dem Stroh auf. Er wusste, mit genügend Männern und den richtigen Wurfgeschossen konnte die Zollfestung Worringen in Windeseile eingenommen werden. Und er wusste auch, sie würden ihn hier unten vergessen.

Der Eimer mit dem modrigen Wasser war längst geleert. Einen Kanten Brot hatte er bisher nicht bekommen. Aber er spürte den Hunger nicht mehr. Eher waren es der Durst und die Dunkelheit, die ihn hier unten um den Verstand brachten. Etwas raschelte im Stroh. Eine Ratte kam in regelmäßigen Abständen durch einen schmalen Ritz im Gemäuer zu ihm und fiel über seine Hinterlassenschaften her. So endete er wenigstens nicht in seinem eigenen Dreck, dachte er bitter. Obwohl er die Augen geschlossen hielt, schwindelte es ihn. Bertram dachte über sein Leben nach. Wie sinnlos doch alles gewesen war! Nicht einmal einen Sohn konnte er sein Eigen nennen – zumindest keinen, von dem er wusste. Die einzigen Freuden des Lebens hatte er zwischen den Schenkeln von hübschen Weibern gefunden. Es gab nichts, worauf er stolz sein konnte. Seinen Bruder Richard, den edlen Kreuzritter, hatte er auf dem Gewissen, aber der hatte es auch verdient gehabt, in die Hölle geschickt zu werden. So etwas wie Reue kannte Bertram nicht. Wozu auch? Richard war ein eingebildeter Kerl gewesen, den der Vater immer vorgezogen hatte. Bertram schmerzte es heute noch, wenn er an die Demütigungen dachte. Von oben herab hatte der Vater ihn behandelt, ihn mit Füßen getreten. Genau wie der

Graf von Arnsheim, wie Edelgunde und wie Bilstein. Daran hatte auch Richards Tod nichts geändert. Verächtlich lachte Bertram auf. All diese Menschen hatten gedacht, er würde es zu nichts bringen – und sie hatten recht behalten. Die Erkenntnis versetzte Bertram einen Stich, wie ihn selbst ein Dolch nicht zustande bekommen hätte. Schwer stieß er den Atem aus. Er war längst nicht mehr kräftig genug, um auf den Beinen stehen zu können. Verrecken würde er hier, ohne dass es jemanden kümmerte.

Erneut donnerte es in dem Mauerwerk über ihm. Holz knirschte, ein Balken brach und krachte nur wenige Handbreit neben ihm auf den Boden. Bertram wünschte sich, er hätte ihn erschlagen.

Er hatte sie verloren. Luca blickte über seine Schultern und versuchte umzukehren. Der wütende Mob der bewaffneten Männer schob ihn jedoch weiter in die Burg hinein. Es gab für ihn keinen Weg zurück, sie würden ihn tottreten, wenn er umkehrte. Luca entschloss sich, weiter mit den Rittern in die Burg einzudringen. Irgendwann würde Yda bestimmt wieder zu ihm stoßen. Schließlich war sie schon mehr als einmal dem Tod aus den Klauen gesprungen.

Auf dem Burghof empfing sie eine Formation aus Bogenschützen. Die Männer hoben ihre Schilde, um die Pfeile abzuwehren. Als die Munition der Gegner aufgebraucht war, zogen sie die Schwerter und metzelten die Bogenschützen nieder.

Luca schaltete seine Gedanken aus und kämpfte mit ihnen in einem Rausch, der ihn vergessen ließ, was er für ein Blutbad anrichtete. Er musste diesen Kampf überleben – für Yda. Jeder Mann, den er mit seinem Schwert niederstreckte, bedeutete keine Gefahr mehr für sie.

Ein weiterer Anschlag aus dem Katapult ließ die Mauern um ihn herum beben. Die ersten Ritter flohen von der Burg. Luca kämpfte mit den Männern des Brabanters gegen die letzten Verbliebenen, die bald schon in ihrem eigenen Blut lagen. Der Gegner war geschlagen, die Burg des Erzbischofs so gut wie eingenommen.

Luca ließ das Schwert in seiner Hand sinken und atmete in tiefen Zügen.

Vor der Burg ketteten die Männer des Brabanters die Gefangenen aneinander. Allesamt waren sie verwahrloste Ritter, denen der Erzbischof von Köln auf seiner Burg Unterschlupf gewährt hatte, nachdem sie von ihren Raubzügen zurückgekehrt waren. Luca versuchte, Ydas weinrote Kappe in dem Getümmel ausfindig zu machen. Doch so genau er sich auch umsah, er fand sie nicht.

Der Regen ließ nach. Im Schatten des Katapultes saßen einige Männer und teilten sich einen Krug Wein. Einer von ihnen schlug sich grölend auf die Schenkel.

»Ein Weib sagst du? Hier?«

Luca wurde hellhörig und schlich sich an sie heran.

»Ja, sicher. Ich hab sie mit meinen eigenen Augen gesehen«, sagte ein anderer. Ein hellroter Striemen zog sich über seine Wange.

Luca trat zu den Männern. »Wo willst du das Weib gesehen haben?«

Der Mann mit der Schramme grinste schief. »Vielleicht fragst du besser deinen Befehlshaber, Bursche.«

Niemand hatte ihn aufgehalten, als er sie in das Zelt gezerrt hatte. Die Kappe hatte er ihr vom Kopf gerissen, und einige Männer hatten sie fassungslos angestarrt. Nun war sie mit

Overstolz allein, an Händen und Füßen gefesselt. Noch einmal würde sie ihm nicht entkommen.

Yda sah, wie Overstolz ein Schüreisen im Feuerbecken erhitzte. Er hatte das Kettenhemd abgelegt. Das Haar in seinem Nacken lockte sich von der feuchtwarmen Luft in dem Zelt. Yda glaubte, nicht mehr atmen zu können.

Overstolz betrachtete das glühende Ende des Eisens und drehte sich behäbig zu ihr um. »Nie wieder sollen deine Augen dieses Feuer versprühen«, stieß er mit irrem Blick hervor. Sein Gesicht war fahl, und die Lippen hatten sich bläulich verfärbt. Als er sich ihr näherte, stieß er rasselnd den Atem aus.

Yda zerrte an den Fesseln. »Was habt Ihr vor?«

Er richtete die glühende Spitze auf ihr Gesicht. »Zuerst töte ich deine Augen, damit sie mich nicht mehr im Traum verfolgen, und dann dich.«

»Weshalb? Es war nur etwas Gold, worum ich Euch betrogen habe. Warum wollt Ihr mich dafür so hart bestrafen?«

»Glaubst du, es geht nur um das Gold?« Seine Augen glichen jetzt einem gefrorenen See. »Du hast mir mit deinem Blick die Seele geraubt.« Overstolz spie auf den Boden.

»Das war nie meine Absicht. Bitte glaubt mir.«

Plötzlich erstarrte sein Gesicht. Overstolz ließ das Schüreisen fallen und griff sich ans Herz. Keuchend fiel er auf die Knie. »Verflucht! Du hast mich verflucht! Nicht nur meine Seele, auch mein Herz nimmst du mir. Verdammt seist du, Teufelsweib!«

Aus den Augenwinkeln sah Yda, wie sich das Linnen des Zeltes neben ihr hob. Luca kroch darunter her ins Innere. Für einen Augenblick starrte er Overstolz an, der immer noch vor Yda kniete und sich keuchend die Brust hielt. In

Windeseile schnitt Luca mit einem Dolch Ydas Fesseln durch und stellte sich schützend vor sie.

»Verschwinde, Schinder!« Overstolz streckte den Arm aus. Doch bevor er nach dem Schüreisen greifen konnte, trat Luca es mit dem Fuß fort.

»Yda ist mein Weib. Lasst Eure Finger von ihr.«

Overstolz lachte verächtlich auf. »Dein Weib? Das hier ist die Ausgeburt der Hölle. Sie gehört für immer vernichtet.« Seine Stimme wurde lauter. »Sieh, was sie mit mir angerichtet hat! Entzünde ihren Scheiterhaufen, um deine Seele zu retten.« Seine letzten Worte gingen in einem Keuchen unter. Kraftlos fiel er auf die Hände.

Luca legte den Arm um Ydas Schultern und schob sie aus dem Zelt. Die Sonne kämpfte sich gerade durch die Wolken, und von dem regennassen Boden stieg Nebel auf.

Luca nahm Ydas Gesicht in beide Hände. »Was für ein Glück, dass ich dich gefunden habe! Nie wieder soll uns etwas trennen. Deshalb werde ich den Herzog von Brabant um Schutz bitten. Er ist mächtiger als Overstolz. Außerdem ist der Patrizier ein kranker Mann. Hast du nicht gesehen, wie schlecht es ihm geht?«

Yda zuckte mit den Schultern. Sie glaubte nicht mehr daran, Overstolz endgültig zu entkommen.

Rinchen lag gekrümmt auf ihrem Lager und atmete benommen gegen den Schmerz, der immer wieder einmal abebbte, ehe er mit noch größerer Macht zurückkehrte. Sie sah die Jungfrau Maria vor sich stehen. Goldenes Haar umkränzte ihr Gesicht. Rinchen lächelte. Plötzlich überfiel sie ein Druck im Bauch, der sie zu zerreißen drohte. Obwohl sie versuchte, sich dagegen zu wehren, presste sich ihr Gedärm aus dem

Leib. Rinchen schrie aus voller Kehle. Dann bekam sie keine Luft mehr. Sie musste sterben! Wild schlug sie mit den Armen um sich.

Die Muttergottes strich ihr über die Wangen. »Atme, Kleine. Du musst atmen«, hauchte sie mit engelsgleicher Stimme. Rinchen schloss kurz die Augen. Ihre Lungen füllten sich wieder mit Luft. Für einen Augenblick ließ der Schmerz nach, rollte aber bald schon wieder über sie hinweg. Sie musste drücken, wollte sich erleichtern, doch es ging nicht. Abermals schrie sie.

Die Muttergottes kniete sich vor sie, schob ihre Röcke hoch und winkelte mit beiden Händen Rinchens Beine an.

»Muss sterben«, wimmerte Rinchen.

»Nein, Kleine. Du stirbst nicht. Ich kann das Köpfchen sehen. Bald wirst du dein Kind in den Armen halten.« Das Lächeln der Muttergottes schenkte ihr Mut. Sanft strichen ihre Hände über Rinchens geschwollenen Leib.

Erneut überkam sie dieser drängende Schmerz, und sie biss sich in die Faust.

»Du musst drücken, Kleine. Fester! Noch fester! Weiter!«

Mit all ihrer Kraft stemmte sie sich gegen den Widerstand in ihrem Unterleib. Ein Schrei unterstützte sie dabei.

»Der Kopf ist draußen. Bald hast du es geschafft! Atme kurz durch.«

Rinchen versuchte so viel Luft wie möglich in sich aufzunehmen. Zwischen ihren Beinen brannte ein Feuer. Der Krampf kehrte zurück in ihren Bauch. Erneut schob sie all ihre Kraft in den Unterleib und schrie den Schmerz hinaus. Dann wurde es leichter. Das Kindchen hatte ihren Leib verlassen.

Rinchen wischte sich die Tränen von den Wangen und

hob den Kopf. Die Muttergottes war verschwunden. Stattdessen hockte Trin vor ihr und hielt ein Kind in den Händen, das so klein wie eine junge Katze war. Es war das kleinste Menschlein, das Rinchen je gesehen hatte.

Trin legte es ihr in die Arme. Das Kind öffnete die verklebten Lider und blinzelte sie mit dunklen Augen an, bevor es den ersten Schrei ausstieß. Rinchen strich ihm über den kleinen Kopf, bis es sich wieder beruhigte.

»Es ist ein Junge. Und wie es scheint, ist er gesund.« Trin bedeckte ihn mit einem Tuch.

»Er ist Gottes Sohn«, stieß Rinchen fast flüsternd aus. »Immanuel soll er heißen.«

»Recht hast du.« Trin erhob sich. »Bleib so liegen. Ich bin sofort zurück und dann binde ich ihn ab.«

»Du tust ihm aber nicht weh?«

»Nein, keine Sorge.« Trin verließ die Kammer.

Obwohl er voller Blut und zudem mit einer weißen Schmiere überzogen war, roch der kleine Junge noch besser als die Erdbeeren aus dem Wald. Rinchen schnupperte an dem Flaum auf seinem Kopf.

Trin kehrte zurück und kniete sich wieder vor sie.

Rinchen spürte nichts von dem, was sie da zwischen ihren Beinen tat. Sie konnte nicht genug davon bekommen, ihren Immanuel zu betrachten. Eine warme Welle wanderte durch ihren Leib, und in ihren Brüsten verspürte sie ein Ziehen.

»Hier ist das heiße Wasser.« In der Tür erschien Quirin und hielt eine dampfende Schüssel in den Händen. Seine Wange schimmerte blaurot, und die Augen waren zugeschwollen.

»Stell es dort auf den Boden«, wies Trin ihn an.

»Er heißt Immanuel. Ist er nicht wunderschön? Was ist

mit deinem Gesicht? Und wo warst du die ganze Zeit?«, fragte Rinchen den Bader.

Quirin warf nur einen kurzen Blick auf das Kind, bevor er wortlos die Kammer verließ.

»Die Männer haben ihn mit ein paar gezielten Schlägen niedergestreckt«, antwortete Trin an seiner Stelle. »Es hat eine Weile gedauert, bis er wieder zu sich gekommen ist. Zum Glück konnte sich Weisgin retten. Ich denke, wir werden sie wohl nicht mehr wiedersehen.«

»Armer Quirin.« Rinchen seufzte. In ihrem Arm begann das Neugeborene zu quäken. »Ob er Hunger hat? Ich weiß gar nicht, wie ich ihn nähren soll.«

»Damit muss er noch ein wenig warten. Erst wasche ich euch beide, und dann legst du dich mit ihm auf das Lager.«

Rinchen nickte. Alles war gut, solange sie nur Immanuel in ihrem Arm halten konnte.

Als sie kurze Zeit später in einem frischen Hemd unter einer Decke lag, half Trin ihr, den Kleinen an die Brust zu legen. Die Warze, an der Immanuel saugte, schmerzte ein wenig, doch Rinchen war glückselig vor Liebe.

»Er wird sich an deiner Milch satt trinken«, sagte Trin und setzte sich auf den Hocker neben dem Lager.«

Rinchen lachte. »Hör hin. Er schmatzt wie ein Kälbchen an dem Euter seiner Mutter.« Zufrieden legte sie den Kopf zurück. »Wo ist Quirin?«

»Er sitzt in der Schankstube und bläst Trübsal.«

»Sie haben ihn wohl arg gehauen.«

»Es ist nicht nur das. Er ist verzweifelt, weil Griet in der Hacht sitzt. Wahrscheinlich wird sie auch zum Tode verurteilt. Aber sie wird wohl nicht das Glück haben, dass ihr der Henker zur Flucht verhilft. So wie Luca bei Yda.«

Seufzend sah Rinchen durch den Türspalt in den Schankraum. Quirin saß an einem der Tische vor einem Krug Bier und hatte das Gesicht in die Hände gelegt.

»Bestimmt wird alles gut, wenn Luca zurück ist.«

20. Kapitel

Auch an diesem Tag hatte der Herzog von Brabant Luca nicht empfangen, da er wichtige Gespräche mit den Oberbefehlshabern zu führen hatte. Wie Luca und Yda von den anderen Männern erfahren hatten, würden die Truppen schon morgen früh in die Schlacht reiten. Nun saßen sie im Schatten einer Buche, und Yda rückte näher an Luca heran. Wegen der verlorenen Kappe hatte sie zu den Trosshuren zurückkehren müssen, wo sie bereits seit drei Tagen verharrte.

Luca nahm ihre Hand. »Ich verspreche dir, ich werde Overstolz bis morgen früh im Auge behalten. Sobald er sich dir nähert, bin ich ihm auf den Fersen.«

Traurig blickte Yda ihn an. »Es ist nicht mehr Overstolz, vor dem ich Angst habe. Ziehe nicht in diese Schlacht, Luca, ich bitte dich. Du bist nicht kampferfahren genug, und außerdem besitzt du kein Schlachtross.«

»Ich muss, Yda. Jeder Kölner, der nicht zu alt oder zu gebrechlich ist, zieht mit. Selbst die Bauern von Berg sind bereit zu kämpfen. Sieh dich doch um. Das Land um die Worringer Burg ist belagert von Männern, die bereit sind, ihr Leben für ihren Herren zu geben.«

Yda wollte Luca einfach nicht ziehen lassen. »Die Kölner aber nicht. Sie kämpfen gegen ihren Erzbischof. Weshalb? Das ergibt doch keinen Sinn.«

»Sie kämpfen allein um ihre Stadtrechte. Siegfried von Westerburg engt die Patrizier in ihrer Macht ein. Er erhebt hier am Rhein bei Worringen so hohe Zölle, dass die Schiffe kaum noch bis in die Stadt kommen. Die Kölner leben schon seit ewiger Zeit mit ihren Erzbischöfen im Streit. Das wird sich erst ändern, wenn sie unabhängig sind.«

»Aber davon hast du doch nichts! Es sind doch nur die Patrizier, die frei sein werden.«

Luca erhob sich aus dem Gras. »Es geht mir nicht um die Gunst der Geschlechter von Köln, denn dort werde ich mich wohl kaum noch blicken lassen können. Ich will für den Herzog von Brabant kämpfen. *Seine* Gunst ist mir wichtig.« Er reichte ihr die Hand.

»Was hast du vor, Luca?«

»Ich will nur, dass alles gut wird. Dass ich nie wieder das Richtschwert führen und nie wieder einen Menschen foltern muss. Ich will mit dir in Frieden leben. Ohne Angst um dich, und ohne die rechte Hand Gottes zu sein. Mit dir und Rinchen.«

»Du vergisst Griet. Sie ist meine Zwillingsschwester, die andere Hälfte meiner Seele. Ich kann nicht ohne sie sein.«

»Alles wird gut, Yda. Dafür kämpfe ich morgen.«

»Möge Gott seine schützende Hand über dich halten.« Rasch blinzelte Yda die Tränen fort.

Luca schloss die Lider, griff nach ihrer Hand und küsste sie. »Ich bin bald wieder bei dir. Ich hab dir doch geschworen, dich nie wieder allein zu lassen.« Schwer stieß er den Atem aus. Dann wandte er sich ab und ging zu dem Platz, an dem die Bürger von Köln lagerten. Die Handwerker polierten ihre Schwerter und Schilde. Als sich Luca zu ihnen setzte, schenkten sie ihm ein wohlgesinntes Lächeln.

Yda tröstete sich damit, dass er an diesem Abend nicht allein war.

Kurze Zeit später hörte Luca in seinem Rücken ein paar der Söldner johlen. Er wandte sich um und sah, wie sie einen Mann zum Zelt des Herzogs schleiften. Augenblicklich gefror ihm das Blut in den Adern, und die Muskeln seines Kiefers verhärteten sich. Einen Atemzug später löste er sich aus der Starre und eilte zu dem Gefangenen.

»Lasst ihn los! Ich muss mit dem Mann reden«, herrschte er die Söldner an.

»Wer bist du denn?«, spie einer von ihnen aus, ohne die Hand von dem Arm des Gefangenen zu nehmen.

»Einer von euch. Was denkst du denn?« Luca trat ihm mit festem Schritt entgegen.

Plettenberg sah ihn aus blutunterlaufenen Augen an. In seinen Mundwinkeln klebte verkrusteter Dreck. »Oha, der Henkersknecht. Was willst du von mir? Mein Urteil ist noch nicht gesprochen.«

»Den Tod meiner Mutter rächen!«, stieß Luca aus. Unwillkürlich ballte er die Fäuste.

»Der Tod deiner Mutter? Du meinst die verkommene Hure aus der Schwalbengasse?« Ein raues Lachen verließ Plettenbergs Kehle. Dann kniff er die Augen zusammen. Sein Blick fiel auf die Kette, die Luca um den Hals trug.

»Du Hurensohn! Dir hat sie also den Dorn gegeben. Verdammt!« Er versuchte sich aus dem Griff des Brabanters zu befreien, war jedoch zu schwach.

Luca stürzte auf ihn zu und legte ihm die Hände um den Hals. Doch bevor er zudrücken konnte, riss ihn einer der Männer am Arm zurück.

»Bist du von Sinnen? Dieser Hund hier ist pures Gold wert, auch wenn wir ihn im Kerker gefunden haben.«

Luca spie Plettenberg ins Gesicht. »Du wirst deine Strafe noch bekommen. Mein ganzes Leben lang werde ich dich verfolgen! Das schwöre ich dir.« Er sah zu den Männern. »Was geschieht mit ihm?«

»Das wird der Herzog entscheiden. Ich schätze, er wird ein ordentliches Lösegeld von den Plettenbergern verlangen.«

Der Herzog von Brabant verzog die Lippen zu einem verächtlichen Lächeln. Bertram versuchte, seinem Blick standzuhalten.

»Was glaubst du, was du deiner Familie wert bist?«

»Nichts«, spie Bertram aus.

»Wie?« Johann von Brabant faltete die Hände vor dem Waffenrock. »Wirklich nichts? Das kann ich nicht glauben. Dein Vater wird doch gewiss bereit sein, ein ordentliches Lösegeld für dich zu zahlen, wenn wir dich wieder heimziehen lassen.«

Der Gedanke an die Freiheit schmeckte auf Bertrams Zunge süß und bitter zugleich. Doch er wusste auch, dass der Vater nicht eine Münze für ihn hergeben würde. Gewiss wünschte er sich, sein missratener Sohn würde im Kerker der Brabanter verrotten – erst recht nach Edelgundes Tod. Und wenn Bilstein ihn schon darüber in Kenntnis gesetzt hatte, wie sie zu Tode gekommen war, würde in der Heimat nur der Galgen mit Freude auf ihn warten.

Bertram fiel vor dem Herzog auf die Knie und senkte den Blick. »In meiner Heimat bin ich ein Geächteter. Herr, ich bitte Euch inbrünstig um Gnade. Nehmt mich als Euren

Söldner in Euer Heer auf. Ich schwöre Euch bei Gott, ich werde an Eurer Seite für das Herzogtum Limburg kämpfen. Mein Leben werde ich geben, um Eures zu retten.«

Johann von Brabant rümpfte die Nase. »Du bist also bereit, das Lager zu wechseln?«

»Ja, Herr. Mit meinem ganzen Herzen.«

»Was hast du verbrochen? Warum saßest du im Kerker der Burg ein?«

»Verrat, Herr. Nach meinem Besuch auf Valkenburg habe ich dem Marschall des Erzbischofs die falschen Pläne der Verbündeten vermittelt.«

»Weshalb?« Der Herzog setzte sich auf seinen Faltstuhl und ließ sich einen Kelch Wein bringen.

Bertrams Blick klebte an seinen Lippen, als er einen Schluck nahm. »Bilstein hat mein Weib bestiegen«, stieß er hervor.

»Du bist also wankelmütig?«

»Nein, Herr. Keinesfalls. Ich habe dem Erzbischof einen Brief geschickt, in dem der wahre Verlauf der Unterredung auf Valkenburg protokolliert war. Leider hat Bilstein diesen abgefangen.«

»Was weißt du von den Plänen des Erzbischofs und seiner Verbündeten? Wie sieht ihre Aufstellung in der Schlacht aus?«

»Ich weiß alles. Siegfried von Westerburg wird mit seinem Heer das Zentrum bilden. Das ist auf Valkenburg so besprochen worden.«

»Das Gleiche hat mir dieser Bursche mit dem Namen Luca auch berichtet. Ich kann dir also glauben.« Der Herzog wandte sich an seinen Hauptmann. »Hol den Priester und mein Schwert, damit Plettenberg den Schwur leisten kann.«

Bertram hob den Blick und sah dem Hauptmann hinterher. Sobald er sich hier frei bewegen konnte, würde er sich das holen, was ihm gehörte – den Dorn aus der Krone Jesu. Und dann würde er als Sieger zu seinem Vater zurückkehren. Als der Held, der den Herzog von Brabant in der Schlacht geschlagen hatte.

21. Kapitel

Schon bevor der Morgen graute, schälten sich die Männer in dem Heerlager aus den Decken. Für einen Augenblick hielt Luca die Augen noch geschlossen. Er hatte von Yda geträumt und wollte ihr Bild für eine Weile festhalten. Die lauten Stimmen um ihn herum rissen ihn jedoch aus ihren Armen. Die Luft in dem Zelt war stickig und roch nach dem Schweiß der Männer. Luca erhob sich und zog sich das Hemd über.

Vor dem Zelt löffelten bereits die ersten Männer Mehlbrei aus ihren Holzschalen. Als Luca sich zu ihnen gesellte, nahm er sich fest vor, sein eigenes Leben nicht unnötig in Gefahr zu bringen. In einer Schlacht von solch einem Ausmaß war dies jedoch sicher leichter gedacht als getan.

Die Sonne schickte ihre ersten Strahlen über die Heide vor der Zollfestung von Worringen, die fast schon am Boden lag. Luca ließ den Blick zum Rhein schweifen und sah die Traube der Männer, die von Norden her auf sie zumarschierten. Es waren einfache Bauern, wohl von der Siedlung an der Düssel. Als sie näher kamen, bemerkte Luca ihre Waffen. Dreschflegel, die wohl mit Nägeln gespickt waren, rostige Eisenstangen und Sicheln trugen sie bei sich. Luca dachte an das Waffenlager des Brabanters. Sicher würde das des Erzbischofs und seiner Verbündeten nicht minder ausgestattet sein.

Luca verspürte Angst bei dem Gedanken, bald schon auf

dem Schlachtfeld zu stehen. Lieber wäre er davongelaufen. Doch er musste kämpfen – für die Gunst des Brabanters, für Yda.

Anders als die Männer um ihn herum schob er seine Schale von sich und erhob sich. Sein Blick glitt hinunter zum Rhein, dessen Wasser friedlich dahinfloss. Hinter sich hörte er das raue Lachen der Männer. Luca dachte an Rinchen und das Kind, das sie unter dem Herzen trug. Ein leises Stoßgebet verließ seine Lippen. Hoffentlich überlebte sie die Geburt.

Ein Knappe kam über die Heide gerannt. Es war einer der Burschen, die auf den Beobachtungsposten geschickt worden waren. Laut verkündigte er die Ankunft der feindlichen Truppen.

Augenblicklich erhoben sich die Männer von den Tischen. Der Herzog von Brabant stellte sich auf ein Podest, das einige seiner Knappen eilig herangeschleppt hatten. Den Bauern und Handwerkern befahl er, sich rheinseitig aufzustellen. Genau, wie Luca vermutet hatte.

Während das Fußvolk kurz darauf seine notdürftigen Waffen zusammenklaubte, bereiteten die Knappen die Schlachtrösser der Ritter vor und halfen ihren Herren in die Sättel. Luca versuchte die Gedanken an Yda und Rinchen auszuschalten, band sich den Schutzschild auf den Rücken und nahm sein Schwert.

Der Mann neben ihm schulterte den Ledersack mit den Bolzen seiner Armbrust und schlug ihm freundschaftlich auf die Schulter. »Bald werden wir die Bürger einer freien Reichsstadt sein. Dann feiern wir ein Fest, wie es in ganz Köln noch keins gegeben hat.« Sein Atem roch faulig, ebenso wie seine Kleidung.

Luca glaubte sich zu erinnern, den Mann schon einmal im Gerberviertel am Duffesbach gesehen zu haben.

»Du bist der Henkersknecht, hab ich recht?«, fragte dieser auch prompt.

Luca nickte und wunderte sich, dass der Mann ihn eben noch berührt hatte, obwohl er wusste, wer vor ihm stand. »Ja, der bin ich. Du solltest Abstand von mir nehmen.«

Kameradschaftlich legte der Gerber den Arm um Luca. »In einer Schlacht ist die Ehre egal. Da zählen nur Kampf und Sieg.«

Luca nickte und sagte nichts weiter. Ihm stand nicht der Sinn danach, so kurz vor der Schlacht noch Freundschaften zu schließen. Schweigend lief er neben dem Gerber bis zur Fühlinger Heide.

Das Fußvolk der Bauern stellte sich mit den Kölner Bürgern nah am Rhein auf. All ihre Gesichter strotzten vor Dreck, und ihre Kleidung war zerschlissen. Nur die wenigsten von ihnen trugen einen Schutzschild. Neben ihnen bildete der Herzog von Brabant mit seinen Rittern das Zentrum. Der Herrscher trug einen Topfhelm sowie das Wappen mit dem gelben Löwen über seinem Brustpanzer.

Die Sonne blinzelte hinter einer Wolke hervor und schickte ihre warmen Strahlen auf sie hinab. Die Männer rings um Luca waren still geworden. Da begann ein Mönch laut zu beten. Nur das Gezwitscher der Vögel und das Klirren der Rüstungen untermalten seine tiefe Stimme. Luca atmete schwer und rieb die schweißnassen Handflächen aneinander.

Die verbündeten Truppen ritten heran und stellten sich neben dem Heer des Brabanters auf. An ihren Lanzen wehten die bunten Wappen ihrer Herzogtümer im Wind. Die Hufe der Schlachtrösser drückten sich in den aufgeweichten Boden.

Der Mönch betete weiterhin lauthals. Warum gab er nicht endlich Ruhe? Luca wollte seine Stimme nicht hören. Er wollte nur diese verdammte Schlacht hinter sich bringen.

Neben ihm trat der Gerber von einem Fuß auf den anderen. »Heiliger Sebastian, bitte lass mich lebend zu meiner Irmi heimkehren. Und wenn es nicht zu viel verlangt ist, mit beiden Armen und Beinen.«

Die Luft über der Fühlinger Heide war geschwängert mit dem Gestank der Angst, den die Männer verströmten. Auch Luca spürte, wie ihm ein Rinnsal den Rücken hinablief. Er richtete den Blick auf den Horizont und sah die herannahende Staubwolke.

Kurz darauf traf das Heer des Erzbischofs ein. Siegfried von Westerburg stand auf seinem Fahnenwagen, der, geschmückt mit seinem Wappen, von einem halben Dutzend Pferde gezogen wurde. Anders, als Luca auf der Valkenburg erfahren hatte, ritt sein Heer jedoch nicht der Mitte und somit dem Herzog von Brabant, sondern dem Fußvolk entgegen. Westerburg hatte also die Schlachtpläne umgeworfen. Das war alles andere als gut für Luca. Der Herzog von Brabant würde denken, er habe ihn hintergangen.

Um das Herz der gegnerischen Truppen bildeten sich Trauben von weiteren berittenen Vasallen, die dem Brabanter zahlenmäßig weit überlegen waren. Für einen Augenblick war nur das Schnauben der Rösser zu hören. Im Schritt überquerte das Heer des Erzbischofs die versumpfte Schneise mit ihrem Schotter, die sich über die Heide zog. Anschließend fielen sie in den Galopp und jagten mit Geschrei auf das Fußvolk zu. Unter den Hufen der Schlachtrösser spritzte der Lehm.

Luca zog das Schwert aus der Scheide und hielt sich den Schild vor den Leib. Um ihn herum feuerten die Bauern die Bolzen aus ihren Armbrüsten. Noch ehe sie Munition nachgeladen hatten, wurden sie auch schon von den Rittern des Erzbischofs überrannt. Als Erstes geriet der Gerber unter die Hufe eines Schlachtrosses, rappelte sich jedoch wieder auf. Luca wehrte mit dem Schwert die Spitze einer Lanze ab, die auf ihn zuflog. Das Geschrei der Männer zerriss ihm fast das Gehör. Wie aufgescheuchte Ratten stoben die Bauern und Handwerker auseinander. Wen die Ritter des Erzbischofs noch zu packen bekamen, spießten sie mit ihren Lanzen auf oder zertrümmerten ihm den Schädel mit ihren Keulen. Pfeile surrten durch die Luft und prallten an ihren Rüstungen ab. Neben Luca verlor ein Mann seinen Arm durch einen Schwerthieb. Seine Hand hielt den Dreschflegel im Fallen noch fest umklammert. Der sumpfige Boden saugte sich mit dem Blut der Bauern voll.

Plötzlich packte ihn der Gerber am Arm. »Es ist aussichtslos! Wir kommen nicht gegen sie an«, keuchte er. »Wenn uns unser Leben lieb ist, sollten wir ins Lager zurückkehren.«

Unsicher blickte sich Luca um. Neben ihm schlug ein Mann mit einer rostigen Stange auf die Beine des ihm gegenüberstehenden Schlachtrosses. Noch bevor das Reittier zusammenbrach, spießte der Ritter ihn mit seiner Lanze auf. Luca selbst konnte dem Wüten des Ritters nur in letzter Sekunde ausweichen. Der Gerber sah ihn kurz an und lief davon. Der Ritter rollte sich von seinem gefallenen Ross und preschte mit der Lanze in der Hand erneut auf Luca zu. Den Schild vor sich haltend, hob Luca das Schwert. Kurz darauf rollte der Kopf des Ritters über den Boden. Blitze zuckten durch Lucas Leib. Die Bilder der Hinrichtungen tauchten vor seinen Augen auf. Er hatte es wieder getan! Abermals hatte er einem Menschen das Leben genommen. Luca schrie seinen Schmerz hinaus. Dann lief er mit den anderen Bauern und Handwerkern geradewegs zurück zum Lager.

Kurz vor der belagerten Zollfestung blieben sie stehen. Nicht alle Männer des Erzbischofs befanden sich im Gemetzel auf dem Schlachtfeld. Noch einmal so viele der Ritter plünderten gerade das Lager der Brabanter. In diesem Augenblick dankte Luca dem Herrn, dass sich Yda bei den Trosshuren weit genug vom Geschehen entfernt befand.

Der Mönch, der vor der Schlacht lauthals gebetet hatte, eilte auf sie zu. Der Saum seiner Kutte hing schwer vom Matsch um seine Beine. »Verdammte Feiglinge!«, schimpfte er und hob die Hände gen Himmel.

Die Bauern glotzten ihn regungslos an.

Der Mönch schrie weiter: »Lasst uns den Erzbischof schlagen! Er, der die ungerechten Zölle erhebt und den Städten die Rechte nimmt, sollte sich lieber um seine Kirche kümmern, als das Volk zu unterdrücken.« Nun ballte er die Fäuste. »Ruhmreiches Berg! Ruhmreiches Berg! Denkt an euren Grafen, er hat es nicht verdient, von seinen Leuten im Stich gelassen zu werden. Und denkt an den Herzog von Brabant, der auch für eure Freiheit diese Schlacht schlägt.«

Die Bauern hoben ihre Keulen. »Ruhmreiches Berg!«, schrien sie und liefen zurück in die Schlacht.

Luca blieb nichts anderes übrig, als ihnen zu folgen. Ohne die Gunst des Herzogs von Brabant war er so gut wie tot – und Yda ebenfalls.

Die Bauern und Handwerker liefen wie ein aufgescheuchter Haufe über das Schlachtfeld, bis Overstolz auf sie zuritt und von seinem Pferd sprang.

»Haltet inne und stellt euch geordnet auf!«, schrie er in den Tumult. »Ich führe euch in die Schlacht.« Seine Lippen in dem blassen Gesicht waren blau. Er drehte sich um und stürmte ohne Pferd los.

Luca folgte ihm mit den Bauern. Wenige Schritte später brach Overstolz jedoch vor ihm zusammen und fiel mit dem Gesicht in den Matsch. Das Fußvolk achtete nicht auf ihn und lief weiter.

Nachdem sie vorbeigezogen waren, drehte Luca Overstolz auf den Rücken und blickte in seine gebrochenen Augen. Es hatte ihn wohl der Schlag erwischt.

Luca erhob sich von den Knien und sah sich um. Das Heer des Erzbischofs griff die Brabanter nun von der Seite an. Einer der Ritter schlug dem Ross des Herzogs mit einem Schwerthieb das Bein ab. Johann stürzte mit dem Pferd, glitt aus dem Sattel und rappelte sich wieder auf die Beine. Der Ritter ging auf ihn los, und sie lieferten sich einen Schwertkampf. Luca rannte zurück, um das Ross des Overstolzen zu holen.

Als er es dem Herzog von Brabant brachte, nickte dieser dankbar. Der Gegner nutzte die kurze Unachtsamkeit und hob sein Schwert. Luca wehrte den Schlag mit seinem ab. Der Herzog, der mittlerweile aufgesessen war, kam ihm zur Hilfe und spießte den Mann mit seiner Lanze auf.

»Danke dir, Bursche!« Der Herzog nahm den Topfhelm vom Kopf, riss die Zügel um und ritt in die Richtung, wo gerade der Fahnenwagen des Erzbischofs von den Bauern in Besitz genommen wurde. Blind vor Hass schlug das Fußvolk von Berg alles nieder, was ihm in die Quere kam. Sie unterschieden nicht mehr zwischen Freund und Feind. Blut spritzte, und die Todesschreie der Männer gellten über die Heide. Der Erzbischof wurde von dem Wagen gezerrt.

Luca sah, wie der Gerber mit seiner Armbrust auf einen Hauptmann in den Reihen des Erzbischofs zielte. Der Bolzen traf den Befehlshaber in den Hals. Augenblicklich stürzte er vom Pferd und geriet unter die Hufe der anderen Rösser. Längst war die Schlachtordnung aus den Fugen geraten. Es schien, als würde jeder auf jeden einprügeln.

Plötzlich verspürte Luca einen Schlag in den Rücken. Taumelnd wandte er sich um und sah in das schmutzige Gesicht eines Bauern. »Halt inne!«, schrie er. »Ich bin kein Feind!«

Den Mann schien das nicht zu interessieren. Noch bevor Luca sein Schwert heben konnte, drosch er mit einer rostigen Eisenstange auf ihn ein. Luca versuchte sich mit dem Schild zu schützen und die Schläge mit dem Schwert abzuwehren. Ein zweiter Bauer kam dem Mann zu Hilfe. Seine Keule donnerte auf Luca herab und traf seine Schulter. Luca schrie auf. Dann traf die rostige Stange sein Gesicht. Um ihn herum wurde es dunkel. Blind schlug er mit dem Schwert auf den Mann ein. Ein zweiter Schlag traf seine Schienbeine. Der Schmerz, der ihn durchfuhr, raubte ihm die Besinnung. Er vermochte sich nicht mehr auf den Beinen zu halten und brach zusammen.

Bertram schaffte es kaum, das Ross zu beherrschen, das der Herzog ihm zur Verfügung gestellt hatte. Neben ihm lieferten sich die Brabanter einen erbitterten Kampf mit den Männern des Erzbischofs. Mehrmals hatte Plettenberg angesetzt, um aus dem Hinterhalt Johann von Brabant anzugreifen. Das Glück war ihm wohl hold, da ihn noch keine Lanze getroffen hatte. Es wäre eigentlich ein Leichtes für ihn gewesen, dem Herzog von Brabant das Lebenslicht auszuhauchen. Doch Bertram fehlte die Kraft, sich im Sattel zu halten. Immer wieder wurde es ihm schwarz vor den Augen. Die Gefangenschaft im Kerker hatte ihm mehr Kraft geraubt, als er sich eingestand.

Verbittert kämpften die letzten Vasallen des Erzbischofs gegen den Feind. Doch die Bauern waren in der Übermacht und schlugen auf alles ein, was sich bewegte. Bald schon war zu sehen, dass Siegfried von Westerburg geschlagen war. Der Erzbischof ritt auf den Herzog von Brabant zu, um sich zu ergeben. Dieser übergab ihn an den Grafen Adolf von Berg. Bertram sah, wie die Ritter von Berg ihn zum Rheinufer schleiften. Seine Augen füllten sich mit Tränen. Er riss die Zügel um und lenkte seinen Gaul aus dem Schlachtgetümmel. Er musste unbedingt zu Kräften kommen, damit er dem Erzbischof wieder zur Seite stehen konnte. Später – in ein paar Jahren vielleicht, wenn Siegfried von Westerburg wieder aus der Gefangenschaft entlassen wurde.

Das Schlachtfeld um ihn herum drehte sich. Er dachte an den Dorn Jesu. Ohne ihn würde nichts gut werden. Bertram lenkte sein Ross zum Ufer des Rheins. Als er weit genug vom Schlachtfeld entfernt war, stieg er aus dem Sattel, legte sich in den Schatten einer Weide und dachte nach. Seine Gedanken wanderten erneut zum Erzbischof. Limburg war verloren an den Brabanter, so viel stand fest. Bertram vergaß Siegfried von Westerburg und dachte darüber nach, welche Macht der Herzog von Brabant nun besaß. Vielleicht sollte er sich doch besser endgültig auf dessen Seite schlagen.

Der Boden bebte unter den Hufen der herannahenden Pferde. Zitternd vor Angst pressten sich die Trosshuren vor dem Zelt aneinander.

»Himmel, sie drängen bis in unser Lager!«, schrie die Älteste.

Die Augen des Mädchens neben ihr weiteten sich. »Vielleicht sind es aber auch unsere Männer.«

Yda griff nach ihrem Kurzschwert und erhob sich. »Nein, sind sie nicht. Seht die Wappen an ihren Lanzen.«

»Aber weshalb dringen sie in das Lager ein?« Das Mädchen knetete verzweifelt sein Hände.

»Weil sie es plündern wollen. Verdammt, nicht einmal eine Wache hat der Herzog hiergelassen«, zeterte die Alte und klopfte sich den Staub von den Röcken.

Yda betrachtete das Schwert in ihrer Hand. Die Männer würden sie ohne mit der Wimper zu zucken abschlachten. Diese Erkenntnis verdrängte die Sorge um Luca. Schon war das Schnauben der Rösser zu hören. Die Männer sprangen aus den Sätteln und drangen in das Zelt des Herzogs ein. Ihr Johlen drang zu ihnen herüber.

Yda hielt den Griff des Schwertes fest umklammert. »Wir müssen fort von hier.«

»Wohin denn?«, spie die Alte aus.

Die Männer traten wieder aus dem Zelt. In ihren Händen trugen sie silberne Pokale und die Kleidung des Herzogs. Yda blickte zu dem Waldrand, der gut hundert Schritte von ihnen entfernt war.

»Kommt mit!«, rief sie den Frauen zu.

Die Trosshuren rafften ihre Röcke und folgten ihr. Während sie auf den Waldrand zurannten, hörte Yda das Lachen der Männer in ihrem Rücken. Neben ihr stolperte die Älteste und fiel zu Boden. Yda blieb stehen und half ihr wieder auf die Beine. Da spürte sie, wie eine Hand in ihr Haar griff. Mit einem Ruck wurde sie in die Höhe gezogen. Ihre Kopfhaut brannte, als würde siedendes Öl darübergegossen. Der Mann neben ihr versetzte der Alten einen Tritt, der sie erneut zu Fall brachte. Die anderen Huren schrien auf und versuchten zu entkommen, doch die Männer waren schneller und bekamen sie zu fassen. Yda spürte den Griff des Schwertes schwer in ihrer Hand liegen. Rasch wandte sie sich um und stieß die Klinge in das Bein des Mannes. Überrascht von ihrem Angriff ließ er ihr Haar los und schrie auf. Yda holte aus und schlug ihm das Schwert in den Arm. Der Mann versuchte, sie abzuwehren, verlor aber dabei das eigene Schwert. Yda nutzte den Augenblick und ließ die Klinge durch seinen Hals fahren. Aus der Wunde sprudelte das Blut und lief über sein Kettenhemd. Der Ritter riss die Augen auf und fasste sich an den Hals, bevor er kopfüber zusammenbrach.

Yda zitterte am ganzen Leib. Mittlerweile fielen die anderen Männer über die Trosshuren her. Die Frauen schrien schrill, als sie ihnen die Röcke hochschoben und sich mit Gewalt zwischen ihre Beine schoben. Yda sah den Leib der Alten wenige Schritte vor sich in einer Blutlache liegen. Einer der Männer hatte ihr mit einer Keule den Schädel zertrümmert. Yda begriff, dass sie den Frauen nicht mehr helfen konnte. Sie musste fortlaufen – weg von hier, bevor die Söldner sie entdeckten. Sie drehte sich um und rannte hinunter zum Rhein, wo sie sich hinter einem Busch versteckte.

Die Männer waren wohl zu sehr mit den Huren beschäftigt, als dass sie bemerkt hätten, wie sie davonlief. Ein Glück – das Yda dennoch das Herz gefrieren ließ. Als sie sich außer Atem an das Rheinufer setzte, hallten immer noch die Schreie der Frauen in ihren Ohren.

Friedlich zog das Wasser durch sein Bett. Mückenschwärme tanzten über den Wogen, die im Schein der schrägstehenden Sonne glitzerten. Irgendwo in dem Kies quakte ein Frosch. Nichts an diesem Ort verriet etwas über das Leid der Trosshuren, die von den Rittern wohl zu Tode geschändet wurden, nichts erzählte von der Schlacht, die auf der Fühlinger Heide geschlagen wurde. Abermals drang die Sorge um Luca in ihr Herz. Ydas Augen füllten sich mit Tränen. In diesem Augenblick wünschte sie sich nichts mehr, als in Frieden leben zu können. Selbst den Hunger sehnte sie sich herbei, wenn sie nur an Lucas Seite sein könnte. Ob es ihm gutging? Yda blickte in den Himmel, über den eine einzige Wolke zog. Als sie sich der Sonne näherte, fraß diese sie mit ihren Strahlen auf. Yda hätte es als ein gutes Zeichen gesehen, aber ihr Herz hielt dagegen. Sie wollte jedoch nicht auf ihre innere Stimme hören und stellte sich vor, wie Luca am Abend heil zurück ins Lager kehrte. Der Schluchzer, der in ihrer Brust bebte, zerriss sie fast. Tief in ihrem Innern spürte sie allerdings, dass es nicht so sein würde.

Sie nahm einen Kiesel in die Hand und warf ihn in den Rhein. Der Tränenschleier in ihren Augen ließ sie nicht sehen, wie er in den Fluten versank.

Bis die Sonne sich dem Horizont neigte, saß Yda am Wasser. Dann hörte sie Stimmen und sprang auf. Die ersten Ritter kehrten auf ihren Pferden zurück. Ihnen folgten humpelnd und ächzend die Bauern über den Acker. Die Männer, die noch unversehrt waren, trugen die Verletzten. Yda lief ihnen entgegen und hielt Ausschau nach Lucas dunklen Locken. Die Söldner um sie herum beachteten sie nicht. Ihre Augen in den blutverschmierten Gesichtern blickten stumpf drein. Die Verletzten schrien und stöhnten. Vielen von ihnen waren die

Stümpfe der fehlenden Gliedmaßen nur notdürftig abgebunden.

Yda schlug das Herz bis zum Hals. Immer mehr Männer kamen über den Acker – viele von ihnen dem Tode näher als dem Leben. Ein Mann schwankte auf sie zu. Auf seinen Armen trug er einen Jungen, dem sie das linke Ohr abgeschlagen hatten. Yda stellte sich ihm in den Weg.

»Hast du den Henkersknecht aus Köln gesehen? Weißt du, wo Luca ist?«

Der Mann blickte durch sie hindurch, schüttelte den Kopf und schlurfte an ihr vorbei. Yda hielt einen anderen Söldner an der Schulter fest. Taumelnd kam er zum Stehen. Abermals fragte sie ihn nach Luca. Der Bauer kniff die Augen zusammen, in denen ein irrer Glanz lag.

»Tot. Fast alle sind tot. Wir sind die letzten Überlebenden«, stieß er mit kraftloser Stimme hervor. Ein Rinnsal von Blut lief an seinem Mundwinkel hinab.

Ein Mann aus den Reihen der Kölner Patrizier näherte sich ihr. Er führte ein Ross mit sich, auf dessen Rücken der leblose Leib eines Mannes lag. Als Yda die ergrauten Schläfen sah, erschauerte sie. Overstolz war gefallen.

Sie presste die Lippen aufeinander und lief weiter. Doch sosehr sie auch suchte, sie fand Luca nicht unter den Männern. Er durfte nicht tot sein! Er musste leben! Yda kämpfte mit den Tränen. Sie rannte in die Richtung, aus der die Männer gekommen waren. Ein weiterer Trupp Bauern humpelte an ihr vorbei. Die Männer konnten sich kaum noch auf den Beinen halten. Wie es schien, waren sie die Letzten, die in das Lager zurückkehrten.

Das Stöhnen in ihrem Rücken wurde leiser. Vor ihr breitete sich Stille aus, die nur von dem Krächzen der Krähen durchbrochen wurde. Der Gestank von Blut und Angstschweiß wehte über die Fühlinger Heide. Dann sah Yda die ersten Gefallenen, die bis zur Unkenntlichkeit verstümmelt in ihrem Blut lagen. Sie würgte. Wenige Schritte weiter stand sie inmitten all der Leiber der Söldner und Pferde, die zu Tode gekommen waren. Plünderer liefen zwischen ihnen umher und raubten ihnen die Waffen, so sie noch welche bei sich trugen. Beinahe wäre sie über den Kadaver eines Schlachtrosses gestolpert, das einen Ritter unter sich begraben hatte. Der Mann in dem Kettenhemd stöhnte auf, und Yda beugte sich über ihn. Er versuchte zu sprechen, doch aus seinem Mund kam nur Blut. Dann fiel sein Kopf schlaff zur Seite.

Yda wischte sich die Tränen von den Wangen und suchte weiter unter den Toten nach Luca. Nach einer langen Weile entdeckte sie seinen dunklen Schopf endlich zwischen den Leichnamen der Söldner. Auch er regte sich nicht. Yda hielt den Atem an. In ihrer Brust zersprang etwas in tausend Stücke. Er durfte nicht tot sein! Auf zittrigen Beinen rannte sie zu ihm und fiel vor ihm auf die Knie. Leblos lag Luca auf dem Bauch. Sein Hemd war mit Blut getränkt, und seine Beine standen in einem unnatürlichen Winkel ab. Behutsam drehte Yda ihn auf den Rücken. Auch sein Gesicht war voller Blut, und er hielt die Augen geschlossen, als würde er schlafen.

Yda strich ihm über das Haar. »Luca? Luca, wach auf! Du musst aufwachen. Bitte.« Sie horchte an seiner Brust. Ganz schwach war sein Herzschlag zu hören. »Bitte Luca, bleib bei mir. Lass mich nicht allein. Stirb nicht, bitte stirb nicht.« Ihre Tränen perlten auf sein Hemd und vermischten sich mit dem Blut. »Du hast mir geschworen, du würdest aus der Schlacht zu mir zurückkehren. Warum brichst du deinen Schwur?« Yda spürte, wie sie die Fassung verlor. Die Machtlosigkeit, die sie übermannte, lähmte ihre Glieder, und die Schluchzer in ihrer Brust drohten sie zu zerreißen. Ihr ganzer Leib brannte, als würde ein Feuer sie verzehren. Sie schob Lucas Arm hoch und schmiegte sich hinein. Ihr Blick glitt zum Himmel, an dem mehr und mehr Krähen ihre Kreise zogen. Wenn Luca ging, musste er sie mitnehmen. Sie würde so lange hier liegen bleiben, bis ihr die schwarzen Vögel ebenfalls die Augen auspickten. Hinter ihren Lidern erschien das Bild, wie Luca ihren Fuß balsamiert hatte, wie er sie geküsst hatte und wie er geweint hatte, als seine Mutter gestorben war. Sie drückte sich tiefer in seine Armbeuge und fuhr sanft mit den Fingerspitzen über seine Wange. Dann schloss sie die Augen und träumte sich zurück zu dem Tag, als sie sich geliebt hatten. »Ich lass dich nicht allein. Ich gehe mit dir, egal wohin«, flüsterte sie.

Als Bertram die ersten Vasallen von der Schlacht zurückkehren sah, nahm er den Grashalm aus seinem Mund und erhob sich von seinem schattigen Plätzchen. Kurz schüttelte er die Müdigkeit ab, dann streckte er die Arme von sich und gähnte herzhaft. Die ganze Zeit über hatte er nachgedacht. Erst einmal musste er den Schinder finden und sich den Dorn Jesu zurückholen. Dann würde er weitersehen, wie er um die Gunst des Herzogs buhlen konnte. Bertram fuhr mit dem Zeigefinger heftig über die Klinge seines Langschwerts. Das Blut, das aus der Wunde quoll, verteilte er in seinem Gesicht, ehe er sich die Handschuhe anzog. Zufrieden mit sich selbst stieg er auf sein Schlachtross und reihte sich möglichst unauffällig bei den Brabantern ein. Nur wenige von ihnen waren unversehrt. Vielen fehlte ein Arm oder ein Bein.

Mitten in der Horde ritt der Herzog von Brabant. Auf seine

Lanze hatte er das Wappen des Feindes gespießt. Zwei seiner Vasallen ritten dicht bei ihm. Bertram lenkte sein Ross in die Richtung, bis er kurz hinter dem Herzog ritt. Kaum jemand der Männer beachtete ihn. Vorsichtig sah sich Bertram um, ob er das Gesicht des Schinders entdeckte. Doch selbst als sie das Lager erreichten, hatte er ihn noch nicht ausfindig machen können. Wenn er auf dem Schlachtfeld geblieben war, würden bald die Plünderer über ihn herfallen. Dann wäre der Dorn für alle Zeit verloren.

Bertram stieg aus dem Sattel und folgte den Getreuen des Herzogs durch das Lager.

Vor dem Zelt des Brabanters sprach er sie an. »Wie ich gehört habe, fallen bereits die ersten Plünderer über das Schlachtfeld her. Wir sollten sie von unseren Toten vertreiben.«

Yda hörte die Stimmen von Männern. Sie wandte den Kopf und sah drei Ritter des Brabanters über die Heide reiten. Auf ihrer Brust leuchtete der Löwe in einem satten Gold. Sie ließen den Blick über das Schlachtfeld schweifen.

»Wir sind zu spät. Die Plünderer haben sich längst aus dem Staub gemacht!«, rief einer von ihnen.

»Verdammt«, fluchte der andere. »Dann lass uns sehen, ob wir noch Überlebende finden.«

Yda erhob sich aus Lucas Arm und versuchte, auf die Beine zu kommen. Strauchelnd hob sie die Hände und schrie um Hilfe. Die Männer wollten schon abdrehen, doch dann hörten sie ihre Schreie und wandten sich zu ihr um. Yda raffte sich auf und lief ihnen entgegen.

»Luca lebt noch! Ihr dürft ihn nicht liegen lassen. Er ist aus Köln und hat für Euren Herzog gekämpft.«

Einer der Ritter rümpfte die Nase und nickte dann aber. »Ist das der Mann, der dort drüben liegt?«

Sein rotblondes Haar verschwamm vor Ydas Augen. »Ja, helft ihm, bitte!«

Die drei Männer sprangen fast gleichzeitig aus dem Sattel und folgten Yda.

»Er ist schwer verletzt. Ihr müsst vorsichtig sein.«

Der Größte von ihnen schaute sie mitleidig an. »Es sieht nicht gut für ihn aus. Er hat viel Blut verloren.«

Yda senkte den Blick. »Ich weiß, aber ich werde ihn nicht aufgeben.«

Zu zweit hoben sie Lucas schlaffen Leib auf den Rücken eines ihrer Pferde und brachten ihn ins Lager. Yda blieb an ihrer Seite, als sie ihn in das Zelt trugen, in dem die verwundeten Söldner versorgt wurden. Der Boden war nur notdürftig mit Stroh ausgelegt, das sich bereits mit dem Blut der Männer vollgesogen hatte. Sie legten Luca auf einen freien Platz.

»Wer kümmert sich denn um sie? Gibt es einen Bader unter euch?«, fragte Yda bang und kniete sich neben Luca.

Der Ritter mit dem blassroten Haar schüttelte den Kopf. »Der ist in der Schlacht gefallen.«

Yda hatte es geahnt. Hier wurden die Verwundeten wohl nur aufgebahrt, bis sie ihren Verletzungen erlagen. Entschlossen sah sie zu dem Ritter auf. »Bringt mir heißes Wasser und saubere Tücher. Und dann sucht die Trosshuren. Sie sollen mir zur Hand gehen.«

Der Ritter schüttelte erneut den Kopf. »Heißes Wasser kann ich dir bringen. Aber saubere Tücher? Mädchen, was glaubst du, wo du hier bist?«

Yda sah zu Luca. Zwischen den blutenden Schrammen

war sein Gesicht so fahl wie die Asche in einer erloschenen Feuerstelle. Immer noch regte er sich nicht.

»Dann bringt mir ein Hemd von Euch, das ich in Stücke reißen kann.«

Der Ritter hob nur die blassroten Augenbrauen, bevor er mit den anderen beiden Männern das Zelt verließ.

Vorsichtig zog sie Luca das Kettenhemd aus und riss den Stoff von seiner Cotte an der Schulter auseinander. Als sie den blutigen Klumpen rohes Fleisch sah, der einst seine Brust gewesen war, sog sie scharf den Atem ein und kämpfte gegen die Übelkeit, die in ihr aufstieg. Sie spürte seinen Schmerz bis in den eigenen Unterleib und wusste nicht, ob sie dankbar sein sollte, dass er nicht bei Bewusstsein war. Yda untersuchte seine Beine, tastete mit den Fingerkuppen die Schienbeine ab. Es stach zwar kein Knochen aus der Haut, jedoch spürte sie Erhebungen von Brüchen an beiden Beinen. Nie wieder würde er einen Fuß vor den anderen setzen können, wenn ihm niemand die Knochen richtete. Verzweifelt strich sie ihm das Haar aus der Stirn.

Kurz darauf brachte der Ritter tatsächlich eine Schüssel dampfendes Wasser und ein Hemd von sich, das zwar sauber schien, jedoch nach Schweiß roch. Yda schenkte dem Mann ein dankbares Lächeln, riss das Hemd in Streifen und tauchte einen davon in das Wasser. Sie wartete einen Augenblick, bis die Hitze aus dem Stoff verdampft war, und wrang den Fetzen aus. Vorsichtig tupfte sie Lucas Brust damit ab. Jede Berührung gab ihr das Gefühl, auch ihre Haut würde aufgeschlitzt. Yda biss die Zähne zusammen, wusch weiter die Wunde aus und legte anschließend ein trockenes Stück aus dem Hemd des Ritters darüber.

Einer der Männer, die Luca hergebracht hatten, schob die

jüngste der Trosshuren durch den Eingang des Zeltes. »Das war die Einzige, die ich lebend vorgefunden habe. Die anderen liegen tot auf dem Acker.«

Yda erhob sich und trat auf sie zu. Das Mädchen sah sie aus rotgeweinten Augen an. An ihrem Hals malten sich blau die Finger ihres Schänders ab. Nur notdürftig bedeckte das zerrissene Mieder ihre Brust.

Yda griff nach ihrer schmutzigen Hand. »Die Männer hier brauchen unsere Hilfe.«

Der Blick des Mädchens gefror zu Eis, und es schüttelte den Kopf. »Nein«, zischte sie, wandte sich um und rannte aus dem Zelt.

In Ydas Ohren rauschte das Blut. Die Erinnerung an den Überfall auf die Trosshuren kehrte zurück. Was hatte sie da bloß gerade von dem Mädchen verlangt? Um sie herum schnauften und stöhnten die Verwundeten. In der hintersten Ecke schrie ein Mann seinen Schmerz hinaus. Nur Luca lag still da. Yda wusste, sie würde ihn verlieren, wenn die Wunde nicht richtig versorgt wurde.

Sie grub ihr Gesicht in die Hände und dachte nach. Plötzlich kam ihr Quirin in den Sinn. Auch wenn seine Salben nutzlos gewesen waren, wusste er als Bader gewiss mehr über die Heilkunst als sie selbst. Obwohl es ihr schwerfiel, Luca allein zurückzulassen, konnte sie nicht neben ihm sitzen bleiben und zusehen, wie er starb. Sie musste Hilfe holen.

Yda nahm die Hände vom Gesicht, beugte sich über Luca und hauchte ihm einen Kuss auf die Stirn.

»Ich komme wieder, das verspreche ich dir. Bis dahin halte durch. Das musst du mir versprechen.« Rasch erhob sie sich und verließ das Zelt.

Rauch schwängerte die laue Luft des späten Sommerabends. Die meisten der Söldner, die um das große Feuer saßen, hatten sich dem Bier und dem Wein hingegeben und starrten vor sich hin. Yda stahl sich durch das Lager bis zu der Tränke, an der die Schlachtrösser standen, und band eines von ihnen los.

22. Kapitel

Entlang dem alten Römergraben, der von Worringen nach Köln führte, traf Yda auf die ersten Heimkehrer der Kölner Miliz, die den Fahnenwagen des Erzbischofs mit sich führten. Trotz des Triumphs wirkten die Männer, als hätten sie ihre Seelen auf dem Schlachtfeld gelassen. An der Spitze des Trosses ritten die Patrizier. Hinter ihnen zog ein kleineres Pferd einen Karren, dessen Ladung mit einem Tuch bedeckt war. Yda ritt neben dem Fuhrwerk her. Ein großer Stein auf dem Weg brachte den Karren fast zum Umkippen. Das Linnen verrutschte, und Yda sah in das starre Gesicht des Overstolzen. Abermals stockte ihr der Atem, und die Angst griff mit kalten Klauen nach ihr. Sie schnappte nach Luft und trieb ihrem Ross die Fersen in den Bauch.

Vor der Eigelsteintorburg hatten sich die Kölner Frauen mit ihren Kindern versammelt und warteten im roten Licht der untergehenden Sonne auf ihre Männer. Einige von ihnen trugen Kränze aus bunten Blumen in ihrem Haar. Yda mochte nicht daran denken, dass die meisten von ihnen vergeblich warten würden. Sie ritt an ihnen vorbei durch das Tor, das sie durch den Stiftbezirk Niederich führte. Hier, an der Kirche des Heiligen Kunibert, hatte Gott sie durch die Stimme des Mönches zu Luca geschickt.

Yda sprang vom Rücken des Pferdes. Obwohl die Zeit

drängte, wollte sie für Luca beten. Nur rasch eine Kerze anzünden.

Der Gesang der Kanoniker fuhr Yda durch Mark und Bein. Unzählige Kerzen tauchten das Innere des Gotteshauses in ein warmes Licht. Sie lief zum Altar, kniete davor nieder und dankte Gott, dass er sie zu Luca geführt hatte. Tränen rannen über ihre Wangen und tropften auf ihre gefalteten Hände. Leise bat sie, der Herr möge Luca noch nicht zu sich holen. Noch während sie die Worte sprach, durchflutete sie eine Welle der Hoffnung. Yda bekreuzigte sich und verließ das Gotteshaus.

In der Gasse, die zu dem Haus der schönen Frauen führte, trieb Yda ihr Ross fast in den Galopp. Kurz darauf klopfte sie außer Atem gegen die verschlossene Tür. Jemand legte ihr von hinten die Hand auf die Schulter. Erschrocken fuhr sie herum und sah in Quirins ausgemergeltes Gesicht. Sein rechtes Auge war zugeschwollen, und die Wange schimmerte violett. »Quirin! Was für ein Segen, dass ich dich gleich antreffe! Ich brauche deine Hilfe – aber sag mir erst: Was ist mit Griet?«

Der Bader sah sie irritiert an. »Was soll mit ihr schon sein? Sie sitzt immer noch in der Hacht und wartet auf ihr Urteil.«

»Nein, Quirin, das ist nicht möglich. Sie haben sie vor meiner vermeintlichen Hinrichtung aus der Zelle geholt.«

»Wie? Ich verstehe nicht. Tag für Tag stehe ich vor dem Kerker und versuche, einen Weg zu ihr zu finden. Der Wachmann hätte es mir doch gesagt, wenn sie nicht dort wäre.«

Yda glaubte, eine unsichtbare Kraft würde sie in Stücke zerreißen. Was sollte sie nun tun? Die ganze Zeit über hatte sie gedacht, Griet sei bei Quirin in Sicherheit.

In dem Haus der schönen Frauen schrie ein Säugling. Ydas Kopf schwirrte, als steckte er in einem Bienenstock.

»Luca … Er stirbt«, stieß sie mit tränenerstickter Stimme aus. »Du musst ihm helfen.«

Quirin fasste sie an den Schultern. »Aber wir müssen Griet suchen!«

»Was soll ich tun? Ich kann Luca doch nicht sterben lassen!«, schrie sie ihm ins Gesicht.

»Und deine Schwester? Willst du sie etwa ihrem Schicksal überlassen?« Quirin schüttelte sie.

»Nein«, antwortete Yda tonlos. »Nein. Wir suchen nach ihr, sobald du Luca versorgt hast. Im Lager der Brabanter gibt es keinen einzigen Bader, verstehst du?«

Hinter der Tür wurde das Geschrei des Säuglings lauter. Knirschend öffnete sich ein Riegel. Dann stand Rinchen mit einem Bündel im Arm vor ihnen.

»Yda!«, schrie sie freudestrahlend und hielt ihr das Bündel hin. »Sieh, mein Kindchen ist da.«

Quirin ging zu Ydas Pferd und band es an die Linde vor dem Haus. »Es wird dunkel. Lasst uns hineingehen.« Er schob Rinchen und Yda durch die Tür.

In dem verwaisten Schankraum flackerten Talglichter auf den Tischen, die Rinchen wohl gerade erst angezündet hatte.

Das Mädchen zupfte an Ydas Ärmel. »Wo ist Luca?«

»Im Lager der Brabanter. Er ist schwer verletzt.« Flehend sah Yda zu Quirin, der sich auf einen Stuhl setzte und sich mit fahrigen Händen durch das Haar strich. »Du musst ihm helfen. Du bist Bader. Und dann suchen wir Griet.«

Quirin schüttelte den Kopf. »Nein, das bin ich nicht. Ich bin kein Bader. Ich war nur der Knecht in einer Badstube. Bis sie eines Tages abgebrannt ist. Ich hab nicht die blasseste Kenntnis von der Heilkunst.«

»Sag, dass das nicht wahr ist …« Obwohl Yda das schon länger geahnt hatte, wollte sie es in diesem Augenblick nicht glauben.

Rinchen sah sie eindringlich an. »Lass uns zum Schindanger gehen, um die Medizin zu holen. Ich werde Luca heilen. Er hat mir gezeigt, wie es geht.«

Quirin ächzte. »Du bist doch noch viel zu schwach.«

»Bin ich nicht.« Rinchen warf ihm einen bösen Blick zu.

»Woher willst du das wissen?«, zischte Yda. »Ein Heiler bist du ja offenbar nicht.«

Rinchen hielt Yda das Kind hin. »Nimm Immanuel. Ich hol nur rasch meinen Umhang.«

Um ihren Zorn im Zaum zu halten, betrachtete Yda das Näschen in dem Gesicht des schlafenden Säuglings. Seine kleine Hand schloss sich um ihren Daumen. Yda spürte, wie ihr Gemüt sanfter wurde, und sah zu Quirin.

»Versprich mir, dass du dich erkundigst, wo sie Griet hingebracht haben. Such sie in der Zeit, in der ich weg bin. Bitte, Quirin.«

»Wen soll ich denn fragen? Ich kenne doch in dieser Stadt kaum jemanden.« Traurig sah er sie an.

Ydas spürte das schlechte Gewissen in sich heranwachsen. Wie konnte sie Griet einfach ihrem Schicksal überlassen? Doch wenn sie hier nach ihr suchte, würde Luca sterben. Sie musste eine Entscheidung treffen.

»Sobald Luca über den Berg ist, kehre ich zurück und helfe dir. Wo ist Trin?«

Quirin hob die Schultern. »Sie besucht ihre Schwester. In diesen Tagen sind die Freier ausgeblieben.«

In ihrem Arm begann sich das Kind zu regen. Der Junge öffnete die kleinen Lippen zu einem herzhaften Gähnen. »Wenn sie zurück ist, soll sie dir helfen. Trin kennt doch viele Männer in der Stadt.«

Quirins Blick verfinsterte sich. »Glaubst du, das hätte sie nicht schon versucht? Wir werden hier fast verrückt vor Sorge.«

Ydas Brustkorb schnürte sich zusammen. »Ich auch, Quirin.«

Rinchen kehrte in den Schankraum zurück. Unter ihrem Umhang hatte sie sich ein Linnen um Schulter und Hals gebunden. Sie nahm Yda den Kleinen aus dem Arm und legte ihn in die Wölbung des Tuches.

Quirin erhob sich von dem Stuhl. Ohne ein Wort des Abschieds verließ er den Schankraum. Yda hörte seine Schritte auf der Treppe.

Rinchen sah zu Yda. »Er hat Griet schrecklich lieb. In der letzten Nacht habe ich ihn weinen gehört.«

»Ich weiß. Und nun lass uns losreiten.« Yda hielt ihr die Tür auf.

Vor dem Haus bestaunte Rinchen das Ross. »Wo hast du es her? Es sieht prächtig aus.«

»Gestohlen.« Yda band das Pferd von dem Baum. »Meinst du, du kommst auf seinen Rücken?«

Rinchen nahm das Kind aus der Trageschlaufe und legte es Yda in den Arm. »Warte, ich hole einen Schemel.«

An diesem Abend ließen die Wärter die Stadttore länger offen, um auch die letzten heimkehrenden Männer zu empfangen. Rinchen saß mit dem Säugling vor Yda auf dem Pferd. Nachdem sie die Stadtmauer hinter sich gelassen hatten und auf den Schindanger zuritten, verließ kein Wort ihre Lippen.

In der Hütte zündete Rinchen eine Fackel an und räumte die Tiegel zusammen. Ein tiefer Schmerz fuhr durch Ydas Herz, als sie das Stroh betrachtete, auf dem sie mit Luca gelegen hatte. Sie lief aus der Hütte und wartete dort mit dem Säugling auf dem Arm, bis Rinchen alles zusammengepackt hatte.

Es war bereits tiefste Nacht, als sie das Lager der Brabanter betraten. Nur eine Handvoll Männer saßen um ein Feuer und hielten Wache. Müde blickten sie auf. Der Ritter, der Yda am Tag das Wasser gebracht hatte, nickte ihnen zu, und auch die anderen ließen sie in Frieden passieren.

Vor dem Zelt, in dem die Verwundeten lagen, glaubte Yda, vor Sorge nicht mehr atmen zu können.

»Ist Luca da drin?«, fragte Rinchen mit bangem Blick. Sie hielt den schlafenden Säugling fest im Arm.

Yda hoffte es inständig, sagte jedoch nichts und schob nur die Plane zur Seite. Das Stöhnen und Wimmern der Männer drang sofort zu ihr. Eine Fackel, die zwischen ihnen in der Erde steckte, warf die zitternden Schatten der Verwundeten an die Wände.

Yda zögerte, denn sie fürchtete, das Schicksal könnte ihre Hoffnung von einem auf den anderen Augenblick zerstören. Neben ihr blickte Rinchen in das Zelt. »Wo liegt Luca?«

Ydas Beine zitterten so sehr, dass sie glaubte, keinen Fuß vor den anderen setzen zu können. Vor ihrer Brust umklammerte sie fest das Bündel mit den Tiegeln.

Rinchen stieß sie mit dem Ellbogen an. »Worauf wartest du? Nun geh schon hinein.«

Yda gab sich einen Ruck. Sie hatte schon viel zu viel Zeit

verloren. Als sie durch die Reihen schritt, war ihr Mund so trocken, als habe sie Staub geschluckt. Sie sah zu der Stelle, an der Luca am Nachmittag gelegen hatte. Für einen langen Augenblick setzte ihr Herzschlag aus.

»Wo ist Luca denn?«, flüsterte Rinchen hinter ihr.

»Ich weiß es nicht.« Yda starrte auf das verwaiste Lager.

»Sie haben ihn in der Nacht hinausgetragen. Wie all die anderen Toten«, wisperte der Verwundete, der zu ihren Füßen lag.

Ydas Beine gaben nach, und sie sank auf die Knie. Die Worte des Mannes hallten in ihrem Kopf wider. Sie glaubte, an dem Kloß in ihrem Hals ersticken zu müssen.

»Nein, das kann nicht sein!«, schluchzte sie. In ihrem Leib krampften sich die Eingeweide zusammen. Yda bekam keine Luft mehr. Sie sprang auf und rannte aus dem Zelt.

Weinend blickte sie in den Himmel. »Du hast dein Versprechen gebrochen, Luca.« Da spürte sie eine Hand auf ihrem Arm und blickte in Rinchens Augen, die ebenfalls in Tränen schwammen.

»Luca ist nicht tot. Glaub mir. Mein Herz sagt mir was anderes. Es sagt, er lebt. Als Mutter gestorben ist, hat es das nicht getan.« Rinchen wischte sich mit dem Ärmel über ihre Nase. »Wir müssen ihn finden.«

Yda schüttelte den Kopf. »Du hast doch gehört, was der Mann gesagt hat. Sie haben ihn mit den anderen Toten aus dem Zelt geholt.«

»Manchmal schlafen die Menschen so fest, als wären sie tot. Sie bewegen sich auch nicht mehr. Aber ihr Herz schlägt noch. Das war bei dir auch so, als du krank warst. Erinnerst du dich?« Rinchen entknotete das Bündel mit den Tiegeln und holte einen Knochen hervor, den sie in das Stroh bettete, auf dem Luca gelegen hatte. »Das Gebein der Heiligen Jungfrau wird dich beschützen«, sagte sie leise und schlug ein Kreuz.

Yda biss sich auf die Unterlippe. Auch sie hatte auf dem Schlachtfeld gedacht, Luca sei tot – bis sie seinen Herzschlag gehört hatte.

»Wir müssen herausfinden, wohin sie die Toten gebracht haben.« Sie mochte sich nicht ausmalen, dass er vielleicht schon in der kalten Erde liegen könnte. Mit zittrigen Fingern schnürte sie wieder das Bündel, griff nach Rinchens Arm und zog das Mädchen hinter sich her.

Über dem buntgestreiften Zelt mit den drei Spitzen wehte das Wappen des gelben Löwen. Die Wachen, die sich davor mit ihren Lanzen postiert hatten, saßen auf dem Boden. Der eine Mann schlief mit dem Kinn auf der Brust, dem anderen war der Kopf in den Nacken gefallen. Plötzlich greinte das Kind in Rinchens Arm.

Einer der Wachmänner schlug die Augen auf und rieb sich mit den Fingerknöcheln darüber. »Träum ich etwa? Wer seid ihr denn?«

Ein weiterer Mann näherte sich aus dem Schatten des Zeltes. Es war der Ritter, der ihr am Nachmittag das heiße Wasser gebracht hatte.

»Bitte sagt mir, wohin sie die Toten gebracht haben«, flehte Yda ihn an.

In dem Blick des Ritters lag Bedauern. »Hat er es nicht geschafft? Das tut mir leid. Geh nach Hause, Mädchen, und behalte ihn in deinem Herzen. Der Anblick der Leichen würde dich in eine Ohnmacht treiben.«

»Luca ist nicht tot!«, zeterte Rinchen neben ihnen.

Yda stieß sie mit dem Ellenbogen an.

Der Ritter presste die Lippen aufeinander und strich ihr über den Kopf.

»Sind die Gefallenen denn noch nicht begraben worden?« Yda klammerte sich an den seidenen Faden der Hoffnung.

»Nein, wir haben nur einen Graben ausgehoben. Erst wenn wir all unsere Toten vom Schlachtfeld geholt haben, werden wir ihn zuschütten.«

»Wo ist der Graben?« Der Schmerz in Ydas Brust brannte wie ein Höllenfeuer.

»Ich sagte doch, geh nach Hause, Weib.«

Einer der Wachmänner erhob sich und beäugte Rinchen neugierig.

Forsch reckte das Mädchen das Kinn vor. »Sag du uns, wo die Grube ist.«

»Östlich des Lagers. Immer dem Gestank nach.«

Yda schluckte schwer. »Komm, Rinchen. Lass uns gehen.«

Schweigend liefen sie über den Acker dem purpurfarbenen Streifen am Himmel entgegen. Die ersten Vögel erwachten aus ihrem Schlaf und begrüßten mit ihrem Gesang den frühen Morgen. Im fahlen Licht der Dämmerung zeigten die Krähen ihnen den Weg zum Grab der Gefallenen.

Das Loch in der Erde war so groß, dass fünf Hütten hineingepasst hätten. Bis zur Hälfte türmten sich die Toten darin. Nicht einmal in Tücher hatte man sie eingeschlagen. Einige von ihnen trugen noch ihre Waffenröcke, anderen fehlten der Kopf oder die Gliedmaße. Der Gestank von Blut, Schweiß und Ausscheidungen schlug ihnen entgegen. Yda sah in tote Augen, zertrümmerte Gesichter und kämpfte gegen die Übelkeit, die in ihr aufstieg. Sie presste sich den Arm vor die Nase und hielt Ausschau nach Lucas dunklen Locken. Doch die

Leichen waren derart mit Dreck verkrustet, dass sie kaum die Haarfarben und noch weniger die Kleider erkennen konnte. Ihr blieb wohl nichts anderes übrig, als in die Grube zu steigen.

Neben ihr starrte Rinchen auf die Leichen. »Ich kann Luca nicht sehen. Vielleicht ist er gar nicht hier.« Ihre Stimme zitterte. In ihrem Arm begann das Kind zu wimmern.

Yda gab keine Antwort und rutschte über den Rand in das Massengrab. Die Krähen stoben auf und schlugen kreischend mit den Flügeln. Unter ihren Füßen spürte sie die kalte Haut eines mageren Rückens. Vorsichtig hockte sie sich hin und versuchte den Arm zu heben. Er war jedoch so steif wie ein Ast am Baum. Yda sammelte all ihre Kraft und schob den Mann an der Schulter ein Stück zur Seite. Das Gesicht darunter war bis zur Unkenntlichkeit zerschlagen. Yda schluckte die Säure hinab, die ihr in den Hals geschossen war. Sie ließ den Blick über die Leiber schweifen. Unter dem Bein eines halbwüchsigen Jungen glaubte sie, Lucas Haar zu erkennen. Vorsichtig setzte sie einen Fuß vor den anderen. Manche der Leichen waren bereits so hart, dass es ihr vorkam, als ginge sie wie über gefällte Baumstämme. Yda versuchte, den Gedanken zu verdrängen – nur an Luca wollte sie denken. Sie musste ihn finden!

Je mehr sie sich dem Leib näherte, desto größer wurde ihre Gewissheit, Luca gefunden zu haben. Bei dem Mann, der auf ihm lag, hatte noch nicht die Starre eingesetzt. Er war ein magerer Kerl, dessen Leib sich mit ein wenig Anstrengung umdrehen ließ. Luca lag auf dem Bauch, das Gesicht von ihr abgewandt. Yda kniete sich neben ihn und strich ihm über das Haar. Dann legte sie die Wange auf seinen Rücken und vernahm nur Stille. Sie presste ihre bebenden Lippen aufeinander und drehte Luca auf den Rücken. Ein leises Stöhnen verließ seine rissigen Lippen. Yda zuckte zusammen. Er lebte! O Herr, er lebte … Sie flüsterte seinen Namen und strich mit den Fingerspitzen über seine Wange. »Alles wird gut. Wir holen dich hier raus.« Sie sah zu Rinchen hinauf, die immer noch regungslos den wimmernden Säugling im Arm hielt.

»Lauf und hole zwei Männer. Sag ihnen, Luca lebt!«, rief Yda ihr zu.

Rinchen stieß einen Freudenschrei aus und rannte zurück ins Lager.

In einem nicht enden wollenden Rinnsal liefen Yda die Tränen über das Gesicht. Sie konnte nicht aufhören, Lucas Wange zu streicheln. Seine Lider flatterten, und er verzog den Mund, als verspüre er Schmerzen. Yda flüsterte ihm aufmunternde Worte ins Ohr. Im Osten trat rot die Sonne über den Horizont, und Yda wollte fest glauben, dass alles gut werden würde.

Als sie mit den Fingern an Lucas Hals hinabglitt, fiel ihr auf, dass er die Kette mit dem Dorn nicht mehr trug. Yda konnte sich erinnern, sie im Krankenlager noch an ihm gesehen zu haben. Sie musste ihm gestohlen worden sein.

Kurz darauf hörte sie Stimmen und vergaß die Kette. Yda wandte sich um und sah Rinchen. Ihr folgte der rotblonde Ritter mit zwei weiteren Männern, die eine Bahre trugen. Sie kletterten in die Grube und hockten sich vor Luca, der in diesem Augenblick ein erneutes Stöhnen von sich gab.

»Er lebt wirklich«, sagte der kräftigere von ihnen und kratzte sich den kahlen Kopf. Er hatte starke Arme und konnte Luca mühelos auf die Bahre legen. Mit Hilfe des Ritters kletterten die Männer mit der Bahre und hinter ihnen

Yda aus der Grube. Kurz darauf sah sie, wie Rinchen sich nach etwas bückte, es aufhob und in ihrem Ausschnitt versteckte. Sicher ein schöner Stein oder gar eine Münze, mutmaßte Yda. Das Kind war wieder eingeschlafen. Yda griff nach dem Bündel mit den Tiegeln, das sie neben der Grube abgelegt hatte, und legte die Arme um Mutter und Kind. An ihrer Brust spürte sie, wie sehr Rinchen zitterte.

Yda strich ihr über das Haar. »Hör auch weiterhin auf dein Herz, du tapferes Mädchen. Versprichst du mir das?«

Rinchen nickte unter Tränen.

Als sie das Lager erreichten, herrschte dort bereits reges Treiben. Unzählige Feuerstellen brannten, und aus den dreibeinigen Kesseln darüber dampften die Morgensuppen. Die Männer brachten Luca zurück in das Zelt der Verwundeten, wo sie ihn an seinen alten Platz auf das Stroh legten.

Der rothaarige Ritter legte die Hand auf Ydas Arm. »Das hätte nicht passieren dürfen. Fast hätten wir einen mutigen Mann verloren. Derjenige, der ihn fortgeschafft hat, wird dafür Rechenschaft ablegen.«

Yda schüttelte seine Finger ab. »Ja, da habt Ihr recht. Wer auch immer dafür verantwortlich ist, sollte sich künftig die Toten genauer betrachten, bevor er sie ins Grab wirft.«

Der Kahlköpfige zog die Stirn in Falten und sah den Ritter verdutzt an. »Aber, Herr Bertram, Ihr habt doch selbst angeordnet, den Mann aus dem Zelt zu schaffen.«

Der Gesichtsausdruck des Ritters änderte sich von einem Lidschlag zum anderen. »Halt's Maul!«, bellte er den Knecht an.

»Habt Ihr das wirklich?« Yda sah seine Ohren rot in der Sonne leuchten.

Der Ritter schenkte ihr ein honigsüßes Lächeln. »Natürlich nicht. Ich habe lediglich einen Auftrag ausgeführt.« Der Blick aus seinen grauen Augen jagte Yda einen eisigen Schauder über den Rücken.

Der Mann neben ihm schüttelte den kahlen Kopf. »Nun verstehe ich gar nichts mehr. Ihr selbst wart …«

Die Faust des Ritters rauschte in das Gesicht des Kahlköpfigen und brachte ihn zum Schweigen.

»Hör nicht auf ihn, der Mann hat nur Stroh im Kopf.« Er wandte sich ab und ging.

Unbeirrt von alldem hatte Rinchen den Säugling neben Luca gelegt. Nun entknotete sie das Bündel und holte die Tiegel hervor. Yda hockte sich neben sie. Das Geschwätz der Männer war unwichtig. Sie mussten Lucas Wunden versorgen.

»Ringelblumenbutter.« Rinchen steckte den Finger in einen der Tiegel und roch daran. »Lässt die Wunden gut heilen.«

»Sollten wir die Wunde nicht erst auswaschen?«

»Stimmt, am besten mit Wein. Hat Luca auch immer so gemacht. Haben wir Wein?«

»Natürlich nicht.« Yda griff nach Lucas Hand und hielt sie fest umschlossen. Erschrocken stellte sie fest, wie heiß er sich anfühlte. »Er fiebert.«

Rinchen schob die Unterlippe vor und sah Luca mit einem ratlosen Blick an.

»Getrocknete Lindenblüten. Hast du welche dabei?«

Rinchen schüttelte den Kopf. Immanuel begann erneut zu greinen. Augenblicklich hob sie den Kleinen auf und legte ihn an ihre Brust.

»Seine Beine sind gebrochen. Die Knochen müssen gerichtet und geschient werden. Hast du das schon einmal gemacht?«

Rinchen kämpfte mit den Tränen. »Nein, ich hab nur die Säge vorbereitet und die Nadeln einfädeln dürfen.«

Yda hätte es wissen müssen. Verrückt vor Sorge hatte sie Rinchen blind vertraut, statt nach einem Heiler zu suchen. Verdammt, das Mädchen war ein Narrenkind. Wie sollte sie Luca helfen können? Yda erhob sich von den Knien und verließ das Zelt. Mittlerweile glaubte sie nicht mehr, dass es in dem Lager keinen einzigen Heilkundigen geben sollte. Sie blickte zu dem Zelt mit den drei Spitzen. Einige der Männer machten sich bereits daran, die verbliebene Habe des Herzogs auf einen Wagen zu laden. Yda dachte nicht lange nach und lief zu dem Zelt. Die Wachen, die sich davor postiert hatten, kreuzten die Lanzen.

»Der Herzog ist beim Mahl und will nicht gestört werden.«

Yda roch den Bratenduft, der aus dem Zelt wehte. Ihr wurde speiübel. Flehend sah sie die Männer an. »Ein Verräter ist unter Euch. Der Herzog ist in Gefahr.«

»Wer soll das sein?«

»Das würde ich dem Herzog lieber selbst sagen. Ich vertraue hier niemandem mehr.«

Einer der Männer schob das Kinn vor. »Bist du nicht eine der Trosshuren? Hast du vor, den Herzog zu verführen und ihm die Münzen aus dem Säckchen zu ziehen?« Er winkte ab. »Vergiss es.«

»Verflucht, Ihr müsst mir glauben!«, schrie Yda nun so laut, dass es der Herzog im Zelt hören musste. »Es geht um das Leben Eures Herrn, und Ihr plänkelt hier herum! Aufknüpfen sollte er Euch.«

Im nächsten Augenblick schob der Herzog von Brabant die Zeltplane zurück. In seinen Mundwinkeln glänzte das Fett des Bratens. »Was herrscht denn hier für ein Aufstand?«

Yda fiel auf die Knie. »Herr, ich bitte Euch, schenkt mir Gehör. In Euerm Lager ist ein Feind. Er wollte einen Eurer treuesten Gefolgsmänner mit einer List in den Tod schicken. Er wird auch Euch nach dem Leben trachten. Da bin ich mir sicher.«

Der Herzog trat aus dem Zelt und fuhr sich mit der Hand über seinen spitzen Bart. »Wie kommst du darauf?«

»Folgt mir zu den Verwundeten, und ich zeige Euch den Mann, der durch den Feind fast den Tod gefunden hat.«

Der Herzog nickte. »Erhebe dich und bring mich zu ihm.«

Als sie das Zelt mit den Verwundeten betraten, sah sich der Herzog mit einem traurigen Blick um. »Es ist ein Elend, doch die Männer leben wenigstens noch. Mehr oder weniger«, sagte er mit erstickter Stimme.

»Noch elender ist es, dass es keinen Heilkundigen mehr im Lager gibt.«

»Das stimmt. Die beiden Bader, die uns begleitet haben, sind in der Schlacht gefallen. Selbst mein Medicus hat nicht überlebt. Aber es sind mehrere Männer auf dem Weg hierher, die des Heilens kundig sind. Ich werde alles geben, damit meine Gefolgsmänner bald wieder zu ihren Frauen und Kindern heimkehren können.«

Yda straffte die Schultern. Die Worte des Herzogs schickten einen Sonnenstrahl in ihr Herz. Sie hoffte nur, die Männer würden bald kommen.

Als der Herzog vor Luca stand, kräuselte er die Stirn. »Das ist der treue Bursche, der mir nicht nur in der Schlacht das

Leben gerettet, sondern auch zum Sieg verholfen hat. Sein Name ist Luca, oder nicht?«

»Ja, so heißt er.« Yda hockte sich neben Luca und strich ihm das Haar aus der heißen Stirn. »Er braucht unbedingt die Hilfe eines Heilkundigen. Seine Schulter ist vorn zertrümmert, und seine Beine sind gebrochen. Dazu hat er viel Blut verloren.«

»Noch heute werden die Männer eintreffen. Unter ihnen ist auch ein hervorragender Medicus. Sorg dich also nicht, Mädchen.«

Yda sah zu Rinchen, die neben Luca saß. Sie hielt das Kind im Arm und wiegte den Oberkörper vor und zurück. Ihre Wangen waren nass von Tränen. Yda strich ihr über den Arm. »Hast du gehört? Alles wird gut.«

Rinchen nickte. »Hab Luca an dem Schlafschwamm riechen lassen, damit er keine Schmerzen hat.«

Yda wusste nicht, welchen Schwamm sie meinte. Sie erhob sich und sah den Herzog an. »Hättet Ihr vielleicht etwas Wein für mich? Damit könnte ich vorerst Lucas Wunde auswaschen.«

»Ja, sicher. Wenn auch nicht mehr viel, denn die Plünderer haben sich über meinen Vorrat hergemacht. Aber ich gebe ihn gern für Luca her.«

»Und wenn es möglich ist, ein paar Tücher? Ich werde versuchen, sein Fieber zu senken, bis der Medicus eintrifft.«

»Die bekommst du auch. Solltest du noch etwas anderes brauchen, frag ruhig danach.«

Yda verbeugte sich vor dem Herzog. »Ihr werdet bald abreisen, wie ich gesehen habe.«

»Ja, das stimmt. Aber der meiste Teil meiner Truppen wird

so lange hierbleiben, bis die Verwundeten wieder wohlauf sind. Weshalb sprichst du es an?«

»Wir brauchen Euren Schutz, Herr.«

»Die Schlacht ist vorbei. Wenn der Bursche wieder gesund ist, könnt ihr nach Hause gehen.«

Yda senkte den Blick. Es stand ihr nicht zu, dem Herzog zu erzählen, wie Luca und sie sich in Schuld gebracht hatten. Das sollte Luca übernehmen, wenn es ihm besser ging.

»Nun haben wir fast den Feind vergessen. Wer soll denn der Verräter unter meinen Männern sein?«, wollte der Herzog wissen.

Lucas Lider flatterten. Seine rissigen Lippen öffneten sich, und er hauchte einen Namen, den Yda nicht verstand. Auch der Herzog hob fragend die Schultern.

Ratlos sah Yda den Herzog an. »Ich weiß nur, dass der Mann Herr Bertram genannt wurde.«

»Pletten … berg«, hauchte Luca. Ein trockener Husten überfiel ihn.

»Der Schlafschwamm wirkt nicht«, sagte Rinchen. Dann zog sie eine Kette aus ihrem Ausschnitt und zeigte sie dem Herzog. »Die hat der Verräter vor der Grube verloren. Er muss sie Luca gestohlen haben.«

Yda sah sie verblüfft an. Das war es also, was sie vorhin aufgehoben und versteckt hatte.

Verärgert rümpfte der Herzog die Nase. »Plettenberg also. Dachte ich es mir doch. Dabei hat mir dieser miese Hund die Treue geschworen.«

»Luca?« Yda hielt seine Hand. »Hörst du mich?«

Er hielt die Augen geschlossen und nickte. »Meine Schulter … meine Beine … Was ist geschehen?«

»Du bist in der Schlacht schwer verwundet worden, aber jetzt … Wie bin ich froh …«

Luca verlor erneut das Bewusstsein.

Der Herzog legte ihr die Hand auf die Schulter. »Sobald der Medicus eingetroffen ist, wird er sich als Erstes seiner annehmen. Und ich nehme mir jetzt diesen Plettenberg vor.« Er betrachtete die Kette mit dem Dorn in seiner Hand. »Darf ich die vorerst behalten?«

Rinchen nickte. »Aber du gibst sie Luca wieder, wenn er gesund ist.«

Der Herzog nickte und verließ das Zelt. Yda sah ihm nach. Unter ihren Fingerspitzen glühte Lucas Hand. Sie ließ sie los und erhob sich, um einen Eimer mit kaltem Wasser zu holen.

Als sie in das Zelt zurückkehrte, hatte jemand bereits einen Krug mit Wein gebracht. Rinchen saß neben Luca und betupfte damit vorsichtig seine verwundete Schulter. Abermals lag er in einer tiefen Ohnmacht, die Yda beunruhigte. Die Zeit spielte gegen sie. Sie kniete sich vor ihn und wickelte nasse Tücher um seine Waden.

»Soll ich ihm nun die Ringelblumenbutter auf die Wunde streichen?« Rinchen sah sie unsicher an. Plötzlich erhellte sich ihr Blick. »Oder warte, ich weiß was Besseres. Die Medizin der Mönche. Wenn sie gegen das Antoniusfeuer hilft, dann auch gewiss auch gegen seine große Wunde.«

Die Zunge zwischen die Zähne geklemmt, suchte sie zwischen all den Tiegeln nach der Medizin. Yda hoffte so sehr, sie würde recht behalten. Achtlos legte Rinchen einen Lederbeutel zur Seite. Yda ergriff ihn, öffnete den Knoten der Schnüre und steckte die Nase hinein. Nachdem sie das süßliche Aroma eingeatmet hatte, schüttete sie ein wenig von dem Inhalt in ihre Hand. »Hier sind ja doch getrocknete Lindenblüten!«, stieß sie hervor.

Bertram schlich um das Massengrab und suchte nach dem Dorn, den er dort verloren haben musste. Verdammt, warum hatte er dem Weib bloß geholfen, diesen Hurensohn aus dem Grab zu holen? Nichts gelang ihm mehr. Er hatte sich nur die Reliquie zurückholen und dann den Schinder beseitigen wollen. Damit hätte er nicht nur die Gunst des Herzogs, sondern vielleicht auch ein stattliches Lehen erlangt. Er musste sich den Dorn unbedingt wiederbeschaffen, sonst konnte er sich am nächsten Baum aufhängen. Wütend trat er gegen einen Stein. Wahrscheinlich hatte das Weib oder das Narrenmädchen die Kette eingesteckt. Bertram vermochte kaum noch einen klaren Gedanken zu fassen.

23. Kapitel

Auch an diesem Tag verharrte Quirin vor der Hacht. Immer mehr Gefangene, die unter dem Gericht des Erzbischofs gestanden hatten, wurden freigelassen. Nur Griet war nicht dabei. Ob Yda recht hatte? Aber das konnte doch nicht sein. Wenn Griet frei gewesen wäre, wäre sie doch gewiss zu ihm zurückgekehrt! Vielleicht hätte er sie nicht festhalten dürfen. Das schlechte Gewissen hielt ihn längst in seinen Klauen gefangen. Statt mit Griet um Yda zu kämpfen, hatte er sie vor den Gefahren der Stadt wegsperren wollen. Wie töricht er doch gewesen war.

Quirin hielt Ausschau nach dem Wachmann. Wenn er heute abermals nicht freiwillig eine Antwort erhielt, würde er sie aus dem Mann herausprügeln. Und wenn sie ihn ebenfalls in die Hacht steckten, sollte es ihm egal sein. Abermals kam eine Handvoll Männer durch das Tor, das der Wachmann ihnen aufhielt. Der Wächter war ihm unbekannt, und Quirin schöpfte Hoffnung.

»Sag, Mann, werden nun alle Gefangenen freigelassen?«

Der Wachmann schüttelte den Kopf. »Nein, nur die, die wegen unterschlagener Abgaben und Zölle an den Erzbischof einsaßen. Diese Hacht unterliegt fürs Erste nur noch der Stadt. Weshalb fragst du?«

»Mein Weib … Es sitzt in der Hacht ein. Du musst sie kennen. Sie hat langes schwarzes Haar und ist von unbeschreiblicher Schönheit.«

Der Mann zog den Rotz durch die Nase und spie ihn vor Quirins Füße. »Nee, kenn ich nicht. Wirklich nicht. Ein schönes Weib wäre mir längst aufgefallen.«

»Lass mich bitte hinein, damit ich nachsehen kann. Sie muss da drin sein.«

Der Wachmann lachte auf. »Du bist der Erste, der hier freiwillig rein will. Nein, mein Guter, das geht nicht. Ich brauch den Posten hier noch.«

Ohne lange nachzudenken, holte Quirin aus und schlug ihm ins Gesicht. Als der Mann jammernd taumelte, lief er an ihm vorbei ins Innere der Hacht. Dort rannte er durch die verwaiste Halle den Stiegen entgegen, die hinab zu den Kerkern führten.

Ein anderer Mann stellte sich ihm in den Weg. Quirin streckte ihn ebenfalls mit einem Hieb nieder. Viele der Türen standen offen. Er trommelte mit den Fäusten gegen die, die verschlossen waren, und schrie Griets Namen. Hier und da war ein trockenes Husten oder ein Stöhnen zu hören, aber nicht Griets Stimme. Als er an der letzten Tür in dem schummrigen Gang angekommen war, ließ er sich atemlos auf die Knie fallen. Irgendjemand in dieser verdammten Hacht musste doch wissen, was mit Griet geschehen war! Er tastete nach dem Dolch an seinem Gürtel und schloss die Finger um den Griff. Dann sprang er auf und eilte über die Stiege in die Halle und rüttelte an jeder Tür.

Eine von ihnen flog auf. An einem Schreibpult saß ein untersetzter Mann mit schütterem Haar und sah ihn erschrocken an. Quirin preschte auf ihn zu und hielt ihm den Dolch an die Kehle. Dem Mann fiel der Federkiel aus der Hand.

»Wo ist die Liste mit den Gefangenen?«, herrschte Quirin ihn an.

Der Mann zeigte auf eine Truhe unter dem Fenster.

»Los, beweg deinen Hintern und hol sie.« Quirin zerrte den Mann am Arm von dem Stuhl.

Der Deckel knirschte, als der Mann ihn anhob. Fein säuberlich sortiert lagen die Pergamentrollen darin. Er holte eine hervor, die mit einem roten Faden zugebunden war, und entrollte sie mit zittrigen Fingern.

»Sieh nach, ob du den Namen Griet findest.«

Der Mann überflog die Zeilen. Kurz darauf nickte er. »Hier steht der Name. Griet Geretz aus der Siedlung Buckelmund, Weib des Baders Quirin. Ist das die Frau, die du suchst?«

In Quirins Ohren rauschte es. »Wo ist sie?«

Der Mann richtete den Blick wieder auf die Schrift. Dann sah er erschrocken auf und ließ das Pergament in der Hand sinken. »Es ist unmöglich, dass sie noch lebt.«

Abermals versuchte Yda, Luca den Aufguss aus den Lindenblüten einzuflößen. Doch sosehr sie sich auch bemühte, er schluckte nicht. Immer noch lag er in einer tiefen Bewusstlosigkeit. Sein Gesicht war so fahl wie Wachs. Nicht einmal Schweißperlen glänzten auf seiner Stirn, obwohl die Luft in dem Zelt heiß und stickig war.

Verzweifelt sah Yda zu Rinchen, die das Kind an ihrer Brust nährte. Yda erhob sich und wickelte Lucas Waden in neue Tücher. Auch die Haut an seinen Beinen fühlte sich weiterhin heiß und trocken an.

Plötzlich berührte sie jemand an der Schulter.

»Geh zur Seite, Mädchen. Ich nehme mich seiner an.«

Yda wandte sich um und sah in freundliche Augen und buschigen Brauen.

»Seid Ihr der Medicus?«

Der Mann nickte. »Ja, der bin ich. Ich bin zusammen mit einem Bader angereist. Aber nun geh und ruh dich aus. In der Zeit werde ich sehen, wie ich dem Burschen helfen kann.«

»Er hat viel Blut verloren und wird es nicht überleben, wenn Ihr ihn zur Ader lasst.«

Der Medicus schenkte ihr ein Lächeln. »Sorge dich nicht. Ich weiß schon, was zu tun ist. Und nun geh und nimm deine kleine Freundin mit ihrem Kind mit. Ich will keine Weibsbilder dabei haben, wenn ich ihn untersuche.«

Nun erst spürte Yda die Anstrengung, die ihre Arme und Beine schwer wie Blei werden ließ. Die Bäume auf der Heide warfen bereits lange Schatten. Yda setzte sich unter eine Buche und wischte sich mit dem Ärmel den Schweiß von der Stirn. Ein Mann kam mit einer ledernen Tasche in den Händen auf das Zelt zugelaufen. Yda vermutete, dass es der Bader war, den der Herzog geschickt hatte.

Seufzend ließ sich Rinchen neben ihr nieder. Das Kind in dem Tuch war eingeschlafen. Es war überhaupt ein friedlicher Junge, wie Yda feststellte.

»Bald ist Luca wieder gesund.« Rinchen quälte sich ein Lächeln ab und strich über den Kopf des Kindes. »Wir müssen nur fest daran glauben.«

Obwohl Yda Luca nun in den besten Händen wusste, wollte sich ihr Herz nicht beruhigen. So oft hatte sie sich die letzte Zeit gefragt, wie sie je ohne Luca leben sollte! Der Gedanke schmerzte sie so sehr, dass sie glaubte, den Verstand zu verlieren. Er war zu einem Teil von ihr geworden, genau wie Griet es war.

Erschrocken stellte Yda fest, dass sie die ganze Zeit über nicht mehr an die Schwester gedacht hatte. Yda schämte sich dafür, und als sie ihre Gedanken ganz der Schwester zuwandte, spürte sie eine weitere Angst in ihrem Herzen wachsen. Nicht nur Luca, auch Griet ging es schlecht. In diesem Augenblick glaubte Yda, schier verrückt zu werden. Wenn sie wirklich alles verlor, was sie liebte, würde auch sie nicht mehr leben wollen.

Griet kratzte mit den Fingernägeln an dem Gemäuer. Die Fratzen, die vor ihren Augen auftauchten, mussten Dämonen sein. Das Loch, in das der Wachmann sie geworfen hatte, war so eng, dass sie nur im Sitzen schlafen konnte. Sie hatten sie vergessen.

Griet leckte die kalten Steine des Gemäuers ab. Irgendwo war ein Rinnsal gewesen, oder hatte sie das geträumt? Sie fuhr mit der Hand über die Wand. Das Stroh unter ihren Füßen war nass und verklumpt von ihren eigenen Ausscheidungen. Griet wünschte sich den Tod herbei. Vielleicht war dies aber auch schon die Hölle? Mit zittrigen Fingern tastete sie nach ihrem Herzschlag und spürte ihn unter ihren Fingerkuppen pulsieren. Wieder tauchte eine der Fratzen über ihr in der Dunkelheit auf. Der Dämon hatte lange spitze Zähne und Augen, die ihm rot aus den Höhlen quollen. Sein Lachen hallte durch das Loch. Griet schrie auf, hielt sich die Ohren zu und schloss die Augen. Dennoch verschwand der Dämon nicht. Sie konnte ihn durch die geschlossenen Lider sehen. Auch sein hässliches Lachen verstummte nicht. Griet spürte, wie er ihr auf den Kopf spuckte und schrie. Warum holte sie niemand hier heraus? Sie würde doch gestehen. Sie würde alles sagen, was der Inquisitor hören wollte. Griets ausgedörrte

Kehle brannte, als würde jemand mit Sand darin herumreiben.

Eine zweite Fratze tauchte über ihr auf. Das Gesicht mit den spitzen Ohren leuchtete grün. Griet schlug die Stirn gegen das Gemäuer. Immer wieder, bis sie die Nässe spürte, die ihr dickflüssig über Augen und Nase lief. Sie fing sie mit dem Finger auf und leckte sie ab. Der Tropfen linderte ihren Durst nicht. Griet schlug den Kopf abermals gegen die Wand. Immer fester. Sie wollte sterben. Nichts mehr hören, nichts mehr fühlen und die schrecklichen Fratzen nicht mehr sehen. Und endlich nahm ihr die Dunkelheit den Durst und den Schmerz.

Quirin hielt dem Schreiber von hinten den Dolch an die Kehle und schob ihn die Stiegen hinunter. Durch seinen Kopf hallten unablässig dessen Worte. Das Angstloch überlebte niemand länger als drei Tage. Es diente als eine Art Folter, die noch jeden Gefangenen nach kurzer Zeit geständig gemacht hatte. Sosehr Quirin sich auch anstrengte, er konnte nicht zählen, wie viele Tage Griet schon in dem Angstloch saß.

Der Schreiber zeigte auf eine Klappe, die im Boden des Ganges eingelassen war. »Dort ist es.«

»Öffne die Klappe!«, herrschte Quirin ihn an.

Der Mann bückte sich und zog an dem eisernen Ring. Quirin nahm eine Fackel von der Wand. Mit bangem Herzen hielt er sie in das Loch. Da sah er Griet gekrümmt in dem engen Gemäuer hocken. Sie regte sich nicht, und ihr Kopf hing schlaff zur Seite. Quirin schrie ihren Namen, doch Griet antwortete nicht. Es schien, als sei alles Leben aus ihr gewichen. Quirin versuchte in das Loch zu steigen, doch er befürchtete, sie dabei zu erdrücken, so eng war es dort unten. Deshalb legte er sich auf den Bauch und versuchte sie an den Armen zu fassen, doch vergeblich.

»Verdammt, Kerl! Sag mir, wie ich sie hier herausbekomme.«

Ratlos blickte der Schreiber den Gang entlang. Von den Wärtern fehlte jede Spur. Quirin wusste nicht, ob er darüber glücklich sein sollte. Er musste Griet aus dem Loch holen, nur das zählte.

»Pass auf, Mann. Ich lege mich auf den Boden und hangele mich hinunter. Dabei hältst du meine Beine fest. Am besten setzt du dich auf meine Waden.«

Der Mann ließ sich Zeit.

»Verdammt, setz dich endlich auf mich!«, schrie Quirin ungehalten.

Nun gehorchte der Mann, und Quirin bekam Griets Arme zu fassen. Als er daran zog, befürchtete er, sie ihr auszureißen, denn sie hing schlaff wie ein Sack Mehl in seinem Griff. Quirin lief der Schweiß von der Stirn in die Augen. Da spürte er die Spitze des Dolches in seinem Rücken.

»Was hast du vor, du Hund?«, rief Quirin über seine Schulter hinweg. »Du willst doch auch, dass ich das Mädchen aus dem Loch hole.«

»Pah, ich will nicht am Galgen enden, das ist alles.« Der Schreiber erhob sich von Quirins Beinen.

Für einen kurzen Moment hing Quirin schwebend da, doch dann zog ihn Griets Gewicht kopfüber in das Loch. Dennoch hielt er ihre Arme fest und versuchte, sie nicht mit seinem Leib zu begraben. Seine Knie trafen ihren Kopf. Quirin schlug sich die Stirn an dem Gemäuer auf. Er wand sich wie ein Wurm, schaffte es aber nicht, neben sie zu gelangen.

So lag er, den Hintern nach oben gestreckt, auf Griet. Bei jeder Bewegung befürchtete er, ihren zarten Leib zu zerquetschen. Griet regte sich immer noch nicht, und er tastete nach ihrem Hals, um den Herzschlag zu suchen. Sie lebte!, stellte er erleichtert fest.

»Griet? Griet, hörst du mich?«

Sie gab ein Stöhnen von sich und versuchte ihren Arm unter ihm zu bewegen. Quirin wünschte, sie wäre so gelenkig wie Yda und könnte sich unter seinem Leib hervorschlängeln.

»Öffne die Augen und sieh mich an. Ich bin bei dir.« Sanft rüttelte Quirin an ihrer Schulter.

In der nächsten Sekunde gab es einen dumpfen Knall, und sie hockten in der Finsternis. Der Schreiber hatte die Falltür geschlossen.

»Ich kann mich nicht bewegen«, stieß Griet leise aus.

»Warte, Griet. Ich versuche etwas.« Quirin tastete mit beiden Händen an dem Gemäuer entlang und schob seine Knie zwischen sie und die Wand.

Griet stöhnte auf.

»Ich bin vorsichtig, Liebes.« Behutsam versuchte er, erst den einen und dann den anderen Fuß auf den Boden zu bekommen. Dabei schrammte er sich die Knie an dem Gemäuer auf. Schmerzhaft verrenkte sich seine Hüfte. Quirin verlagerte sein Gewicht auf die Füße und hob Kopf und Schultern. Endlich stand er vor ihr und fasste sie unter den Armen. »Steh auf, Griet. Du musst aufstehen!«

»Ich kann nicht, meine Beine tragen mich nicht.«

»Du musst, wenn wir hier rauskommen wollen.«

Kraftlos hing Griet in seinem Griff. »Lass mich einfach sterben.«

»Aber nein, wie könnte ich das tun?.« Quirin ließ sie behutsam wieder zu Boden gleiten. »Ich werde auf deine Schultern steigen. Stemme dich mit deiner ganzen Kraft dagegen. Es ist die einzige Möglichkeit, aus diesem Loch zu kommen.«

Griet gab keine Antwort.

Quirin griff nach ihrer Hand, die sich kalt anfühlte. Er musste es wagen und auf ihre Schultern klettern, um an die Falltür zu gelangen.

Er stellte den ersten Fuß auf sie. Als er sich vom Boden abdrückte, spürte er, wie ihre Schultern unter seinem Gewicht nachgaben. Dennoch nahm er den zweiten Fuß hoch und stützte sich an dem Gemäuer ab. Die Falltür musste nun genau über seinem Kopf sein. Quirin hob den Arm und spürte die Eisenplatte unter seiner Handfläche. Rasch drückte er sie ein Stück auf und klammerte sich mit der anderen Hand an den Rand des Loches, um sein Gewicht von Griets Schultern zu nehmen. Er schob die zweite Hand in den Spalt und drückte mit dem Kopf die Eisenplatte nach oben. Seine Füße suchten Halt an dem Gemäuer. Der Schweiß rann ihm zwischen den Schulterblättern den Rücken hinab, doch er nahm all seine Kraft zusammen und zog sich weiter hoch, bis er es schaffte, ein Knie über die Kante zu schieben. Dann saß er endlich am Rand des Lochs und sah hinab. Griet gab ein leises Wimmern von sich.

»Du musst aufstehen, sonst bekomme ich dich nicht zu fassen.«

Griet blieb zusammengekauert hocken und schüttelte den Kopf. »Ich kann nicht.«

»Yda wartet auf dich.« Quirin kämpfte gegen die Tränen der Verzweiflung.

Endlich sah Griet zu ihm hinauf. »Sie lebt?«

»Ja. Es geht ihr gut. Luca hat sie vor dem Scheiterhaufen gerettet. Aber nun komm endlich.« Abermals legte Quirin sich auf den Bauch und reichte ihr die Hände. »Yda wird mich töten, wenn ich dich nicht heil zu ihr bringe.«

»Ja, das kann ich mir vorstellen.«

Quirin glaubte, ein Lächeln auf Griets Lippen zu sehen, während sie den Rücken gegen das Gemäuer presste und sich daran hochdrückte. Einmal sank sie wieder zusammen, rappelte sich jedoch erneut auf und streckte ihm die Arme entgegen. Rasch umfasste er ihre Handgelenke, biss die Zähne zusammen und zerrte. »Du musst mithelfen. Versuche, mit den Füßen an der Wand hochzugehen.«

Griet verzog das Gesicht. »Ich kann nicht. Ich hab keine Kraft.«

»Doch, die hast du. Denk an Yda. Sie wartet auf dich.«

Einige Augenblicke später lag Griet schwer atmend in seinen Armen. Quirin wollte sie nie wieder loslassen. Vorsichtig blickte er den Gang entlang. Immer noch war kein Wachmann zu sehen. Wie es schien, waren wohl auch die Wärter in der Schlacht geblieben, wie so viele andere Kölner Bürger. Quirin erhob sich und trug Griet die Stiegen hinauf. Vor dem Tor der Hacht lag noch immer der Mann, den er niedergestreckt hatte. Der Schreiber saß wohl wieder in seiner Kammer und wartete auf die Heimkehrer. Quirin sollte es egal sein. Er stieg über den Leib des Wächters und brachte Griet durch die Dunkelheit zurück in das Haus der schönen Frauen.

Erst kurz vor Einbruch der Dämmerung hatte der Medicus mit dem Bader das Zelt verlassen. Yda war sofort auf ihn zugeeilt und hatte erfahren, dass sie Luca die Knochen in den Beinen gerichtet und das brandige Fleisch aus der Schulter geschnitten hatten.

Seitdem saß Yda gemeinsam mit Rinchen an Lucas Seite und versuchte im Schein einer Fackel erneut, das Fieber mit nassen Tüchern zu senken. Immer noch lag Luca in einer tiefen Bewusstlosigkeit. Rinchen war das Kinn auf die Brust gefallen, und ihr flacher Atem verriet, dass sie schlief. Dennoch hielt sie den Säugling fest in ihrem Arm. Auch wenn sie selbst den Verstand eines Kindes hatte, würde sie dem Jungen mehr Liebe schenken als manche andere Mutter im Reich. Yda schwor sich, ihr und Luca immer zur Seite zu stehen. Sie seufzte. Luca musste einfach wieder gesund werden. Sie brauchte ihn doch so sehr.

Um sie herum schliefen die Verwundeten. Hin und wieder war ein Stöhnen zu hören. Der Medicus hatte gesagt, er und der Bader würden sich morgen gleich bei Tagesanbruch um sie kümmern.

Yda dachte an Griet und horchte in sich hinein. In dem Winkel, wo sie einst die Angst der Schwester verspürt hatte, war stiller Friede eingekehrt. Gewiss hatte Quirin Griet gefunden und in Sicherheit gebracht. Wenn Luca über den Berg war, würde sie nach der Schwester sehen, auch wenn sie sich damit wieder einmal in Gefahr begab.

Die Müdigkeit übermannte sie. Yda legte den Kopf auf Lucas Bauch und schloss die Augen.

Das Wasser aus dem Krug rann wohltuend durch ihre Kehle. Griet bekam nicht genug davon und trank so viel, bis ihr der Bauch schmerzte. Neben ihrem Lager in der Kammer saß Quirin und hielt ihre Hand.

Erschöpft legte sich Griet zurück. Immer noch waren ihre Beine so weich wie Mehlbrei. Sie sah Quirin in die Augen. »Wo ist Yda? Du hast es mir immer noch nicht gesagt. Hast du mich in dem Loch etwa belogen?«

»Nein, natürlich nicht.« Betreten blickte Quirin aus dem Fenster. »Sie musste zurück zu Luca. Er ist in der Schlacht schwer verletzt worden. Sie hat Rinchen und das Kind mitgenommen.«

»Wohin?«

»Ins Lager der Brabanter vor Worringen.«

Griet malte sich aus, wie die Schwester und Rinchen dort ohne Schutz den Söldnern ausgesetzt waren. »Ich muss zu ihr!« Sie schlug die Decke auf.

»Nein, Griet. Du bist zu schwach.« Quirin legte die Hand auf ihren Bauch. »Außerdem ist es mitten in der Nacht – und eine mondlose dazu. Hinter der Stadtmauer würden wir die Hand nicht vor Augen sehen. Ganz davon abgesehen, wie willst du aus der Stadt kommen? Die Tore sind bis zum Morgengrauen verschlossen.«

»Die Wachen lassen sich mit ein paar Münzen bestechen. Gib ihnen welche, und sie werden uns schon rauslassen. Und gegen die Dunkelheit nehmen wir eine Fackel mit.« Auch wenn sie wusste, dass sie den Weg auf ihren eigenen Füßen nicht schaffen würde, würde Quirin sie nicht aufhalten können. »Hol den Karren aus dem Schuppen. Ich bleibe keinen Lidschlag länger hier.«

Kopfschüttelnd verließ Quirin die Kammer. Griet erhob sich und schwankte in den Schankraum. Im selben Moment kam Trin hereingeschlurft. Ihr Haar war zerzaust, und die Schnüre ihres Mieders gaben mehr von ihren Brüsten frei, als sie verbargen. Als sie Griet sah, erhellte sich ihr Blick.

»Ach Griet, endlich bist du wieder hier! Wo warst du denn? Hat Quirin dich gefunden?«

Griet ließ sich auf einen der Stühle fallen. »Ins Angstloch haben sie mich geworfen. Ja, Quirin hat mich dort herausgeholt.«

Trin strahlte. »Was bin ich froh! Nun muss nur noch Luca gesund werden.«

Griet sah über ihre Schulter in die Kammer. »Könntest du mir meinen Umhang bringen? Er liegt neben der Bettstatt.«

»Was hast du vor? Du willst doch nicht schon wieder davonlaufen? So schwach wie du bist, kommst du gewiss nicht weit.«

»Ich muss zu Yda. Ich muss wissen, wie es ihr geht. Quirin wird mich in dem Karren zum Lager der Brabanter bringen.«

Trin gähnte herzhaft und streckte die Arme von sich. »Dann komme ich mit. Oder denkt ihr etwa, ich bleibe allein hier?«

»Nein, natürlich nicht.« Griet sah zu Quirin, der in diesem Augenblick in den Schankraum zurückkehrte.

»Der Karren ist reisefertig.« Ein halbherziges Lächeln stahl sich auf seine Lippen.

Griet bemerkte seine eingefallenen Wangen und die Schatten unter den Augen. Nur noch dieses eine Mal, und danach würde sie ihm versprechen, ein gehorsames Weib zu sein. Außerdem würde sie den armen Kerl aufpäppeln, damit seine Wangen bald wieder voll und rosig waren. Der Gedanke daran schickte eine wohlige Wärme in ihren Bauch.

Trin erhob sich und verließ den Schankraum. »Wartet, ich packe nur rasch mein Bündel.«

24. Kapitel

Yda blinzelte in das fahle Licht des Morgens und hob den Kopf. Sie war eingeschlafen, obwohl sie dies unbedingt hatte vermeiden wollen. Voller Furcht blickte sie in Lucas Gesicht und legte die Hand auf seine Stirn. Er hielt immer noch fest die Augen geschlossen, doch seine Haut fühlte sich längst nicht mehr so heiß an. Sie lauschte auf seinen gleichmäßigen Atem und seufzte erleichtert.

Rinchen lag fest an ihn geschmiegt an seiner anderen Seite. In ihrem Arm schlief friedlich das Kind.

Ein leises Stöhnen entfuhr Lucas Lippen, und Yda bemerkte, wie seine Finger sich bewegten. Sie legte ihre Hand in seine.

»Ich habe geschworen, für immer bei dir zu bleiben. Und das tue ich auch«, hauchte er.

Yda schluckte gegen den Kloß in ihrer Kehle an. Doch im nächsten Moment wurde sie unsanft aus ihren frohen Gedanken gerissen, denn sie spürte plötzlich eine Hand in ihrem Haar, und jemand zerrte daran. Eine kalte Klinge drückte sich gegen ihren Hals.

»Bleib still, sonst schlitze ich dich auf. Hast du mich verstanden?«

»Was willst du, Plettenberg?«, fragte Luca mit erstickter Stimme.

»Das kannst du dir doch denken, Hurensohn. Gib mir sofort den Dorn.«

»Lass Yda los. Sie hat mit der Sache zwischen uns beiden nichts zu tun.«

Luca verstummte, und Yda hätte ihm zu gern in die Augen gesehen, doch Plettenbergs Dolch drückte sich fester gegen ihre Kehle. Rinchen fuhr erschrocken aus dem Schlaf hoch. Dann hörte sie Plettenbergs erstickten Schrei. Der Dolch fiel aus seiner Hand, und der Griff in ihrem Haar lockerte sich. Sie fuhr herum – und sah in Quirins Augen. Zwischen ihnen sank Plettenberg mit klaffender Kehle zu Boden.

»Yda!«, schrie Griet und lief auf sie zu.

Kurz darauf lagen die Schwestern sich in den Armen. Yda glaubte, an ihren Schluchzern ersticken zu müssen.

Selbst als zwei Männer Plettenbergs Leichnam aus dem Zelt trugen, mochte sich Ydas Herzschlag noch nicht beruhigen. Rinchen vertraute Trin ihren Knaben an und klammerte sich an Lucas gesunden Arm, als wollte sie ihn nie wieder loslassen. Matt sank Yda auf die Knie und strich ihr über den Kopf.

»Alles ist gut.« Luca verzog die Lippen zu einem Lächeln, das Yda die Knie weich werden ließ. Alles war gut, ja, doch sie waren ohne Heimat. In und um Köln würden sie nicht mehr Fuß fassen können. Aber Yda wollte sich im Moment nicht darum sorgen. An Lucas Seite konnte sie überall leben, selbst wenn sie sich im Wald von Wurzeln ernähren musste.

»Ja, alles wird gut für dich, Bursche.« Der Herzog trat neben sie. »Du hast mir in der Schlacht das Leben gerettet. Ich bin dir zu Dank verpflichtet. Deshalb habe ich nachgedacht, und mir fiel Folgendes ein: Im Herzogtum Brabant gibt es eine kleine Burg, die verwaltet werden müsste.«

»Ihr übergebt mir ein Lehen?« Luca hob den Kopf.

»Und nicht nur das, ich überlege, dich zum Grafen zu erheben. Werde also schnell gesund, denn auf dich und deine Gefährten wartet eine Menge Arbeit. Ich muss zugeben, die Burg ist in einem nicht ganz so guten Zustand.« Der Herzog überreichte ihm ein Pergament, das mit seinem Siegel versehen war.

Luca nahm es an sich und stieß schwer den Atem aus. »Ich kann nicht lesen. Ihr müsst mir schon erläutern, was darin steht.«

Der Herzog hob die Augenbrauen. »Es ist nur eine kleine Grafschaft in der Nähe von Antwerpen. Wie gesagt, die Burg ist sehr heruntergekommen.« Er schien erneut kurz nachzudenken. Dann erhellte sich sein Blick. »Mir schwebt jedoch schon eine Braut für dich vor, um die Limburger endgültig auf meine Seite zu ziehen. Die Heirat wird zu deinem Vorteil sein.« Ein breites Grinsen zog sich über sein Gesicht.

Yda senkte den Blick.

»Luca hat doch schon eine Braut«, keifte Rinchen.

Amüsiert lachte der Herzog auf. »Das ist kein Hindernis. Ich löse das Eheversprechen wieder auf.« Für ihn war dies wohl alles nur ein Spiel.

Yda bemerkte, wie Luca sie von der Seite ansah. Starr hielt sie den Blick auf ihre Hände gerichtet. Er war seinem Traum plötzlich so nahe. Auch wenn es ihr das Herz zerriss: Sie liebte ihn so sehr, dass sie seinem Glück und vor allem seinem Frieden nicht im Wege stehen wollte. Gleich morgen würde sie aufbrechen, ohne ihn vor die Wahl zu stellen. Er sollte nie wieder das Richtschwert führen müssen – endlich die Ruhe finden, die er immer gesucht hatte. Der Herzog wusste nicht, dass er einst der Henkersknecht von Köln gewesen war. Im Herzogtum Brabant brauchte nie jemand zu erfahren, wer er gewesen war. Luca wäre ein ehrbarer Mann, vor dem sich niemand scheute.

Als der Herzog sich verabschiedete, schluckte Yda tapfer die Tränen hinunter. Luca versuchte nach ihrer Hand zu fassen, doch Yda entzog sich ihm und verließ das Zelt.

25. Kapitel

Der Wind wirbelte das bunte Laub auf und fegte es über den Acker unweit der Stadt Utrecht. Die Luft roch bereits nach Schnee, und aus den Häusern hinter der Stadtfestung stieg der Rauch aus den Kochstellen auf. Yda sah hinüber zu Quirin, der emsig an einem Pferch für die Ziegen baute. Neben ihm versuchte Griet, aus einem Baumstamm Holzbretter zu sägen. Dabei rutschte sie ab und verletzte sich. Ein spitzer Schrei entwich ihrer Kehle. Yda spürte den Schmerz der Schwester im eigenen Finger und hielt sich die Hand fest. Augenblicklich ließ Quirin den Hammer fallen und eilte zu Griet. Er riss ein Stück von seinem Hemd ab und band den Stoff um den Finger der Schwester. Die Wunde war wohl nicht sehr tief, denn Griet schenkte ihm ein dankbares Lächeln und gab ihm einen Kuss auf die Wange.

Yda dachte an Luca, und es fiel ihr immer noch schwer zu glauben, dass er wirklich glücklich mit seiner Entscheidung war. Seufzend wandte sie den Blick ab und kehrte zurück in die Hütte. In dem dreibeinigen Kessel über der Kochstelle dampfte ein Eintopf aus saurem Kohl und Speck – Rinchens Leibspeise.

Das Mädchen stand vor dem Tisch in der Mitte der Hütte und klatschte vergnügt in die Hände. Auf einem der Stühle saß Immanuel, quietschte und strahlte sie an.

»Sieh, er kann sitzen. Sieh nur!« Rinchen drehte sich vor Freude im Kreis.

Die Schultern des Säuglings neigten sich bedrohlich zur Seite. Doch ehe er vom Stuhl fallen konnte, fing Yda ihn auf.

»Du kannst ihn noch nicht allein sitzen lassen. Bis er sicheren Halt hat, dauert es noch einige Zeit.«

Rinchen hielt in ihrem Freudentanz inne und sah sie erschrocken an. »Oje, das wusste ich nicht.«

Yda strich ihr über den Kopf. »Wenn er erst einmal laufen kann, wird er noch oft genug hinfallen.«

»Will aber nicht, dass er sich weh tut.«

»Das wirst du wohl nicht immer vermeiden können.«

Nachdenklich presste Rinchen die Lippen aufeinander. »Dann werde ich ihn von nun an immer auf dem Arm tragen.«

Yda lachte auf. »Selbst wenn er groß ist und irgendwann einmal das Richtschwert führen wird?«

Heftig nickte Rinchen mit dem Kopf. »Ja, auch dann.«

Die Tür öffnete sich, und ein kalter Windzug fuhr durch die Hütte.

»Du bist da!«, rief Rinchen und sprang Luca entgegen. Kurz vor ihm blieb sie stehen und betrachtete ehrfürchtig das Langschwert mit dem silbernen Löwenkopf, das er bei sich trug. »Wo hast du das her?«

Luca lehnte es an die Hüttenwand und strich Rinchen über den Kopf. »Das erzähle ich dir später. Aber nun lass mich erst einmal mein Weib begrüßen.« Er ging zu Yda und nahm sie in seine Arme. »Geh mit mir in die Stadt. Ich muss dir etwas zeigen.«

»Darf ich mitkommen?«, krähte Rinchen.

»Heute nicht. Ein anderes Mal.« Luca zwinkerte ihr zu.

Für einen Augenblick schmollte Rinchen, lachte dann aber wieder. »Du sagst mir ganz leise ins Ohr, was du Yda zeigen willst. Ja?«

Luca ließ Yda los, ging zu seiner Schwester und flüsterte ihr etwas zu. Dann verließ er mit Yda die Hütte.

»Du hast also das Amt des Henkers von Utrecht angetreten?« Yda legte ihre Hand in seine.

Ein Seufzer entfuhr Lucas Lippen. »Hattest du wirklich gedacht, ich würde als feiner Graf ohne dich auf der Burg leben wollen?«

»Du hättest Frieden mit dir selbst schließen können.«

»Den hätte ich ohne dich nie gefunden.« Luca nickte dem Wärter am Stadttor zu und schritt mit ihr hindurch.

Yda dachte daran, wie Trin sie damals abgefangen und zu Luca ins Zelt der Verletzten zurückgebracht hatte. Niemals hätte er zugelassen, dass sie ihn verließ.

Ihr Weg führte sie zu der Kathedrale, deren Hauptturm sich noch im Bau befand. Der Chorumfang erinnerte Yda an den Dom in Köln. Es war Trin gewesen, die sie nach Utrecht gebracht hatte, denn eine Tante von ihr lebte dort. Sie und ihr Mann betrieben ein Wirtshaus, und außerdem sei die Tante eine Kupplerin und vermiete gern ein Zimmer an die Huren der Stadt, wie Trin sagte.

Luca sah zu den unzähligen spitzen Türmen empor.

Dann nahm er Ydas Hand, betrat mit ihr den Chor der Kathedrale und führte sie zum Altar, auf dem ein samtrotes Kissen mit einem Kristall von der Größe eines Apfels lag. Yda sah den Dorn aus der Krone Jesu darin.

»Hast du die Reliquie gegen das Richtschwert eingetauscht?«

Luca sog tief den Atem ein. »Ja, habe ich.«

»Aber sie ist viel mehr wert, das weißt du.«

Den Blick auf den Dorn gerichtet, schüttelte Luca den Kopf. »Nichts ist mehr wert als ein Leben an deiner Seite. Es ist Gottes Wille, dass ich für ihn das Richtschwert führe, und es ist mein Wille, an deiner Seite zu leben. Ich muss seinen Willen akzeptieren und er meinen.« Er fiel vor Yda auf die Knie. »Hier vor Gottes Antlitz bitte ich dich, für ewig mein Weib zu sein.«

Yda umfing sein Gesicht gerührt mit ihren Händen. »Für immer und ewig.«

»Dann kann Gott uns seinen Segen geben.« Lächelnd erhob sich Luca von den Knien.

Sanft strich Yda über das Grübchen in seiner Wange und küsste ihn.

Nachwort

Tatsächlich wurde Köln erst im Jahr 1475 von Friedrich III. offiziell zur freien Reichsstadt erhoben. Bis dahin versuchten die nachfolgenden Erzbischöfe immer wieder, die Macht über die Stadt zu erlangen – jedoch mit mäßigem Erfolg, denn die Bürger ließen eher einen Kirchenbann über sich ergehen als die Stadtherrschaft eines Erzbischofs.

Nach der Schlacht von Worringen im Jahre 1288 übernahmen erst einmal die Patrizier die Herrschaft, was jedoch den Zünften missfiel. Die Streitigkeiten innerhalb der Stadt hielten bis ins Jahr 1396 an. Dann wurde am 24. September eine neue Stadtverfassung – der Verbundbrief – besiegelt. Fortan stellten die Gaffeln und Zünfte den Rat. Die Patrizier, auch die hohen Geschlechter der Stadt genannt, hatten den Kampf verloren.

Nach der Schlacht von Worringen geriet Siegfried von Westerburg in die Gefangenschaft des Grafen von Berg, der ihn fast ein Jahr auf Schloss Burg an der Wupper festsetzte. Aufgrund der neuen Machtkonstellation am Rhein gelang es Siegfried jedoch nie, seine bisherige Herrschaft auszuweiten. Er starb 1297 in Bonn.

Eine historisch belegte Figur ist auch Gerhard Overstolz, der in der Schlacht von Worringen ohne Kampfeinwirkung den Tod fand. Bis auf diese Tatsache ist von seinem Leben nur wenig bekannt. Sein Charakter sowie seine Lebensumstände sind fiktiv. Ebenso fiktiv und an historische Figuren nur angelehnt sind Bertram von Plettenberg samt Familie, Johann von Bilstein und Walram von Valkenburg. Yda, Luca, Rinchen, Griet, Quirin und alle anderen sind frei erfunden.

Mit dem Anbau von Roggen verbreitete sich in Europa die Vergiftung durch das Mutterkorn, eine Krankheit, die im Volksmund Ignis sacer oder heiliges Feuer genannt wurde. Die Krankheit, heute unter dem Namen Ergotismus bekannt, führt zu einer Verengung der Blutgefäße und somit zum Verlust der Gliedmaßen. Im Mittelalter verlief sie in den meisten Fällen tödlich. Wie bei vielen Seuchen suchte die Bevölkerung auch vor dieser Krankheit Schutz bei den Heiligen. Im 11. Jahrhundert rief ein großer Teil der Bevölkerung wegen der Heilung des Ignis sacer den heiligen Antonius Eremita an, dessen Gebeine von einem Kreuzfahrer zu einer kleinen Gemeinde in der Dauphiné gebracht wurden. Dort gründeten einige Pilger schließlich eine Bruderschaft, die sich um die Pflege der Menschen kümmerte, die an dem heiligen Feuer erkrankt waren. Dies war die Geburtsstunde des Antoniterordens, und danach entstand im Volksmund der Name »Antoniusfeuer«. Erst im 17. Jahrhundert gelangten Gelehrte zu der Erkenntnis, dass die Ursache der Krankheit eine Vergiftung durch Mutterkorn war.

Danke

Wieder einmal ist es an der Zeit, den lieben Menschen zu danken, die mich bei der Entstehung eines weiteren Romans begleitet haben. Mein allererster Dank gilt dem Team von Ullstein, bei dem ich mich als Autorin wunderbar aufgehoben fühle. Besonders danke ich hier meinen Lektorinnen Marion Vazquez und Louisa Pagel, die mich bei der Entstehung von »Luzifers Töchter« fabelhaft unterstützt haben. Mein Dank gilt außerdem Gisela Klemt für das Lektorat meiner Romane. Ebenfalls bedanke ich mich ganz herzlich bei meiner Agentin Anna Mechler, die mir nach wie vor so viel Zuversicht schenkt.

Natürlich gilt mein Dank auch wieder meinem Sohn Marcel und meinem Mann Josef. Durch ihre Liebe und die Kraft, die sie mir schenken, werde ich auch weiterhin nicht müde, meine Geschichten zu schreiben. Selbst wenn meine geistige Abwesenheit mal etwas länger dauert, nehmen sie diese Tag für Tag mit einem Augenzwinkern hin. Die beiden sind einfach das Beste, was mir je passiert ist.